建炎南渡

宋金逐鹿

许韬 著

The War between SONG and JIN Dynasties

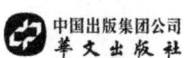

图书在版编目（CIP）数据

建炎南渡 / 许韬著. -- 北京：华文出版社，2021.5（2021.12 重印）

（宋金逐鹿）

ISBN 978-7-5075-5457-1

Ⅰ．①建… Ⅱ．①许… Ⅲ．①长篇历史小说－中国－当代 Ⅳ．①I247.5

中国版本图书馆CIP数据核字(2021)第082014号

建炎南渡

作　　者：	许　韬
责任编辑：	闫丽娜
出版发行：	华文出版社
地　　址：	北京市西城区广安门外大街 305 号 8 区 2 号楼
邮政编码：	100055
网　　址：	http://www.hwcbs.com.cn
电　　话：	总编室 010-58336239　发行部 010-58336202
	责任编辑 010-58336279
经　　销：	新华书店
印　　刷：	三河市航远印刷有限公司
开　　本：	710mm×1000mm　1/16
印　　张：	23.5
字　　数：	309 千字
版　　次：	2021 年 5 月第 1 版
印　　次：	2021 年 12 月第 2 次印刷
标准书号：	ISBN 978-7-5075-5457-1
定　　价：	68.00 元

版权所有，侵权必究

前　言

很多人，包括我在内，都难以认同一个事实：偏安一隅的南宋王朝的建立，在历史上却有"中兴"之名，而不招人待见的宋高宗赵构，也被称为"中兴之主"。

是否认同这个事实，跟历史知识的积累相关，了解的史实越多，就发现人言不可轻信，一些言之凿凿的结论其实站不住脚。这种认同也跟年龄与经历相关，年轻时，难免眼高手低，以上帝视角去审视历史事件，苛求于古人；年龄越长，越知世事艰难，经历越多，越知成功不易，这时候，再去审视历史人物，会宽容得多，也客观公正得多。

赵构最为人诟病之处有两点，一是未能收复中原，二是屈杀岳飞。

关于第一点，其实与中国北面游牧民族的自我进化有关，游牧民族虽然有马匹之利，且英勇善战，但其组织性、装备与动员能力与中原先进文明差距较大，因而在其早期，难以对汉、唐王朝形成根本性威胁，然而随着与中原文明的接触，游牧民族在保持原有优势基础上，在组织、动员与装备水平上拉近了与中原文明的距离，从而形成军事上的压倒性优势，这就是元朝、清朝这样的大一统王朝相继出现的根本原因。南宋在某种程度上延缓了这种趋势，如果不是以赵构为首的南宋君臣、军民对金国的有力阻击，很可能中华疆域内第一个大一统的游牧民族王朝要提早一个多世纪到来。事实上，南宋一百五十年的历史也非常有力地为赵构作了辩护，南宋建国之后，与金国断断续续进行了长达一个世纪的战争，双方始终处于战略均势，互有胜负，谁也无法吃掉谁，直到南宋与蒙古结盟，终于灭掉金国，却也打破了战略均衡，为自己敲响了丧钟。

至于第二点，赵构罪无可逭，然而其中最深刻的原因，在于封建皇权基础的脆弱性，这种金字塔式的权力架构极不稳固，动不动就腥风血雨。掌兵大将尾大不掉，甚至夺权篡位，是皇权制度的死结，也是封建帝王挥之不去的梦魇，不过和其他滥杀功臣的开国君主相比，赵构还真是小巫见大巫。从另一个角度看，岳飞之死让人扼腕，恰恰是在宋朝相对宽松的政治氛围之下，让他的死更加引人注目，倘若真杀得人头滚滚，血流成河，岳飞的那抹鲜血反而不那么刺眼了。

从大处看，南宋在几无可能的情势下建立并巩固，赵构面对一个千疮百孔的残破江山，在极乱中居然理出了头绪，立稳了脚跟，但凡做过点事的人，都知道有多难，虽不及东汉光武，胜南明弘光多矣！南宋延续了一百多年，社会安定，文化灿烂，在中华文明史上有着不可替代的地位，就这点而言，赵构其实不负"中兴之主"的称号，虽然这"中兴"的成色或许不那么高。

要探究宋朝在江南的中兴，还有一个至关重要的问题无法回避：冷兵器时代的南北战争到底是如何打的？

南宋初年战争极其频繁，几乎贯穿建国始终，而这种南方农耕文明与北方游牧民族的战争决定着历史的走向，但史料中关于战争多是场景式描述，往往只有寥寥数笔，至于双方如何排兵布阵，步兵骑兵如何配合，各种兵器战具如何搭配使用，指挥官如何临阵决策，战场上如何沟通，等等，几乎没有任何交代，我猜想一个重要原因在于这些资料的作者都是文人，对战争很不了解，也没有太多意愿去了解，所以经常可以看到对于一场决定时局的大会战所花费的笔墨甚至不如对一名中书舍人的奏折花的笔墨多，难道那封奏折真有那么重要？当然不是，不过是文人的兴趣和长项都在后者罢了。

这个疑团在我接触了大量国外史书后才逐步解开,比如日本作家盐野七生的鸿篇巨著《罗马人的故事》,作者在书中图文并茂地展现了冷兵器时代的对阵,包括兵力来源、兵种结构、武器配备等,特别是她以汉尼拔战争为例,深刻阐述了骑兵是如何在冷兵器时代的战争中发挥决定性作用,让我醍醐灌顶,在脑海中清晰展现出一幅完整的宋金对阵图,甚至能想象出双方士兵拼杀时的情绪波动、指挥官的患得患失、被包抄身后的担忧、谣言对于军心士气的摧毁性打击、古代医疗条件下对疾病与瘟疫的恐惧……

为什么会有如此差别?很大原因在于中国自宋代以来开始的"重文轻武"传统。你去看流传下来的岳飞等中兴名将的画像,几乎全是一身儒装,手里还握着一本书,显得不伦不类。中国古代名将鲜有写战地日记的,恐怕有也不会流传下来,因为那不是正经学问,经史子集才是。

盐野七生在撰写这部著作的时候,关于战争方面的细节,参考了很多名将的亲笔记录,比如恺撒的《高卢战记》,这让她能够准确地描述当年的战争情形,也能够更加准确地描述历史,因为当年的决策者制定国策时最重要的依据就是双方的军事实力对比。

可能因为这段知识积累,使得我的这套书中的战争描写胜过许多同类作品。

历史小说与其他小说的区别就像画人和画鬼,其他类别的小说尽可以天马行空,历史小说却不可以,历史小说最大的魅力在于真实感。

所幸的是,真实的历史往往是最精彩的,也是最发人深思的。

仔细审视史实,你会发现,以刚正闻名者未必刚正,臭名昭著者未必那么不堪,主战者未必是诤臣,主和者也未必是奸佞。同样,对于金国君臣将士,如果认真研究,女真人的勇武善战、残暴野蛮、忠朴重诺兼而有之,在血与火的民族融合过程中,这些特质也融入到中华民族的血液中。

人性有多复杂，历史就有多复杂，把历史人物脸谱化，是蠢还是坏都不好说，但无趣是一定的，我极力避免出现这种情况，虽然在行文和细节设计中难免流露出对某些历史人物的偏爱或厌恶。

我只需用小说特有的方式去陈述事实，至于评判权，全部留给我的读者。

即便如此，我所说的事实仍然不过是我个人理解的史实，仍然不过是我个人眼中的历史，我提供的不过是一面镜子，让人端详品鉴罢了。

读史使智者更智，愚者更愚，信乎！

目 录

1 宗岳初遇 / 001
2 李纲新政 / 021
3 北国霜浓 / 040
4 娄室论战 / 059
5 陕西危局 / 082
6 兵退盐城 / 098
7 扬州之难 / 117
8 明受兵变 / 132
9 张浚勤王 / 152
10 诛杀范琼 / 179
11 马家渡之战 / 202
12 杜充异志 / 223
13 喋血陕州 / 245
14 明州之战 / 269
15 清踪花影 / 292
16 赵开高论 / 311
17 将帅失和 / 328
18 鏖战大江 / 345

1 宗岳初遇

巍巍太行,纵贯南北,延绵八百余里,上接燕山,下衔秦岭,号称"天下之脊",曹操当年行军至此,有诗咏之:"羊肠坂诘屈,车轮为之摧。树木何萧瑟,北风声正悲。熊罴对我蹲,虎豹夹路啼。"可见此地之雄奇险峻。

此时的太行山,正是深秋时分,万木萧疏,在晨曦的微光里,一队迟归的鸿雁从晦暗的天际飞过,远远传来几声啾鸣,除此之外,这荒郊野岭更无动静。

一阵清脆的马蹄声打破了幽冷的寂静,从树林后面出来一列骑兵,大约二百人,大概因为连日赶路,都略显疲惫,但队列严整,行进有序,一看就是善骑之人。

他们从太行山腹地出发,沿着太行山南麓往北行走了两三日,前面已经是金军铁骑出没的地界。

领头的那名将官披着一身牛皮铠甲,头盔也不戴,挂在马鞍上,几绺头发垂到胡子拉碴的脸上,眉眼间能看出还很年轻。一杆杯口粗的长枪被他像麻杆似的攥在手里,腰间还挎着一把刀。此人身材乍一看颇为瘦削,细看之下却是虎背狼腰,十分健硕。他神情冷峻,眼睛看着前方,仿佛时时刻刻都在琢磨军情。

此人姓岳,单名飞,字鹏举,河南汤阴人氏,素怀报国之志,一年前他率部投奔了名满天下的抗金豪杰王彦,王彦受河北招抚使张所派遣，率领一支约万人的队伍渡过黄河北上，直捣金军腹地，屡次获胜，金国视其为心腹大患，多次派大军进攻。王彦终寡不敌众，数战不利，退守到太行山深处。

而岳飞就是在这艰难时节投奔的王彦，王彦与他交谈数句，立即看出此人是可造之材，对他非常器重。岳飞年轻气盛，自恃勇武，经常不听劝冒险出击。王彦爱他胆色过人，也不予责备，反而多有嘉奖。

然而此次，岳飞竟是公然违抗军令，私自率部出来作战。

事情起因于有探报告知，一队金人押着辎重粮草从北面过来，人数五六百，其余不详。岳飞力请出战，其余诸将都认为不可轻动。王彦权衡过后，觉得是金军圈套，决定按兵不动，血气方刚的岳飞和自己几个心腹弟兄王贵、汤怀、张显等人一商量，偷偷带领手下人马独自出发了。

一阵急促的马蹄声响过，探路的骑手飞速回来禀报道："前边路面有不少辙印，泥土已经全干，估计走了些时候了，不知赶不赶得上。"

岳飞略一迟疑，道："传令下去，到前面土坡休整，然后继续赶路。"

走了几里路，到了那处土坡，岳飞四面看了看地形，下令休息吃饭，又检视了一下路上的辙印，不禁起疑，照理说辎重车的辙印应当是分外深的，然而这辙印比寻常大车留下的似乎还要浅些，而且这辎重队伍的行进速度未免有些太快。

岳飞一边狼吞虎咽往嘴里填食物，一边站到坡上四处眺望。此处远离太行山腹地，地面虽仍不平整，但已不见悬崖峭壁，山里常见的栎树、松树稀疏了许多，地上到处长着荆条、野蒿。再往北看，却是一片开阔地，一清早山雾蒙蒙，也看不太远。

太阳还未出来，天色却明亮了许多，四周静得出奇，听不到一声鸟叫虫鸣。

岳飞不禁倒吸了口凉气，再看王贵等几个机警点的，也是满腹狐疑地四面张望。

岳飞把干粮往地上一扔，策马驶过坐在地上休息进食的队伍，用低沉急促的声音催促道："上马准备应战！"一路喊了过去，有个士兵还在发愣，行动稍慢了些，岳飞一鞭子抡过去，抽在他背上，喝道："上马！"

众将士还从未见过岳飞如此急迫，立即起身勒好盔甲，翻身上马，岳飞早已一马当先，直奔一处高地而去，众人紧随其后，岳飞下令列阵，片刻之间，将士们已将阵势列好。

四周一片寂静，众人正在疑惑，胯下坐骑却刨地嘶鸣，先不安分起来，紧接着，前方隐隐传来马蹄声，听上去极像远处传来的瀑布声，地面也微微颤动，四周却越发安静了。

声响越来越大，王贵侧耳倾听了一会儿，悄声对岳飞道："大哥，少说有一两千人马，咱们才两百人……"

岳飞沉声道："此时撤退，只会引得金军穷追不舍，将士们也军心涣散，金军人多，马匹肥壮，到时我们一个都走不掉！"

王贵愣在当地，没了主张。

岳飞道："今日正好有雾，金军不知我军虚实，待会儿听我号令，以伏兵之势杀出。"

王贵又是一愣：明明是自己中了埋伏，却反过来要装成伏军？

没等他开口再问，岳飞回头对身后士兵们笑道："有没有吓出屎尿的？"

主将如此从容，士兵们顿时放松下来，有人笑道："屎尿没出来，放了几个屁倒是真的。"此话引来一片哄笑。

此时已是马蹄声如潮，金军铁骑已近在咫尺，仿佛一瞬间便能从晨雾中蹿出来，岳飞大喝道："今日与金狗狭路相逢，敌众我寡，只能杀他一个出其不意，方可全身而退，弟兄们看我长枪所指，随我冲杀！"

太阳升上了一些，将晨雾削薄了一层，最前面的金军头盔上的羽翎已经依稀可见，岳飞大吼一声："杀！"两百名将士也跟着尽力大吼："杀！"开始向前冲锋。

对面传来一阵"叽里咕噜"的喊叫声，很快，岳飞就看清了前面敌军的长相，一个个髡首佩环，正是令人闻风丧胆的女真骑兵。

岳飞大吼一声，一手挺枪，一手拔出腰刀，将马缰噙在嘴里，直奔领头的女真将领而去，众将士也抖擞精神，浑不像赶了一夜路嘴里还含着干粮的劳顿之师，如旋风般席卷而去。

对面的女真骑兵显然深感意外，没料到遇上这样一支劲旅，但他们都是身经百战的勇士，临危不乱，有的还在马背上凌空玩个花耍，呼啸而来。

转瞬间，两边人马便搅在一起，只听见一阵撕裂般的兵器撞击声、怒吼声、惨叫声、马嘶声，不过喝几口水的工夫，两边人马已经交汇而过，只留下二三十来具尸体和伤员落在地上。

这一交错，岳飞的两百人马已经直插金军腹心，金军虽然勇猛，但不知虚实，以为对方后面还有伏兵，因此全力稳住阵形，并不敢围堵岳飞等人。

岳飞更不迟疑，长枪斜指，带着手下又转身杀了回去，金兵还处在忙乱之中，等发现宋军人数并不多，再集结起来准备应战时，宋军已经杀出阵外，奔出了两三箭地。金兵追赶了一阵，活捉了几个受伤的士兵，再往前赶，林子越来越密，路又不熟，怕中埋伏，便撤了回来。

天已大亮，金兵统帅银术可正在清点人马，他细看那些横在地上的宋军尸体和伤员，个个都是汗透重甲，显然已经劳累了一夜，有人嘴里还含着半口干粮，不禁大为惊讶，对随从道："这些士卒劳累至此，还仓促应战，竟能反攻我军，虚战实退，在我两千女真精锐的天罗地网下突围而去，实在不像是南军所为。"

有士兵过来禀报，已从受伤俘虏处得知宋军主将名叫岳飞，乃是王彦手下将领。

"这岳飞生得如何模样？"银术可问自己的前锋主将耶儿猛。

耶儿猛以悍勇闻于军中，答道："此人一张虎脸，冲过来时一只眼睛半眯，一只眼睛圆睁，精光四射。他一手持枪，一手握刀，在马上舞动起来随意自如，一长一短，极难防范，我都差点吃了他的大亏。"说罢，把肩膀亮出来给银术可看，那上面的大半甲片已经被削掉了，露出皮肉，如果那甲不是镔铁打造，而是一般的牛皮甲，耶儿猛的肩膀恐怕保不住了。

"你伤着他了没有？"银术可问。

耶儿猛面色一红，摇头道："没有，只在他铠甲上划了一道。"

这时，随从将伤亡人数报了上来，银术可听完才明白，两千精锐之师以逸待劳，出其不意围攻赶了几日山路的区区二百来人，双方死伤人数相差无几，只打个平手，还让对方主将顺利逃脱了。

银术可道："此人本已陷于绝境，常人早已拍马就跑，他却列阵反攻，打我军一个措手不及，然后从容撤退，深得临阵用兵之妙。"

耶儿猛道："此人能将二百人用到极致，确有大将之材。"

银术可叹气道："想不到宋朝以文立国，却有如此虎将，这个大小眼的岳飞，他日必定是我大金的心腹之患！"

岳飞带着突围将士不顾疲累，舍命赶了两三个时辰的路，直到实在走不动了，才停下来。清点人马，只剩了不到一百骑，可谓损失惨重。

众将士都蹲坐在地上，面无表情地嚼着干粮，没人说话，只听到一片咀嚼之声，间或有受了伤的士兵发出几声闷哼。

岳飞背对着大伙，驻枪看着远方，像尊泥塑般一动也不动。

汤怀上前，轻声叫道："岳大哥……"

岳飞身子微微一动，慢慢回过身来，他脸色严峻得像一块生铁，过了半响，才对着死里逃生的剩余将士说道："各位兄弟，岳飞对不起你们……"声音竟有些哽咽。

众人齐刷刷地跪下，道："岳统领千万不要自责，某等甘愿为岳统领赴汤蹈火，死而无憾！"还有人道："虽然死伤了好多弟兄，但我们杀得也痛快！没让金狗占到便宜！"

话题转到战事，将士们忘了沮丧，开始专注地复盘刚才的一场恶战，整个队伍情绪才恢复了一些。正聊得热闹，一个士兵突然站起来，示意大家安静，众人刚吃了被伏击的亏，都无比机警，本来叽叽喳喳一片，顿时安静得如同坟场。

那士兵侧耳听了一会儿，才道："那边有野猪，正好打牙祭。"

众人气得笑骂，却也张弓搭箭争先恐后地前去捕猎，只一顿饭工夫，便听到几声野兽叫唤，然后一群士兵扛着一头三百来斤的大野猪喜气洋洋地过来。

这群人早已饿得两眼冒火，当下更不打话，一边生火，一边解猪。不多时，这头野猪便被大卸八块，在几个火堆上烤着了，不等全熟，便连皮带肉被吃了个干净。

直到这时，这群铁血战士才算真正缓过气来，夜幕降临，他们各自安睡，轮流值哨，一夜无话。

次日一早，王贵等人便来与岳飞商议下一步打算。

汤怀是老实人，道："我们回去该如何向王帅请罪？"

王贵却机灵得多："回去？回去把脑壳送给人砍吗？这次是断然不能回去的，王帅是真汉子不假，但依我看，心胸未必有那么开阔，这次岳大哥拂了他的面子，还违背军令私自出兵，他要动了杀心，你只能干瞪眼！"

张显也觉得回去不妥，但天下之大，何处又是投奔之地呢？

王贵道："在军中听得有人说，磁州的宗泽老将军忠义爱国，四处招纳贤士，我们何不去投奔他？"

这时又有几个人围上来，听王贵这么说，都连声称好。

岳飞并不作声，只问道："老营是什么方向？"

几个记路的士兵四面眺望，商议了一阵，道："往南走两日，有一山口，叫飞狐陉，又名望都关，乃'太行八陉'之一，颇为险峻。过了这条峡谷，有一条浅河，乃是漳河的支流，过了河，再往西走大半天就到了。"

岳飞起身，下令道："整理行装，往南进发。"

众人相顾无语，只能跟着一路迤逦往南。走了两日，到了一处山口，应该就是飞狐陉了，地势险峻，极难通过，众人牵着马，互相携持照应，好不容易才过去。又走了两日，果然一条河横在前面，王贵还想劝岳飞，被岳飞止住了，只得忐忑不安地跟着涉水过河，暗自跟几个最要好的兄弟商议，万一岳飞有性命之虞，兄弟几个立即先下手为强，拼命杀出一条血路。

转眼又走了半日，汤怀道："岳大哥且慢，你带着人马稍事歇息，我到前面去探探路，万一情况有变呢？"

岳飞点头，于是汤怀跟王贵等人交换了一下眼色，独自向老营方向赶去。

走了约莫两顿饭的工夫，还不见老营踪影，正自疑惑，突然从树丛里冲出来几个人，汤怀大惊，正准备应战，却发现是王彦麾下的几名士兵。那几个人也认出了汤怀，又惊又喜："你怎么来了？岳统领呢？"

汤怀也先不说岳飞所在，只道："你们带我去见王帅吧，我有信带给他。"

于是，几个人带着汤怀弯弯曲曲走了半天，到了王彦的大帐，王彦正在与众将议事，一见汤怀，不禁愣了，脱口问道："岳飞呢？"

"岳统领的马受了点伤，还正在往这边赶呢，我先过来探探路。"汤怀按王贵叮嘱回答。

王彦旁边的一名亲将斥责道："汤兄弟，不是我不怜惜你们才下战场，你看看你们干的事，违背帅令，私自发兵，逞血气之勇。要按你们这种搞法，这大军不早就散了？"

另外一名将领也道："大军总共才几百匹战马，大帅把最好的马匹都匀给你们了，自己麾下的马匹都良莠不齐，你们倒好，一下子断送得干干净净！"

众人也纷纷表示不满:"就你们有胆气,我们就是缩头乌龟?也太目无法纪了……"

王彦站起来,踱了几步,常年征战让他高大的身躯略有些佝偻。此刻,他瘦削的脸上罩了一层严霜,细长的眼睛微眯着,显示心中已有杀机,只听他用冰冷的声音问道:"岳飞有什么话要带给我?"

"岳统领并不知道我过来。"汤怀道。

"哦?"王彦颇感诧异。

"我们兄弟几个知道岳统领违了军法,回来不会有好果子吃,都力劝他另投别处,但岳统领就是不听,还是赶回来了。"汤怀道。

王彦怒道:"你们兄弟几个倒是知道劝他不要回来,怎么当初就不劝他不要擅自出兵呢?"

"大帅!"汤怀道,"我们劝了,岳统领说那些粮草辎重足够养大军半年,极利于我们恢复元气,岳统领还说他会亲自拖一车粮草向您请罪,如果您要怪罪,他也毫无怨言。"

王彦听了,心里蓦地一动,虽然怒气未消,杀人的心却淡了许多。他知道汤怀是敦厚之人,不会巧言令色,再看他满身血污,疲累不堪,声音不觉缓和了些,道:"你且坐下说话吧。"又吩咐侍卫给他弄碗热水来。

王彦问汤怀战事情况,汤怀详细讲了,众人听得入神,早忘了骂岳飞等人轻敌冒进,不停地嗟叹。

王彦身经百战,边听边想象战时情景,知道这一战险恶无比,岳飞能全身而退,全赖临事决断有方,若有片刻犹疑,早已全军覆没。

等汤怀喝完了热水,王彦道:"你去叫岳飞过来,我自有处置。"

汤怀没有等到王彦的免死令,有些不甘心,但也只能告辞出帐。他一溜烟跑到岳飞等人所在地,也不敢告诉岳飞他已经见过王彦了,只说:"老营安然无恙,大军都驻扎着呢。"

于是,一队人便由汤怀领着,向老营进发,早有几个人迎出来将他们领到大帐附近,岳飞随他们步入王彦大帐。

王贵等人四处观望,感觉不像要动手的样子,但又没把握,只得心神不宁地在外头候着。

岳飞入得帐来,只见众将肃立两侧,王彦端坐在帅椅上,便抢上两步,长跪于地:"罪将岳飞向大帅请罪,请大帅发落。"

王彦心里头原本还有七八分怒气,这时见岳飞从头到脚无一处不是血污,好几处铠甲都撕裂了,显然是经历了一场恶战,本想斥责挖苦他几句,也作罢了,一字一顿地说:"岳飞,你违抗军令,私自发兵,遭致惨败,枉送了一百多个弟兄的性命,按军法,这是死罪。但念在你血战不屈,明知违法当罚,仍束甲而归,胆气可嘉,我今日饶你性命,但此处再也不能留你,你带着你的人另投别处吧,即刻清点人数,愿意跟你走的就走。"

岳飞无言以对,只得恭恭敬敬伏地磕了三个头,然后起身,两个曾经惺惺相惜的将帅最后对视了一眼,岳飞便转身离开了大帐。

王贵等人见岳飞这么快就出来了,颇感意外,围上去问大帅如何处置他的。岳飞道:"大帅让我另投别处。"

这正合了王贵等人的意,但他们不敢说半个"好"字出来,因为岳飞正铁青着脸呢。

岳飞跟众将士说了王帅的意思,有二十来人愿意跟岳飞走。这一队人一路南下,风餐露宿,走了二十来天,终于到了河南地界。

再往前行了数日,终于稀稀疏疏见着一些村落,村中百姓受够了土匪溃兵的苦,见了岳飞等人,吓得四处逃散。后来看见这些军爷并不追赶,只是好言呼唤,既不强闯民宅,更不夺人财物,连村子都不进,只在村外驻扎,宁可饿得捉身上的虱子吃,也不来村中掠食,真有古时王师气派,秋毫无犯。

只是这些王师个个邋里邋遢、蓬头垢面,跟叫花子无异,有些胆大的村民便上去攀谈,才得知他们是王彦王大帅部下,刚和金军血战回来,众村民这才小心翼翼出来,供给岳飞等人饭食。

从村民口中得知离磁州只有两三日路程，岳飞便命部下在此驻扎，略为休整再进城。村民们请岳飞等人进村，岳飞坚辞不肯，村民们从未见过这种带兵之人，既敬且畏，老老小小远远地围成一圈，像看稀奇物一般打量岳飞。

　　休整了两日，岳飞便又启程，村民们送了一些干粮给岳飞等人，岳飞见村民个个面有菜色，对属下叹道："这都是他们的救命粮，我等不过是尽了一点军人本分，百姓就爱我等若此，真不知何以为报。如不能杀退番狗，还百姓太平，有何面目立于天地之间！"众人都慨然赞同。

　　岳飞不想再打扰百姓，凡见村落，必定绕道而行。这样又走了两日，终于远远看见一座城池，又走近了些，张显眼尖，已经隐隐看到城门上的"磁州"二字。

　　这二十余骑走近城门时，早已引起城墙上士兵注意，他们大声叫道："留步！来者何人？"

　　岳飞仰面高声答道："大宋中军统领岳飞，欲拜见宗留守，有劳通报！"

　　士兵见他们虽然人不多，但军容齐整，进退有度，迥异于平常所见的那些散兵游勇，当下也不敢怠慢，立即通报去了。

　　片刻后，那士兵回来了，叫道："留守有令，只让岳飞进来说话，其余人在城外候着。"说罢便有几个士兵过来给岳飞引路。

　　进了城门，沿着主道走了一会儿，拐弯进了一处院落，迎面又过来十余个士兵，两边人走近了，这十余人突然发一声喊，将岳飞牢牢擒住。

　　岳飞再机警，也料不到有这样一出，口中只是叫唤："为何抓我？我有何罪？"

　　这些士兵骂道："你个贼逃兵，敢来蒙骗宗老爷子，怕是活得不耐烦了！"

　　岳飞一头雾水，只是叫冤枉，那些士兵哪里听他辩解，直接就将他押送到另一处去了。岳飞四面一看,不由得心里叫苦,原来这是一处小校场,十来个人被绑在中央,准备正法。

眼看无数次沙场死里逃生的一代名将,竟要稀里糊涂死在这里。岳飞四处看了看,只见校场前方搭着一个凉棚,几个人正坐着,当中一位老者须发如雪,容貌威严,也不知是不是宗留守。

校场中吵嚷一片,情急之下,岳飞反倒不叫屈了,只观察那凉棚里的动静。片刻后,只见那老者将手略抬了抬,便听得一通擂鼓,喧闹的校场立时安静下来。

岳飞运足中气,大吼一声:"我岳飞只能战死在沙场,不死在这种地方!"

远远只见那老者微微一怔,跟旁边随从交代一句,只见那随从快步过来,道:"留守有令,叫刚才喧哗者过去问话。"

于是,两个士兵押着岳飞来到凉棚。那老者上下打量了一下岳飞,道:"你方才何出此言呢?"

岳飞昂声答道:"留守明察!末将不是贪生怕死之辈,半个月前还曾与番人血战,怎么会当逃兵?"

那老者道:"你是王都统手下,是吧?有人举报你擅自脱离部队,是何道理啊?"

岳飞听了,心想原来如此,便将自己违令出兵不幸遭伏、血战逃脱、撤回老营以及与王彦最后的见面都细述了一遍。

那老者正是宗泽,虽然是文臣,却性烈如火,刚直不阿,平生最重忠义之士。自宋金开战以来,一直极力主张北进击敌,对朝野上下畏敌如虎之风深恶痛绝,此时听了岳飞叙述,不由得大为惊叹,便令人松绑,心中还有疑虑,见岳飞身材壮硕,便道:"你既如此善战,我且问你,你一人能敌几人?"

岳飞道:"打仗不可光凭血气之勇,还要讲究谋略,试问项羽之勇,天下何人能及?然而却胸无谋略,结果落得个乌江自刎。所以古人说:

'上兵伐谋，其次伐交。'晋国的栾枝，用兵车拖树枝扬起烟尘迷惑楚军，假装逃跑，结果大胜楚国；楚国的屈瑕，命士兵砍柴引诱绞国，结果逼得绞国立城下之盟。故为将之道，贵在有谋，无谋则不可取胜。我此次败于金兵，实缘于自恃勇武，疏于谋划，虽然于极乱中反戈一击，全身而退，但终归还是折损了许多兄弟。"

宗泽原本就爱才如命，求贤若渴，听岳飞说出这样一番话来，欢喜得连连摆手："胜败乃兵家常事，你在他人两股战战之际，悍然出兵，于绝境中突破重围，重创敌军，虽有损失，仍不失为大智大勇之举！"说完又叹道，"亏你方才叫了一声，否则今日岂不是斩我大宋一忠臣名将，其罪大矣！"说罢，立即吩咐左右端来一把椅子，叫岳飞坐下说话。

岳飞却道："多谢留守！只是我那二十来个兄弟还在城外，我许久不出去，怕他们着急闹出事来。"

宗泽便吩咐传令官道："你马上带个人去传我号令，今晚我要宴请浴血沙场的勇士！"

岳飞赶紧直奔城门，果然那边已经围了一大群士兵，剑拔弩张，远远听到王贵在叫骂："莫说你们这百十来个软蛋子，就是上千个番兵，也被我等杀得丢盔弃甲，再不放我岳大哥出来，今日便血洗了你这磁州城！"

岳飞怕他再说出什么浑话来，大声喝道："休得无礼！"守城士兵见岳飞出来，后面还跟着留守的亲信传令官，便退到一边。众兄弟见岳飞无恙，喜出望外，岳飞赶紧向领头的将官作揖道："我这几位兄弟不懂事，万望这位兄台不要见怪！"

这时传令官道："留守有令，今晚宴请前线杀敌回来的众位勇士！"

这边守城的士兵倒也爽快，一听这般说，都心生敬佩，抱拳道："原来是自家人！误会误会！"

两边人正打拱作揖寒暄得热闹，宗泽已经领着一帮人到了。岳飞屈身行礼，王贵等人也翻身下马上前拜见，宗泽光见这下马的身手，心想自己手下两千士兵中就无人能及者。待细打量时，个个都是宽肩猿臂，狼腰虎背，不由得大喜道："若得三千尔等这样的虎狼之士，何愁金人不退，故土不归！"

接下来的两个多月，宗泽但凡有时间，必将岳飞召入书房议事，两人相谈十分投机，谈到激昂处，宗泽疏狂不羁的文人兴致起来了，便泼墨挥毫，赋诗数首。

这一日又谈得兴起，宗泽乃慷慨题道："忧国心如奔马，勤王笔有奇兵。一旦立诛祸乱，千载坐视太平！"自觉写出平生抱负，心中又喜又悲，壮怀激烈，不禁老泪纵横，哭出声来。

岳飞十分感动，劝宗泽为国家计，务要保重身体，一老一少相对流泪，把几个下属慌得不知如何是好：陪着掉泪吧，实在不太明白他们在讲些什么；不陪吧，主人忧愤至此，做仆役的倒像没事人一样，好不尴尬。

宗泽平静下来后，目视岳飞良久，终于做出一个决定，便对他说："你明日午时到我书房来，我有大事相托。"

岳飞惶恐不已，连忙躬身答应。

次日午时，岳飞准时到了宗泽书房，只见宗泽正襟危坐，神情肃然，心里不禁忐忑。宗泽叫岳飞坐下，然后从旁边书几上取过一个楠木盒，郑重地打开，从里面取出两本很厚的书，道："我与你交谈这些时日，深知你有将帅之才，前途不可限量，只是你从军以来，一直从事野战，虽然勇而有谋，屡建奇功，但那毕竟仍是裨将校尉之技，不足以成就大业。我今日赠你两本奇书，一本是《平戎万能全阵图》，一本是《武经总要》。《平戎万能全阵图》乃我朝太宗为收复燕云十六州所绘制，专克辽人骑兵，在古人八阵图之上，辅以本朝之神臂弓、子母弩，由各兵种排成大阵，层层叠叠，变化无穷；《武经总要》乃我朝仁宗所编，把古阵法、大宋八阵法皆绘制成图，并加以详细阐明。我机缘偶合得到这两本书，珍藏二十余年，现传之于你，望你多加研习，他日必能助你大展宏图！"

岳飞大惊道："这是留守的珍藏宝贝，我有何德何能，敢据为己有？"坚辞不受。

宗泽道："吾老矣，这些年也一直在寻觅能接我衣钵之人，你智勇兼备，胸怀正气，他日成就必在我之上，这两本书赠予你，正是适得其所，你不要推辞了。"

岳飞这才跪下，恭恭敬敬地接下了书盒，如获至宝，喜不自禁，回去彻夜研习不提。

宗泽器重岳飞，将磁州城内所有骑兵皆归岳飞统领，但凡有马匹，也都先让岳飞挑选。很快，岳飞便重新组成了一支二百来人的骑兵队伍，日日勤加操练。

这日，岳飞正在督促骑兵演练，突然张显风风火火地闯进来，满脸兴奋道："岳大哥，好事来了！"

张显所说的好事是有战事来了。原来磁州东南四五十里处，有个叫张用的啸聚山林，据传拥兵十万，声势极大，官兵奈何不得，经常到附近州县讨粮，不给就围城，各州县长官自忖对付不下，最终都破财消灾，如今讨到磁州来了。

岳飞急忙往衙门赶，果然宗泽正召集众将议事，等人来齐了，宗泽道："张用这厮，三番五次滋扰附近州县，几个月前也来磁州讨粮，我还好言相劝，跟他说方今国家用人之际，劝他为国效力，给了他几百担粮食，不想这厮毫不悔改，仍是一味地打家劫舍，荼毒百姓，让方圆几百里都不得安生。我听说这厮还经常围住村庄，逼村民交出妻女供其淫乐，干出这等伤天害理、违背伦常之事，岂能容他！我决意与之一战，列位有何看法？"

其中一位幕僚道："磁州只有两千士兵，这张用拥兵十万，敌众我寡，当今之计，莫如避其锋芒，请留守三思。"

众人或不言语，或点头附和，宗泽便转头看向岳飞。

岳飞从容道："末将以为此战必胜。其一，张用号称拥兵十万，依我看能有一万人就不错了，且都是些乌合之众，并无多少战力；其二，张用此次前来讨粮，并无打仗准备，只是虚张声势，以为我们又像上次一样花钱消灾，倘若我们突然出兵应战，定会攻其不意；其三，张用四处打家劫舍，百姓不堪其苦，一旦有人出头惩治，百姓中定会有人响应；其四，张用乃一介莽夫，不知兵法，狂妄自大，我听说此人还弄了一身龙袍，没事穿戴自娱，这样的浅薄狂徒，何足道哉！"

宗泽知道在座诸将中，真正见过大阵仗的也仅有岳飞一人而已，听了岳飞的一番分析，心里更加有数。又喜岳飞才来数月，便已将周遭情况摸得一清二楚，远胜他人。

宗泽不再迟疑，拔出宝剑，效仿三国时孙仲谋决断赤壁之举，奋力斩断案角，道："本留守决意剿灭张贼，三军有不用命者，与此案同！"接下来不顾年迈，与众将商议作战方案到深夜。

两日后，张用带着人马浩浩荡荡向磁州开来，离城大约十里的时候，看到前面路中间立着一根长杆，上面挑着个什么东西，近前一看，原来是个人头，再细看，竟是他派往磁州讨粮的使者。人头下面还系着一张字条，上书：止步回马，留尔性命。

张用吃了一惊，随即勃然大怒，骂道："宗泽老匹夫，以区区两千兵马竟敢如此欺我！"立即传令下去：准备攻打磁州，城破之后，掳掠三日，屠尽宗泽一家老小。

张用下面各将领自恃人多，带着人马趾高气扬地直奔磁州城而去。离城三四里地的时候，远远看见前面磁州军队摆好了阵势，看上去有章有法，颇有气势。张用不敢大意，也令自己的军队摆起阵势，双方隔着两箭地，谁也不敢贸然进攻，只是互相叫骂。

这边岳飞立在马背上，观望对面如何布阵，突然双腿一夹，坐回马背上，策马直奔到宗泽身边道："留守，岳飞愿带本部人马率先攻击！"

宗泽正有些忧心对方人多，这样正面对阵耗下去，恐失先机，听到岳飞主动请命，大喜道："有你出马，吾无忧也！"说罢就要传令擂鼓。

岳飞连忙道："切勿擂鼓，只需保持阵势，虚张呐喊即可。"说罢，勒马回身，带着属下二百多骑往后撤离主阵，借着一小片树林掩护，直奔一条小路而去。

宗泽不知他葫芦里卖的什么药，只得回身继续命部队压住阵脚。

这边岳飞率部沿着小道一阵狂奔，大约过了两盏茶的工夫，绕到了张用阵地的侧后方，然而这地方有一片陡坡，不利于马队冲锋。岳飞率先下马，牵着马沿着斜坡上至坡顶一小片凹地，此处离张用部队两三箭地，那些士兵正鼓噪叫骂，丝毫没有注意到这边的动静。

这凹地只能容下约五十骑，岳飞命士兵先不着急上马，牵着马漫不经心地走出凹地，腾出地方让坡下人马上来。张用部队中已经有人看见了这支悠闲的队伍，很是诧异，指指点点不知在说些什么。众士兵有些紧张，岳飞低声喝道："只管牵马往前！"

等到第二拨人马从凹地里钻出来时，张用那边终于觉得有点不对劲，只见令旗挥舞，阵形也随之移动，岳飞大喝一声："上马！"这先上来的一百多骑立即一改散漫之态，猱身上马，如猛虎下山般直扑敌阵而去。

张用的这些匪兵哪见过这阵势，一时都呆住了，直到岳飞等人冲到面前才如梦初醒，"哇哇"大叫，有些还来不及叫便已人头落地，这一百来人如同一把尖刀，像切豆腐一样将张用的军阵拉开一道大口子。

张用在前方只听到后面一片鬼哭狼嚎，正惊疑不定，突然士兵像潮水一样往前涌，原来后方有官兵杀入阵中，正切菜砍瓜般大开杀戒，张用这边士兵因出其不意，军心动摇，毫无还手之力。这时，王贵率领另外一百余骑也杀入阵中，简直如饿狼入了羊群，无人能挡。张用军队彻底大乱。

宗泽在对面看这架势，立即命令擂鼓进攻，官军一时士气大盛，张用哪里还能稳得住军队，只得掉头就走。这一下兵败如山倒，手下将士丢盔弃甲，狼狈逃窜，官兵一直追了十余里，俘获无数，才鸣金收兵。

这一仗赢得痛快轻松，甚至有点莫明其妙。战后清点人数，张用军队留下六百多具尸体，降者近三千人，而官军仅仅伤亡三十余人。

宗泽见战果如此辉煌，喜不自禁，当晚磁州军民一直欢庆到半夜，宗泽也多喝了几杯。洗漱就寝前，宗泽若有所思，不得其解，便让人将岳飞叫来，问："你今日破张贼用的是何阵法？"

岳飞道："没用什么阵法，战场形势瞬息万变，不可拘泥于阵法，天时、地利、人和并无常形，攻守之势也时时在变，按图布阵，一成不变，容易被敌人窥得虚实，一旦被乘虚而入，则兵败如山倒，根本没有补救的余地。"

宗泽听了有些不悦："难道我太宗、仁宗的兵法阵图就如同白纸？"

岳飞解释道："用兵之要，贵在出奇制胜，两军相遇，切忌让对方摸清我方底细，比如今日战张用，对方至少有七八千人，我方只有两千余人，阵而后战，只会让敌众我寡的劣势一览无余。我在观望对方布阵之时，左侧防备十分空虚，张用以为那边是一处陡坡，我必不会从那边出兵，他却不知那陡坡有小路通往一处凹地，正利于我隐藏突击，而此战机稍纵即逝，如等对方阵形展开，坡地有兵防守，则成一夫当关，万夫莫开之势，攻守之势又颠倒了，所以末将才匆忙请命，只为抓住这个战机。托留守洪福，天佑磁州，让我等一击而中。"

宗泽听得入神，岳飞又道："实战中，阵而后战者极少，很多是猝然相遇，哪有时间去布阵，只能相机行事，或战或退，或攻或守，全在一念之间，最忌讳优柔寡断，接下来拼的都是将士平时训练严格，战时敢舍命冲杀，虽刀山火海亦敢往前，这样的话，必能无往而不胜。"

宗泽不禁自语道："莫非我太宗皇帝两次用兵燕云无功而返，竟输在拘泥阵法之上？"心中觉得这样想颇为不敬，但今日在战场上看得真真切切，这阵图确实没顶什么用。

两人正聊得欢，一名亲兵急步进来，道："张用带着几百人在城外，说是要见留守。"

宗泽诧异道："这厮今日一败涂地，居然还敢再来挑战？"于是率众将登上城楼,夜色中果然见张用带着一群残兵败将立于城下,见了宗泽,立即下马,纳头便拜。

原来这张用也不蠢,知道自己平时得罪人太多,如今惨败,恐怕各州县都会趁机发兵攻打他,百姓们也恨透了他们,到时只怕死无葬身之地,思量之下,不如投奔宗泽,或可保全性命。

宗泽道:"你啸聚山林,为害一方,本该死罪,念在方今国家用人之际,我且饶你,你回去后好生约束部下,如敢再滋扰百姓,我决不轻饶!"

张用没料到自己如此轻易过关,又惊又喜,伏在地上磕头如捣蒜。宗泽又恩威并济地勉励了一番,让他自去了。

张用离去前,向城上叫道:"今日是哪位将爷破我军阵,我虽然大败,但心中好生佩服,敢问这位将爷高姓大名?"

岳飞道:"我乃岳飞是也,望你回去谨遵留守教诲。若不悔改,下次再让我碰上,绝不轻饶!"

张用远远看着岳飞发愣,心想,这人也并非三头六臂,怎么就一下把自己的大军冲得稀里哗啦?

等张用走远,旁边的幕僚道:"留守如何就这样放了他?这厮回去,好不了几天,必定故态复萌,一旦坐大,又得劳烦我们去征讨。"

宗泽微笑道:"我如何不知这厮秉性,但我另有深意。"

果不其然,三日后,附近的一些大大小小的贼寇头子纷纷前来拜见宗泽,宗泽都加以勉励,道:"金人掳我二帝,夺我江山,屠我子民,尔等都是英雄豪杰,当效忠朝廷,共济国难,为何要干这种鸡鸣狗盗之事?如今国家危亡,正是大丈夫建功立业的大好时机,尔等却甘愿为贼,自甘堕落,难道不觉得羞愧吗?"

这些话只配赤胆忠肝的宗泽说出来,众头领见这七旬老者一片赤诚,坦荡无私,都十分感动和惭愧,纷纷发毒誓要洗心革面。

宗泽又道:"只要尔等真正为国效力,我将上表朝廷,赏给尔等官职名分，也好荣耀乡里，岂不比做贼强？"

那些头领最喜欢的就是这个，喜得抓耳挠腮，感激不尽而去。

有幕僚为此感到担忧，道："留守，这些人朝三暮四，反复无常，只怕会辜负留守的一片赤诚。况且他们啸聚山林，割据一方，总要吃穿用度，不劫掠滋扰百姓无以为继，恐怕到时不但难为我所用，反成肘腋之患。"

宗泽道："前日张用之所以兵败，一是其自大轻敌，二是岳飞出奇制胜，并非我们真有多大的实力。张用大败，仅以身免，对他们是震慑，然后我又放他一马，以忠义诫之，正所谓恩威并济，这些草头王至少会收敛一些，不至搅到四境不安。我料大宋与金国终将决一死战，这些人此时为盗贼，彼时就可为兵源，如今并非太平盛世，国家危若累卵，必须以抗金为首务，其他事只能便宜行事，不可拘泥。"

这是没有办法的办法，众人听了，也就不再言语了。

宗泽收服了周边的各路头领，意气风发，便给朝廷上奏章痛陈当今局势，金虏猖狂，士大夫莫不胆战心惊，不敢与金对决，长此以往，大宋将有覆亡之忧。

奏折最后写道："臣意陛下即位，必赫然震怒，旋乾转坤，大明黜陟；以赏善罚恶，以进贤退不肖，以再造我王室，以中兴我大宋基业……臣虽弩怯，当躬冒矢石，为诸将先，得捐躯报国恩足矣。臣衰老，不胜感愤激切之至。"

写完后，自己感动得哭了一场，让幕僚们提意见，又特意叫来岳飞道："你非一般行伍中人，看看有好处。"

岳飞读了，对宗泽更加敬重，问宗泽道："留守可曾见过皇上？"

宗泽立即来了精神，便跟大家讲起了当今皇上的事迹。

当今皇上登基之前是康王殿下赵构，虽然生得面容英俊，从小养尊处优，却不是绣花枕头，能单手举起几十斤重的石凳，二百斤的重物他能双手抱持走百余步，面不改色气不喘。

靖康年间，金兵围东京，要求以亲王为人质，康王赵构那时才十七岁，慨然表示愿意去金营当人质，还说："如果要对金军反击，尽管动手，不要以一亲王为念。"其慷慨从容让人惊叹。出发之日，一同前往金营的张邦昌等人自忖难以生还，皆涕泪交加，唯有赵构神情自若。

赵构到金营后，金国统帅完颜斡离不故意邀他一起射箭，斡离不三射三中，然后把弓递给赵构，这是一张硬弓，他原本以为赵构那斯文秀气的女人模样，肯定连弓都拉不开，不料赵构轻轻把弓拉满，还意犹未足，斡离不十分诧异，便让人递上一支长箭，让他射一箭试试。

赵构张弓搭箭，却不把箭射出去，突然把箭对准身旁的斡离不，斡离不吃了一惊，赵构却又回身，把箭对准靶子，身形略动，一箭正中靶心。

这事让斡离不心中生疑，不久后，又发生了一件大事。东京城内派出数千人出来劫营，然而处事不密，让金人得了消息，早有防备，一番血战后，宋兵败走。

斡离不看宋朝丝毫没有投鼠忌器之虑，更加确定赵构并非真亲王，一定是哪个宗族子弟冒充的，不然绝不会有如此胆量身手，于是把赵构送了回来，让送一个真亲王过去，于是肃王只好哭哭啼啼地去了金营，斡离不一看，说这才是真亲王，先前那个是假的。

斡离不后来知道真相，顿足追悔不已……

宗泽整整说了一个上午，说到靖康之难，二帝北狩，不禁失声痛哭，说到康王即位，大宋复兴，又开心不已，朗声吟道："群阴翳，大明出，群籁喧，大声发！今圣上神马迎之，人心归之，此非天意而何？实乃我大宋之福也！"

众人听得如痴如醉，岳飞更是心潮澎湃。

奏折还未发出，朝廷却先来了圣旨，命宗泽改任襄阳留守。襄阳地处枢纽，人多地广，远大于磁州，足以看出皇上对宗泽之信任，众人都来道贺。宗泽也意气高涨，誓言要舍却这把老骨头，收回故土，以报皇恩。

2 李纲新政

南京应天府（今河南省商丘市）乃大宋太祖龙兴之地，郊外的官道不比他处，分外敞直，道路两旁古柳依依，显出别样的神韵；而城内建筑布局，虽然比不了东京的大气，却在表面的平淡无奇中透着厚重庄严。连日来，应天府内一片欢庆，因为大宋的新天子在此登极，并改年号为建炎。

刚坐上龙椅没几天的赵构，正小心翼翼地学着如何做皇帝，他首先要面对的不是欲除之而后快的金国人，而是一群学识、才智、经验、心机都远胜于己的大臣。

赵构登基后的第一件事，就是召罢黜在外的李纲进京，这在他看来是顺理成章的事。李纲德高望重，时人皆云，若不是李纲罢相，怎么会有靖康之祸？赵构把他召来，一方面有拨乱反正之意，借以振奋人心；另一方面也是施恩于人，让这位重臣忠心辅佐自己。

但这件事首先遭到谏议大夫范宗尹的反对，他一连上了三份奏折道：李纲名浮于实，而有震主之威，不可为相。御史中丞颜岐也上奏道："如今圣上刚刚即位，不宜轻启祸端，如果任李纲为相，恐非金人所喜。"他一连奏了五次，最后赵构正色道："金人最不高兴的，恐怕是我登上了皇位吧？"颜岐这才不再上奏了，却仍不死心，派人把自己的弹劾奏章送给正赶往南京的李纲，劝他有自知之明，不要坑完了老皇帝，再过来坑新皇帝。

过了几日，李纲到了京城。赵构赶紧召他入殿，两人上次见面时，赵构还是亲王，此次见面，已成君臣，一时恍若隔世，百感交集，不禁相对痛哭。李纲说："陛下，臣知道金人恨我入骨，因为我眼中只有赵氏，没有金人，如果是因为我才疏学浅不配为相，我毫无怨言，但如果说是金人不喜欢我而不能为相，则万万不可！臣请陛下早做决断，如果决定启用臣，老臣当竭心尽力，如果觉得不适合，也请明示，老臣辞官归田，决不反悔！"说罢，老泪纵横。

赵构赶紧抚慰道："朕知道老爱卿忠义智略都堪为宰相，靖康年间，我就跟渊圣皇帝建议坚持用你，更何况现在！目前国家形势危急，正需要你这样的老成谋国之臣。我心意已决，请不要再推辞了。"

李纲这才拜谢。

次日朝会完毕，赵构特意留下李纲，他知道李纲肯定有了他急需的一揽子方案。果然李纲没让他失望，李纲呈上厚厚一本奏折，一看就是路上十来天做的功课。赵构接过折子，一边看一边听李纲说。

看比说快，李纲还在滔滔不绝地说，赵构已经大致看完了折子，共十议：议国是、议巡幸、议赦令、议僭逆、议伪命、议战、议守、议本政、议责成、议修德。虽说是十议，却有一大半的内容是要求惩办张邦昌及"从逆"者的内容。

赵构心中犹疑不安，如果真照此办理的话，朝廷中超过六成的大臣就得获罪丢官了，弄得人心惶惶不说，好不容易捏成一团的执政班子还要推倒重建。

李纲情绪激昂，慷慨陈词。赵构等他说完了，才婉转道："爱卿所言极当，只是张邦昌僭命实乃形势所迫，且他僭命之后，不敢称'朕'，只敢称'予'，金兵退尽次日，就遣使赴山东寻找朕的下落，并与将领商议复辟大宗之事，又尊元祐皇后孟氏为宋太后，垂帘听政，自己立即退位，忠义可鉴。朕还听说，当初金国想留一支军队在东京，也被他巧言回绝，不然局面十分不堪，这岂不是有功于社稷？现在反而治他的罪，恐于情理不合。"

"陛下！"李纲大惊失色道，"切不可在这种时候有妇人之仁哪！陛下登上大位，乃是因为四海臣民所共欣戴，张邦昌有什么能耐左右？'汉家之厄十世，宜光武之中兴；献公之子九人，惟重耳之尚在'，这两句传唱天下，试问，普天之下，还有谁比陛下更有资格？张邦昌僭占帝位，虽然只有三十三日，但这是触犯了天条，合当人神共愤之，天地共诛之！陛下倒好，不仅不予以惩治，反而给他加官进爵，这让天下人如何揣度？如今四海未平，人心思变，难免会有狼子野心之徒欲觊觎大位，在这种大是大非上，如果朝廷不正本清源，典正刑律，则何以立国，何以安天下？"

赵构听了，良久不语，李纲又劝道："陛下有没有想过，虽然张邦昌僭逆不过三十多天，但毕竟是南面称君了呀！对人心的祸害极大，那些向他俯首称臣的，如今都是他的党羽，一旦秋高马肥，金人南侵，恐怕还没入境，这些人就蠢蠢欲动了！倘若形势危急，我怕到时候逼陛下退位的并非金人，而是张邦昌之徒耳！张邦昌在朝中位极人臣，还颇得人望，陛下现在不处置他，只怕将来想处置而不可得矣！"

赵构听了脸色苍白，勉强透了几口气，道："此事关系重大，须与其他执政商议。"

李纲立即道："臣愿明日与各位执政廷辩！此事不辩明白，则其他事无从谈起。"

赵构挥挥手道："那就依卿所言吧，卿路上劳累，且先回去歇息。"李纲便叩首退出。

李纲走后，赵构坐在龙椅上发了一会儿呆，他原本期望听完李纲的方略，乱哄哄的脑子会明晰些，不想今日聊下来，脑子反而更混沌了，之前他的想法是：新朝初立，宜勠力同心，同舟共济。父兄在位的时候，虽然自己年纪不大，但对朝内党争是有所耳闻的，误了多少事！但李纲说的也不无道理，赵宋皇族被金人一锅端，难保不会有人想入非非，出现王莽、曹操这样的奸雄，觊觎大位。借李纲之手整肃一番，或许并无不可。

他左思右想，难以决断，刚登皇位时积聚的一些振奋之气，一下子消弥大半，只有一种纷扰繁杂、前路漫漫的无奈感。

内侍过来轻声道："陛下忙了一日，也该歇息了。"

赵构长吁了一口气，缓缓站起来，去内殿歇息，却又叫内侍把今日群臣递上的折子都带上。草草吃了些东西，洗漱完毕，随手从案几上拿起一份折子，看了看，是吏部员外郎卫肤敏写的，奏称："……及金人伪立叛臣，僭窃位号，在廷之臣逃避不从及约寇退归位赵氏者，不过一二人而已。其他皆委质求荣，不以为愧，甚者为叛臣称功德……今陛下践祚之初，苟无典刑，何以立国？凡前日屈节敌人，委质伪命者，宜差第其罪，大则族，次则诛，又其次窜殛，下则斥之远方，终身不齿……"

赵构看了，心想此人是谁，张口闭口"族"啊"诛"的，便问内侍："东京城破之时，这个卫肤敏身在何处？"

内侍道："卫肤敏当时是高丽使节的接伴使，自京师抵达明州，所以侥幸没在城内。"

赵构心道：真是站着说话不腰疼。

接着再去翻看那些奏折，发现但凡主张严惩"从逆"之人，竟无一人是当时围城中人，而凡在围城中者，无一人主张严惩"从逆"之人。

赵构将奏折扔到案几上，心中冷笑不止，内侍几次过来催促他歇息，他也真是累了，只是随着困倦浮上来的，是深深的忧虑与无助。

他从怀中取出一个小锦囊，打开里面是一对耳环，这对耳环是发妻邢氏赠予他的。当年他出使金国前，邢氏取下耳环，道："官人见着这对耳环，就如同见到了妾身。"那时，他不过是个十七岁的少年，而邢氏也不过十六岁，两人成亲才一年，正是小夫妻恩恩爱爱的时节，没想到，这一别竟成永诀，东京城破，邢氏跟着三千皇族大臣一起被掳到北方去了。想到美貌温柔的妻子在那虎狼之地不知受什么样的侮辱，赵构心里堵得发痛，不由得呻吟了几声。

内侍听到声响，赶紧过来看，赵构正攥着锦囊难受呢，也无从劝慰，只能陪着流泪。

次日，李纲在朝会上刚一提他的十议，便立刻遭到右相黄潜善、同知枢密院事汪伯彦和范宗尹等人的反驳。黄潜善道："张邦昌此次僭逆，实属万难之中无奈之举，当时金人许下三日，如推举不出人来做皇帝，便要尽屠满城百姓，毁我宗庙宫室，换做是李相，你当如何处置？"

李纲慨然道："张邦昌深受皇恩，渊圣皇帝即位之初便把他提拔为相，东京城破，金人想废赵氏而立异姓，张邦昌身为首相，为何不以死守节、据理力争？为何不向金人表明天下百姓之拥赵之心？如果他慷慨陈情，金人未必不为之感动，未必不悔祸而存赵氏。而张邦昌呢？却自以为得计，堂而皇之立国号，住皇宫，下伪诏，直到意识到天下人不服，才不得已请元佑太后垂帘听政，这种偷天换日的狗胆，在座的衮衮诸公居然还为之辩护，你们的圣贤书都白读了吗？"

这一番慷慨陈词直把黄、汪等人听得目瞪口呆，心想：大道理谁都会讲，然而当时情境，你叫人家如何去据理力争，慷慨陈情？如何让凶残野蛮的金人"感动""悔祸"？恐怕还没说两句就人头落地了，你倒是以死守节了，但百姓怎么办？宗庙怎么办？难道让一城百姓都陪着死节？

这些话却说不出口，特别是在李纲这顶大帽子之下，谁要这样辩解就有对赵氏不忠之嫌。

赵构听在耳里，虽然也知道李纲过于苛求，但见他苍髯白发，义正词严，心中全无要笼络人心的私念，不禁为之动容。

李纲继续道："东京城破之后，这些蒙受国恩的大臣活生生就是一幅群丑图，有些人替金人搜捕宗室戚属，有些人甘做喉舌为金人传达命令，有些人帮着草拟劝进表、敲定册立之仪，不一而足！如果不惩处这些失节的大臣,如何开启大宋的中兴大业?如何激励天下士大夫的气节?"

之前还与之争辩的大臣此时已经鸦雀无声,只听李纲一人奋然道:"我与张邦昌誓不两立,若他在朝堂跟我同列,我必以笏击之!若陛下坚持要立张邦昌为相,那就请先罢免我的相位!"

话说到这份儿上,赵构心中已然有了计较,黄、汪等人自认失败,汪伯彦道:"李某理直气壮,臣等不及。"

张邦昌的命运就此决定,在李纲来京的第三日,张邦昌从"有功于社稷"一下子成了千古罪人,虽然并没有如李纲所坚持的被处决,但立即被罢(免)去相位,降职于潭州。

墙倒众人推,没过几天,就有人举报张邦昌僭位时染指了后宫的嫔妃,这一下子就坐实了死罪,一道白绫快马加鞭送到刚在潭州安顿下来的张邦昌家里。张邦昌手执白绫,在树下逡巡良久,不甘自尽,直到旁边人等得不耐烦,催促起来,才悲叹数声,了断了自己性命。

李纲乘胜追击,毫不留情,刚结果了"首恶"张邦昌,又提出"议伪命",要以叛逆罪惩罚那些跟着张邦昌做事的大臣。既然张邦昌已经伏法,其他的人就难以免罪了,于是吴开、莫俦傅、王时雍、徐秉哲等人皆获罪,一时间,告密举报者络绎不绝,人人自危。

这里面引起最大争议的是谏议大夫宋齐愈之死。

李纲议战守时,连上三份奏章,一是招募兵士,二是购买战马,三是募民出财以助军费。宋齐愈听说后,嗤之以鼻,认为这三个建议无一可行。有人问原因,宋齐愈道:"方今国家新建,财力极为窘困,假如招募士兵的话,就算一个郡增二千,那么全国每年增加的费用就是上千万缗,这钱从哪里来?至于购买战马,更不可行,战马只有西北的马匹强壮耐力好,东南的马匹只能做犁田使用,但你如何买到西北的战马呢?难道要穿过金人的防线吗?还有募民出财,百姓刚从战乱中恢复一点元气,堪足温饱,你就去搜刮,岂不有伤新朝声誉?"

后来在议伪命时,李纲以金人在逼众大臣推举异姓为帝时,宋齐愈第一个写下"张邦昌"三字为由,将他腰斩。这难免被人看作是李纲借机剪除异己,因为当时宋齐愈刚从金营回来,在政事堂上的众宰执问他金人意向,他便写下"张邦昌"三字示与众人,可以说是机缘凑巧,事出有因,并非他要刻意拥戴张邦昌。

一个多月的施政下来,李纲威权之重,已令群臣不敢仰视,李纲乘着势头向赵构建言兴军政、修城池、缮器械、重赏罚,虽然跌跌撞撞,但终归开始起步。大宋朝廷在停摆多时以后,总算又重新开始运转起来。

然而,新朝初立,财政几乎陷于瘫痪,最缺的是钱,兴军政、修城池、缮器械、重赏罚,哪一项不要钱?所以摆在李纲面前的头等大事是如何筹钱。

李纲提出精简机构,裁撤冗员,这的确能省出一些费用,但不足以彻底解决财政困难。于是,李纲提出募民出财以助军费,遭到了很多大臣,包括宋齐愈的反对,虽然李纲腰斩了宋齐愈,但其他没有把柄在他手里的大臣仍纷纷表示此法不可行。

众大臣的反对是有充分理由的,战乱之后,百姓还没完全安定下来,正是需要休养生息的时候,结果新皇一登极,不但不与民休息,反而横征暴敛,实在是大伤朝廷声望,搞不好还会激起民变,得不偿失。

果不其然,募民出财的政令一下去,钱没收上来多少,却给了奸滑官吏敲诈勒索的机会,一时间民间怨声载道。

这时,转运使梁扬祖献上一条计策:"中原和京师周围遭受战乱,盐道堵塞,不如印一些'盐钞'卖给大商户,准许他们去贩盐盈利,既可坐收一大笔钱,又不须朝廷劳神费力地去征敛,岂不一举两得?"

赵构觉得可以一试,于是梁扬祖便主持此事,"盐钞"被认购一空,几乎是举手之间就兵不血刃地收入了一百万缗!接下来,他继续整顿盐务,每年收入不少于上千万缗,极大地缓解了新朝廷的燃眉之急。

接着,中书侍郎张悫又毛遂自荐去各州郡征收赋税,他并不侵扰百姓，直接带一帮钱粮先生去各州郡查账。原来，张悫不是只会吟诗作对的书呆子，还通晓钱粮财务，他敏锐地察觉到一些地方官吏借着兵荒马乱故意毁坏账本，隐瞒赋税收入，中饱私囊。张悫下去后，有理有节，有章有法，无人能欺，再加上背后有皇上撑腰，那些被侵吞的财税又被吐了出来，老百姓并没有多交一分一文，朝廷却凭空进账无数，庞大的军费和朝廷开支总算有了着落。

张悫再接再厉，又干下一件漂亮事。按照旧法，宋朝用的是两种钱，一种是大钱，仅流通于东京周围及河东、河北，而苏、浙等东南地区用的是小钱，之所以如此安排，是担心有人私自铸造大钱盈利，这样做的结果必然影响流通，限制经贸。张悫一针见血地指出，为什么有人会不顾严刑峻法，私铸大钱得利？原因很简单，因为一个大钱可以抵十个小钱，而事实上大钱根本没这么值钱，抵三个小钱足矣。于是，张悫呈上奏本，提出改革，朝廷诏三省讨论后实施，一举解决了东南地区钱币不足的问题，使得财货交易迅速膨胀，而国家的财政收入也随之水涨船高。

梁扬祖和张悫虽非黄潜善和汪伯彦任用举荐，但他们同属一个阵营，可以说，在解决迫在眉睫的朝廷财政问题上，黄、汪完胜对钱粮理财不甚精通的李纲，这也让赵构对李纲"名浮于实"的传言有了几分在意，李纲不计利害、舍身为国是不消说的，然而缺点在于不能审时度势、见机行事。方今一团乱麻、百废待兴的形势，仅仅高谈忠义是不能解决问题的，还得有切实可行的手段和方法。

在真正的大政方针上，赵构也慢慢发现不能认可李纲之论，但他并不急着表态，只叫黄、汪等人与李纲辩论。一日，在朝堂上，几位宰辅为是否该组织河北、河东义军收复失地，是否让皇上巡幸汴京等重大国策争吵不休，李纲此时才感受到，他前期的铁腕无情已经埋下了祸根，群臣中几乎无人对他的方针表示支持，要么表示冷淡的沉默，要么干脆讥讽痛斥。

暂时代理户部员外郎一职的赵鼎出列道："臣以为'定都中原，欲图恢复'实属书生之高谈,并无半分实在道理。自秦晋以来,各朝定都不一,都是因地制宜,从来没听过一定要把都城定在前朝之都,才能聚积王气的说法。陛下欲图中兴大业,要做的是整肃军备、任用贤能、赏罚分明,如果做不到这些,把都城定到燕京去,就能光复幽云了?如今北虏兵锋正盛,定都于危险之地,已经就棋失一招了,动辄有覆亡之忧,还谈什么卧薪尝胆,恢复中原?"

赵鼎举止沉稳,神闲气定,职位虽然不高,却颇有宰辅之风,所奏的话也在情在理。李纲只得又苦口婆心地将定都中原的理由详细阐述了一遍。

此时的李纲只能就事论事,再也不能像先前那样,站在维护宋室正统的道德顶峰压人一头。在他反反复复强调皇上应巡幸汴京,以示不忘中原时,御史张浚问:"李丞相,我且问你,如果皇上巡幸时,不巧赶上金人南下,你说该怎么办?"

李纲知他在挑衅,怒道:"畏敌如虎,闻虏色变,如何能恢复故土?李纲虽然年老不中用,但也愿持剑与金人拼死一战!"

张浚素与被李纲腰斩的宋齐愈私交甚笃,因此极恨李纲,当下面色一寒,当着皇帝与众臣的面直呼李纲名讳,斥道:"李纲,你太狂悖!你想逞匹夫之勇,成全自己忠烈之名,却置皇上于何地?置大宋社稷于何地?你死不足惜,皇上正值青春,能跟你比?你沽名钓誉,为留虚名于后世,不惜置皇上于险地,此狼子野心,比之张邦昌若何?"

这骂得太诛心了,李纲自知失言,顿时面如土色,赶紧向赵构请罪。赵构阴沉着脸点了点头,勉强说了句场面话为其解围,再看群臣,大都面带快意。

张浚不过一个小小的御史,刚满三十岁而已,李纲被个晚生后辈当廷羞辱,气得浑身哆嗦,却又无可奈何。

张浚又道:"圣上痛失父母兄弟,如何不日思夜想报仇雪恨?我等臣子蒙羞,如何不日思夜想迎回二帝,一雪前耻?然而方今之势,金国之兵锋极盛，而我大宋之兵积百年之弊，根本不是对手。请问李相，如果此时贸然与金兵决战，你以为胜算几何？"

李纲答道："平原野战，我大宋步兵居多，多半不是金人骑兵对手，然而我方可依托城池，深挖壕沟，阻碍金人骑兵，使其不得纵横，然后伺机反击，截其后路，则我胜算大增。"

张浚一声冷笑，道："李相是说再演东京被围之事？"

李纲顿时语塞。形势的确如张浚所说，只要圣驾北迁，无非就是两种选择：与金兵决战于旷野，以此时双方的实力，无异于以卵击石，毫无胜算；依托城池，与金人对峙，然而放眼中原，论城高池深，非汴京莫属，可一年前两位皇帝刚在汴京城陷被俘，赵宋宗室被一锅端，你再让赵家的独苗新皇帝去汴京与金人对峙，似乎说不过去，更何况此时宋朝新败，江山残破，人心浮动，汴京也几乎被金人掏空了，此时守城，胜算比之一年前更为渺茫，到头来，恐怕又是靖康之事重演而已。

刚才还吵吵嚷嚷、激辩不休的朝堂突然陷入尴尬的寂静，李纲心里一阵凄凉，以他的忠烈刚直，他无法理解朝廷里身居高位的股肱重臣们，国恨家仇至此，还有什么理由不去拼死一争。

次日，张浚继续上章弹劾李纲，言辞激烈，道："李纲虽负才气，有时望，然以私意杀侍从，典刑不当，有伤新政，不可居相位。"然后列举了李纲杜绝言路、独擅朝政、窃庇姻亲等十余桩罪行。

李纲明知道张浚后面有人指使，但也拿他毫无办法，只能硬着头皮辩解。然而百事不顺，没多久，他大力推荐的张所、傅亮等人纷纷被罢职。

至此，李纲知道形势已经不可挽回，只得黯然提出辞呈，随即被罢为观文殿大学士，前后为相仅七十五日。

李纲罢相没几天，从北面传来消息，金国派来使臣出使汴京。

赵构这才隐隐意识到，当初赐死张邦昌，公允与否姑且不论，至少有失于急切。金国还在北面虎视眈眈，此次派来使者，无非是一探虚实，如果不杀张邦昌，让他去巧言应对，再厚待金使臣，或许可以不惹战端，让新政多些喘息时间，以利备战，但事已至此，只能相机行事了。

消息传到应天府的时候，金国使者已经到了汴京城外，而此时宗泽已由李纲推荐，升任开封府尹、汴京留守。

宗泽听说金国使臣到来，怒发冲冠，立即传令将金国使臣拘押起来，先不让他们进城，加紧让工匠制了几个大笼子，将这一行金国使臣装在笼子里。进城那天，特意告示全城，全城百姓听说要将金国使臣游街示众，一时间倾城而动，争睹为快。

可怜那几个金国使臣，被绑在囚笼里，一路下来被扔了无数的菜皮、果核，甚至粪尿，几乎要将他们埋起来。看押的士兵不得不清扫了好几次。从城门到府衙，也就不到半个时辰的路，足足走了三个多时辰。

等金国使臣被押上来之后，宗泽将他们劈头盖脸一顿痛骂。金国使臣只来得及说了句"两国相争，不辱来使"，便被押了下去。宗泽上书朝廷，要求将这些人斩首，"以破其奸"。

赵构接到宗泽的奏章，惊得手足无措，黄潜善、汪伯彦等人痛骂宗泽专逞意气，视国事如儿戏，只有尚书左丞许景衡为宗泽辩护，言其"威名政绩，卓然过人"。

但不管怎样，新朝立足未稳之际，拘押敌国使臣，给人以出兵口实，无论如何都是件不明智的事。赵构觉得事关重大，便立即亲笔给宗泽写信，让他将金国使者"迁置别馆，优加待遇"，切不可意气用事，并叮嘱他好好与金国使者交流，一方面了解金国国内形势，另一方面也尽量传达宋朝的善意。

过了几天，宗泽回了一份奏章，道："金人掳我二帝，劫我金银，屠我子民，老臣与金贼不共戴天，如今对方遣使臣过来，意欲探我虚实，我当示以正气凛然，令其惊惧，不敢欺我，何须谄媚逢迎，示之以弱？"

赵构看了宗泽回奏，真是急不得，恼不得，只得再下旨。一边少不得勉励他忠贞不贰，国之干臣；一边还要晓之以利害，要他立即放人，并以"令行禁止"警示他。

宗泽接旨，无奈只好放人，但"优加待遇"是想都不要想的，他特意让金国使者看东京井然有序的城防军列，道："逆贼张邦昌等人已然伏诛，此处仍是我赵宋的天下！你们这些茹毛饮血的生番胡虏，只适合在那苦寒之地卧冰爬雪，也配觊觎我锦绣江山？回去告诉你家主公，赶紧送回二帝，还我州县，或可免罪，否则我大军到处，让尔等死无葬身之地！"

金国使臣含恨忍辱，不敢吭一声，只求保全性命回去复命。然而，宗泽却只把使团中的辽地汉人放了回去，正使及其他女真人仍然拘押在牢。

赵构听闻宗泽始终不肯释放金国使臣，却也无可奈何，这等于向金人传递了一个极其强硬的信号。加上金人苦心扶持起来的伪楚政权土崩瓦解，张邦昌等人伏法，金人的报复很可能就在眼前。下一步是战是和，是北迁还是南渡，都是迫在眉睫的重大问题。

应天府虽贵为大宋龙兴之地，然而地处平原，无险可守，且虽名为南京，但论人口面积，尚不及许多州县。因此，此地作为登极之所，自是名正言顺，但要定为都城，却颇有欠缺。

李纲主政之时，建议赵构除四京外，再以长安为西都，襄阳为南都，建康为东都，他的理由是"不置定都，使夷狄无所窥伺"，只是这个建议实施起来不那么容易，如今兵荒马乱，国困民穷，有一都就不错了，哪里还有钱粮金帛去建三都呢？李纲主政，刚直不阿，然失之于求全责备，结果往往不可行，这也算一例。

群臣中有建议定都四川的，也有建议定都关中的，还有相当一部分官员主张退避江南，定都建康。唯有老臣宗泽，前后上了二十来道奏折，苦苦哀求赵构移驾汴京，早还华阙，赵构初时还敷衍他"旦夕北归"，后来见他奏报不休，干脆都不回话了。

赵构对于退避江南仍心存犹豫。李纲曾建言："自古中兴之主，起于西北，则足以据中原而有东南，起于东南，则不能以复中原而有西北，盖天下精兵健马皆在西北。"赵构自己也熟读经史，当然知道李纲所言非虚，更重要的是，他不愿落个畏敌南迁、不恋故土的恶名，如果再往隐秘处探究，他真正的顾虑是：这是你赵宋的江山，你做皇帝的都脚底抹油走为上，凭什么驱使军民百姓士大夫去抵御外侮，替你卖命？

这日，朝会刚散，知枢密院事汪伯彦慢走一步，赔笑道："陛下，臣近日把宅子打理清扫了一下，看堂屋墙上空着，想讨陛下一幅字裱了挂上去，不知可否？"

汪伯彦年近六十，看上去精神矍铄。当初赵构作为亲王第二次出使金国时，金国铁骑时时出没，一支几百人的骑兵跟踪赵构至磁州。汪伯彦得知，立即用帛书请赵构去相州，并亲自背着弓箭，带领部下两千人在黄河边迎接赵构。当时赵构虽然号称"天下兵马大元帅"，实则并无一兵一卒，有了汪伯彦这两千人的正规部队，赵构才能陆续收编诸军，一路辗转，平安抵达南京登极。所以说，这汪伯彦乃是大元帅府旧人，是赵构真正的心腹。

"廷俊既有这样的雅兴，朕有何不可？"赵构成天满脑子官司累得慌，心想有这种事排遣一下也好。

"多谢陛下！"汪伯彦接过内侍递上来的笔墨纸砚，一边磨墨，一边很随意地说道，"臣这宅子后头有一处坡地，附近有个看风水的特意登门拜访，郑重其事地告知这宅子风水不好，还说了一堆阴阳八卦的东西，劝臣搬走，臣只跟他回了两个字：不搬。"

"这是为何？"赵构听了颇感兴趣。

"陛下，子不语怪力乱神，这风水之事，原本就很虚妄，家业发达，人丁兴旺，明明是人的事，跟宅子有什么关系呢？只要上敬父母，下爱妻儿，邻里和睦，这宅子里的人如何不子孝父慈，百事百顺？反之，逆子贰臣、奸恶之辈，就算再找什么藏风聚气、五行不悖的好宅子，又有何用？普通人家选宅子是这样，国家定都不也是一个道理吗？"汪伯彦侃侃而谈。

赵构拿笔蘸了墨正要写，听了这话，笔悬在半空不动了，原来这汪伯彦是借宅子来说定都之事呢。当下莞尔一笑，且听他说下去。

汪伯彦见赵构听得认真，便继续道："臣听有人议论说：不定都西北则不足以安天下。臣窃以为这是无稽之谈。"

赵构略感惊讶，这汪伯彦也是饱读诗书之人，何以说出这样的话来？

汪伯彦解释道："三国两晋之前，诚然如此，但自晋朝南渡，文人猛士纷纷南迁，百年经营下来，江南早已不是蛮荒之地，江南人也早已不是文弱之民，当年刘裕北伐，金戈铁马，气吞万里如虎！连破南燕、后秦，北朝望风披靡，若不是他要回来争皇帝，大功成矣！隋唐以降，江南人口、物产早已丰饶不逊中原，到本朝尤甚。靖康之难，金人南侵，中原各地渡河南迁之人难以胜数，反倒是中原人口凋敝，百业萧条，陛下掂量一下，如今这西北也好，中原也罢，哪里比得上江南的帝王之资？"

赵构如醍醐灌顶，由衷叹道："廷俊饱读诗书而不迂阔，真乃国士也！"

汪伯彦受到皇上的激赞，兴奋得脸上泛起一层酡红。他压低了嗓音，道："如今陛下初登大宝，天下未定，盗贼蜂起，如此局面怎么去跟金人一争高低？狂妄之辈如宗泽等，招纳巨寇，以为能为其所用，这岂不是与虎谋皮吗？陛下真要听信于他们，以身犯险，万一有个三长两短，才真是愧对列祖列宗！有陛下这杆大旗在，人心才会聚起来，这跟陛下定都在哪儿并无多大关系，陛下是大宋唯一的皇族血脉，务必要爱惜自己，切莫听那些人怂恿，真要出了事，那些人倒上了青史，进了忠臣传。而陛下您呢，不过一亡国之君耳！天下分崩离析，百姓遭受荼毒，还有比这更大的罪过吗？"

汪伯彦一番话下来，彻底解开了赵构的心结，敢情避敌锋芒、爱惜己身就是为赵宋江山计，为天下苍生计啊！他突然明白了汪伯彦为何要在朝会之后跟他说这番话，朝堂之上，这么剖肝沥胆的体己话是不便说出来的。

汪伯彦最后提醒道："陛下，南迁之事须早做决断。陛下登极，大宋东山再起，又诛了张邦昌等人，前者宗泽又拘押羞辱金国使臣，如今秋高马肥，金国人极有可能再度南下，此地一马平川，金人骑兵杀过来，如何抵挡？陛下不要再犹豫了！"

赵构的确是半点都不想犹豫了，于是，南迁国策就此确定。

然而，赵构没想到的是，阻止他南迁的人，不在朝堂之上，而在市井之中。

太学生陈东三次上书赵构，指出李纲绝不可罢相，黄潜善、汪伯彦乃奸邪小人，不可任用，还建议赵构还都汴京、治兵新征、迎请二帝，其言之切直，让赵构看得额头冒汗。然而最令赵构脊背发凉的是，陈东竟然在奏章中说："上不当即大位，将来渊圣皇帝来归，不知何以处此？"这已经是在质疑他登上大位的合法性了。

如果一个没有官职的太学生说出这种犯上的话，赵构为了体现广开言路的新政气象，或许只在心里头骂两句"狂妄无知"，督促学官把他罚入讼斋反省去也就罢了，但这个陈东却不是等闲之辈。当初渊圣皇帝也就是钦宗在位时，就是此人振臂一呼，应者数万人，竟然将朝中位高权重的蔡京、童贯等"六贼"相继拿下，死的死，贬的贬，无一幸免；又是此人，在东京被围、李纲被免相之际，率领几百名太学生于皇宫宣德门外要求恢复李纲相位，一时间，东京军民争相聚集于皇宫之外，人数达到数万，几乎已到无法收拾的地步，甚至打死内侍数十人，酿成惊天大案，钦宗十分惊惧，不得不全盘答应了陈东等人的要求。可以说，以布衣身份而撼动朝廷的，几百年来独此一人。

赵构顾不上已然退朝，把黄潜善、汪伯彦等人召来，将陈东的奏章拿给他们看，两人看了一遍，见奏章中把自己骂得一无是处，不知赵构是什么意思，都不敢说话。

过了一会儿，赵构又给了他们一份奏章，却是抚州进士欧阳澈呈上来的，里面又把黄、汪二人一顿痛骂，力劝赵构恢复李纲相位，北上亲征，并直言新帝"纵情声色于宫帏"，不思进取。

黄、汪二人读完后，渐渐定下神来，陈东、欧阳澈二人激言政事，原本也是朝廷制度所允，但他们却犯了大忌讳，陈东质疑新帝登位的合法性，而欧阳澈更是不知从哪儿听来的消息，言语中涉及宫禁之事，实属不智。

黄潜善斟酌着该如何回话，一面要能驳斥两人奏章中所言，一面又不能让皇上认为自己被攻击了才去反驳，便小心说道："这个欧阳澈我倒是有所耳闻，靖康年间金军南下，直逼东京时，他对人说'我能口伐金人，强于百万之师'，还说愿意留家人在朝廷做人质，让他去出使金国，定能降服金人，接回亲王。"

"妄人！"赵构恨恨地用手指敲了敲案几，"这迂腐书生根本不懂政事之繁杂、战事之艰危，只是一味地以忠义自居，让朕逞血气之勇，这是在帮朕还是误朕？是助国还是误国？"

"陛下，臣听闻陈东又在鼓动太学生和城内军民准备再演靖康年间万人伏阙强谏之事，真要闹起来，新政初立，又逢强敌压境，怕是经不起这样的折腾。"汪伯彦道。

黄潜善见赵构脸上忧怒交加，便大胆地将火烧向李纲，道："当年金军进逼东京时，渊圣皇帝已经带人南下，都走出三十多里了，李纲愣是骑马把渊圣皇帝追了回来，结果呢？臣听到当时被围在城内的人提过这样一件事，说是亲眼所见，道君皇帝与渊圣皇帝被金人拘押，两人相对而坐，道君皇帝道：'要是当初听我的主意让城南下，就不会有今日之祸了。'渊圣皇帝听完，悔恨莫及，立时号啕大哭。陛下，李纲之徒只知道空谈忠义，却不知理政治国，千头万绪，如不能从容权衡，明断形势，臣恐靖康之事重演耳！"

徽宗、钦宗被俘后的一些事，赵构多有所闻，一想到父兄的惨状，赵构不由得打了个冷战，脸色也变得苍白，再也坐不住了，站起来在案几前踱了几个来回，然后神情严峻地转身问道："此事该如何处置？"

黄潜善和汪伯彦对视了一眼，黄潜善道："臣以为该将陈东、欧阳澈二人发配充军，以正视听。"

汪伯彦附和，并补充道："李纲也应逐出朝廷，以断奸人之望。"

"二位以为如今是太平盛世吗？"赵构冷冷地道。

黄、汪二人没听明白，一时不知如何回答。

赵构坐回龙椅，缓缓道："方今乱世，须用重典！道君、渊圣皇帝都是贤明仁厚之君，然皆失于懦弱寡断，被奸人以忠义胁迫，进退失据，终于导致大祸。这些人见朕与两位父兄血脉相承，而且只是弱冠之年，莫非以为朕也是可欺之君？"

黄、汪二人吓得赶紧离座，跪在地上称："陛下圣明！"

赵构叫两人平身，继续道："朕不想做亡国之君，首先就不能做可欺之君！传旨下去，将陈东、欧阳澈二人斩首，悬头于市门，以示警诫。诸臣有再敢阻挡圣驾南迁，妄言北进定都之事者，与二人同罪！"

黄、汪二人大吃一惊，宋朝立国一百六十多年，从不因言诛杀士大夫，没想到今日却由面前这个年轻的新皇帝悍然开了先例，两人胆战心惊之余，又有几分快意：一则是陈东、欧阳澈在奏章中对自己极尽贬损之能事；二则如今应天府内暗流涌动，搞不好要翻天，如此重手整治，对于稳定局势有莫大好处，至于后面的事，两人都顾不上，先过了眼前这一关再说。

两日后，他俩的马前卒张浚又上了一份措辞严厉的奏章，称谪居常州的李纲为"国贼"，并说："纲邪险不正，崇饰浮言，足以鼓动流俗，非窜之、殛之，上无以谢宗庙，下无以谢生民，次无以严君臣之分……而常州闾阎，风俗浅薄，知有李纲而已，万一盗贼群起，藉纲为名，臣恐国家之忧，不在金人，而在萧墙之内。"

这份奏章可谓极尽言辞将李纲往死里推，于是李纲被一贬再贬，最后被贬成儋州团练副使，贬到海南岛上去了。可怜一个花甲之年的赤子老臣，奋不顾身为国谋划，却最终不得不拖着老迈之躯，赶往蛮荒之地。

建炎元年（1127年）十月初一，在接到金军侵入河间府的消息后，圣驾一行离开应天府南下，才走了不到两日，便接到江南各地传来各种坏消息，先是杭州一个叫陈通的军校发动兵变，作乱人数超过万人，他们绑架了安抚使叶梦得，还杀了转运使吴昉。秀州也发生了军校高胜、赵万为首的兵变，叛军一路从平江、常州、镇江烧杀掳掠，无恶不作。好不容易走到楚州（今江苏省淮安市），又有军将孙琦等作乱，真是一路动荡不安，无一日省心。

赵构看着接连不断的告急文书，心里越发觉得自己在关键时刻做了一个正确决定，依靠这样衰败腐朽的军队北上与金人决战，岂不是痴人说梦！常言说得好：留得青山在，不怕没柴烧。先把江南经营好了，再徐图中原，这恐怕是当今形势下的万全之策，这样想着，他的心情比在应天府时安定了不少。

唯一破坏他心情的是尚书右丞许翰上书为陈东、欧阳澈辩护："臣与陈东都力争留用李纲，今陈东被斩，臣亦不应留在朝廷。"还为李纲辩护道，"李纲忠义英发，舍此人则无人能辅助中兴，今李纲罢相，臣留下来亦无益处。"极力请求去职。

赵构读罢，心头不禁烦躁起来，抓起朱笔在奏章上批道："纲之忠义，较李侍郎孰多？"

李侍郎乃李若水，当时东京外城被攻破，钦宗第二次入金营谈判时，金人统帅粘罕向钦宗宣读了金国皇帝的诏书，命人剥掉钦宗帝服，另换庶人服饰，李若水舍命护驾，被金兵拖到帐外痛打，但他怒骂不止，金兵便割其舌头，李若水满口鲜血，仍含混不清地怒骂，直至被金兵刃颈而亡才停止，其视死如归，连金国人都为之瞠目感叹。

然而，当初如果不是李若水以为金人"质朴重诺"，力劝钦宗二度去金营谈判，恐怕也不会有后来的祸事，李若水忠钝有余而智计不足，最后只得一死谢君王。在赵构看来，李纲的忠义英发，跟李若水颇有类似。

赵构看着那句鲜红的批语，心里掠过一丝快意，几乎在同时，他又觉得这样说十分不妥，颇失庄重不说，更关键的是，臣子对你一片忠义，你不嘉许也就罢了，还去嘲讽，只怕会冷了众人的心。

赵构不由得长叹了口气，深感治理江山实在是天底下第一难之事，更何况这江山还破碎不堪，而治理江山中，第一难又在治人……他凝思了半响，将那句气话涂掉，改成这样一句："卿与众臣，何人不忠义英发？"

3 北国霜浓

初秋时分的上京，盛夏已过，秋意渐浓，正值这座北方城市一年中最美的季节。北地风光，与江南迥异，然而又何尝不是至美？古人有诗赞曰：秋枫红满山，秋水平如镜，秋野满秋色，秋雨渡秋人。这诗前三句极美，最后一句却突然流露出感伤来，十分契合上京城中蜗居东南一隅的宋朝君臣的心情。

他们都是一年前东京城破后被掳到上京的，一路上经历了千辛万苦，病累而死者无数，能活下来的也都头发蓬乱、面色黧黑，一个个破衣烂衫，其狼狈凄惨与旧都时的尊荣富贵简直不可同日而语。

与儿子钦宗每日必痛哭一场不同，徽宗虽然也感伤，但在闲暇时也能排遣忧愁，稍稍自得其乐。比如今日，他独坐在窗前，看着北国秋景，不由得感叹起来："天地造化，竟至于斯！可惜没有丹青画笔，不然可以好好作一幅画。"过了一会儿，突然又抱怨起来，"此地万般都可忍受，就是没有书可读。"

同行的诸人早就习惯了太上皇的才子性情，一个个就像没听到一样，仍旧是愁眉苦脸，呆若木鸡。

这边徽宗已经作起诗来："彻夜西风撼破扉，萧条孤馆一灯微。家山回首三千里，目断天南无雁飞。"

诗写得极好，徽宗心里头难过，却又颇为满足，独自吟了几遍，不觉泪下。

当天晚上，一个神秘的夜行人，不知用什么手法买通了监管宋朝君臣的金国士兵，进来拜见徽宗。

徽宗借着透进房间的月色一看，不禁吃了一惊，此人正是他在东京为帝时极宠的道士张胡子，此人一向自称醉后预言极准。曾经有一次，他酒醉后对徽宗说："天祚帝已经在海上筑好宫殿，等陛下许久了！"闻听此言，满座皆惊，因为辽国的天祚帝此时已经当了金国的俘虏，张胡子出此言，实在有难测之意。徽宗只是一笑，丝毫不以为忤，抚着他后背道："张胡子你又醉了。"

一别经年，物是人非，徽宗突然见了此人，内心五味杂陈。张胡子一改以前的轻佻孟浪作派，言谈举止都显得十分庄重，跪下道："陛下，微臣此次前来，只给陛下带了些小吃，其他东西也带不进来。"说罢，从怀里取出几个纸包，呈给徽宗。

说罢，他恭恭敬敬地给徽宗行了跪拜大礼，便飘然而去，这风格倒还依稀有些当年的仙风道骨。

徽宗摸了摸纸包，果然是些果仁之类的小吃，心想当年养了无数道士，也就这个人还记得他，不远万里前来看望，虽然就是几包小吃，但礼轻情意重。

次日一早醒来，徽宗还以为昨晚做了一场梦，问旁边人，大家都说昨天张胡子的确来过，再看桌上，果真有几个黄纸包。他顺手打开其中一个，突然怔住了，然后哈哈大笑。

众人吓了一跳，徽宗便指着黄纸上的文字让大家看，那上面写的是他的第九个儿子康王赵构在应天府登极，大赦天下的文书。

众人都又惊又喜，只有钦宗脸上表情极为复杂，徽宗打开黄纸包，里面是一捧茴香豆，捏起一粒放嘴里嚼了嚼，只觉香脆芬芳，便赏与众人吃。大家正吃得香，突然，徽宗又发出一阵大笑："茴香，回乡！天意，天意也！"

一屋人立即跪在地上，给太上皇贺喜，正兴奋不已，忽听远处传来急促的马蹄声,听上去约有数十骑,自南疾驰而来,大家立刻起身,拥到门口看热闹,只见一队骑兵,护着几个金国文官模样的人。

等这队人马过去了,徽宗才问监管他们的金人士兵:"这几位文官是什么人?"

这些金人士兵轻易不与被监管的宋俘说话,与徽宗却是例外,这太上皇天性中掩藏不住的洒脱与率真让人颇有好感,而且身为俘虏,从不搁下自己的皇帝架子,当着粘罕、斡离不的面,慨然指责他们背信弃义,出尔反尔,还让他们把当初的誓书拿出来,弄得这两人一时无话可说,这股傲气,反而使他得到更多敬重。再加上徽宗生得玉面美髯,举止从容,让这些苦寒之地长大的金人士兵见而忘俗,这时见他问起,便答道:"这是出使大楚的使臣回来了。"

"哦……"徽宗无语,胸中猛地涌起一阵强烈的亡国之痛,将他满心的欢喜冲淡了许多,他还不知道张邦昌已然伏诛,大楚早亡了。

这一行金国使臣自出了宋境,在边兵的护送下一路快马加鞭,赶往上京复命,路过上京以南大营时,因新任右副元帅完颜斡离不驻军在此,便顺路过来拜见。

斡离不最近听南方传来不少谣言,说是大宋立了新皇帝,要北伐为父兄报仇,又说河南、河北有赵氏宗室召集了三十万大军,不日将北渡黄河……纷纷扰扰,不一而足。今日听说使臣回来,十分急切地想知道具体情况,便亲自走出大帐,迎接使臣。

回来复命的使臣名叫钟秀,四十上下年纪,世代居住在辽地,已历百年,血统中胡汉混杂,既懂汉语,也懂北方各族语言,此次担任大金国副使。他远远地见了斡离不,滚鞍下马,一边号啕大哭,一边下跪。斡离不心里一沉,赶紧迎上去扶起他,嘴里道:"不要多礼,快跟我说说此次出使情况!"

钟秀止住哭泣,随斡离不步入帐中,将在汴京的见闻一一跟斡离不说了,提到张邦昌被诛,康王赵构登基,大宋"死灰复燃"时,斡离不不面色铁青，悔之莫及，又听钟秀说到东京留守宗泽将金国使臣百般羞辱并扣押，更是怒火中烧，拍案而起道："南蛮竟敢如此无礼！"最后听到东京城防严密，井然有序，沿路反金义军络绎不绝时，脸色又凝重起来，只是皱眉沉思。

他见钟秀连日奔波，满身尘土，疲累不堪，便亲自送他回驿馆歇息，并决定次日一早与钟秀一同进城觐见大金国皇帝。

回营路上，见一大群人围在一处空地，空地中间搭着一个木台，上面有两名从东京来的宋俘正在唱戏。这戏看上去像是淫戏，两人挤眉弄眼，扭胯撅臀，丑态百出，把下面的观众一个个挑逗得怪叫连连，欢声雷动。斡离不细看时，里面还夹杂着不少大金国的士兵。

平常见了这样的场景，斡离不只会付之一笑，今日见了，斡离不却有种莫名的担心与忧虑。一路再走，又看到路边好些摊子，围着不少人，都是从东京掳过来的工匠在做些精细物件，旁边围观的个个赞不绝口。

回到帐中刚坐定，便有侍从来报：有士兵火并起来了，还伤了几个，好在没有死人。

"何事火并？"斡离不本来就心烦，这时更是没好气，沉声问道。

"听说是玩骰子赌博，争执不下，就动起手来了。"侍从回道。

这骰子正是新近从大宋传过来的，斡离不大怒，"腾"地站起来，拔刀狠狠地将座边的扶手削去半截，厉声喝道："如此下去，我大金未亡于宋人的刀兵而要亡于宋人的声色犬马、奇技淫巧了！"

侍从自己怀里也揣着一副骰子，见斡离不如此震怒，不明所以，跪在地上惊惶不已。

"传我帅令下去，自今日起，军中凡有掷骰子赌博者，立即断其左手！所有骰子立即上缴，有敢私藏者，罚五十军棍。"斡离不咬牙说道，本来还想再加一句：有敢再听戏唱戏者，一律罚二十军棍。转念一想又觉得有些操之过急，便接着道，"自明日起，各营将士恢复秋时操练,有操练不力者,按临阵脱逃论处!"

侍从一迭声地答应着去了,斡离不余怒未息,坐在榻上凝思不已。赵构是经他手放回去的,所以他心里的懊恼远甚于他人,他隐隐预感到,原本以为毕其功于一役的东京之战,不是结束,而仅仅是个开头。

次日正午时分,大金国皇帝吴乞买在上京行帐中接见了出使归来的钟秀等人,金国权贵俱在座,还没等钟秀讲完,大帐里面已是一片怒骂声。

斡离不昨日已经听过一遍了,没跟着一起骂,道:"宋朝新登位的皇帝正是当年在我大军当中做人质的赵构,乃昏德公第九子。依我看,此人乃是所有皇子中最有胆色的一人,此人登上皇位,恐怕要成我金国大患。"

众人听了,也着实懊恼,原本以为将赵氏一网打尽了,没想到鬼使神差跑掉了一条大鱼。更麻烦的是,这仅剩的皇族血脉还使他的登极显得无可挑剔,合情合理,这对于凝聚赵宋人心,可谓意义重大,而对于大金国来说,则意味着无穷的麻烦。

座中一身材雄伟之人却表示不屑,此人正是粘罕,他是国相完颜撒改的长子,大金国的开国功臣,一年前与斡离不合兵破了东京,依仗资历战功并不把斡离不等人放在眼里。他道:"一个小小的康王,何至担忧至此!真要如此,当初又何必放他回去呢?"

以粘罕的身份地位,这话要是问在别人头上,别人恐怕得吃不了兜着走,但斡离不身为太祖第二子,当今皇上的亲侄儿,也颇有战功,因此并不怕粘罕,心里却很不舒服,冷冷道:"当初我力主立赵氏为中原之主,你却偏要立个外姓,结果呢?大楚才三十三日就亡了!如今还是一个姓赵的做着皇帝,此人未受我大金国任何恩惠,恐怕天天想的是如何报仇雪恨。"斡离不不同于其他宗室,颇习汉文,也看过不少史书,既有女真人的勇武,胸中又颇有谋略,堪称一时人杰。

粘罕却最不稀罕他这种谋定而出的算计,从宋金海上之盟起,宋人的阴谋诡计可谓层出不穷，又是策反内应，又是缓兵诈降，花样玩尽，结果还不是一败涂地，连皇帝都做了俘虏。因此，在他看来，只有兵强马壮，刀架到敌人脖子上，什么都是你说了算！便轻蔑一笑道："这个姓赵的和别的姓赵的难道还有什么分别？你把姓赵的皇帝都掳过来了，还指望另外一个姓赵的对你感恩戴德？"

斡离不等的就是他这句话，对钟秀说："钟副使，把你那幅画拿出来给皇上和众位王爷看看吧。"

钟秀听了，从囊中取出一轴小小的画卷，刚展开，众人便发出一阵惊叹声，这不过是一幅人物画像而已，并无出奇之处，但这幅画像中人虽是宋朝装束，长得却跟当今大金国的皇帝吴乞买极为相像。

"皇上，您知道这是何人吗？"钟秀微笑着问。

"何人？"吴乞买自打画卷展开之后，眼睛就没离开过画像。

"此人乃是开创大宋近一百六十年基业的皇帝赵匡胤。"钟秀道。

众人又是一阵惊叹。

斡离不这时候接过话头道："这里面的玄机颇深，赵匡胤虽然是宋朝的开国皇帝，但他之后的宋朝皇帝却并非其子嗣。当年赵匡胤驾崩之夜，召其弟赵光义饮酒，商议机密之事，将宦官、宫女都遣开，众人只见烛影下，赵光义不停地闪避，同时听见赵匡胤平时所执玉斧不停地发出砍斫之声，赵匡胤大声呼喝'好做！好做'，众人十分惊疑，但又不敢近前。次日一早，赵匡胤已经驾崩，按理应由其嗣子赵德昭继位，然而赵光义捷足先登，得了帝位，接下来又逼死了赵德昭，赵德芳也离奇病死……"

众人听得入神，连粘罕也一反先前的不屑，半张着嘴听得十分仔细。

斡离不继续道："所以宋朝人都知道是赵光义夺了其兄长的江山，并传之后代，而赵匡胤一脉却就此衰落，流落民间。这次皇上发义师征讨宋朝，一举灭其国，俘其宗室，其实都是赵光义的后代，偏偏有宋朝使臣见过皇上，惊讶于皇上与宋朝太祖长得极像，于是民间便盛传是宋朝太祖托身于我大金国皇帝，夺了赵光义的江山。"

听到这里，吴乞买和在座的大部分金国贵族已经明白了，如果当初听斡离不的建议，去民间寻觅赵匡胤的后人，并立之为帝，既惩戒了当今宋室，又承接宋太祖之大统，名正言顺。宋人信天命报应，如果再得知大金国皇帝与太祖赵匡胤长得一模一样，不仅宋太祖后人感恩戴德，群臣无话可说，百姓也会拥戴，再不济也不至于像张邦昌的大楚，干了三十三日便倒了。

粘罕虽是粗人，但一点也不蠢，已经明白其中的利害关系，不再嘴硬了，低头做沉思状，有点担心皇帝怪罪下来。

吴乞买站起来，在火堆前踱来踱去，他身形极为高大壮硕，火光将他的影子投在大帐上，活像一座小山。

过了一会儿，吴乞买坐回到虎皮椅上，道："这些都是事后之论，当时谁又能看清楚其中的利害？赵构侥幸逃脱，此事谁也无法逆料。当年我朝太祖何等英明神武，每战必大胜，然而战后复盘，却时常恨恨不已，人非圣贤，哪能不有个疏漏呢？"

话音刚落，粘罕赶紧起身，跪下道："皇上圣明！臣等愚钝，不及皇上之万一！"

斡离不见皇上轻描淡写地将这无可挽回之事放在了一边，十分钦佩皇上的心胸气度，一激灵想到当今皇上也是太祖兄弟，自己说这么多斧声烛影之事，恐怕有点犯忌讳，赶紧跟着众人一起下跪颂圣。

吴乞买让众人平身入座，道："如今宋朝死灰复燃，和我大金国已经结下不共戴天之仇，在座的都是我女真的栋梁，你们说说，该如何处置赵构的新宋朝啊？"

粘罕说是粗人，只不过是不爱读汉文书籍而已，若论兵法谋略，堪称智勇双全。当初正是他拥立金朝太祖完颜阿骨打，并建议举兵灭辽，大败辽国于达鲁古城。后来，吴乞买继位，他又献策攻宋，结果势如破竹，一举灭了大宋，俘虏了大宋皇帝父子。所以皇上问起这种国家大事，粘罕不说，其他人都不敢开口，即便斡离不亦是如此。

粘罕略作思索，道："陛下，以臣之计，应当对新宋火速用兵，赵构新立没几天，立即诛灭大楚，赐死张邦昌等人，而后又辱我使臣，这分明是要与我大金国势不两立。中原百姓原本已经偃旗息鼓，做好了侍奉大楚的心理准备，但一听闻赵宋死灰复燃，必然又起异心。因此，对于赵宋的狂妄无礼，我大金国必须趁其立足未稳，回以重击，方能显我国威，也能断了一些宋朝遗民旧臣的念头。"

这时，一直不作声的讹里朵，也就是斡离不的弟弟，轻轻咳了一声，道："元帅言之有理，只是如果要南征的话，恐怕有些仓促。往年大军南征，都是头一年就做好准备，但去年大军凯旋，沿途要押送几万宋俘和无数战利品，十分辛苦，如今都还来不及休整，又再南征，一来恐怕将士颇有怨言，二来粮草难以为继，万一有所挫折，反而会长了南朝的气焰。"

粘罕断然道："正因为如此，才必须立即发兵！宋朝地广人众，为何却一再败于我大金国？就在于安逸太久，贪生怕死，我大金国铁骑一到，极少遭遇正面抵抗，往往一冲就散了，偶尔有强悍些的，被我铁骑来回多冲杀几次，就溃散了。但我料宋人被我一再羞辱，定会有不怕死、会打仗的一批将士慢慢冒出头来，再加上与我们交战多了，也必定有能人窥破我军弱点，甚至习我所长，避己所短，到时候打起仗来就不像现在这么顺手了！宋朝人口数倍于我大金国，我等只有趁其孱弱之时，一鼓作气将其打得毫无还手之力才行，不然将来反为所害。"

斡离不听了粘罕这番话，虽然内心对其仍旧反感抵触，但也不得不赞叹其深谋远虑，难怪太祖当年那样重用他，正要开口，旁边银术可附和粘罕道："元帅所言极是，几月前末将率精锐去围剿王彦的八字军，本来已经布下了天罗地网，不料与其先头部队一交手，才惊觉这实在是末将随太祖征战以来所遇到的最强对手，虽然只有区区几百人，却在我数千女真精锐突然袭击下夺围而去。"

"领军将领是何人？"兀术连忙问道。他是斡离不的弟弟，排行老四，人称四太子，血气方刚，对这种事最为关注。

"听俘虏说，此人名叫岳飞。"银术可道。

众人互相看看，都没听说过此人，想必官阶不高，但银术可乃是大金国有名的骁将，他能这样夸赞对手，一定是有原因的。

斡离不道："这才是我大金国须日日提防之事！宋人百年来无战事，以至于文恬武嬉，无可用之将，无能战之兵，我女真铁骑一入宋境，便如入无人之地，势如破竹。然而随着战事推进，宋廷为自身安危计，不得不以战功选拔人才，像岳飞这样的人会越来越多，官阶也会越来越高，等这一批真刀真枪中拼杀出来的将领掌了兵权，我大金国能有多少胜算就很难说了！去年赖皇上神威，三军用命，臣等一举攻破东京，俘获无数，可谓给了宋朝致命一击。然而，今日看来，这何尝不是反过来给我大金国招致了祸端！"

攻破东京乃是盖世奇功，斡离不却作如此评价，不要说其他人震惊，连吴乞买也神情严肃起来，目光凌厉地盯着斡离不。

斡离不知道此话既已出口，就必须说圆了，不然不仅皇上不高兴，其他人也会不服气，便离座躬身面向吴乞买，从容说道："臣蒙皇上信任，领兵驻守上京南大营，时常与将士们相处，对他们的心思状态自认为了解颇多。自从攻破东京以来，大家都分了许多战利品，将士们奋勇杀敌，打了胜仗后获封赏，原本是应有之义，只是这次的战利品实在太丰厚了，以至于将士们没有了进取之心，我听下面副将私下议论道：'宋朝皇帝的宫殿我们也坐了，财宝也分了，连皇帝的婆娘都玩过了，以后这南征去不去也无妨！'持此想法者远不止一人，当年我女真勇士出征时，哪个不欢欣鼓舞，争先恐后？那些还不到年龄的半大少年，哭着喊着跟在马背后，要大人带着从军，如果说，攻破东京前这种情景还时时可见，今后恐怕这派景象再也不会有了！今观我大金之势，虽然刚获大胜,却在生死存亡之秋,请陛下明察,切勿忘了居安思危!"

说到这里,斡离不声音颤抖,面容激愤,吴乞买听了这金石之言,不禁心里一震,连身子都坐直了,敛容静听。

其他人听了斡离不这番话,都多多少少有些惭愧。自从灭了宋朝南归后,在座诸人难免都有志得意满之心,如今看来,这更像是捅翻了一个马蜂窝,虽然得了极丰美的一大块蜂蜜,但被激怒的马蜂们恐怕不会就此善罢甘休。

粘罕听了,心里颇有几分嫉妒,心想:我怎么讲不出这样的话来?

吴乞买叹道:"斡离不的话真是忠言逆耳利于行啊!目前我大金国虽然国势强盛,然而西边还有辽国残余耶律大石虎视眈眈,其实力虽不如从前,但仍不可小觑。大夏国自从前年与我失和,也一直怀恨在心,而新占领的辽地、宋地之民都尚未真心归化我大金,有机会就会起来造反。如此看来,今日所议对南朝用兵之事,不仅是为了免除后患,更是为了锤炼我女真勇士呢!"

众人听皇上这意思,出兵是一定的了,一时间竟果如斡离不所说,找不到往年出兵时的兴奋,反倒是有几分惆怅无奈,只有兀术摩拳擦掌,跃跃欲试。

"此次南征,该如何用兵,诸位有何谋划?"吴乞买嘴里说着,却把目光看向斡离不。

斡离不早有准备,起身道:"依臣愚见,此次南征唯一的目标就是赵构,只要擒了赵构,无论生死,对于宋朝无异于致命一击。一方面南宋各路军队群龙无首,必陷入混乱,陛下许以高官厚禄,至少能收编一大半,其他不降者也容易各个击破;另一方面会极大地打击宋人抵抗之心,认为宋朝气数已尽,这样我大金国就能以最小的代价取得最大的战果,然后再立异姓治理南方,就毫无障碍了。"

吴乞买点头表示赞许,道:"此用兵方略十分恰当,只是宋朝地大,找到赵构怕不容易。"

斡离不对此已深思熟虑，回道："皇上圣明，这也是臣近日来一直冥思苦想的问题。臣以为，首先赵构并非一村野匹夫，毕竟也是一国之主，他的所在比寻常人容易寻觅得多；其次赵构既为一国之主，若要发号施令，肯定不能在偏僻小城，仍然要选择一处名城重镇，方能显其天子威严。因此，臣以为赵构要么定都中原，要么定都川陕，要么南下定都，此三地最利于我用兵者乃是中原，其次川陕，再次南方，可分兵三路，西路直指川陕，东路直指山东，这两路都大张声势，以为疑兵，令赵构不敢逃往川陕或山东，然后集我女真全部精锐于中路，直指中原。一旦探得赵构所在，便派疑兵袭扰周围，分散其注意力，而主力精锐直指赵构，并派遣轻骑预先抄其后路，使其不得逃往南方，这样就如宋人说的，瓮中捉鳖，赵构必然束手就擒，则大功告成矣。"

吴乞买做皇帝前也是身经百战，斡离不说完，他脑海中已经清晰出现了一幅围猎式的进攻场景，觉得谋划周密，切实可行。正要拍板，突然又想起什么，转身看着粘罕道："大元帅以为如何？"

粘罕见皇上不先问自己，反而问计于斡离不，已经有所不安，又听斡离不侃侃而谈，无一句不在理，更是惶恐。倘若按斡离不的计划用兵，则中路主力必由斡离不统领，一旦成功，功劳将超过自己，在朝中说话的分量更重，即便斡离不此行不成功，也能借机掌控绝大部分兵权，自己以后就别想与之分庭抗礼了。见皇上终于问下来，他脑海中的唯一念头就是阻止斡离不的计划实施。

"陛下，这计划周详是周详，却有欠缺考虑之处。"粘罕是见过风浪的，也颇知用兵之道，在这关键时刻，不敢有任何闪失，便从容说道，"川陕乃是宋朝兵马的重要来源，占领了川陕，就相当于砍掉了宋朝的一只臂膀，怎么能放任不攻？更重要的是，川陕与夏国和辽国残余接壤，夏国自从前年与我国交恶，就想着要复仇，而辽人与我是世仇，更不必说。如果夏国、辽国残余和宋朝在川陕联手，从西边进攻，则我大金国形势将极其危险！因此，川陕是必争之地，绝计不应放手，攻下川陕，则夏国与西辽都不足虑。否则，只怕我们还在南边跟赵构捉迷藏，强敌就已经从西边打过来了！"

吴乞买脸上的神情立刻凝重起来，沉思不语。斡离不听了粘罕的分析，觉得也不无道理，但他本能地怀疑粘罕存着私心，便道："事情总有个轻重缓急，当务之急是应趁宋朝立足未稳，擒贼先擒王，一举灭掉宋朝，其他的事才好办。夏国偏安于西北上百年，从无东进之志，至于辽国，早已被我女真铁骑打得闻风丧胆，躲还来不及，不休养几年，哪里敢主动找上门来？只要宋朝一灭，川陕便成一片孤地，几乎可以传檄而定。纵然他们不降，拿下也是迟早的事，何必急在当下？"

粘罕见皇上至少不一屁股坐到斡离不那边去了，心里踏实下来，言语间更加镇定："急在当下的不是我，而是你斡离不！照你这打法，不管不顾就去擒赵构，当初我们为何不一支孤军直取东京？为何还要折损大量人马围太原十个月之久非拿下不可？打仗讲究的是谋求大局，稳中求险，当年太祖何等雄才大略之人，也是准备了十来年，才开始与辽国交战，先是小胜，然后积小胜为中胜，最后才瞅准机会与辽国决战于达鲁古城，大获全胜。你那时年幼，还不太明白这里面的事，但如今既然统领兵马，应当知道权衡利害，不可只盯着一处——我问你，就算你这次擒了赵构，你能担保宋人不再推出个赵牛赵马？擒贼擒王要擒到什么时候？但只要我大金国斩了他的臂膀，破了他的国势，纵然再出几个赵构又何妨？"

斡离不年纪虽不大，却老成持重，是女真贵族中公认的最有谋略之人，此时见粘罕在他面前摆老资格，还讥讽他急于求成，不知大局，不禁气得脸色发白，亢声道："大元帅这是哪里话！什么叫只盯着一处？当今宋朝形势，怎么能跟东京城破前相比？大元帅带兵多年，应当知道战机稍纵即逝的道理，如果敌人严阵以待，没露出要害给我们，我们当然是稳打稳扎，寻觅战机，但如果对方已经露出要害，为何还不抓住机会，一击而中？如今宋朝刚遭我沉重打击，士气低落，人心浮动，军队不整，赵构身边也无强兵防护，此时擒他，如擒一匹夫耳！如果非要坐等他翅膀长硬才做打算，恐怕为时已晚，悔之莫及！"

粘罕道："我为何要悔之莫及？放走他的又不是我！"

斡离不见他如此嘲弄自己，再也忍不住，冷笑一声道："大元帅以前不这么老成持重啊！莫非是不愿意别人分了你西路军的嫡系人马？"

粘罕脸色登时乌青，要不是皇帝在座，他就要拔刀相向了。众人都知道大金国的两大实权人物正在斗法，都不作声，谁也不愿意得罪任何一方。

吴乞买轻咳一声道："不必再争了。"大金国皇帝威严日重，两人立即一改剑拔弩张的对峙状态，各自坐定，脸上神情像什么也没发生过一样。

吴乞买虽然不如他兄长完颜阿骨打那么英明神武，但绝非庸碌之君，两名股肱大臣相争，他对这背后的缘由洞若观火，从心底来说，他觉得斡离不的计谋略胜一筹，但为君之道，不可付重兵于一人，这是铁律。而且斡离不贵为太祖之子，深沉机敏，文武兼备，用他来牵制粘罕正好，但如果让他执掌重兵，则极易成尾大不掉之势，比之粘罕专权更不可控制，更何况粘罕所说，亦有颇多可取之处。

主意既定，他缓缓说道："二位元帅所说，都是老成谋国之言，夏国与辽国残余一日不灭，始终是我大金国的心头大患。进兵宋朝川陕，既牵制了夏国与辽国残余，又使宋朝首尾不能相顾，一旦拿下川陕，中原克定指日可待……"

粘罕听到这里，脸上露出了一丝得意的微笑。

吴乞买话锋一转，继续道："然而宋朝人多地广，虽然一年前被我灭国，不料极短时间内竟能死灰复燃，又成大国气象。以朕观之，如果此番不灭掉赵构的新朝廷，一旦其立稳脚跟，将来真正能与我分庭抗礼的，还是南面的宋朝，自天会三年对宋朝用兵以来，我女真铁骑都是兵分两路或三路，深入敌境，然后合兵一处，此战法行之有效，不宜轻易改变。"

粘罕和斡离不两人悻悻地互相看了一眼,都听明白了皇上的意思,还是要分兵南下,谁也别想独揽兵权。

接下来,其他人才有了说话机会,你一言我一语地讨论作战方略。最后,吴乞买决定,两个月后,兵分三路,南下攻宋。

就在厉兵秣马之际,发生了一件大事:英姿勃发、正值当年的斡离不竟然暴病而亡。原来他是在打完马球后浑身热汗,立即用凉水浇身,不料这铁打的身躯竟经不起这种意外,当晚便得寒症暴死。

粘罕见朝中最大的对手突然消失了,不禁深感意外,一时也不敢有所动作,怕引起皇上猜疑。几日后,吴乞买下旨,赐粘罕铁券金书,赋予其"除反逆外,余并勿究"的特权,粘罕正自得意,皇上任命讹里朵代替斡离不的右副元帅职位,又赐右监军兀术和万户银术可铁券,以示皇恩浩荡。

讹里朵性格沉稳忠厚,但论谋略威望,实无法与其兄斡离不相提并论;而四太子兀术虽刚毅果敢,但资历较之粘罕又相差太远;至于银术可,乃是当年跟着太祖起兵的老将,跟粘罕的关系更为密切。这样一来,虽然吴乞买刻意平衡,但粘罕实际上大权在握。

粘罕向来就极力主张对宋强硬,早先得知宗泽扣留金国使者之后,就已有了用兵之意,如今独揽大权,更不犹疑,立即派金兵攻占了河东路的解州、绛州、慈州、石州、河中府等十余处州县,又攻占了京东路的密州、单州、广信军等地。兵锋所指,河北路的河间府、莫州、雄州、祁州、保州等地也迅速被攻占,短短几个月时间,就扫荡了宋军在两河地区的残余,还屯足了军粮,使其挥师南下没有了后顾之忧。

建炎元年(1127年)十二月,金军分三路南下,中路军由粘罕统领,自河阳南渡黄河,进攻河南;东路军由副元帅讹里朵及兀术率领,从沧州渡黄河进攻山东;西路军由万户娄室、撒离喝等率领,渡河从同州方向进攻陕西,兵锋之盛,宋朝军队根本不能阻挡。

然而金军的问题也在于此,本来人马就不以多见长,还兵分三路,每路军队都攻城掠地,所向披靡,导致战线过长,兵力明显不足。随着战事进展,有些孤军还遭到宋军反击,吃了不小的亏。

更重要的是,此次大举南下的目标是什么?仗打到一半,作为三军总指挥的粘罕才不得不严肃思考这个问题。靖康灭宋之前,这个问题是想都不要想的,拿下东京就是最大的目标。然而,东京自从徽、钦二帝北狩,并被掳掠一空之后,早已不复当年的战略地位。拿下东京,不过是拿下一普通城池而已,于赵构的新朝廷并无根本性动摇,且东京城高池深,很难攻取,如果一定要攻占,难免损兵折将、耗费时日,实非明智之举。

粘罕此时才有点想念那个足智多谋的对手斡离不,但事已至此,硬着头皮也要打下去。便命令银术可率军继续南下,进攻汉江一带州府,扰乱东京后方。银术可十分神勇,一路接连攻下邓州、襄阳府、均州、房州、蔡州、陈州、颍昌府等地,一时间所向无敌,宋军几乎一触即溃,根本没有像样的抵抗,个别城池有死忠将士在州官率领下抵抗,最终也寡不敌众,城破身亡,金军对于抵抗的城市,一律烧杀抢掠,以此吓阻其他州县。

粘罕自己坐镇洛阳,遣兵攻占郑州,直逼东京,又命讹里朵和兀术的东路军兵分一部夹击东京。至此,金兵又对东京形成合围之势。

此时正值正月,东京城里听说金兵又杀过来了,已经攻下郑州,直指离东京才数十里的白沙镇,两年前城破的悲惨记忆还未散去,城中百姓此时的恐慌可想而知。

众将得知消息,一齐拥到宗泽房中,请留守主持商议守御之策,宗泽此时正和客人在下棋呢,全神贯注,并不理睬众人。众将于是退下,各自回营整顿军备,紧闭城门,将吊桥也收起来,然后带着士兵全副武装在城墙上巡视,整个东京城顿时笼罩在一片乌云压城的紧张气氛中。

宗泽这边下完了棋,送走了客人,侍卫上来报告众将领的守备工作,宗泽听完,道:"何必慌张成这样?"立即传下命令,让众将带手下将士回营,一切照旧。这时离元宵节还颇有些时日,宗泽让城里张灯结彩,自己带着一家老小悠游其中。城中居民见了,立时大为安定。

过了不到两日,城墙上戒备的士兵便远远看见有金兵的游骑在窥探,十分紧张,便报与宗泽。宗泽令人将吊桥放下,城门洞开,金兵游骑十分狐疑,不敢近前,过一会儿便走了。宗泽得到探报,金人因为滑州镇守王宣十分骁勇善战,不想损耗兵力,便绕过了滑州,此时大队人马正在郑州与滑州之间,而统制官刘衍、刘达带着几千人和二百辆战车正候着金兵。宗泽立即派遣几名得力干将领着几千精兵前去支援,正好逮着一股金兵,两边一夹击,金兵无心恋战,败退而去。

又过了一个月,金兵攻势已成强弩之末。二月,王宣领精锐五千,在滑州大破来自河北方向的金兵,而后宗泽趁金兵北撤之机,发兵收复了郑州。

三月中旬,粘罕见三路南征大军已显疲态,而宋军已经开始有所小胜,天气也即将转热,便将所占之地焚毁殆尽,将老百姓集中起来,一并掳到北方,然后会合娄室回到晋中,此次南征就此收场。

消息传到驻跸扬州的宋廷,赵构君臣都松了一口气。虽然损失惨重,黄潜善、汪伯彦却颇为庆幸自得,一来由于他们力主圣驾南迁,才避过了金兵的锋头,而按这架势,金兵在中原一带如入无人之境,无论赵构驻跸何地,一旦被金兵盯上,几乎没有逃脱的机会;二来各地报上来战事情况,有一些消息对李纲十分不利,如之前由于李纲力请定都南阳,于是朝廷便将四川运来的很多粮草钱缗都存在南阳的府库之中,结果南阳城破,这些堆积如山的钱粮都成了金兵的战利品。金兵意犹未尽,还将城中士民商贾集中起来,全部押往北方,一时间哭声震天,惨不忍闻,在黄、汪看来,这都是李纲的馊主意,才致如此重大损失;而且李纲之前极力举荐的傅亮,在金兵猛将娄室围城长安的关键时刻,竟率领数百名精锐临阵反叛,夺取城门,结果苦守了几个月的长安城便告失守，川陕局势急剧恶化。

赵构的想法与黄、汪毕竟不一样，他看到的是，虽然金人悍然南下，攻势极猛，但很显然，金人并无占领中原之志，还是想立个傀儡朝廷代为统治而已，也就是说，金国一定要灭宋朝而后快，并非要占了宋朝的江山，而是觉得宋朝不是心目中的傀儡朝廷而已。李纲身为宰相，对这个大局势竟视而不见，罔顾双方军事实力的巨大差距，一味与金人逞强斗狠，结果火速招致了金人的报复，让他的新朝廷毫无休养生息的机会。

事实到底是不是这样，只有天知晓，但赵构君臣都认为，金人固然是狼子野心，但此时撩拨逞强无异于自寻死路，因此一连派出去三拨人出使金国求和。

国难当头，赵构也极力恭己勤政，每次退朝之后，也不即刻休息，只要有人奏事，必定衣冠楚楚、正襟危坐，绝不作懒散之态。就寝前，绝不迈进嫔妃房间，就坐在宫殿旁的小房间，只摆一张书桌，桌上除笔墨纸砚外再也不放其他任何东西，以便让自己专心考虑军国大事，批阅奏章。

为了吸取前朝教训，赵构还听取大臣建议，开设经筵，让人讲史读经。第一次讲经由侍读王宾讲《论语》首篇，讲到"孝悌为仁之本"时，王宾提到二帝北狩，太后蒙尘。赵构不禁感怀哭泣，群臣也都十分感伤。

侍读朱胜非见赵构十分欣赏司马光，甚至说出"恨不同时"之语，便进言道："陛下知道司马光如何成其为司马光的吗？"

赵构不知何意，便且听他如何说。朱胜非接着道："神宗朝间，王安石创行新法，一时权倾天下，司马光经常上书指责新法的不当之处，神宗皇帝却不以为忤，反而还予以升迁。司马光居西洛著《资治通鉴》时，神宗皇帝还经常慰问，后来新法不利，士民不安，于是便启用司马光，朝政便得以安宁。"

赵构正点头称是，听朱胜非又道："如果神宗皇帝刚听到司马光指责新法，便给他扣一顶沽名钓誉、立异好胜的大帽子，说他不能体恤国家，说他不遵循章法，然后把他贬到一个偏僻之处去，恐怕司马光也就此被埋没了。"

赵构那天正和黄、汪二人议论李纲其人其事，颇多恶言，此时听了朱胜非这番话，不禁沉思良久，想到李纲虽然失于操切直率，但其舍身为国的气概却是无人能及，想到这里，对李纲的厌恶之意不觉淡了许多。

"朱卿以为朕处置陈东、欧阳澈之事如何？"赵构突然问。

朱胜非见皇上冷不丁问这样一句，便直言道："陈东、欧阳澈之奏，臣也看了，除忠朴赤诚外，无一可取处。"

赵构原本板着脸，准备听一番逆耳直谏的，不料朱胜非说出这样的话来，不禁莞尔一笑。

朱胜非道："当年郭隗劝燕昭王招纳贤才，特意讲了'千金买马骨'的故事，如果连千里马的骨头都珍惜，何愁千里马不来投奔呢？陈东、欧阳澈所奏，虽有不当，毕竟意出忠悃，结果丢了性命，虽然当时是情势所迫，但恐怕还是会寒了天下读书人的心。况且我朝一百六十余年来，士大夫从未因言获罪，也正因为如此，金国破我都城，掳我二帝，但天下人心仍在我赵宋，金国立伪楚，可谓用心险恶，然而三十三日便亡，就是明证。此次金人南下，连破无数州县，势不可当，然而悍敌当前，亦有颇多守臣明知不敌，仍不屈死战，只要有这人心在，我大宋就断不至于亡国！"

朱胜非此番话可谓点中国家存亡关键，也点出赵构杀陈东、欧阳澈所犯的大忌讳。赵构听了半响无语，最后叹气道："当时形势急切，朕才不得已匆忙下旨，现在想来也颇为后悔，此事当如何挽回？"

朱胜非道："陛下不必急在这一时三刻，等定都之后，再诏告天下，为其平反即可。"

赵构瞟了一眼旁边的黄潜善、汪伯彦，两人都低着头看面前的经书，神态颇不自然。黄、汪二人在地方多年为政，因此在政事方面颇有经验,且二人性情中和,不似李纲那样难以容人,再加上当初二人力主南下,才避过了金人的此次兵锋,赵构心里对他们还是颇为优容的,见二人尴尬,便道:"杀陈东、欧阳澈都是出于朕之一念之差,其他大臣不必为此介怀,当时情势之难,非亲历者难以体会。如今形势稍缓,应当谨记祖宗家法,纳谏宽言,与士大夫共治天下。"

黄潜善和汪伯彦听了,赶紧起身拜谢。

黄、汪或可为太平时宰相,而此时正值外敌虎视,内患重重,黄、汪的太平宰相做法就未必可行了,连他们一手举荐的张浚也提醒说,目前这种常规做法颇有不妥,应当时时强化战备,不可一日松懈,因为不知道什么时候金人就会杀过来。

黄潜善觉得张浚纯粹是危言耸听,他极善于钱粮细务,也乐此不疲,将朝廷里那些琐琐碎碎之事安排得井井有条,但对于需要深谋远虑、临机决断的军国大事,他却并不在行。再加上过去一年辅佐皇上将新朝廷建立起来,又及时避开了金人南下的兵锋,让他以为军国大事或也不过如此。

更何况皇上还不止一次当着群臣的面嘉勉二人:"有两位爱卿为相,朕无忧矣!"

而此时,数千里以北的大金国,一场争论正在刚刚得胜回朝的女真贵族中展开。

4 娄室论战

　　金军此次南下，战果不可谓不丰厚，连破几十个州县，掳掠无数财物与人口。上京的庆功会上，各路统帅将掳掠的中原美女中挑出最好的，献给金国皇帝吴乞买。金国贵族极爱宋朝美女，觉得她们肌肤细嫩，五官清秀，且含羞带怯，如梨花带露，十分惹人心动，跟本族那些粗悍妇人相比别具风情。吴乞买也不例外，见了这些充满异国风情的娇艳红颜，喜不自胜，眼睛都亮了，当下便叫了两名女子坐到自己腿上，一手揽一个，轻言慰问。可怜那两个女子就像被大灰狼逮住的小兔，哆哆嗦嗦，语不成声，惹得这帮金国君臣放声大笑。

　　接着，众将又献上此次缴获的奇珍异宝，吴乞买却不太上心，毕竟这些东西再好，也比不上之前东京皇宫里的宝贝，他也自知身份，命令那些女子全部退下去，然后收敛起笑容，坐在虎皮大椅上，好好地褒扬了一下各路统帅与将士。

　　晚上的筵席上，东路军的副统帅兀术冲粘罕发起难来。当时粘罕已经微醺，正向吴乞买吹嘘此次南征战功，道："南朝不堪一击，等来年秋高马肥再用兵，定将赵构小儿擒来，让他们父母兄弟相会！"

　　众将都争相逢迎，举杯庆贺，唯独兀术不轻不重从鼻孔里发出一声冷笑，声音不大，却在欢庆的气氛中分外刺耳。

　　粘罕十分恼怒，转身就要勃然作色，但见兀术挺着腰身坐在矮几上，身体却几乎和常人一般高，相貌威严，双目如电，酷似其父太祖完颜阿骨打盛年时模样,却又添了几分端正隽秀。粘罕心底里连吴乞买都有几分看不上,对于太祖却是五体投地,敬若神明,一见兀术这副模样,不禁有些气短,便问道:"四太子有何见教?"

兀术谦逊道:"不敢。我只是叹息我大金国已经是上朝大国,广有疆域,统驭万民,却还是当年蜗居白山黑水一隅时的作派。"

兀术是大金国人见人爱的万人迷,上京人称:宋朝纵然人物风流,亦不及我大金四太子。兀术兼得其父孔武、其母端庄,且性情豪放而不猖狂,遇事颇有主张,宗室中颇得偏爱,连皇上也不例外。吴乞买微笑道:"你且说说,我大金当年是何作派?"

兀术见皇上问话,便不敢坐着回答,赶紧站起来道:"我大金立国前,被辽国逼得几乎无立锥之地,好不容易出去打一仗,掠了些人口财物,就欢天喜地庆贺。那时我女真战士全加起来不过万人,地盘也就如今一州县大小,如此这般也就罢了。可现在我大金国地广人众,还如此的话,儿臣实在看不下去。"

兀术是太祖诸子中唯一在当今皇上面前自称"儿臣"的人,可见其受宠程度。旁人即便敢在皇上面前说这么刺耳的话,也早已经两股战战,抱必死之心了,兀术却神情自若。

吴乞买虽然敛了笑容,但神情间毫无不悦之意,示意兀术坐下回话。

兀术坐下继续道:"敢问皇上和大元帅,此次南征我大金国收获何在?"

银术可帮着回答道:"四太子,我大金此次出兵攻无不克,战无不胜,接连攻破南朝几十座城池,所获钱缯人口不计其数,还要怎的?"

座中众将都齐声附和,有跟兀术交情好的,还笑道:"四太子你是汉人的书读多了,老学着深思高举的那一套,那玩意儿中看不中用!"众人跟着一阵哄笑。

兀术微微一笑,等喧闹声略平息了些,才道:"这些城池可归我大金所有了吗？"

筵席上安静下来，众人哑口无言，粘罕脸上的笑容也倏地消失了。

粘罕何尝不知道这是个大问题，这些攻下的城池，往往是金军一撤，便立即重新归于宋人所有，这才有了把一些州县的人口大量北掠的做法，但这样往北行军的时候，队伍笨重缓慢，沿途极易遭到攻击，而且这也并非长久之计，你总不能把南朝的人口全掠过来。

吴乞买瞿然而惊，称赞道："兀术深谋远虑，实乃国之干臣！此事我也多次思虑过，一直未有定夺，今日借此机会，大家正好一边庆贺一边谈谈正事。"说罢，为了不冷场，叫侍从给众将斟满酒。

粘罕还在琢磨该如何开口，这边兀术已经说上了："陛下，儿臣以为到了恩威并济的时候了。此次南征，签军人数众多，这些签军原本都是宋人，不得不受我驱使而已，但要使其真心替我效命，应当示之以恩。儿臣听签军将领说，不少兵士的家人或亲戚被掠为奴，心里都愤愤不平，如何叫他们拼死打仗？而且一旦宋人听说被掠到北方，只有为奴一条路，岂不拼死抵抗？我军自南征以来，经常借着大军声威，尚未到达城下，宋人已经望风归降，真正拼死抵抗者十分之一而已，如若真把宋人逼得无路可退，不说多了，十分之一变成十之二三，皇上想想，战事还能如此顺利吗？"

吴乞买欣然接纳，笑道："想不到我兀术儿竟有这般宰相见识！"

旁边粘罕听了，只得暗暗叫苦，本以为斡离不既死，朝中再也无人能与其抗衡，没想到这个花瓶兀术似乎比斡离不更难对付。

还没想好要怎么接话，便听吴乞买道："明日叫内臣拟旨，凡被掠到大金国境内为奴的宋人，可使其父兄、亲戚为其赎身，任何人不得阻拦。"

兀术赶紧起身，跪到吴乞买面前，大声道："皇上圣明！此诏令一下，胜似十万雄兵！"

吴乞买大喜，众将纷纷跪下道贺，粘罕也只有跟着跪下。

"我儿这下可以安心喝庆功酒了吧？"吴乞买看着兀术道。

兀术拜谢道："儿臣打扰皇上酒兴，罪该万死！关于此次南征，儿臣还有许多话要说，改日朝会再细细向皇上奏明。"

吴乞买呵呵大乐，挥手让兀术归座。

粘罕看在眼里，发了一会儿呆，突然心里想明白了：跟兀术在皇上面前争宠是万万不行的，搞不好会弄得灰头土脸，而且这兀术跟他哥斡离不相比，似乎更有些容人雅量，既如此，切不可处处针锋相对，别真把这种人惹恼了，得不偿失。

几日后，粘罕屈尊去拜访兀术，刻意笼络，兀术只是不卑不亢，进退有度，粘罕出得门来，暗暗叹息此人不好对付。不料数日后，兀术却亲自上府来回拜，言语间虽然谦恭，却仍是不卑不亢的态度，粘罕心里反而欢喜：这四太子还颇有真君子的风范，这种人反倒好相处。

此时南国已入酷暑，而北国却春意未尽，绿草如茵，正是马匹贴膘的好时节，粘罕等人跟大金国皇帝述职已毕，各自带领本部人马去驻地休整。粘罕刚到中京，便收到昏德公，也就是以前的道君皇帝徽宗的书信，原来徽宗得知赵构已经即位，觉得又有了谈判的资本，便写信给实际把持金国军政大权的粘罕，商量"议和"。信中说道："唐太宗复突厥而沙陀救唐，冒顿单于纵高帝于白登而呼韩赖汉，近世耶律德光绝灭石氏，而中原灰烬，数十年终为他人所有。其度量岂不相远哉！……若左右欲法唐太宗、冒顿单于，受兴灭继绝之名，享岁币玉帛之好，当遣一介之使，奉咫尺之书，谕嗣子以大计，使子子孙孙永奉职贡，为万世之利也。"

才子皇帝的信写得不可谓不好，一手瘦金体的好字，清奇疏朗，连不懂汉文的粘罕都多看了几眼。信中还特意把唐太宗与冒顿单于并列，以示胡人汉人皆可为万世楷模，只是粘罕刚率大军凯旋，杀得赵构的新朝廷毫无还手之力，赵构三番五次遣使过来议和，都被金国扣押，哪里有你这个俘虏皇帝"议和"的份？粘罕听身边精通汉文的幕僚把信翻译了一遍，付之一哂，收了书信，再没下文了。

转眼间，又到了秋高马肥的季节，无论南国北国，都是一年中最美的季节，但是两地朝野百姓都根本没有心思去欣赏秋色，庄户人家拼命地抢收粮食，以求在战乱之前多储藏些粮食，多一些保命的机会；有司衙门，则是不舍昼夜地驱使工匠们打造盔甲兵器，加强战备，至于双方将帅士兵，都在厉兵秣马中心照不宣地等待着。

入秋后的第一个大消息，是宋朝资政殿大学士、东京留守、开封尹宗泽病逝。

宗泽的忠义刚直，与李纲极像，但又有所不同。李纲平日生活极其奢靡，食不厌精，脍不厌细，且不乏闲情逸致，其词"茅舍竹篱依小屿，缩鳊圆鲫入轻笼，欢笑有儿童"传诵一时，而宗泽却是个苦行僧。当年官品低微时，一家人有时连饭食都不饱，他却浑不以为意，吟啸自如；晚年时俸禄颇厚，却也丝毫不改简朴作风，遇到贫寒的读书人或者穷亲戚，从来都是出手阔绰，还收养了因战乱失去亲人的孤儿寡母数百人。在他心中，身为君父，就当卧薪尝胆，以图报复，身为臣子，就当尽忠尽节，死而后已，怎么能够沉迷于安居美食呢？

他在东京留守任上一年多时间，先后上了二十多份奏章，请示赵构回都东京，以鼓舞士气人心，这在黄、汪等人看来，简直就是痴人说梦。而在宗泽看来，却是君王本分，只要有利于江山社稷，即便对君王有所拂逆，也在所不惜，或许这种单纯的人总是以为：君王能够体谅到他的一片忠心。

宗泽病重，已近弥留之际，众将得知消息，登门看望，宗泽已经被病痛折磨得不成人形，但一见众将进来，这个倔强的老头竟然矍然而起，大声道："我没事！就是日夜想着二帝蒙尘日久，心中忧虑愤懑，就落了这一身病，如果各位能够奋勇杀敌，为国雪耻，我死了也没有任何遗憾。"众人见他形容枯槁，明显就要断气的人，却还这样硬撑，都十分不忍，掉下泪来，道："我等一定死战，请留守放心！"

众将官出去后，宗泽像折断了的稻草般倒在床上，这最后的爆发耗尽了他所有的力气，他用微弱的声音自言自语道："看来我是过不去这道坎了，'出师未捷身先死，长使英雄泪满襟'。"然后就再也吐不出任何字了。但他眼睛却睁着，一口气始终不绝，一直熬到深夜。他听到外面电闪雷鸣，风雨如磐，突然连呼三声"过河！过河！过河！"撒手西去。

宗泽病逝的消息连同其最后一份奏章一齐送到了扬州，赵构看了奏章，仍是恳请他回京，道："属臣之子，记臣之言，力请銮舆，亟还京阙，大震雷霆之怒，出民水火之中。夙荷君恩，敢忘尸谏！"

看着这些披肝沥胆的词句，赵构心里不是滋味，他对宗泽罔顾自己的一再旨令，坚持拘押金国使臣深为不满。但此次金兵南下，宗泽镇守的东京却没让敌人占到半分便宜，在如今举国闻金色变的氛围中，实属难能可贵，而且他也多次听说宗泽如何镇抚军民，修缮城池，尽忠国事，这样的铮铮直臣，无论自己心里有多么不舒服，还是要大力褒扬的。

于是，朝廷下诏书授予宗泽为观文殿学士，后来还给了他一个响亮贴切的谥号：忠简。

此时恰好资政殿大学士宇文虚中奉旨赶往金国议和，路过东京，于是赵构便命令他暂代留守职责。宇文虚中第一件事就是将拘押的金国使臣放出来，好生慰问之后，放他回去了。

宇文虚中还得出使金国，不能久留，于是任命新的东京留守就成了迫切要务。放在太平时节，这是个了不得的美差，可如今兵荒马乱，东京已经成了前线，金人必欲占领而后快，所以官阶相当的朝臣个个都心里矛盾，既向往这个职位，又害怕被选中。

不过，赵构心中已经有了人选，此人便是前大名府留守杜充。杜充镇守大名府时，曾经有言："帅臣不能只是运筹帷幄，远离战场，还须亲冒矢石，冲锋陷阵。"一介文官，说出这样豪气的话来，实不多见。

当年东京城破前夕，斡离不率领的东路军一路南下，宋军望风披靡，不能阻挡，杜充掂量两军实力，知道没有胜算，便悍然下令掘开黄河堤坝，突如其来的大水让斡离不着实吓了一跳，可惜最后也没能拦住金军，还淹死了许多百姓。

杜充此举，褒之者认为他不怕诟病，毅然行万难之事，贬之者认为他有志无才，最终难成大器。赵构心中也颇犹豫，便召杜充进殿问话。

两日后，杜充进殿，赵构远远地看见杜充昂首挺胸而入，虽然神情谦恭，眉宇间却隐隐有一股桀骜之气。等他见礼完毕，赵构赐座，打量了他一会儿，才道："杜卿这身朝服有点嫌小了，朕回头命人制一身新的赐卿。"

杜充起身道："劳陛下费心，不过臣这朝服并不小，只是臣身上绑了些东西，有些包裹不住，才显得小了。"

赵构好奇道："绑的什么东西？"

杜充回道："臣思量如今战事不断，做臣子的当时时刻刻准备为国驱驰，所以臣从两年前任大名府留守时起，就每日披甲办理公务，晚上回家才卸下。刚开始披甲时，坐立不安，但咬牙坚持两年下来，倒成了不披甲不舒坦了。今日觐见皇上，臣不敢披甲，就绑了些沙包在身上，没想到皇上目光如炬，一眼就看出异样来了。"

赵构心道：竟然还有这种有志之臣，朕居然都不知道，岂不是居幽兰之室而不闻其香！便笑道："可否让朕一观？"

杜充解开朝服，果然前胸后背上绑了几个压平了的沙袋，足足有二三十斤，而杜充神态自若，显然已经是习惯了这个分量。

赵构心里已经有了数，等杜充穿好了朝服，便问道："新近东京留守宗泽病故，朕欲命你去东京主事，你意下如何？"

皇上问意下如何，做臣子的除了谢恩表态，似乎别无其他，不料杜充却起身道："臣请言宗留守为政之得失，如果陛下觉得有道理，臣才敢接受任命，否则恐怕会辜负了圣恩。"

赵构正有此意，便问："你觉得宗泽为政得失如何？"

杜充道："宗留守忠义为国，天下人皆知，这个毋庸置疑，但其为政却有偏颇之处。其一，招纳群盗，将此权宜之计定为常例，以为这些盗贼能为我所用，但臣以为是万万行不通的。臣当年在大名府与金军对峙时，也有盗贼趁乱聚集，这些盗贼都是些见利忘义的乌合之众，仗着人多，打家劫舍、骚扰官军还有两手，指望他们对阵金军，那无异于与虎谋皮，绝对一触即溃。宗留守优抚盗贼，名为招安，实为赏盗，只会让狼子野心之辈争相效仿，故民间有'要升官，做贼再招安'一说，足以说明赏盗之弊。其二，轻言进取，动辄扬言北伐，而不识隐忍蓄势之道。陛下曾经深入敌营，应当熟知金军情况，臣驻守大名府时，亲见金军铁骑冲阵，其势可称得上排山倒海。至少目前看来，我军在平原野战，还没有克敌之道，此时北伐决战，只会损耗兵力，弄不好一败涂地。敌军趁势深入，则我大宋无兵阻挡，形势危矣！宗留守忠勇可嘉，但其北伐之议，实属莽撞。"

这些朝臣也多有议论，赵构不动声色地听下来，微微颔首道："依你之意，该当如何？"

杜充道："所谓'攘外必先安内'，此乃古今至理，以臣愚见，东京当前第一要务，便是整肃盗贼，凡聚众占据州县者，命其就地解散，抗命者一律剿灭；二是立即罢北伐之议，命诸将各回驻地，修固城池，凭险据守，待金军进攻乏力时，再觅时机出战。"

杜充之论，赵构心里十分认同，便从案上取出一份奏章，道："这是谢觃奏上来的《劝勇文》，有人将此贴于当地的关帝庙。谢觃有心，呈上来了，并建议刻印下来，下发到各地，你如何看啊？"

内侍将奏章递与杜充，杜充看了看，《劝勇文》说道，金兵五事易杀：连年战辛苦易杀，马倒便不起易杀，深入重地力孤易杀，多带金银易杀，虚声吓人易杀。

杜充看完，回道："陛下，这都是与金兵实战过后的经验之谈，十分恰当。这里说的五事易杀,没有一项是教人蛮干的,都是趁金人久战懈怠,乘隙攻之,方可取胜,这也正好说明北伐之议,实不可取。"

赵构觉得没有什么可疑虑的了,便坐直身子,正色道:"杜充,朕命你为枢密直学士,任开封尹、东京留守。此任之重,你心里应当明白,望你在镇抚军民、尽瘁国事方面,继承前任长官的风范,替朕守好国都,但在遵禀朝廷、意气用事方面,一定要戒除前任长官的失误之处,切不可再犯,你明白朕的意思吗?"

赵构此话,分明已是认同了杜充的施政方针。杜充连忙起身,再拜谢恩。赵构十分满意杜充的应对,临行前又赏赐了他好些金帛。

杜充离开扬州赶赴东京后,赵构知道朱胜非颇有见地,特意寻了个机会单独跟他说道:"朕即位以来,日思夜想的大事就是如何知人善任。人用对了,则大事可成;人用错了,则一事无成。只是用人乃是天底下第一大学问,朕自思与古之明君相比,还差得太远,你们要直言相告,替朕分忧。"

皇上这么谦虚,应该是有要事相商,朱胜非便答道:"其实也没什么大的诀窍,做到疑人勿用,用人勿疑,就很好了。"

赵构沉吟道:"可是朕用李纲为相只有短短七十来天,朕有时想,是不是失于急切?"

朱胜非道:"依臣看,陛下用李纲,正是所谓疑人勿用,用人勿疑。当初朝廷初立,李纲名满天下,用他为相,乃众望所归,且李纲主政时,陛下言听计从,这不是用人勿疑吗?只是李纲确实显出力不从心之势,得罪了一大半朝廷官员不说,对于钱粮理财之类的国家要务,颇不擅长,而且遇事只知道直来直去,从来不会审时度势,相机而动,这样为人倒是可以,但为相却颇不相宜。因此,陛下立即从其所请,罢了他的相位,这岂不是疑人勿用?"

赵构知道朱胜非并不喜欢李纲,此话大抵出于真心,但听他说得如此巧舌如簧,倒也忍不住展颜一悦,笑道:"那你说说,朕用杜充做东京留守,此人如何?"

赵构语气间虽然轻松,但朱胜非知道皇上是在咨询国事,便想了想,道:"臣听说,靖康初年,他任沧州知州时,从燕云十六州逃来很多汉人百姓,杜充认为这些人可能是金兵的内应,全部给杀掉了;另外一件事,他驻守大名府时,开掘黄河阻挡金兵,淹死许多百姓——此公行事决绝,如果做得对的话,确实能防患未然,但如果做得不对,后果就很难预料。"

赵构问:"他这两件事,你觉得做得对与不对呢?"

朱胜非沉默了半响,起身拜道:"微臣驽钝,到现在也难以评判。"

赵构也不再问了,只是坐着沉思,然后叹道:"千秋功过都难以评说,何况时人时事!"

杜充一路紧赶慢赶,不几日便到达了东京。此时东京城内,一片人心浮动。宗泽麾下的将士散去了近一半,城外驻扎的义军,也骚动不安。杜充进城后,首先把宗泽的儿子宗颖召来,取出朝廷诏书,任命宗颖为东京留守判官。宗泽死后,东京士人都认为宗颖有其父之风,深得士卒之心,联名奏请朝廷,希望宗颖能继其父任。对于这种奏请,朝廷是断无准许之理的。因此,杜充此举,也是警戒宗颖不要有非分之想。

接下来,杜充又召集僚属及众将议事,众人见他一个文官举止斯文儒雅却面相严峻,目露精光,更出奇的是,在官服外面,还套着一副盔甲,都心里嘀咕不知此公何许人。

杜充一坐定,便让众人挨个汇报情况,众人谈得最多的是宗泽死后东京城一片混乱,为此深表忧心。

杜充颇有些不耐烦:"州郡治理,国家自有法度,岂能因为一人之去留而存废?满城将士,知有留守而不知有朝廷,真要这样下去,这开封府还是不是赵宋的天下?"

这话并无差错,但此时宗泽声望如日中天,东京百姓士卒敬若神明,何苦硬要拂逆众人心意?而且,杜充来了东京,既不去吊唁宗泽,也不安抚百姓，直接就一副公事公办的样子。虽然他是做事心切，但在诸人看来，此人不太有心肝。

接下来，杜充便安排政务，倒也不失章法，众人都各自领命而去。

把这些他心目中的琐碎事务安排妥帖后，杜充便召集众将，商议中止北伐。

宗泽去世前，已经命令王彦的八字军移屯滑州，原本是计划自滑州渡黄河，直取怀州、卫州、濬州和相州等，杜充立即叫停。而统制薛广一部已经奉命去了相州，王善与张用按计划随后出发策应，杜充命令二人领军原地待命，不得妄动，否则以叛乱治罪。杜充又命令，不得糜费钱粮资助北方义军，因为对方山高皇帝远，你根本不知道人家如何使用你的钱粮，而且那也是一个无底洞。

杜充三下五除二，几天大刀阔斧下来，将宗泽之前的北伐部署裁撤一空。宗颖苦劝不住，气得离京出走了。杜充又收缩防线，将兵力集中在开封附近，依仗高墙深池防御金兵。

在给宗泽的人马班子釜底抽薪时，杜充也没忘记按自己的要求甄别人才，培植亲信，他对于宗泽以前深为信任的一些人本能地反感，把他们要么调离要害部门，要么干脆贬斥。过了一阵，人员清洗得差不多了，只有一个宗泽极为看重的岳飞，奉令在外执行公务，得过一阵子才能回来。

现在杜充最发愁的是如何处理城外那些义军，也就是他眼中的盗贼，这些人知道换了新留守，已经派人来城里探视过好几次了，无非就是要粮要饷。杜充是决计不会给一粒米半吊钱的，但又没把握能制住这帮人，万一这帮匪性不改的盗贼闹起来，恐怕还真不好收场。

一连好几日，他忧心忡忡，无计可施，突然探马报告说，有一支一千人的军队自东北方向而来，大约次日午时能到东京城下，领头的就是宗泽破格提拔的统制官岳飞。

"以朝廷封赏为私货，轻易赠人，以此笼络人心，何异饮鸩止渴！"

杜充本来就心情烦躁,一听"破格提拔"四字,心里更不乐意,认定这是宗泽滥加封赏,"传我令下去,关闭城门,岳飞来了,让他将部队驻扎城外待命。"

次日正午,随从进来禀报:岳飞人马即刻就到城外了。

杜充先不用午餐,带着一行人来到城墙上,果然远远看见一支人马从东北方向迤逦而来,脑子里已经在寻思待会儿如何诘难岳飞了。

过了一会儿,他脸上不屑的表情消失了,取而代之的是满脸惊愕,因为正在走近的这支队伍阵形之严整,士气之高昂大大出乎其意料之外。杜充守大名府时,正值金人南下,每天忙的就是如何整治军队,虽然不直接带兵,对于行伍中事却也十分了解。他见这一千多人,骑兵约二百多,步兵八九百,骑兵在两边护卫,中间是步兵,行进有序,丝毫不乱,十几名将官模样的人时不时呼喝一声,下面士兵便雷鸣般应答;步兵阵形前后都是最健壮的士兵,首尾呼应,即便敌人突袭身后,也能立即化尾为头,从容迎击;更有几名骑兵,游走于主军几里路外,前后两侧都有,一看就是作警戒之用。这一千多人的部队,看上去竟显得坚不可摧。

"此人极善治军!"杜充心里惊道。

等队伍到了城下,杜充让人放下吊桥,带着随从走下城墙,亲自到城门口迎接岳飞。

岳飞在外早听说了新任留守的一些事迹,心里只是叹息,又替宗泽惋惜,更不知这杜留守是何风骨,以后恐怕难以相处。

因为存有几分戒备心理,所以当岳飞远远地看到一身官服的杜充时,不禁又惊讶又感动,赶紧翻身下马,急走到城门口,纳头便拜。

杜充满面笑容地扶起岳飞,道:"岳将军千里戎行,舍身为国,更兼治军严整,深得用兵之妙,我大宋多几个你这样的虎将,则金虏可除,中兴有望!"

岳飞无缘无故被这么一通夸赞,更觉无功受禄,心中惶恐,道:

"留守过誉了,岳飞不过一介武夫,岂敢当此!"

杜充牵着岳飞的手,一边往城里走,一边打量岳飞,心中已有计较,笑道:"岳将军还未用午餐吧,如不嫌弃,你我一起用餐如何?我正有许多事要请教。"

岳飞连忙谢过,杜充命手下人安排岳飞部队入城歇息,务必好生犒劳。两人骑马并肩往留守衙门走,杜充边走边聊:"我早在大名府时,就听说宗泽公造了许多战车专门用来对付金人的铁骑。我一到东京,处理完一些紧急事务后,就去库房看了这些战车,制作果然精巧,看来颇费了心思,只是不知临阵如何使用。"

岳飞一笑道:"留守,依末将愚见,这些战车并无用处。"

杜充一愣,在他心里,还把这些战车当成宗泽为数不多的政绩之一,以为将来可以派上不小的用场,没想到被岳飞这么轻松一句就给否了,不禁颇感失望,道:"愿闻其详。"

岳飞道:"此战车可容五十五人,八人推车,八人射箭,另有十余人持长枪,十余人持盾牌护车,听上去无懈可击,在实战中却颇有不利之处:一是战车十分笨重,移动起来很不方便,遇有沟壑山丘就无法通行,因此使用极受限制;二是即便用到战场上了,机动性却很差,极易被敌人绕到身后攻击,甚至敌人都不必攻击战车,只需将战车周边扫荡干净,战车就成了一个个孤堡,各自为战,这就成了瓮中之鳖,必败无疑。"

杜充虽然天天披着铠甲,但身为文臣从未真正上阵拼杀过,此时听了岳飞的剖析,细思之下,才想到这战车既如此之好,为何从不见打赢一仗,恐怕真是纸上谈兵之作。李纲、宗泽之徒都热衷于造战车,看来全是想当然耳。

这样想着,杜充心里对岳飞的器重更增了一分,决意将他纳为心腹。几日下来,杜充刻意多方了解岳飞,见岳飞深有谋略却质朴忠厚,实是千里挑一的将才,才明白宗泽对岳飞的赏识是深有缘由的,便再也不犹豫，将岳飞提拔为武经大夫。盔甲军用之物，也处处优先岳飞的部队。这时候，他也不计较自己是否"以朝廷封赏为私货"了，先把自己的亲信圈子建起来再说。

杜充手下有了岳飞，胆气也足了起来，便派人送信给驻扎在城南的张用，命他与驻扎在城东的王善换防。这本来就是试探，杜充料定他们不会从命，在信发出之前，就已经布置岳飞、桑仲、李宝诸部在南薰门集结。

果然，张用和王善都对杜充的将令置若罔闻。杜充大怒，立即命令岳飞等人攻击张用的部队。张用早有准备，已经列好了阵势，只是一见领头将领是岳飞，心里不禁发怵。岳飞手下士卒不过两千，但阵形极其严密，直捣张用中军，张用这边却阵形散乱，只是仗着人多支撑。激战正酣时，岳飞又命骑兵迂回两侧，竟如同上次交手一样，又把张用的军阵从中间切开，中间的士兵被骑兵逼得往前后涌，阵形立时大乱，转瞬间便兵败如山倒，整个战事下来仅仅一顿饭的工夫。

岳飞不喜反怒，气得大骂："烂泥糊不上墙的盗贼，这般不经打，辜负了宗老爷子一片苦心！"

王善正从城东赶过来助战，才到半路，得知张用已经大败，也不敢恋战，直接撤出战场，向东呼啸而去。

战后论功行赏，岳飞自然是首功。杜充得意扬扬，对众人道："诸君之中，还有谁认为这些贼寇可以为我所用？这等乌合之众，面对金军必定一触即溃，甚至金军面都没见就望风而逃了，指望他们抗金，岂不荒谬！"

这最后一句是冲着宗泽去说的，众人听了心里不是滋味，但也无言以对。

杜充在东京紧锣密鼓折腾经营的时候，北面大金国也没歇着，正在制订南下攻略。

有了去年对付赵构新朝廷的经验，吴乞买以为争论应当会少一些，没料到各路统帅一开场就吵得不可开交。

中路与东路军统帅都建议西路军此次不要再进攻陕西，而应合兵一处，并力南伐，直捣赵构新朝廷的老巢，一举将其消灭。兀术与讹里朵一唱一和，极力主张合兵南进，连之前一直中立的银术可和挞懒也表示附和，只有粘罕一人默不作声。

吴乞买听了众人之议，便将目光投向粘罕。

粘罕一反过去对兀术、讹里朵等人的轻慢之态，脸上的神情颇为凝重，见皇上看自己，便道："兀术和讹里朵说的都有道理，只是如今不是愿意不愿意的问题，而是能不能的问题。"说罢，从怀里掏出一封书信，呈给吴乞买。

吴乞买看信时，粘罕道："我军在西部边境的游骑抓获了几个辽国使者，并从他们身上搜到交通夏国的书信。从信上看，双方交通颇有一段时间，已经开始各自将军队在我西部边境集结。兀术、讹里朵，你们也是深懂用兵的，倘若你们是夏国或辽国国主，听到大金国各路大军合兵一处，并力向南进攻宋，你们会怎么想？"

兀术和讹里朵明显没了刚才的兴奋，皱着眉头不作声。

粘罕自己答道："他们肯定会认为我大金国遭遇了紧急情况，不得不合兵一处以应付危机，西夏国一向对我怀恨在心，辽国更与我大金有血海深仇，他们日夜盼望的就是我大金国出乱子，他们好趁火打劫。因此，我断定他们必然乘我西部边防空虚大举侵入，宋朝亦在川陕聚有重兵，一定也会趁机进攻，以缓和其江南用兵压力，我军深入宋朝腹地，倘若一举擒获赵构倒也罢了，但如果拿不到赵构，宋军必然负隅顽抗，而我军也不得不回师救援西部，如此则陷于进退两难之绝境。列位自己想想，到时候，该如何收拾局面？"

兀术等人面面相觑，无言以对。

吴乞买读完了书信，将信扔到案上，道："都看看，再谈用兵方略不迟。"

兀术首先拿起来,看完后,递给讹里朵,然后众将一个个都看过了,殿里一片安静。

兀术起身向粘罕行了个礼,然后道:"如此看来,确是大元帅老成谋国,我等孟浪了。只是下次希望元帅在议事前先将谍报通知众将,这样大家也好尽早谋划。"

粘罕赶紧申辩道:"这是天大的事,我怎么敢隐瞒。我也是今日临出发时才得到的探报,颇感意外,以前只是风闻辽、西夏有结交,如今算是证实了,我已经传令西路军,多派探子出去,务必时刻把握边境动向。"

兀术无话可说,心里想:你就不能在议事前将书信拿出来?偏要看着其他人走错路,才显得你高明?

两边都已把话挑明,该皇上定夺了。吴乞买习惯性地站起来,踱了两步,道:"去年我大金国挥师南下,虽说是势如破竹,但依朕看,宋人仍颇有顽抗之意。我军在撤退之时,各地宋军乘机进攻,伤了我不少拖后的将士,且各路宋军,仍受赵构的朝廷节制。此次南下用兵,务必对赵构穷追到底,钻山打洞也要将之擒获,只要赵构就擒,则宋朝立成一盘散沙,不战自亡。等灭了宋朝,就循张邦昌例,再新立一个皇帝,成为我大金的藩属,或可长治长安。但陕西之地,绝不可放任不管,姑且不论辽与西夏交结之事,陕西乃宋朝四川之门户,如果我大军占了陕西,则四川就成囊中之物,对宋朝而言,中原已失,再失川陕,则被我大金挤压于南方一隅,即便一时擒不了赵构,宋朝也气数已尽,亡国是迟早的事。因此,此次南下,仍兵分三路,西路进攻陕西,中路聚集重兵从中原南下,东路仍取道山东,与中路军会师于黎阳。"

皇上如此高瞻远瞩,众将都钦服,正在议论时,忽听侍卫来报:"万户娄室刚刚赶到,正在宫外等候召见。"

吴乞买大喜,道:"我大金国第一勇士来也!马上宣他进来!"

在座诸将对于吴乞买如此称呼娄室竟毫无嫉妒之色,一个个也伸长脖颈，等着娄室进来。

片刻后，娄室大踏步进得殿来，跪拜之后，吴乞买亲自上前将他扶起，慰问道："斡里衍如此风尘仆仆，为何不歇息一日再过来？"

娄室身材高大，与女真猛士一样生得虎背熊腰，唯一不同的是他两只胳膊粗长，这也使得他在近身搏战中总能胜人一筹。但光靠勇武是得不到皇上及众将如此看重的，娄室跟从太祖起兵，一路立下赫赫战功，更兼极有谋略，不仅能运筹帷幄，决胜千里，还能临阵机变，于万难中取胜。这一点连太祖都颇为佩服。

见皇上问起，娄室乃恭敬答道："皇上日理万机，事必躬亲，做臣子的岂敢有半分懈怠！"

吴乞买命人赐座，等娄室坐下后，一向恃才傲物的粘罕把刚才众人讨论的内容原原本本向娄室叙述了一遍，分明是想听听娄室的意见。

娄室认真听完，点头道："如此甚好！"

粘罕略感奇怪，如果以中路军为主力的话，娄室统率的西路军兵力必然有所削弱，而宋朝在川陕屯有重兵，西夏与辽国也在暗中勾结，随时准备发难，形势可谓十分艰险，娄室不可能意识不到这一点。

娄室知道粘罕纳闷，便微笑道："我早已得到探报，西夏与辽国残余勾结，欲在边境有所行动，但这两国都是新败于我，并不敢主动挑衅，实际上也无力出击。他们只是在观望，寄希望于我大金与宋朝火并，他们好渔人得利，因此只要我大金在西面保持正常兵力，就足以震慑他们。至于宋朝，赵构的小朝廷立足未稳，人心浮动，士气低落，正是一举歼灭的大好时机，此时不南下直捣其老巢，真要等他羽翼丰满起来，怕都没机会了。我西路军在陕西，足以割断夏、辽与宋之联系，并令陕西宋军不敢东出中原，你们只管放心南下。"

众人听他说得平平淡淡，似无出奇之处，但细咀嚼起来，正因为他把这错综复杂的形势看得无比通透，且对自己部队的战斗力极有把握，才能如此举重若轻。

粘罕道:"你西路军只有万余人,是不是少了些?"

娄室回道:"我女真将士只要满万人,就能横扫天下,何况一个陕西?兵不在多,而在于精,我们千里出师川陕,人一多,粮草辎重都是大问题,万一粮草不继,军心不稳,就不战先溃了。我料宋朝暂时无力经营川陕,我手下这万余人都是身经百战的精兵猛将,足以荡平陕西。"

这话要从别人嘴里说出来,粘罕只会认为狂妄,但从娄室口中说出,粘罕却十分放心,当下笑眯眯地道:"有你镇守西边,我中路、东路两路大军可以无所顾忌,直捣江南!"

吴乞买听了龙颜大悦,乐呵呵地勉励了各位将帅一番,便先行离开了议事堂。

众人等皇上先行后,才接着往外走,兀术来到娄室身边行礼道:"侄儿参见大帅!"

兀术是大金皇帝的侄儿,娄室见兀术如此恭敬自称,心里很受用,连忙道:"四太子不要太多礼了!"

兀术道:"大帅用兵如神,侄儿心里实在仰慕得紧,只是大帅连年在外用兵,来去匆匆,一直无缘请教,实在是平生憾事。今日得此良机,恰有用兵方略之事,想听大帅教诲,不知可否?"

娄室听兀术说起话来文绉绉像个汉人,知他是刻意表示尊重,便笑道:"四太子请讲。"

兀术道:"有一事我琢磨良久,始终不能定夺。东京目前仍在宋军手中,自从前两年将两个皇帝俘虏之后,东京便成了鸡肋,攻下来并不容易,且无多大价值,但不攻下来,宋朝都城还在宋人手中,终归不能让宋人死心——不知大帅如何看?"

娄室略微沉吟后,道:"我为四太子献一策——攻东京而不攻于东京。"

"此话怎讲?"粘罕刚好在一旁听到,凑了过来,讹里朵和另外几个人也驻足倾听。

娄室道:"列位应当记得我大金是如何打下黄龙府的吧?当年黄龙府乃辽国之银府,边塞重地,城池坚固,守备森严,攻守兼宜,如果强行攻打,不仅耗费时日,将士伤亡也将十分惨重。且我女真健儿骑射野战个个都是好手,攻城并非所长,但黄龙府乃战略重地,非拿下不可,还记得我们是如何做的吗?"

粘罕和银术可都参与过黄龙府之战,只是这一战从谋划到最后结束,前前后后经历了一年多,头绪极多,要一下子说清,实在不太容易。

娄室娓娓道来:"我大军先是清除黄龙府外围城堡,辽水以北、咸州以西的城邑全部被我们攻下。我与银术可率军拔除了黄龙府西北的军事重镇达鲁古城,然后乘胜前进,扫平了辽河上下的所有城邑,并降服了九百奚营,我大军进驻黄龙府东南部。至此,我军花了几个月时间将黄龙府变成了一座孤城,太祖十分高兴,想挥师直取黄龙府,我当时斗胆进言道:'黄龙府内,仍然兵精粮足,此时攻城,不是不可以拿下,但我军会有重大损失,不如我们对黄龙府围而不打,在东南部援军的必经之道设立伏兵,大量杀伤辽国援兵,然后等城中粮草将尽,士气低落时再攻。'太祖圣明,听了我的建议,于是我们又围了黄龙府四个月,歼灭援军无数,至此黄龙府已成囊中之物,于是太祖集中我大金国所有精兵猛将,径渡混同江,兵临城下,终于一举攻占黄龙府。"

银术可十分感慨,叫着娄室道:"斡里衍,黄龙府一战,你们父子居功至伟啊!你深谋远虑,专门挑了一个刮东南风的日子攻城,你儿子活女与数名壮士各背着一捆干草登城,快登上城时点燃干草,然后将干草抛向城楼,风借火势,立即把城楼点着了。活女和众勇士登城后,借着火势直奔各城门,一时间烈焰滚滚,喊杀震天,我见你率军在浓烟中冲杀,身上着了火都顾不上,我当时就在太祖身边,亲耳听到太祖叹道:'黄龙府如此难攻,若不是听取斡里衍先清外围,困点打援的方略,我大金国得牺牲多少将士，还未必能攻下！'"

众人都跟着感叹，粘罕已经有几分明白娄室的意思了，沉吟道："太原也是用同样的战法攻下的……"

娄室道："此时的东京非彼时的东京，用不着如此费神。依我看，只须绕过东京，沿路攻城掠地，直抵江南，断其漕运粮草，少则几月，多则一年多，东京城不攻自破，大可不必直接攻城。"

既然女真人的"战神"都如此说，大家也都无异议了，于是借着几路大军统帅难得凑在一起的机会，会合主要将领将进兵攻略梳理了一遍，便各自回去备战。

这边金国已经将南下攻略都制订好了，就等天凉下来，马匹贴足了秋膘，再行南征。而南面的宋朝还在继续派遣求和使者过来，短短一年间已经派过来五六拨人了，宋使必经之地是燕京，而此时燕京主事者乃刘彦宗。此人先祖乃唐朝节度使，六代都在辽国做官，相继任宰相。辽国灭亡后，金太祖一眼就相中了刘彦宗，觉得此人有世家子弟气度，委以重任，刘彦宗也忠心侍奉新主，他本是汉人，对宋朝的那一套说辞了然于胸，常常诘问得宋使张口结舌，无言以对，后来宋使来得多了，他都只是收了国书，然后直接将宋使拘押。

九月，粘罕亲自率领的中路大军路过燕京，刘彦宗率臣僚出城三十里迎接，粘罕远远望见老搭档，喜笑颜开，下马过来扶住正要下拜的刘彦宗，叫着他的字号道："鲁开不必如此多礼！"

当年太祖见刘彦宗人物风雅，颇知政事，特命他辅佐粘罕南下攻宋，刘彦宗竭心尽力，大力筹措军粮，稳定后方，使粘罕无后顾之忧，为其连战连捷打下了坚实基础，两人合作十分默契，因此刘彦宗深得粘罕赏识，两人关系也非常密切。刘彦宗身在燕京，一品以下大员全由他任免，权力之大，令人咋舌，这与粘罕的支持是分不开的。

"大元帅不辞辛劳，为国征战，屡建奇功，只恨我刘某一介书生，手无缚鸡之力，不然也跟着大元帅去攻城拔寨，建功立业！"刘彦宗奉承道。

粘罕笑道："鲁开坐镇燕京，为我大金国健儿筹备粮草衣物，若没有你，我这大军恐怕是寸步难行呢！"

两人寒暄了几句，粘罕又听刘彦宗说了军粮辎重筹备情况，无不满意，便接着问道："宋朝那边可有什么消息？"

刘彦宗笑道："前几天赵构的小朝廷又派来一拨使臣，从去年到现在，这已经是第六拨使臣了，我只简单询问了几句，并对他们说：我大金国只知道有楚使，而不知道有什么宋使。便将他们全部关押了。"

粘罕听了哈哈大笑，问道："这几拨宋使中可有你看得入眼的？"

刘彦宗想了想，答道："就第一个来的叫王伦的宋使，颇与众不同，别人出使敌国，如临深渊，要么强自镇定，要么恭言卑词，就他左顾右盼，神色怡然，倒像是颇为受用似的。我听说此人回馆后，与看管他的差役混得烂熟，还结交本地三教九流，颇得人缘，拘押期间，其他人都郁郁不乐，意志消沉，他却整日里找机会游街串巷，自得其乐。我颇感奇怪，便找人打听其家世，才知道原来此人竟是个泼皮出身。"

粘罕又是一阵大笑："赵构看来真是慌神了，什么人都敢派过来。"笑完又道，"不过此人虽出身泼皮，但身临险境从容不迫，也算得上人杰。"

刘彦宗身历家国巨变，伺候两代雄主，尽得恩宠，看人自有心得，他所说的王伦，日后还真成为人物。

粘罕在燕京逗留了几日，便率大军南下席卷而去。

此时黄河以北，几乎全部被金军所占，零星的一些还在宋军手中的州府，见到粘罕大军声势，也都望风而降。因此，粘罕的大军几乎没有遭遇任何抵抗，便到达了黄河北岸。再看南岸，不见宋军一兵一卒，渡河便离东京不远，粘罕担心有诈，便派遣游骑去打探军情，得知南岸的确无宋兵防守。

粘罕略感诧异，对手下道："莫非南朝除了宗泽，就没人了？"便命部队即刻过河。

大军用了两日才全部渡河完毕,粘罕率军抵达滑州与东京之间,传令部队扎下营来,略事休整,然后挥师南下。

晚上,粘罕正睡在中军帐中,忽听营地里一片喧哗之声,以为宋军前来劫营,便一跃而起,却发现两脚蹚在水里,水深已至脚踝,水流还颇为湍急。

正在困惑,手下前来报告:营地全部被水淹了,各军将领请示大帅,要不要马上转移。

粘罕还在犹豫,手下的心腹大将拨速离和耶律马五已经火急火燎策马奔到帐前,拨速离等不及通报,直接闯入大帐道:"大帅,我听帐下的签军头领说,这定是黄河决口了,须立即带领大军远离此地!"

粘罕一听大惊,再看脚下,就在这片刻之间,水深已经没过了脚踝,立即大声道:"传令下去,各军火速开拔,向东行进,不得丢弃盔甲兵器,不得争道抢行,违令者斩!"

只能说粘罕运气还不错,此时黄河正值枯水季节,虽然决口,但水流毕竟不比汛期,几万大军虽然慌乱,但连夜快速行军,到天大亮时,已经走出了泛区。一路上见许多当地百姓,也拖家带口地逃难,见了金兵顾不上害怕,只是躲得稍远一些。

又走了大半日,脚下的地终于全干了,粘罕才下令停止行军。此时金军将士一个个满身泥浆,狼狈不堪,再清点人马时,发现还走丢了好几百人。

粘罕便叫人找来几个世居此处的汉人签军,问是怎么回事,那几个签军道:"黄河在这个季节决无发大水的道理,一定是有人故意决开了黄河,来淹大军的。"

粘罕皱眉不语,独自坐了一会儿,突然仰天大笑。众人都莫明其妙。粘罕笑完了,才道:"这定是杜充小儿干的事,当年攻大名府时,这厮就干过同样的事,不曾想如今他镇守东京,又干出同样的事来。"说完又笑。

笑完叹道："南朝无人，不敢横刀立马与我交战，靠这点小伎俩岂能拦住我大金的铁蹄？"

话虽这样说，东京东南一片已成泽国，即便过几日水收了，也难免泥泞满地，沟壑纵横，极不利于骑兵作战，粘罕不得不调整先前的南进方略，与东路军会师黎阳显然已不可行，他所统率的中路大军只能主动东进与东路军会合，然后一同南下，直捣江南。

粘罕一面修书令人火速送往东路军统帅讹里朵和兀术处，一面整顿人马往滑州、濮阳方向进发，行至半路，突然想起娄室的"攻东京而不攻于东京"之语，不禁深为折服，如果自己原原本本地遵照娄室方略进师，连过去几天在泥地里的狼狈都可免了。

5 陕西危局

陕西向来是军事重地，当年名满天下的范仲淹任陕西四路宣抚使，与韩琦共同经略西北，对抗西夏，有童谣云："军中有一韩，西贼闻之心胆寒。军中有一范，西贼闻之惊破胆。"此谣直至靖康初年仍有地方在传唱。

此时的陕北已是暮秋，范仲淹对这塞外秋色也留有名句："碧云天，黄叶地，秋色连波，波上寒烟翠。山映斜阳天接水，芳草无情，更在斜阳外。"这首词就像一幅山水图，将碧云黄叶、秋波寒烟、芳草斜阳尽数纳入水天相接处，清旷辽远，苍茫动人。

两匹快马从这塞外山水图远处狂奔过来，人马都已经汗如雨下，但仍然拼命赶路，眼前的雄奇秋景在他们眼中视若无物，他们是龙图阁待制、鄜延经略使王庶的信使，要将十万火急的军情传达给有陕西名将之称的都统制曲端。

事情的起因自然是金军于八月份对陕西发动了进攻，领军的正是金国西路军统帅娄室。自靖康元年以来，娄室在陕西屡次以少胜多，陕西各军早已闻娄室而色变，甚至他儿子活女率军进攻时，守城宋兵听说是娄室的儿子，都有吓得逃跑的，可见娄室的威名之盛，到了何种地步。

金军攻势迅猛，一个多月下来，先后攻占了华州、蒲城、同州、丹州。略事休整之后，又集重兵攻延安府，延安府乃战略要地，如果失守，势必陕西震动，有全局坍塌之虞。王庶身为节制陕西五路军马的经略使，知道曲端统率的泾原精兵，是陕西唯一可以与金兵相持的力量，便一再派遣信使要求其进兵解救延安府，这已经是第十拨了。

这两名信使身份有些特别，一个是延安府的进士，一个是王庶的亲信随从，两人几乎是马不停蹄地赶了两日路，才到了泾原兵的驻地——邠州。

曲端在帐内听到王庶又派人来搬救兵了，却不着急让人进来，仍斜躺着捧本兵书在读，让两个急火攻心的送信人在军营外苦等。随军的转运判官张彬与曲端相处得还不错，便劝道："曲帅，还是让这两人进来吧，把人晾在外面传出去不好。"

曲端这才坐起来，他是典型的关外大汉，浓眉大眼，鼻直口方，长相颇为威武，骨骼也极粗壮，一双手伸出来如同蒲扇般大小。他三岁因父亲战死，就被授予武官官职，从小便鹤立鸡群，以统率众顽童为乐事，这也使得其个性极为要强，从不愿屈居人下。

"那就让他们进来吧。"曲端收了兵书，舒了舒筋骨，命令道。

不多时，两位信使急急忙忙赶了进来，进帐一看，只见曲端左手清茶，右手兵书，一副清净无为的儒将风范，两人本来张口就要喊救兵的，这时反而愣住了，瞪着眼睛说不出话来。

曲端慢条斯理请两人入座，并命人端茶上来，这两人虽然渴极，但哪里有喝茶的心思。刘世原乃是王庶的亲随，来之前王庶早已耳提面命，务必说动曲端发兵救援，这时便咳了一声，道："曲帅，延安府被金兵围困，情势危在旦夕，王节制心急如焚，不知曲帅何时可以发兵营救？"

曲端道："我正厉兵秣马，严整军备，在这几日就可发兵。"

这话放在十日前，刘世原还会深信不疑，但现在他已经明白曲端不过是在搪塞，便继续道："敢问具体是哪日？我好禀报王节制，让其他诸军配合。"

曲端冷冷道："军旅之事，瞬息万变，须得天时、地利、人和才好发兵，岂可盲动？你回去禀报王节制，曲某一直在关注战事进展，到适当时机一定会出兵！"

刘世原赶了两日路，又累又饿，心中又急，见曲端仍旧一副油盐不进的样子，气恨交加，双手止不住地颤抖，茶杯中的水洒了大半也浑然不觉。

"曲帅，延安府数万军民日夜苦战，望救兵如久旱之盼云霓，如婴儿之盼生身父母！您也知道，金兵围城日久，恼羞成怒，一旦破城，必定会屠城，到时延安府满城男女老幼，无一幸免，延安府将血流成河！我等行伍中人，战死沙场原是本分，可是不能眼看着满城百姓无辜受戮啊！请曲帅发发慈悲吧！"刘世原说到最后一句的时候，已经带着哭腔。

刘世原是武将出身，身上也有十来处战场留下的伤疤，让这样的硬汉如此苦求，曲端就是铁石心肠也不能板着脸用官话搪塞了。他埋头思索了片刻，又起身盯着帐外半响，出人意料地断然道："你回去告诉王节制，少则三日，最迟五日，曲某必定发兵。"

刘世原本来已经绝望了，突然听到这句话，几乎不敢相信自己的耳朵，一下拜倒在地，想要说感谢的话，却哽咽着什么也说不出来。随他来的那位进士也跟着下拜。

曲端连说"不敢"，将两人扶起来。刘世原转身就要回去复命，张彬道："二位连着赶了两日路，衣服都汗湿了，要不换身衣裳，吃顿饭再走？"

刘世原办完了大事，全身松懈下来，这才觉得周身发冷，又累又饿。正犹豫间，同来的进士方弼已经答应下来了，便也跟着点头道谢。

张彬叫人给二人递上干爽衣服，又下去安排饭食，方弼心里高兴，奉承曲端道："昔有范文正公经略西北，威振敌邦，今有曲帅掌兵泾原，拱卫川陕，这正是我大宋中兴之象，黎民百姓之福啊！"

曲端连连摇头道："切莫提那个老范，来西北就唱了首童谣，打了几次败仗,却不知用什么法子暴得大名,叫他手下那些冤枉战死的将士如何瞑目!"

方弼平生最为敬重范仲淹,连自己的书斋都命名为"后乐斋",取范仲淹"先天下之忧而忧,后天下之乐而乐"之意,没料到曲端竟如此轻视范仲淹,还称之为老范,不觉愣在当地。

刘世原知道曲端最厌烦文臣纸上谈兵,今日好不容易得到曲端承诺,怕多生枝节,便拉了一把方弼,道:"方先生,我们赶紧换了衣服,吃两口饭,马上出发吧,王节制还在等着呢!"

等二人出去后,张彬见曲端之前无论使者如何说,都不为所动,今日却答应得颇为痛快,便问曲端:"大帅是真要发兵救延安府吗?"

曲端重新坐下,用大手拈起茶杯,喝了口茶,道:"兵是要发的,但不是去延安府。"

张彬大吃一惊:"大帅,你不发兵也就罢了,切莫戏耍王节制啊,这可是军国大事!"

曲端看了一眼张彬大惊失色的样子,忍俊不禁道:"文逸还真是至诚君子,来来来,坐下喝茶慢慢说。"

张彬满腹狐疑地坐下,曲端微笑着亲自给他沏茶,硬逼着张彬喝了一口,才道:"文逸,你看这延安府之围与靖康年间的太原之围是不是极为相似?"

张彬想了想,道:"确实颇有类似,当年太原被围,守军拼死守卫长达近一年,极大地牵制了金军南下,后来金军为了包围汴京,担心腹背受敌,于是大举攻城,城内军民粮草耗尽,最终城破,金兵占领了太原,消除了后顾之忧,得以长驱直入中原,围城汴京,这才有了靖康之祸。大帅,延安府亦是战略重地,一旦落入金人之手,则陕西门户大开,陕州、长安都直接暴露于金人兵锋之下,我想这应该是王节制几乎一日一催,恳请大帅发兵营救的原因吧。"

曲端嘴角带着一丝微笑,听张彬说完,才道:"金人长于骑射野战,攻城并非其所长，但金人统帅极懂兵事，他们对于防备森严的城池一般都围而不攻，静待城内守军粮草不济，日益疲敝，战斗力大损，而后拼尽全力，一举拿下。你看太原，从靖康元年起，银术可便用'锁城法'，构建重重工事将太原团团围住，切断太原城与外界联系，再以偏师先后夺取文水、西都谷、祁县、太谷、孟县等地，将太原完全变成一座孤城。为救太原，朝廷可谓不惜代价，先后三次派重兵赴太原，结果都损兵折将，无功而返，生生成就了金军的'围点打援'战术！"

张彬看着曲端，试探着问："这延安府……是救还是不救呢？"

曲端并不回答，继续问道："文逸，你看曲某之用兵，比之种师中如何？"

张彬素知曲端自视甚高，一时不知如何回答是好，曲端看破他心思，笑道："曲某虽然自负才高，却也不敢与种师中比。别的不说，种师中世代将门，其父其兄都是我大宋的名将，我如何能比？种师中自己也深知用兵之道，而那一年朝廷动用禁军救援太原，可以说是下了血本，又派姚古和张灏领军协助种师中，三军互为犄角，同时北上。那时正值五月，将近酷暑，最不利于金兵出战，这一次救援战，天时、地利、人和已占其二，至少应该不会大败亏输吧？可就在种师中稳步推进的时候，朝廷里那个叫许翰的，却误听谍报，愣是认为金军已全线撤退，一个劲儿地催促种师中进兵，甚至还上书责备种师中'手握重兵，观望逗留，其意不可测也'！你说这风口浪尖的，谁受得起这种混账话？种师中不得不留下辎重粮草，轻装进发，结果遭遇金兵主力的强力阻击，即使仓促应战，种师中仍然五战三胜，抵近太原，但又遭到金军重兵围攻，部队粮草短缺，士气低落，终于全军溃败，种师中力战而亡。而那个出馊主意的许翰呢？听说后来还官拜尚书右丞了！这还有没有天理？"

张彬知道西北诸将，一直对太原守卫战恨恨不已，都认为一盘好好的棋却被朝廷里的一帮文臣下得奇臭无比。曲端之父早年死于与西夏的战事中，将士皆言也是文臣瞎指挥惹的祸，如今曲端身为统帅，自然更加反感文臣掣肘。

张彬正在琢磨，听到曲端又问："王庶之才，比之李纲如何？"

"李纲纵然言过于实，但岂是王庶能比的！"张彬脱口而出。

曲端不置可否，接着问："娄室之才，比之银术可如何？"

张彬犹豫了一会儿，道："半斤八两吧，依我看娄室还略胜一筹。"

曲端笑道："文逸，看不出你胸中还有杆秤呢！现在形势不是一目了然吗？当年种师中手下及策应之师总数在十万以上，而我泾原军还不足一万；当年李纲虽然不懂兵法，但其声望人品，王庶替他拎鞋都不配，这是目前我方的形势。而金军呢，当年银术可有勇有谋，有名将之风，而现在围延安府的娄室，尤在他之上，乃是百年难遇的将才，连金军都称其为'战神'！当年李纲解太原之围时，既没厘清形势，又没摸清敌情，贸然出兵，落得个兵败如山倒，使得金兵放胆南下，围困汴京，靖康之役，千古遗恨！倘若我还像当初营救太原一样发兵延安府，则必蹈太原兵败覆辙，那时候，不要说延安府，整个陕西恐将不保！"

张彬脸色煞白，半晌才道："那如何是好？"

曲端案上正有一碟新摘的大枣，他便抓了一把，挑出其中最大的一颗，搁在案上，道："这是延安府。"然后又用枣摆出华州、蒲城、泾州、丹州、耿州、耀州等地，最后拿出一颗枣给张彬："文逸，你把邠州摆上吧。"

张彬不善地理，也未独立带过兵，看了半天，犹犹豫豫地把枣搁在案角一处，曲端不禁好笑，道："你把我泾原军支到长安去了！"

张彬惭愧道："下官愚钝，实在是不擅长地图。"

曲端道："人各有长短，文逸不必介怀。"说着自己将邠州的位置摆好，指着案面道："金军占了河中府，然后渡黄河，直取华州，接着北上攻取了下邽、蒲城以及丹州，合围延安府，我料娄室已在延安府周边占好地形，等着我过去呢。我军一到，金兵必在城外平原地带阻击我军，并借骑兵优势截我后路，我泾原军虽然勇猛，但仍以步军为主，平原野战,原本不是金军对手,在地利上已经棋输一着。另外我军长途跋涉,而金军却是以逸待劳,这又得增一分风险,且金军人数还多于我军,这样比较下来,我军胜算极小。但是,如果我军出其不意,不去延安府,直取华州、蒲城,反而截其后路,这正是荡其巢穴,攻其必救!这时候,两军攻守形势就互换了,该轮到金军犹豫着要不要出兵援救华州和蒲城了。"

曲端说完,张彬对敌我形势已经了然于胸,心里暗暗赞叹曲端不愧为西北军诸将翘楚,转而一想,不禁叹息道:"只是不知延安府的守军能撑多久。"

曲端正在兴头上,听到这话,脸色沉了下来,过了一会儿才道:"常言道:慈不掌兵。延安府守军撑得越久,形势就越对我军有利,到时金军进退维谷,强弱之势逆转,我军才有可能一击成功。"

张彬心想:可怜延安府满城军民还在眼巴巴地盼救兵呢,不承想已经被设计成诱饵了。心里不禁怅然,但也无可奈何,便问道:"要取华州、蒲城的话,应是兵分两路,一路自然是曲帅领军,另一路由谁领军呢?"

曲端一笑:"还能是谁……"话音未落,手下亲兵入帐禀报:兵马都监吴玠在帐外求见。

"说曹操,曹操就到。除了晋卿,谁能当此大任!"曲端笑着起身,让亲兵领吴玠进来。

片刻后,一名身材颀长、面目英俊的武将走了进来,见过礼后,曲端笑道:"晋卿啊,刚才正和文逸谈到你呢。"

吴玠一眼就看到了案上的枣图,曲端便跟他讲了进兵方略。吴玠沉吟道:"曲帅,要不分两千人马去延安府,只作袭扰,并不接战,多少减轻一下城内守军负担,王节制那边也有个交代。"

张彬立即觉得这样更加周全,连连点头。

曲端却是半点亏都不想吃,摇头道:"如果是骑兵,袭扰倒是可以,但我军步兵居多，如何去袭扰金人骑兵？弄不好反被敌人一口吃了，此事断不可行。"

吴玠也不再多说，曲端又命人召集其他统领官过来，商议进军细则。

张彬找个机会悄悄问吴玠："晋卿，你觉得延安府能守多久？"

吴玠脸色沉郁，道："延安府守将李永奇乃是沙场老将，其子李世辅更是骁勇无比，十七岁就跟父亲上战场，比我和曲帅都早，上次金兵入侵鄜延路，李世辅主动请命去刺探情报，夜里独自一人杀死睡在土洞里的十七名金兵，这是什么样的胆色！有他二人辅佐通判魏彦明，终归好些，此次形势非同一般，只希望他们守得越久越好，或有一丝解围希望。"

张彬一听，心里凉了半截，看来曲端还有所隐讳，没有明说，而吴玠已经差不多把延安府当成一座死城来看了。

过了三日，曲端这边已经点将完毕，手下士卒都甲胄鲜亮，刀剑生辉，曲端十分珍惜手上这支队伍，从不打无把握之仗，此次出兵，也是权衡再三，慎之又慎。

大军正要启动，突然手下禀报说："经略使王庶派属官鱼涛前来督师。"曲端冷笑道："既来督师，那就让他跟我们一起进军吧。"

于是白净脸皮的鱼涛便跟在曲端的大军之中，见吴玠领着另一支部队走了，诧异道："曲帅，泾原军原本不过万人，再分成两支，恐怕会被金军找机会各个击破，金军主将娄室极善用兵，曲帅不得不防！"

曲端看了鱼涛一眼，心想此人倒不是草包，便道："原来鱼监察知道我军不过万人啊，王节制他知道吗？"

鱼涛不知何意，答不上来，之前他就听说曲端为人恃才傲物，不好相处，来时王庶也叮嘱过不必计较言语得失，便不说话了，只是跟着队伍走。

走了两个时辰，鱼涛觉得不对劲，又不敢问，神色十分不安。张彬看在眼里，悄声对曲端道："曲帅，我去跟鱼监察解释一下进军方略如何？免得他临阵质疑喊叫起来，乱我军心。"

曲端倒巴不得鱼涛如此，正好将他斩于阵前，以示军威，但听张彬如此说，便点点头，并不阻止。

于是，张彬便把此次进军方略详细地跟鱼涛解释了一下，鱼涛听完目瞪口呆，却又无可奈何，白净的面皮更无一丝血色，只得机械地跟着队伍行进。

离蒲城还有十里地时，曲端叫大军就地扎营，并派遣一支先锋部队绕城而行，却不攻打，还特意漏出一角，好让蒲城守军派人去找正在围困延安府的娄室求援。如此过了两日，吴玠那边传来捷报，已经拿下华州，曲端又故意纵归几名金军俘虏，让他们去向娄室汇报。

此时娄室大军已经拿下了延安府东城，西城仍在坚守，娄室忌惮泾原军，一时不敢放手攻城，怕泾原军突然出现，仓促应战不利。正在犹豫，从蒲城和华州过来败兵，告知泾原军正在攻打金军后方，娄室略感意外，便亲自盘问，细致到连宋军装备如何都一一问到。

娄室长子活女也在军中，见敌情诡谲，便问父亲该如何应对，娄室沉思良久，道："如能五日内攻下延安府，则陕西形势大好；如不能，有可能被困于此，进退两难。"

活女当即跪下，大声道："孩儿愿立下军令状，三日内必破西城！"其他将士一见，也纷纷请战，一时间群情激昂，喊声震天。

娄室见将士早已弓满弦张、士气高涨，他极善把握火候，深知一鼓作气的道理，便奋然而起，道："曲端自以为精通兵法，想用这种雕虫小技来算计我，他却不懂用兵的精髓在于知难而进，勇字当先！我料这一定是曲端自作主张，王庶多半还不知情，趁这几日他们彼此观望之际，我军尽全力拿下延安府西城，如此则大功告成，曲端的围魏救赵之策也全盘落空！"

于是当天晚上，金军突然发起全面进攻，攻势之凌厉，前所未有，守军奋力抵抗。天亮后，金军竟然毫不歇息，换一拨人继续攻城，可怜守军人少，不得不拖着疲惫之躯继续奋战，一直战到傍晚，金军攻势丝毫不见缓解。

守城主官魏彦明见敌人进攻如此疯狂，援军又迟迟不至，心里已经做好了殉国的准备。夜幕刚降临，金军继续大批涌了上来，势头与前一日相比毫不衰减，此时守军已是疲累不堪，仍然咬牙苦战。战到黎明时分，王庶十九岁的儿子王之道带领一帮老弱残兵也登上城墙助战，但杯水车薪，丝毫不能扭转战局。又战至正午时分，守军体力已至极限，有些身体弱的甚至昏死在城墙上。两个时辰后，西城的后大门被攻破，金军潮水般涌入，延安府终告失陷。

娄室入得城来，魏彦明仍带着十来名亲兵守在城楼上，不肯下来，娄室将其家属全部押至城楼下，命其投降，魏彦明严词拒绝。娄室攻占延安府，士卒颇多伤亡，见魏彦明仍然不降，便派人攻上城楼，抓住魏彦明，将其一家数十口，不分老幼，当场杀得一个不剩。

城中残余军民见此惨象，吓得面无人色，纷纷求饶，娄室便许诺不屠城，只问道："李永奇父子何在？"

李永奇与儿子李世辅正满身鲜血，站在败军当中。有人指给娄室看，娄室问："你二人愿降否？"

李永奇沉默半响，见儿子世辅在旁已做好拼死一搏的准备，便应道："愿降。"

李世辅大出意外，转头看着父亲，李永奇看着他，沉声道："将以有为也！"

娄室大喜，当即任命李永奇为鄜延路马步军副总管，任命李世辅为兵马副都监，接下来又命人打扫战场，安排后续事宜。

这边王庶还不知道延安府已经陷落，苦等泾原军不来，只好招募了一批从各处失地溃败下来的散兵游勇，勉强成军，亲自带着去解延安府之围，观察使王燮也发兵兴元，与之呼应。然而赶到甘泉时，遇上了从延安府突围而出的马步兵总管马忠等人，告知延安府已然失守，王庶如闻晴天霹雳，知道再派兵过去已无济于事，又得知曲端率军与吴玠会师于襄乐,便令马忠带领自己临时拼凑的军队去投奔王燮,自己则带着百十余骑兵及官属去襄乐"劳军"。

曲端已经听说了延安府陷落的消息,自己精心设计的围魏救赵之策不到三日便告破产,心里着实懊恼无趣,不过他对朝廷也有所交代:截金军后路,收复了两座城池。虽然在明眼人看来,他这样做颇有些取巧。

听说王庶过来"劳军",曲端十分鄙视,心想:你王庶一败涂地,连个驻地都没了,还跑到老子这儿来当太上皇?便传令下去,整肃军容,一定要先给王庶一个下马威。

王庶等人在大营外面等了半天,才有传令兵过来,让他们进去,但必须留一半人马在大营外。王庶此时无半点筹码,只得遵照执行。进得门来,只见营房内井井有条,军容极为严整,心里又气短发虚。走到第二道门,守门将士又命令必须留一半人在外面,王庶只得照办。这样过了几道门,回头再看,身后只有五六个人跟着了。

终于到了中军大帐门口,传令兵进门通报,曲端一身戎装出来,对着王庶略一躬身,不咸不淡地道:"节制请。"

王庶还寻思跟他说几句慰勉的话,暖暖气氛,见这阵势,只好把到嘴边的话给吞了回去。

王庶进了中军大帐,四面一看,不像有人在住,转而明白过来,原来曲端把中军大帐空出来让给他住,王庶不禁松了一口气,他知道自己已经成了光杆司令,如果曲端再不服他调遣,那他真和丧家之犬没什么分别了。

坐到了自己的中军大帐,王庶感觉心情好了不少,他瞅了瞅曲端,曲端面无笑容,隐隐还有一丝怒意,王庶暗暗安慰自己:战局不利,心情不好再寻常不过了。

过了一会儿,张彬和走马承受使高中立也进了大帐。两人见过王庶和曲端后,坐在大帐两侧,大家都不作声,大帐里安静得针掉在地上都能听见。

王庶觉得有点不对劲儿，自己远道而来，又是主官，别说点心果品，连杯热茶都没有。再看曲端，面色越发严峻，而张彬和高中立一直都在回避自己的目光。

"节制，延安府如何这么快就失守了？"曲端突然问道。

王庶不禁一愣，这哪像跟上司说话的口气，分明是兴师问罪来了，但还是强压住心头的不快，道："东城守了十余日，西城又守了十余日，守军一直在浴血苦战，奈何敌众我寡，又无援兵，守这么久已经极不容易了。"

"凤翔、绥德、耿州都有驻军，为何这么多天却无人出一兵一卒？"曲端板着脸，继续问道。

王庶使劲干咽了几口，才把满肚子的气压了下去，道："绥德、耿州去年都被金兵占领过，老百姓都跑光了，几乎成了空城，今年才陆陆续续回来一些人，守军人数都少得可怜，能自保就不错了，如何还指望得上他们出兵救援？至于凤翔，路途遥远，离你泾原军的驻地邠州尚有一两日路程，且兵力远不如泾原军，你说我该找谁讨救兵呢？"

曲端听他语含讥讽，怒气更甚，挖苦道："节制不是离延安府近在咫尺吗？为何拖延这么多天不去救援？节制受天子重托，统领陕西五路人马，却如此贪生怕死，岂不有负于天子重托？"

王庶终于忍无可忍，愤然反击道："曲都统，你自己算一算，从延安府被围至今，我给你派了多少信使，写了多少书信，命你出兵相救，你却总是按兵不动。实在逼不过了，却又弄什么'荡其巢穴，攻敌必救'，请问你荡清金军巢穴了吗？金军果然来救了吗？你不要糊弄本节制，蒲城、华州根本就没有什么金军精锐，不过是几个看城的老弱残兵而已，你轻取两座城池，你是得了战功，朝廷那边有了交代，然后就在这儿守着一万精锐，忍看延安府军民苦战！你可知道，延安府通判魏彦明一家数十口死难，城中军民死伤大半，血流成河！你说本节制贪生怕死，可我以一文官之身，临时募兵前往救援，那是抱了必死之心！

我儿子之道，年方十九，在城破之际，也率领一帮老弱残兵登城奋战，我到现在连他是死是活都不知道！皇天在上，厚土在下，请问这大帐之中，到底是何人贪生怕死？"

曲端被这一通犀利言辞臊得面皮发紫，无地自容，继而老羞成怒，什么礼仪都顾不上了，"呼"地站起来，大声道："王庶你昏聩！当初在耀州，我屡次向你建议，须合兵一处，不要处处分兵，免得被金军各个击破，你听了吗？金军攻下华州时，我苦劝你将屯于丹州的粮草辎重转移他处，免得落入金人之手，你却以为金人下一步要攻长安，就是不听，结果金兵往北直取丹州，粮草辎重尽落敌手，如果没有这些粮草，金军敢围延安府这么久吗？你愚钝而不知兵，却还指手画脚，尽出昏招，害得我陕西将士冤枉流血，你该当何罪？"

当着众人的面，王庶哪能由得曲端给自己戴这么一顶帽子，立即回击道："曲端你就明说吧！什么叫合兵一处，不就是合兵在你处吗？你设计吞并了其他诸军，才得以一人统领泾原精兵，你还嫌不够，还要吞并其他军队，你究竟意欲何为？你倒是说了要将丹州粮草转移，但难道不是我加强长安防范，让金兵无隙可乘，他们才转道北上的吗？如果不是我，今日丢的不是延安府，而是长安，你说孰轻孰重？"

王庶虽然是进士出身，但也不是只会读圣贤书的迂腐之辈。当年被名将种师道相中，调为怀德军通判，自那时起，就一直参与军事，提的一些方案也颇有见地。他对陕西防卫并非毫无作为，很多措施自有他的通盘考虑，只是将帅原本不和，再加上刚刚吃了败仗，形势危急，积累的矛盾爆发，又碰上曲端这么一个老虎屁股摸不得的下属，所以今日这个局面也是早已注定了的。

曲端听到王庶指责自己想吞并其他部队，有不可告人的野心，心想这是文臣干倒武将的杀手锏，话一至此，就是图穷匕现，再无回旋余地。心中陡然起了杀念，原本怒发冲冠的他突然冷静下来，只是冷冷地打量着王庶。

张彬和高中立见两人越吵越凶，不知如何是好，趁着这当口，赶紧起身劝道："二位长官快不要争了，大家呕心沥血、出生入死，不都是为朝廷分忧，为川陕黎民纾难吗？何必呢！此次金军来势凶猛，也是因为有不可预料之事，谁能想到今年严寒到得如此之早，黄河一夜之间就结冰了呢！不然金军也不会如此顺利渡河。如今金军刚取了延安府，士气正旺，接下来只会更加猖狂，还是先筹划下一步如何抵御要紧，切莫将帅失和！"

两个吵得不可开交的人都沉默下来，王庶知道刚才话有些重，但话已出口，泼水难收，再看曲端目光阴冷，似有所图，心里不禁打了个寒战。

良久之后，曲端起身，用冰冷的声音道："此处乃军事重地，没有我的将令，任何人不得随意出入。"说罢看都不看王庶一眼，转身出了大帐。

张彬和高中立转过头来安慰王庶，王庶强撑着节制五路兵马经略使的体面，勉强打起精神来应付，但他心里清楚，自己被曲端软禁了。

当天晚上，曲端一不做，二不休，骑马直奔宁州去见陕西抚谕使谢亮。谢亮当初与王庶在出使西夏一事上有过纷争，两人关系虽未破裂，但也谈不上有多好，且陕西抚谕使是皇帝亲自任命的大员，有便宜行事的权力。

谢亮见曲端深夜来访，便问何事，曲端乞退左右后，极言王庶处理军政之昏聩，以至于丢失了延安府这样的咽喉要地，实属罪不可赦，并说道："曲某虽然出身行伍，却也知道《春秋》上说：'大臣出疆之义，得以专之'，抚谕乃圣上亲自委派的正使，有便宜行事之权，如今王庶失策，误了军国大事，以至陕西大震，人心浮动，而金军却一胜再胜，士气高涨。敌我形势如此，若不采取断然措施，则陕西危在旦夕，陕西一失，则四川不保，川陕俱失，则天下将不再为我大宋所有，事关重大，请抚谕明断！"

谢亮沉吟片刻后，问："曲都统让我做什么呢？"

曲端目露精光，吐出这样几个字："请抚谕诛杀王庶，为陕西诸路兵马除害！"

谢亮吓了一跳，他早就耳闻王庶、曲端将帅不和，但哪里想到闹到这步田地。他对曲端和王庶都有所了解，曲端乃是陕西诸将中最有谋略者，在士卒中声望很高，但素有傲上之名，而王庶虽是文官，却也不是迂腐书生，当年他在出使西夏一事上跟自己有矛盾，事后证明他还是对的。这两人如能尽弃前嫌，精诚合作，陕西军情何至于糜烂至此！

这浑水，谢亮是绝对不会去蹚的，他为难地叹了口气，道："曲都统，你知道你说的可是天大的事吗？王庶身为陕西五路兵马经略使，乃是朝廷命官，他的确是吃了败仗，丢了要地，但是不是死罪还要另看。王庶有没有临阵脱逃？有没有纵兵劫掠？有没有见死不救？依我看还没有，更没有通敌叛国吧？王庶之罪，顶多是失策罢了，或许后果严重，但仅因此就予以诛杀，恐难服众，也无法向朝廷交代。"

见曲端还不甘心，谢亮继续道："我启程前，圣上一再叮嘱：'今在外，使事有指。'如此重大的事岂可不先奏报于朝廷？动不动就以军情紧急为由擅自诛杀大臣，这可是朝廷深为忌讳的'跋扈'之罪，我谢某实在不敢为之。如果你一定要这么做，就请自行动手吧，你手上雄兵上万，谁能拦得了你！但请恕我置身事外。"

曲端听了，脸色铁青，无言以对，只得怅然而退。

次日，曲端还在帐中气愤难平，随从通报说王庶在帐外求见。

原来王庶一晚上坐卧不安，断定再这样待下去没准性命难保，此处天高皇帝远，又是曲端的大军所在地，可谓插翅难逃。曲端一旦起意，随时可以有一百种方法要了他的命，还杀人无形，与其坐而待毙，不如早作打算。

曲端略有些惊讶，没想到王庶把经略使的官架子放得这么低，不召自己去中军大帐，却亲自跑过来见自己，便也不客气，命随从传他进来。

王庶进来，也并不低声下气，只道："王某督师不利，以致金军在陕西攻城掠地，横行无忌。前日又丢了延安府，深感有负圣上重托，我已经写了请罪折，令人呈交圣上，不久应该有回音。现在我已是待罪之身，军中事务，请曲都统自行决断吧。"

曲端连句安慰的话都没有，只道："既如此，经略使大印已不合适由你保管，暂且放我这儿吧。"

王庶心中已经恨极了曲端，淡淡地抛下一句："所有案牍、使印我都收好了，放在中军大帐中，你自派人去取吧。"说罢，转身扬长而去。

曲端见王庶自行请罪，让出节制之位，虽然对他厌恨依旧，倒也没有杀他的心思了，便把他带来的官属都拘押起来，又安排王庶到另外一处帐中，自己仍旧回中军大帐居住。

陕西一时群龙无首，曲端听说王燮屯兵于庆阳，又想借机吞并他的军队，便派人去收编，不料王燮不听他的，宁愿遣散手下军队，也不给他，然后带着一小部人马跑到四川去了。

陕西各路人马乱成一团的时候，娄室这边已经趁机挥师北进，占领了绥德，并进军名将之后折可求据守的府州，府州粮尽援绝。娄室又派人胁持折可求的父亲和儿子以及族人到城下劝降，并许诺投降后，让他掌管关中之地，折可求无奈之下，携麟、府、丰三州而降，陕西局势由此雪上加霜。

6 兵退盐城

娄室把陕西搅得天翻地覆之时，粘罕率领的中路军与讹里朵和兀术的东路军已经会师于濮州，两军会合，其势更盛，很快占领了濮州、相州、德州。短暂休整后，又攻陷东平府、大名府、袭庆府、济南府，至此，山东一地已不复为宋朝所有。

金军攻势汹汹，宋朝这边也不得不紧急调动各处军队加强战备，河西、中原一带的军队纷纷东进江淮，阻止金军南下。于是沿途州县的百姓隔三差五便能看到军队走过，这些朝廷的正规军都接到了严令，不得骚扰百姓，遇到当地盗匪，一律肃清，因此深受盗贼之害的百姓都箪食壶浆，以迎王师。

在这些东进的勤王之师中，有一支分外引人注目，其他军队都刻意整装，衣甲十分鲜明，而这支军队却衣甲不整，不少士兵的铠甲一看就是好几副拼凑出来的，甚至还戴着圆顶的头盔，有些见过金兵的百姓识得，这可是金兵的头盔。

这支队伍中最引人注目的是领头的将军，此人即便坐在马上，也能看出身形高大，虽是武将，却生得面目端正，肤白如玉，一双眼睛炯炯有神，再加上一身戎装，腰上还挎着一把长刀，沿途的百姓好多唤他"美关公"，也因此使得这支看上去不那么光鲜的队伍颇受优待。

这名将军叫韩世忠，几个月前刚在西京洛阳和金军进行过一场恶战，这是他平生经历的最险恶的一次战事。

当时他与都巡检使丁进合兵，韩世忠亲自率领敢死队上千人与金兵遭遇于文家寺外的孝义桥，之前他也与金兵有过交战，但都是以偏裨小校的身份。金兵作战英勇，百战不退，他是深有体会的，这次以一方主帅身份参战，对此体会更深了一层。

韩世忠所率的敢死队，乃是自己一手挑选的精兵，个个以一当十，每当战事胶着之时，便亲率敢死队出击，无一失手。这次遇到金军，两边刚一接触，便杀得难分难解。要命的是，之前约好的丁进却迟迟未按时到达会战地点，韩世忠领着一支孤军奋战大半天，手下统领官陈思恭渐渐不支，又被金军气势所震慑，先行退却，于是部队阵形不稳，韩世忠领军败退。

金军统帅很少见到如此强悍的部队，便乘胜追击，想擒杀主将，一举摧毁这支队伍，免留后患。韩世忠手下士卒损伤大半，自己身上也中了十几箭，所幸都射在铠甲上，危急时刻，部将陈遇终于赶来，拦腰切断金军。经过一场混战，带着韩世忠脱围而去。

韩世忠回来，十分震怒，严厉处分先退者，要将陈思恭斩于军前，众将苦求方免，韩世忠便将他左右脚各斩一根脚趾，其他先行后退的士兵各斩一根脚趾。丁进的部队后到而先退，被斩脚趾者极多，于是两军交恶，械斗不断。这样下去，弄不好会有哗变火并之事，正好这时韩世忠收到朝廷的勤王之令，封其为平寇左将军，令其赴江淮保护行在扬州，于是，招集了几千名士兵向东南进发。

一路上，韩世忠只是沉思不语，陈遇还以为他为吃了败仗生气，便安慰道："我军虽然吃了大亏，死伤了好些征战多年的老兵，但所幸主力尚存，还有的是机会壮大，韩帅不必过于介怀。"

韩世忠心里想的却不是这个，默了半晌，突然问道："友之啊，你也跟金人交过手了，你觉得金人战力如何？"

陈遇毫不犹豫地答道："金人战力之强，实在是末将平生所仅见！"

韩世忠点头道："强在何处？"

陈遇道:"金人精于骑射,这是众所周知的,但末将认为,金军之强绝不仅在于此。"

"哦?"韩世忠阴郁的脸色有了一丝生气,转头颇有兴趣地看着陈遇,"说来听听。"

陈遇道:"金人骑射之精,非汉人所能比,金人小孩五六岁即开始骑马,这童子功是我宋军将士无论如何也练不出来的,但金人真正的战力却不在于此,而是极善于利用骑兵侧袭、包围、分割,且其行动一致,互相配合,几乎达到了天衣无缝的程度。比如此次京西之战,统制亲自率死士迎战,这些士兵都是韩帅亲自挑选的,个个身经百战,悍勇无比。与金军刚开始交战时,丝毫不落下风,然而金人以区区百名骑兵袭扰我侧翼,而侧翼并非我精兵,一旦遭受攻击,便不由自主往里走,挤压我中军精锐。我见情势不对,立即反击,才有所缓解,然而这些金人骑兵竟如之前约好了一般,一齐兜向我军后路,后路是丁进部队,立足未稳,登时大乱,侧翼本来就有些动摇,这时也跟着乱起来,这样,我中军再强,也只有败退一条路了。"

韩世忠一掌拍在马鞍上,道:"正是如此!我方才想起来还恨恨不已。"

其他几个部将听到他们在议论战事,围拢过来,孙世询道:"金人骑兵极善迂回侧击,防不胜防,其实是有缘由的。我们俘获了几个辽地的汉人,对女真习俗颇为了解,女真人一到秋冬便整个部落一起去围猎,你想那受惊的野兽窜起来多快,所以骑手必须时时配合,齐进齐出,互相掩护照应。我听那几个俘虏说,多的时候围猎的人数可以达到几千人马,那可是一支大军啊!带兵的最大难处是如何让手下成千上万的将士令行禁止,真要做到让这许多人马进退如一,得训练多少年!而金人却从小到大、年年岁岁都在训练,如何能不强!"

另一部将严永吉接着道:"老孙所言极是,女真人以渔猎为生,长年卧冰爬雪,意志极为坚韧,我这边也收编了几个渤海人,他们极恨女真人，但说起他们的强悍顽强，却是交口称赞，心服口服。"

韩世忠道："这一仗我们确实吃了大亏，但这亏不能白吃，该想法子找到克敌之道才是。"

孙世询和严永吉都是跟随韩世忠多年的老部下，打仗十分英勇，深得韩世忠信赖，平时都以兄弟相称。孙世询道："韩大哥，这骑射围猎我们是想都不要想了，但兵器却要换换。我看金人骑兵极爱用狼牙棒与重锤，因为马队冲过来的时候可以借着马的速度让重兵器威力倍增，一根狼牙棒扫过来，就可以扫倒一片，而我军用长枪的居多，长枪迎面刺敌固然颇有威力，但从侧面和后面攻击时，却使不上劲，金军骑兵都身披重铠，力道不够刺上去滑溜溜的，根本不能伤敌。如果改成长柄重斧，就好多了，一斧头抡下去，力道极大，即便劈在铠甲上，也能重击对方，甚至将对方撞下马来。"

严永吉听了，极为赞同，大声道："正是！正是！长柄重斧和麻扎刀都好使，抡起来呼呼带风，对付骑兵再好不过了！"

陈遇却想得更周全，道："此事切不可拘泥，长枪极趁手，乃兵器之王，同样时间，重斧抡起劈砍一次，长枪却能扎出三四次，且长枪在开阔平原对阵而战，仍是不二之选，只是此战法已经完全无法克制金军骑兵。金兵南侵以来，大宋与金有过十数次平原会战，每次都是大败亏输，竟无一次得胜！这不是长枪的问题，用重斧也是同样结果，因为平原之上，金人骑兵极善机动，可以连续十数次冲击我方军阵侧后薄弱处，即便你将阵形围成铁桶，没有任何破绽，金人仍可借骑兵优势将军阵四周扫荡一空，包围起来，切断外援，你这铁桶阵毕竟是人啊，断粮断水还如何摆阵？于是不得不主动进攻，这一进攻，铁桶阵便不复存在，敌骑便又凭借机动冲击侧后，如此周而复始，于是阵形终于大乱，一溃千里。而让金军吃到苦头的几次胜仗，都是依据地形，让其骑兵不得纵横，然后或突袭，或抄其后路，或拦腰截杀，才得以取胜——此时，重斧和麻扎刀才比长枪好使，因为重斧和麻扎刀可以削马足嘛，金军再强,从马上掉下来,也只有任我砍杀的份儿了!而且确如老孙所说,一重斧劈下去,只要挨着了,不死即伤,确实要强过长枪。"

孙世询和严永吉都叹服,韩世忠也十分嘉许,道:"友之论战,真有大将之风也!"

陈遇谦逊道:"岂敢岂敢!只是吃金军的亏太多了,不得不日夜思虑。"

一行人边走边聊,走了十来天,看着将近嘉兴地界,突然一队官绅模样的人拦在了队伍前面,要见领军主将。

韩世忠便带着众将上前,来的乃是当地的县令,叫朱方,带着一群乡绅求救兵。原来县城北面最近聚集了一伙盗贼,经常打家劫舍,而且有消息说他们还要攻打县城,让全县人惶惶不安。

韩世忠听了,笑着对众将说:"好久没打牙祭了,正好拿这伙盗贼败败火。"便问朱方:"领头的是谁?"

朱方道:"姓丁,单名一个进,以前还是京城都巡检使,后来反叛做了盗贼。借着金兵南下,趁火打劫,四处掳掠,现在跑到我们这边来了,请韩将军替全县百姓剿灭这伙盗贼,为民除害!"

韩世忠一听,不禁大出意外:"几个月不见,这厮竟做了强盗!我早就想除了他,只是不得其便,今日他送上门来,岂不是天赐良机!"

众将士因京西之战恨透了丁进,现在听说丁进反叛,更是鄙视。一说要打丁进,个个争先恐后,摩拳擦掌,朱方道:"请大军歇息一晚,明日再攻打不迟。"

韩世忠道:"兵贵神速,就应当攻其不备。"说罢,要县令找来几个带路的乡民,立即传令部队火速出发。

此时县城以北的丁进刚得到探子消息,说有一队官兵路过,正犹疑不定,突然听到外面喊杀声震天,赶紧出帐一看,漫山遍野的官兵已经围了过来,都在叫:"活捉丁进!"丁进再定睛细看,赫然发现韩世忠就在对面坡上督阵,这一惊非同小可,哪里敢应战,跳上马,带领几名亲信往东狂奔而去。

韩世忠手下将士因连日赶路，此时也不穷追，只将来不及跑的贼兵圈到一起，又寻到盗贼屯粮草赃物之所，收获颇丰。韩世忠心情大好，将缴获的一些粮食拿出来，让朱方分给县里的贫苦百姓，朱方和众乡绅感佩不已，千恩万谢。

这时陈遇过来请示如何处理俘虏，韩世忠原打算挑选精壮者编入军中，老弱者直接遣散，孙世询报说发现一处大营帐，里面全是掳掠来的妇女，好些都衣裳不整，看见官兵哭成一团喊救命。韩世忠大怒，命令将所有俘获的盗贼全部斩首，然后将这些妇女交给朱方，让他务必替她们找寻家人，朱方等人以前哪见过这样的霹雳菩萨，杀人如麻，却又豪侠重义，于是把韩世忠敬若天神，韩军开拔时，嘉兴百姓倾城出动，焚香跪拜，沿路不绝。

又行了几日，此时离行在扬州不远，韩世忠便让军队驻扎下来，自己带着几名亲随前去见皇上。进了扬州，才发现真是进了花花世界，只见街道上人流如织，好像离金军有万里之遥似的。

扬州府衙已经稍加改建，暂时成了皇帝的驻跸之所，韩世忠由两名内侍领着，在外等候，忽见旁边有一名武将模样的人，也在等候召见。韩世忠细看，原来此人正是刘光世，赶紧上前见礼，道："世忠见过太尉！"

刘光世乃奉国军节度使、检校少傅，可谓官运亨通，他四十来岁年纪，身体硬朗，面容周正，和其他武将总是一副不怒自威的模样不同。刘光世笑容可掬，一团和气，十分体己士卒，所以士卒也乐意为之卖命。见韩世忠过来问候，赶紧回礼笑眯眯道："是韩将军！一路上辛苦啊。"

韩世忠道："哪里，不过是收拾了一伙蟊贼罢了。"便将剿灭丁进一事跟他说了。

刘光世道："如今金兵压境，朝廷穷于抵挡，许多溃卒和流民就成了盗贼。这些还好说，就怕有些狼子野心之辈，有非分之想，起了觊觎之心，妖言惑众，一旦坐大，剿灭起来就难了。我这次就碰到这么一个盗贼头子，果然与其他贼寇不同，颇有些战斗力，还好我们动手早，没酿成大事。"

"哦？什么样的贼寇能让太尉劳神？"韩世忠问。

刘光世慢条斯理地道："此人叫李成，原本是率众渡河南归，朝廷有意嘉勉，让他带一部分人马来面圣。不料他行至符离时，有一个叫陶子思的相面人拦住他，说他有割据之相，宜驱掳良民十万，往四川成都称王，李成就把这胡言乱语听了进去，到了宿州，便不往前走了，兵分两路，一路攻打泗州，自己带一路攻打宿州，然后又攻打淮西诸郡，所过之处，纵火劫掠，把强壮者全部充军，为害之大，比之金军丝毫不逊。本制置使与他在新息县大战了一场，这厮远远看见我穿儒袍在中军督战，知道是主将，竟然挥舞双刀，亲自率军来取我性命，好在三军用命，将其杀得大败，陶子思也被我军俘虏了。"

韩世忠好奇地问："这陶子思果真有什么异能？"

刘光世笑道："一个混饭吃的江湖术士罢了。在军中看到主官模样的人，便要给其相面，尽是阿谀之词，我手下的一名传令兵，刚过二十，陶子思见他从中军大帐出来传我帅令，众将都肃立恭听，以为他是什么大官，便也给他相面，说他有大富大贵之相，将来必定裂土封侯，弄得这传令兵哭笑不得，道：'你只说我何时娶上媳妇吧！'"

两人相对大笑，连旁边的当值内侍听了也跟着笑，正说得来劲，有旨下来命进殿见驾，于是二人赶紧敛容整装，跟着内侍往里走。

皇上的议事堂其实是之前扬州府衙的大堂，几经装潢改建而成。扬州本来是大府，衙门比别处宽敞，如今一改造，还真有几分皇家气派，只是跟汴京的皇宫相比不可同日而语。

进了议事堂，两人见过赵构，赵构命人赐座。两人坐下，这才发现朝中一干重臣都在座，原来军情紧急，赵构现在议事都把相关人等放在一起，免得消息不畅，误了大事。韩世忠瞥了一眼，黄潜善、汪伯彦、朱胜非、张浚等一帮宰执重臣都在。

赵构先慰勉了一番刘光世，然后叹道："你们呈上来的缴获李成的兵器，我看了，两把刀分量不下二十斤。听说李成能双手使刀，十分娴熟，说起来也是个人才，可惜蛊惑于相士之妄言，不为我所用。"

接着，赵构又着实称赞了一番韩世忠，说他打仗颇似古之良将，实乃国之栋梁。韩世忠刚在京西之战中大败，听闻此语，心里不禁惭愧，后来听皇上提到朱方，才突然明白过来：原来朱方将韩世忠平叛丁进的事迹写了奏章呈给皇上，把韩世忠夸成一朵花，这才有了皇上不提京西战败一事，反而多有褒奖的举动。

慰问完两位远道而来的武将，赵构道："前不久得到探报，金人已经攻下济南府，兵锋南指，今日集各位重臣在此，就是要定下御敌之策，是故请各位文武大臣同列，共商国是。望众位爱卿知无不言，言无不尽，千万不要有任何顾虑。"

韩世忠和刘光世才明白这是一次极其重要的议事，也不知是恰好赶上了还是皇上的刻意安排，便正襟危坐，竖起耳朵聆听大宋的股肱重臣们议政。

已升为尚书右丞的朱胜非道："杨应城已经出使高丽回来了，不出臣所料，高丽国王果然十分骑墙，一方面交通金国，另一方面又与我国周旋，连我国派出的大金通问使借他们道去金国都不放行，硬说从山东去金国路最近，总而言之，根本不愿意助半点力。杨应城回来时，高丽国王还说：'你们两位皇帝还被拘押在金国，就算你们把全国土地割让给金国，也未必能赎回他们，为什么不干脆苦练士卒，与之一战呢？'"

赵构脸色有些尴尬，道："昔日我大宋诸位先皇帝在位时，对高丽国多有照应，如今我大宋蒙难，没想到他们连举手之劳都不愿意做，还胆敢出言讥讽！"

朱胜非劝解道："这也是人之常情吧，高丽国与金国是近邻，而与我国却隔着大海，这其中的利害关系，他们夹在两个大国间生存，是看得最清楚的。得罪了金国，金人铁骑朝发而夕至；得罪了我国，还隔着一片大海，终归有些保障。"

在座的宰相黄潜善却愤然道："这等蕞尔小国，最为势利，既如此，难道我大宋就不能造巨舰百艘，载精兵数万，直捣其国？看他怕还是不怕！"

韩世忠听到这等不靠谱的话从一个宰相嘴里说出来，忍不住低头耸肩，替他尴尬，再用余光瞟了一眼刘光世，见他纹丝不动，便赶紧坐直身子，绷着脸作倾听状。

朱胜非淡淡地道："先前我朝与金国结海上之盟，而后兴师攻打辽国，结果先失燕云，再失河北三镇，终致靖康之祸，此事殷鉴未远，可不戒哉！如今再度越海兴师，恐怕不是明智之举。"

朱胜非说话太文绉绉，韩世忠只能听个大概，觉得这清瘦的老头说话颇中听，不过要让他来反驳，他只会说：你若能造巨舰百艘，得精兵数万，还能远征海外，哪至于被金人赶到这儿来？

所幸看皇上意思，显然明白黄潜善不过在逢迎自己，生气归生气，并不想真有什么举动。

这时翰林学士叶梦得道："陛下自南迁以来，各省所奏报上来的进士名录共计四百五十一人，其中包括进士及第、进士出身、同出身，而川陕、河北、京东等地奏报上来的名录共计一百零四人，只因军情紧急，一直没有正式颁旨赐予功名，已经拖了半年有余，此事请陛下尽早发旨，以慰人心。"

黄潜善不悦道："如今金军压境，道路不畅，皇上日理万机，哪里还有空闲去做这种太平时节的好事？且待局势稍稍缓和，再作理会不迟。"

朱胜非道："此事是缓还是急，全在于怎么去看。臣听说金人在南侵之前，本无文字，更无史书记载其事。粘罕南下之后，羡慕我朝史书齐全，可传万世，回去后便命人收集金国前朝旧事，并创金国文字，设史官记录国事,这是金人习我长处。除武功之外,还要以文章治天下,这文武结合,相得益彰,岂不更成我大宋之祸患?臣又见奏报,金人前不久攻下袭庆府,金军见孔子墓庄严宏大,认为里面有宝贝,想掘墓,粘罕问通事高庆裔:'孔子是何人?'高庆裔答道:'孔子乃古代之大圣人。'而粘罕听了,居然就下令:诸军有敢犯大圣人墓者,一律斩首!陛下,这是金人在和我大宋争夺人心哪!如今虽然兵荒马乱,但天下英雄仍然蛰伏四处,待有明主而召之,陛下处理军政大事之余,拨冗颁旨降恩,让天下士子归心,根本不会耽搁军政,为何不为?这是勤政还是懒政?"

听了朱老夫子这番高见,不要说在座的文臣,连韩世忠和刘光世两员武将听了,都暗暗点头,只是担心他最后一句话说得有些尖锐,恐怕皇上听了会心堵。

张浚接着道:"朱相所言极是,人心极难得,却极易失。臣近来多有留意川陕战事,目前金国进攻陕西的统帅名叫娄室,此人勇猛无比,极善用兵,在金军中素有'战神'之誉,夺我陕西无数城池,杀我无数将士百姓,这等凶神,应该是人人惧之恨之吧?然而我与陕西来的将士交谈后,发现这娄室竟有'仁慈'之名,何哉?原来娄室攻破河中府时,城内先逃走的宋军烧毁河桥,以致滞后的宋军无路可逃,纷纷溺于汹涌的河水。娄室令金军分列于两岸,尽力营救落水之卒,使五百多名宋军士兵得救。娄室在陕西'以汉人治汉人',任用汉人进士,恩威并施,使金人在陕西地位日益巩固,依臣看,这才是最可虑之处!"

赵构听得脸色苍白,两只手不自觉地紧紧攥在一起,手背都有点发青,黄潜善自知失职,赶紧补救道:"此事议得好!臣请陛下马上颁旨,赐予这些新晋的进士们功名,川陕、河北、京东等地,因金军南下,道路不便,可令即家赐第,以安人心。"

赵构定了定神,道:"除道路不通的进士外,其他各省的进士都召入行在,朕要亲自授其功名,以示朝廷恩宠之意。"

众人都起身替天下士子谢恩，赵构脸色好了些，叹气道："君子日三省乎已，则智明而行无过矣。朕自南迁以来，无日不思国事，丝毫不敢沾了浮华之气，每日吃的东西也都尽量简单，内侍有几次按之前汴京时的旧制来做膳食，都被朕严厉制止了。当初朕从相州渡河，情势何其艰难，粮草不够，好不容易就近弄了些食物，找些枯树当柴烧熟了，朕和汪伯彦就在茅屋下一起吃，彼时情景，绝不敢忘！"

众人知道刚才一番奏对让皇上心潮起伏，都说："陛下为社稷克己奉公，何愁大事不成，国家不兴？"

只有刘光世忍不住瞅了一眼汪伯彦，心想：这汪伯彦才具平平，却能入阁拜相，原来是与皇上有这样的缘分，真真羡煞人。

赵构对娄室的"仁慈"之名耿耿于怀，想了想道："朕前不久听军中有刑法过于惨酷，甚至剜目、割舌，今日传旨下去，此等酷刑，立行禁止！"

韩世忠和刘光世有些坐不住，连忙起身谢罪，赵构也不让他们坐下，只问韩世忠道："京西之战后，你与丁进部缘何水火不容啊？"

真是圣烛高照，无所不知！韩世忠脊梁有些冒汗，解释道："我部与金军会战时，丁进在约定时间迟迟不至，令我部孤军奋战。之后又临阵退兵，害得我大军也不得不败退。回营后，我按军法给临阵退却士兵予以了惩罚，丁进部退的人多，所以受罚的也多。"

"你给他们什么惩罚了？"赵构问道。

韩世忠犹豫了一下，道："臣让他们自己挑左脚右脚，然后截了他们每人一根脚趾。"

朱胜非首先绷不住，"扑哧"笑出声来，赵构也忍俊不禁，议事堂里的人跟着笑成一片。

韩世忠却不敢放松，继续道："丁进反叛，在嘉兴附近驻兵，意欲攻取县城，臣依当地县令乡绅所请，举兵攻打，俘虏了一百多名盗贼，本打算强壮者编入军中，老弱者遣散，后见这伙盗贼掠了一营帐的妇人，臣一时性起，便将这伙盗贼尽数斩首，此事有失于莽撞，特向陛下请罪！"

赵构知道自己刚才一逼问，让他惶恐，便好言道："卿何罪之有？朱方奏折中赞你勇猛无敌，义薄云天，朕是深以为然的。"说完便让二人坐下。

吏部尚书吕颐浩道："陛下，趁着两位将军在，是不是该定一定江淮防务了？"

赵构点了点头。韩世忠和刘光世才明白，这次议事真正进入了正题。

吕颐浩在文臣中有知兵之名，首先奏道："目前敌人的骑兵已经逼近了东京，一路上横冲直撞，我军很难抵挡，这也再次证明：金军强于骑射，倘若与之决战，绝不能选择在平原旷野，必须在险要地势处，找机会反击，才有可能击败他们。但这个险要处在哪儿？是淮河，还是长江？众所周知，防淮难，防江易，因此，如果要战，必定是战于长江，这样才可依托长江天险，阻挡金军铁骑。最近，我军在镇江附近打造了很多海船，足可防范金军从此处渡江，但上游不少州郡，从荆南到仪征，还有很多地方适合渡江，这都必须预先防备。因此，请陛下安排两名大将镇守长江以北，一路从镇江至池阳，一路从池阳至荆南，防止金人渡江。此外，扬州为行在，也应派一支军队屯盱眙，另一支屯寿春，以保护行在。"

韩世忠和刘光世一边听，一边在脑海里形成一幅江淮防御图，这样安排听上去似乎没什么问题。但防线拉得过宽过长，金军只要突破其中一点，整个防线就有全盘崩溃之虞，而这对于势头正猛的金军而言，几乎是易如反掌的事。

叶梦得道："如今宇文虚中出使金国，至今未还。之前派出的几拨使臣，先是被扣押，后来都被遣送回来，根本没有机会去谈。所以这次宇文虚中一直未归，再加上宇文虚中秉性沉稳，亦能随机应变，因此朝野都抱有厚望。但臣以为，切莫因此而影响备战，靖康年间，就是在战与和之间反复摇摆，结果酿成大祸。如今敌人近在咫尺，而宇文虚中尚在万里之外，此时期待和议，比之靖康年间更不可取！"

韩世忠和刘光世忍不住对视了一眼，心里想：这都什么时候了，还真有人会期待和议吗？

仿佛要回答他们的疑问似的，黄潜善道："和议之事，亦不可全废！靖康年间之所以酿成祸事，不是和议弄的，而是战和不定弄的。一会儿主战，一会儿又主和，终于导致进退失措。如今朝廷一面全力备战，一面遣使不休，不使两国间联系中断，也提醒金国我大宋朝廷巍然而在，这是邦交策略，诸位大臣不必谈和议而色变吧。"

起居郎张守道："敌人已近在眼前，刚听诸位议了许多，似乎还未定下策略，一是到底是防淮还是防江？二是到底要不要渡江？何时渡？如果这等大事不定下来，其他议事都是细微末节而已。"

张守指出的其实是赵构的最大苦衷：一方面，宋军士气低落，即便派遣重兵驻守淮河一线，但金军一来，难免士兵胆怯，望风先溃，如果自己坚守扬州，一旦敌人以轻骑截断南退之路，那就只有死路一条；另一方面，如果自己为保万全立即渡江，则本已低落的士气更不可挽救，敌人还没到眼前军队就已经垮了，连对金军最起码的一点威慑都将不复存在，而且士卒中很多都是西北与中原人，很不愿意渡江，搞不好会弄得中途哗变。扬州经过一年的经营，已经成为新朝廷事实上的行政中心，相应的配套设施颇为完备，如果一走了之，过去一年的苦心经营便成竹篮打水一场空，确实让人心有不甘。

黄潜善身为赵构信任的宰相，非常了解皇上此刻的心思，然而和在座的其他大臣忧心忡忡不同的是，他并不认为金军真能打到扬州来，即便真到了扬州，也必是强弩之末。淮西张俊、淮东辛企宗，再加上新到的刘光世与韩世忠，这几人手下人马合计将近十万，再加上各州郡的守兵至少还有两三万，这十几万人即便挡不住金军，至少也能迟滞金军前进的步伐，能够让皇上与众臣万不得已时从容撤退。

更何况，天气已经开始转暖，南方湿热的夏天快到了，金兵不一定打过来。

"此时谈渡江与否为时尚早。"黄潜善道，"扬州乃圣上驻跸之地，天下人心系之，不可轻动，况且目前金兵尚在千里之外，我江淮一带驻军十万之众就这样一走了之，无论如何也说不过去。"

众人听了都不说话，大宋军队之不堪一击，已是明摆着的事实，金兵自从南犯以来，几乎无一败绩，所向无敌，仅有的几次受挫，与其说是因为宋军勇猛，倒不如说是金军太大意。因此，宋军从上至下莫不畏金如虎，张俊、韩世忠、刘光世、辛企宗都算一时名将，打起叛军来生龙活虎，但在金军面前都没了脾气。江淮一带虽有十万之兵，可山东也有十万之兵呢，不到两个月不也溃散一空了吗？

这话谁也不好明白讲出来，即便皇上心知肚明，但还得照顾在座的两名武将的面子。

只有右谏议大夫郑毅道："扬州终归不是国都之所，又没有天险可以凭借，不过是繁华舒适些罢了，依臣愚见，不如直接去建康，建康乃六朝古都，是龙盘虎踞的形胜之地，而且控扼大江，毗邻两淮，直达京湖与巴蜀，进则可以北伐中原。倘若定都建康，也不至于到现在还纠缠于守江还是守淮，渡江还是不渡江了。"

"定都之争，已经持续一年多了，今日就不要提了吧，一争起来又不知争到什么时候！"一直没有说话的汪伯彦道，神情间颇不耐烦。

郑毅却是个不会看脸色的人，继续道："当初争论定都，是因为汴京、南阳与应天府皆在考虑范围之内，如今这三地已无可能，远幸成都也不可取，就只剩下建康一处了，还有什么好争的呢？"

黄潜善道："今日议的是如何拒敌之事，何以又扯到定都之事上去了？即便要去建康，也是此番金军退兵之后，哪有在敌军追击之下迁都的道理？"

议事堂中一片安静，众臣面对这个棘手局面，也献不出什么奇策。

"韩世忠，朕欲拜你为平寇左将军，扼守淮阳，阻挡金兵，你意下如何？"赵构觉得再也议不出什么名堂来，便开始下旨。

韩世忠起身，往前两步跪下，大声道："末将一定死守淮阳，决不放一个金狗过来！"

赵构听了十分欣慰，众臣也微笑点头，韩世忠猛虎一般壮实的身躯，再加上声若洪钟，让人多少产生了一些信心。

赵构又道："刘光世，朕拜你为五军制置使，镇守淮西，协防泗州，务必不得使金军渡过淮水。"

刘光世心里叫苦，泗州正在去往扬州的必经之道上，金军如果要取扬州的话，必须拿下泗州，看来这次真的躲不过了。

"末将一定身先士卒，为国驱驰，死而后已！"刘光世也跪下接旨。

赵构又勉励了两位大将一通，议事结束，皇上先行离殿，其他大臣在内侍引领下从另一个门出殿。因皇上赐了午膳，众人便跟着内侍去膳房。

韩世忠与刘光世拖在后面，韩世忠道："刘帅，如此重要的议事，这张帅和辛帅如何不在啊？"

刘光世意味深长地看了他一眼，道："我也是听说而已。皇上前几日问张俊和辛企宗行在该迁往何处，这两人没细想，说应该去湖南和江西，以避开金人。皇上当时就有些不高兴，说这不是让朕和盗贼一样吗？目前，张俊在徐州南北一线防卫，至于辛企宗，皇上素来认为他不堪大用，这次更是把他远远调到湖南去了，手下的兵也被编走了大半。"

两人便再也不说话，虽然都极想知道如果金军来犯，对方是否下定决心坚守，但这话是绝对不能问出口的。

说来也奇怪，自从黄潜善等人定下驻跸扬州、暂不渡江的观望策略后，已经占领东平府的金军突然没了踪影。更巧的是，之前派往金国的通问使刘海与副使王赆和杨可辅回到了扬州，这让赵构君臣喜出望外，虽然没有得到任何和谈的信息，但这是个好兆头，至少金国再也不扣押宋朝使臣了。

黄潜善和汪伯彦都大大松了口气，或许这一次，他们赌赢了，于是他们自信满满地让赵构下诏书：所有在任官吏敢私自搬家者，判两年徒刑，倘若因此动摇人心，则流放于二千里外。

这种反常现象持续了将近一个月，金军再次出现的时候，是在徐州城下，离东平府约六百里，也就是说，在大宋朝野都在猜谜金军去哪儿了的时候，金军一边休整，一边南下了六百里。这么大的动静，居然没人奏报上来，很重要的一个原因是金军故意换成了其他杂乱装束，而且沿途尽量避战，免得打草惊蛇。

此时徐州只有当地守军驻扎，张俊的部队已经被调回扬州，护卫皇上，徐州守臣王复虽然事起仓促，但仍率领军民奋战，无奈外援不至，寡不敌众，很快被金军攻入城中。

城破当日，王复穿上官服，端坐府衙议事厅，等着金军到来。粘罕到后，王复道："此次贵军来得神速，徐州从上到下都没做好防备，之所以一直死守，是因为我这个主官坚持，所以希望你把我杀了，至于其他僚属和百姓，请你放过他们。"

对于攻占的宋朝州郡，粘罕从来都奉行"汉人治汉"的政策，而且他也十分重视忠义之士，因为这些人一旦为己所用，其号召力非比寻常。见王复如此气度，完全合乎他的用人标准，粘罕便答应了他的要求，同时劝降，许诺官职不变。

王复冷冷道："我乃大宋之臣，岂能接受蛮邦的任命？"

粘罕已经看上他，也不跟他计较，命人将他带下去，等他回心转意再说，不料王复突然爆发起来，指着粘罕痛骂。粘罕初时不计较，等听他骂到"金狗""孽畜"时，终于大怒，将王复一家人押上来，当着他的面全部杀害，然后又将仍在痛骂不止的王复杀害。

攻下徐州后，粘罕知道，他的大军行踪已经暴露，不能有丝毫滞留，否则无法出其不意直取扬州，一举擒获赵构。为此，他当天整军南下，就是为了抢在败兵通风报信之前赶到下一座要攻取的城池。

粘罕早已打探清楚，徐州以南的淮阳由韩世忠镇守，此前他已经听说过韩世忠勇猛过人，乃宋将中的翘楚，须得小心应付。于是便兵分两路，一路由拔离速、耶律马五率领五千铁骑，长途奔袭扬州，另一路主力由自己亲自率领直奔淮阳。

韩世忠奉旨驻守淮阳时，手下只有四千多人，便在当地招募乡民，训练士卒。他是与金军血战过的，当然不会相信金军已经北归的传言，但他认为，淮阳距离徐州尚有近二百里路，金军过来，必须先要攻打徐州，淮阳就会得到消息，早作防备。

因此，当粘罕亲率重兵进逼淮阳时，守城的士兵看到遮天蔽日的尘土在远处扬起，还跑去报告韩世忠道："有大股盗贼过来了！"

韩世忠披挂登城，一看这阵势，立即知道这不是什么盗贼，而是金军主力。饶是身经百战，也不禁大惊失色，他毕竟是经历过阵仗，虽然仓促，却还知道如何做，立即命令全军火速登上城墙，连正在训练的新兵也不例外。一番连滚带爬的忙乱过后，等金军到城下时，远远看去，淮阳城甲兵林立，戒备森严。

粘罕率军逼近淮阳，远远望见守军已有所防备，心里叹息韩世忠毕竟不是等闲人物，看来攻取淮阳要费些周折，走到离城墙四五百步远的时候，又细看了一会儿，突然大笑。左右不解，粘罕指着道："你看城墙上的士卒，西边的排列疏密有致，颇得章法，而东边的却挤成一团，显然是些临时拼凑的新兵，韩世忠用这法子糊弄别人尚可，岂能糊弄得了我！"

左右都钦服，纷纷请战立即攻城。粘罕道："韩世忠在京西之战中新败于我，我估摸他还未恢复元气，必定不敢跟我大金国主力正面对抗，你们不需攻城，只要虚张声势即可。"

说罢，命令从军阵后方推出带来的几辆攻城鹅车和石炮车，城上守军见金军马不停蹄，上来就要攻城，韩世忠手下的老兵见了也心惊，那些从未经阵仗的新兵更是吓得尿裤子。粘罕下令炮车发了几炮,磨盘大的石块砸在城墙上,震天动地,有几块掉在城内,陷入地面好几尺深。守军见了个个脸色煞白,浑身发抖。

韩世忠看这架势,恐怕不等金军攻上来,军队就溃了,便暗中传令给麾下部队,趁金军尚未合围,马上弃城逃走。

说罢,自己不动声色地从城墙上走下来,令陈遇将骑兵聚到一起,又令孙世询和严永吉将各自部下悄悄聚拢,剩下的也管不着了,一行人直奔东门而去。东门尚无金兵踪影,韩世忠暗暗庆幸,便打开东门,直奔宿迁方向而去。

这边守军过了半天才发现主帅已经先跑了,登时"呼啦"一声,丢盔弃甲,四散而逃,把城下的金军看得目瞪口呆。粘罕知道情况有变,立即领兵进城,问明了韩世忠逃跑方向,传令金军不得掳掠,立即追击韩世忠,有因掳掠滞后者,立即斩首。

于是金军大队人马来如风,去如电,把这淮阳城搅得人仰马翻,暗无天日,只是趁乱打劫的不是金军,而是那些从城墙上逃下来的溃兵。

韩世忠率残部一路急奔,赶在天黑前到了宿迁。人马刚刚歇下,忽见过来的方向又是尘烟大起,金军主力竟然尾随而至。韩世忠这才惊觉金军已经盯上自己,必欲除之而后快,立即命令部队火速开拔,连夜直奔沭阳。

拂晓时分,这行舍命狂奔的人疲惫不堪地到达了沭阳,韩世忠等人匆匆吃了些东西,又到四处转了一圈,暂且将部队驻扎在沭阳。天还未亮,韩世忠忧思不已,无法安心歇息,便召集孙世询和严永吉等跟随自己多年的亲信过来商议,道:"我方才在沭阳周边看了看,此处地势平坦,极利金人骑兵作战,如果金军随后赶来,我们肯定不是对手,你们看如何是好?"

孙世询道:"金军显然是盯上了我们,想把我们一网打尽,而我军本来元气未复,又碰上金军主力,为今之计,只有走得越远越好。"

严永吉也道："目前士兵已所剩无几，且毫无斗志，此地又无险可守，这时候应战无异于自寻死路，只能撤退。"

韩世忠问："撤到何处去是好？"

众人一时不能决断，还是孙世询下面的一名心腹小校道："由此往东南去，有一县叫盐城，此地盛产泥螺，滩涂密布，不利骑兵驰骋，且靠近大海，可以预先准备船只，实在不行了，还能乘船出海。"

韩世忠大喜，道："此地甚好！事不宜迟，不要惊动士兵，你们都牵着马匹出营，离营远了再上马奔盐城。"

听说要弃军而逃，众将不禁有些发愣，韩世忠道："我料敌军轻骑正在路上，说不定片刻就到，到时候乱军之中，不知会发生什么事。此事必须决断，不得有丝毫犹豫！"

众人听了，便不再说什么，各自回营牵马。孙世询问韩世忠："要不要叫陈遇同往？"

韩世忠略一迟疑，摇头道："陈遇在前军，要走的话，得穿过军营才行，惊动起士卒来，只怕会临阵哗变。陈遇为人机警，善于机变，他会找到我们的。"

于是，一行人悄无声息地溜出军营，等走得远了，才跳上马背，直奔盐城而去。

到了盐城两三日，不见金兵追来，韩世忠略微放宽心，开始收纳溃卒，重整军备，只是久等陈遇不来。直到半月后，才从逃回来的士兵口里得到消息，陈遇在军队溃散后，率部于涟水遭遇金军，力战而亡，韩世忠听了怅然良久。

粘罕追不上韩世忠，便回师徐州，他深知徐州乃四省通衢、军事重地，便将主力驻扎于此，以防汴京和应天府方向的宋军东出增援淮东。当他把这一切布置完毕的时候，南面报来了拔离速和耶律马五已经逼近泗州的消息。

7 扬州之难

拔离速和耶律马五所率的五千骑兵从徐州南下,动静不可谓不大,但泗州守军一直到金军离城只有十几里,仍摸不清来者何人。一是由于骑兵速度快,消息传不出去,二是这些骑兵全部用布蒙身,并戴上白毡斗笠,让人分辨不出到底是何处人马。有人猜是李成余党,还有人说新近发生叛乱,主谋叫刘忠,绰号"白毡笠",很可能是他的人马。

防御使阎瑾看到有几处游骑在城外掠过,便派人设伏,抓住了几个落单的金军骑兵,押上来一看,髡首戴环,阔鼻细目,长得牛高马大,说一口北地胡语,不是金人是谁?至此,金军逼近的消息才真正落实,但阎瑾没能够亲赴扬州汇报敌情,在他退军洪泽镇时,被因受责罚而怀恨在心的部将姚端所害。

扬州城里闻到风声,顿时一片慌乱,御舟停泊在淮河岸边,准备接赵构南渡,扬州百姓看到后,都惶然不安。这时候,黄潜善才撤下那条荒唐的命令,准许老百姓各自逃亡。户部尚书叶梦得准备了百十艘大小船只,要将府库中的金帛搬离扬州,没想到昏了头的黄潜善,竟然在这紧急关头还判不明形势,只让搬走金帛的三分之一。叶梦得无奈,从军中借了两千士兵,一日就搬完了。剩下那么多金帛眼看就要成为金军囊中之物,叶梦得急中生智,奏请赵构用其中一部分金帛预支军队的春衣和官吏的俸禄,赵构准奏,总算又减少一些损失。

赵构也准备渡江,黄潜善还力劝赵构再作停留,等有了确报再走不迟，他面不改色地道："陛下，是不是金军尚无证据，即便是，人数也不会太多，天长军还有近万名守军，陛下再派遣刘光世率领部下去天长迎敌，两边人马合起来超过两万五，无论如何都能抵挡一阵。陛下要离开扬州，不过是登船就走的事，何必急在这一刻？"他那份来处不明的从容镇定居然打动了赵构，接纳了他的建议。

黄潜善没想到的是，天长军统制任重、成喜率领的一万守军，远远地看到金军扬起的尘土，便跑得一干二净。而刘光世浩浩荡荡率领一万五千人自西南入淮，因为军容整齐，行进有序，再加上刘光世的威名，扬州官民都以为这支军队靠得住，定能抵挡金军，然而刚入江淮地界，军队便开始骚动，最终一哄而散。

天长军城破那天，正是闷热的天气，而扬州城在前一阵的混乱之后，趋于一种相对的平静，因为官吏百姓知道皇上也没走，这使他们安心不少。

被派去打探消息的内侍邝询，刚从天长军急急忙忙赶回来，到了行宫门口，都忘了下马，直接就往里闯，守门士兵与他熟识，一把抓住马缰，骂道："你这条阉狗，上哪里发了疯，进门连吠都不吠一声！"

邝询猝不及防被阻拦，从马上没头没脸地摔下来，顿时鼻青脸肿，鲜血长流。他却像没看见守门士兵一样，爬起来一瘸一拐就往宫内跑，把守门士兵惊得张嘴呆在原地。

邝询冲进内殿，赵构正在宫中安坐，一见邝询这般模样，不禁吃了一惊，邝询只说了一句："金兵来了！"

赵构虽然未走，也有所准备，但万没想到是以这种方式。他立即披上早已备好的盔甲，挎上宝剑，马匹就在宫内天井处，赵构几步跑过去，跳上马就往宫门外狂奔，只有御营都统制王渊、内侍押班康履等五六人来得及骑马跟随。

跑到街道上，有眼尖的百姓看到狂奔的赵构，大声喊："官家跑了！"话音未落，从行宫里慌慌张张接连跑出太监和宫女，一个个都惊惶失色，众人才知道出了大事，城中立时大乱，百姓跟着皇帝一起跑，赵构往左右一看，身边全是逃难的百姓。

赵构与众百姓开始狂奔的时候，黄潜善和汪伯彦还在扬州一座佛寺内听经，旁边有人问军情如何，两人都神情安闲地回答道：不足为虑。黄潜善前一日读晋史，读到淝水之战一节，谢安正在堂中与人弈棋，一封紧急书信送至，谢安拿起来看完，放回案上。别人问信中何事，谢安淡淡道："小儿辈遂已破贼。"弈棋依旧。这是何等的风雅与气度，黄潜善心甚慕之。

如果金军真的没有骤至扬州，这两位宰相此时的言行均可写入青史，流芳后世，由于他们的镇定自若，避免了扬州城的混乱与盲动，毕竟偌大一个朝廷与满城百姓迁入迁出，是巨大的消耗。

一名士兵闯入气氛庄严沉静的佛堂，大喊一声："官家已经走了！"

一瞬间的震惊之后，佛堂里立即炸开锅，所有人都跳起来，向门口冲去，被冲撞踩踏者无数，哭喊声震天动地。黄潜善和汪伯彦早把宰相风度扔到爪洼国去了，在卫士的保护下，拼命挤出寺门，各自跳上马背，抡起鞭子赶着马往南跑。

赵构等人到了江边，却发现根本找不到船，只得顺江一路寻找。到了一处断桥，远远望见江边住着几户渔家，赵构随口叫身边一名卫士道："你去看看有没有船。"

那卫士是后面跟过来的，并没有骑马，早累得上气不接下气，竟忘了礼数，没好气地道："老子才懒得去看。"

这种大逆不道的话一出口，众人都惊呆了。赵构面色一寒，抽出宝剑，一剑刺入那卫士胸膛，在那卫士惨叫声中，赵构又连刺了几剑，直到那卫士倒地不动为止。

于是众人继续找船，一路沿江走到了瓜洲镇。正仓皇间，吕颐浩和张浚两人骑马追了上来，一行人会合后继续前行，终于在一处偏僻的江口，寻得一艘小船。康履取下身上的玉佩，递给船家，换他的小船，船家拿着玉佩，不知值几个钱，犹豫不决。众人从身上搜出所有值钱的物件，尽数付与船家，才得到小船，几个人勉强挤了上去，划船去往南岸。

划至江中，才发现左右尽是逃难的扬州百姓士绅，都挤在或大或小的船上，苦不堪言。其中一艘船上清晰地传来骂声："官家老早就把自己的六宫、家眷都运走了，却不许我们走，难道他自己的家眷就是家眷，我们的家眷就是猪狗？"

赵构听了，羞愧得无地自容，这时才省悟到黄潜善禁止百姓士绅提前逃亡的命令有多愚蠢，而自己居然就准了。

好在江上风平浪静，一行人顺利抵达对岸，就在岸边找了座龙王庙，暂且歇息。赵构的宝剑刚杀了人，还血淋淋的，便在自己靴子上擦干剑上血迹，环顾左右，就几名大臣、内侍跟着，一个卫士禁军也没有，如果这时候一小队金兵过来，真是只有束手就擒的份。

王渊曾带兵在附近驻扎过，对周遭地理颇为熟悉，道："此处离镇江不远，不如先去避一避再说。"

见赵构点头应允，康履便打发一个内侍先去镇江府通报。此时镇江百姓早已得知金兵南下的消息，一城人都跑空了，守臣钱伯言听说皇上驾到，赶紧领着府兵前来迎接。

到了府衙，饥肠辘辘的几个人才吃上了热食。又过了几日，百姓见金军没有过江，又听说皇上在城里，都陆陆续续从四周山上回来。渡江的群臣也纷纷聚拢到镇江，君臣相见，都有诸多感慨。黄潜善和汪伯彦也赶来了，见了赵构跪下请罪，赵构长叹一声，命他们起身，并没有多加责怪。

众人死里逃生，一时间也没有什么君臣之分，拥挤在府衙内问长问短，赵构问道："大臣中可有死伤的？"

有人道："司农卿黄锷被百姓打死了，说他误国害民，罪该万死。"

赵构有些吃惊，黄锷平时言语不多，本分勤勉，官声也不错，百姓为何挑他下手？

又有人道："给事中兼侍讲黄哲也被人射死了，身上中了四箭；鸿胪少卿黄唐俊渡江的时候，被百姓推入江中溺死。"

赵构听下来，十分纳闷，问道："怎么这死的大臣都姓黄呢？"

众人都不作声，赵构又问了一遍，才有人答道："都以为他们是黄丞相哩！"

赵构恍然大悟，回头看黄潜善，他几乎把头扎到腰间去了。

赵构又问："郑毅无恙否？"

郑毅从后面挤过来，不知皇上为何特别垂恩询问，赵构握住他的手叹道："前几日议事，没有听郑卿的金玉之言，以至于此！"

郑毅十分感慨，其他众臣也各自叹息，只有黄潜善和汪伯彦融不到这种气氛中，尴尬地不知如何是好。

赵构君臣是安全了，可扬州百姓的苦难才刚刚开始。金军将领耶律马五带领五百骑兵先至扬州，守城的主官早就跑了，于是百姓备好香花，跪拜迎接金军入城，以免遭屠戮。耶律马五问赵构所在，百姓答道：已经渡江了。

耶律马五率军赶至瓜洲镇，正逢十来万城中居民堵在江边无法过江，而江边的刁滑渔民却趁机大发其财，把船停在江中，一人一块金子才可上船。普通百姓哪里拿得出这么多钱，只能无助哭喊，金军骑兵赶到江边，确认赵构已经过江，只得望江兴叹，却又心有不甘，怕赵构躲在人群中，便沿江扫荡。可怜那些百姓无路可走，纷纷跳江逃命，有些全家抱在一起，沉入水中，那些渔民毫无救人的打算，远远地把船停在对岸观望。

金军回到扬州，屯兵于摘星楼下，开始逐家逐户搜索美女金帛，一时间，城中撕心裂肺的号哭声此起彼伏，惨不忍闻。南阳尉晏孝广有一女，年方十五，姿色之美，冠绝扬州，之前上门说媒者络绎不绝。有心存不良的刁民把此事告诉了金军，金军便来索人，见了这珠圆玉润的江南美女，惊得张口结舌，立马就要带到军营去。这女儿道："容我收拾一下，一定跟着去。"转身去了闺房，取出剪刀，将脖子扎破，血流满身。怕自己死不了，又用早已结好的绳索自缢而死。如此刚烈不屈，金兵都为之震憾。

金兵又使出一记狠招，张榜于扬州各处集市，告之城中居民，只要是西北人，愿意回家的不予阻拦。城中随宋朝廷迁过来的西北人一万余人，一时间走个精光。这些西北人中很多都是溃散的士卒，金军此举，相当于轻描淡写间消灭了一万宋军。

逃出生天的赵构君臣好歹安顿下来了，朝廷还是要运转的，赵构首先关心的是军队，经此一乱，不知是何情况。接连的奏报过来后，才了解到几个掌兵大将的情况都不乐观：韩世忠已经退守盐城，正在招纳溃卒，重整军队；张俊一部还在淮东，正往这边赶来护驾；辛企宗远远地在湖南屯兵自守，毫无作为；最可恨的是平寇将军范琼，领兵到寿春时，仅仅因为守城的士兵讥笑了他一句"逃跑将军"，竟然举兵作乱，入城焚掠，将守将和一名知县都杀于乱军之中。

赵构看着奏报，气得手直抖，张浚在一旁也十分愤怒，道："昔日靖康之变时，范琼受金人委派逼二帝及皇族、后妃三千多人出城，一路呼喝胁迫，毫无尊崇哀伤之意，汴京有百姓号哭挡驾者，范琼非但不予好言劝慰，反而斩杀数人，不臣之心，昭然若揭。如今仅因一句讥笑便攻城劫掠，致朝廷命官死于乱军之中，现又屯于淮西，拥兵自重，此等跋扈之将，陛下切莫纵容！"

赵构如何不明白这个道理，只是如今朝廷被金军赶得狼狈不堪，哪里还有什么体面尊严？此时非但不能拉起脸来惩罚他们，反要赔小心哄着这些手握重兵的将领，朝廷还得靠他们撑着呢。

至于刘光世，跟随皇上渡江后，才发现自己成了光杆司令，两万步兵、两千骑兵都在对岸过不来，刘光世十分担心部队一旦溃散，他这个节度使真的就成了空衔，而且他的老婆孩子还都在军中，便哭着过来求助赵构，并告了王渊一状："都统制王渊专管江上的大船调度，每次问他有没有船，他都说有，但就是派不出来，以致我部下几万人在江北，无法渡江护驾。如今更是群龙无首，惶惶不安，末将担心万一哗变，甚至全部降了金国，那恐怕要出天大的事啊！"

赵构听了大惊，黄潜善连忙打圆场道："王渊已经集中了上百艘海船专门接大军过江，太尉勿虑！"

黄潜善身为宰相，在扬州去留一事上铸下大错，威信早已荡然无存，刘光世更不相信他的话，只向赵构求助。赵构便召来王渊，确认海船已经开始运送军队，刘光世才放下心来。

王渊正为这海船调配之事忙得焦头烂额，要渡江的人太多，虽有几百艘大小船只也不够用。听到刘光世告自己的御状，更是恼怒。明明知道刘光世因为护驾不成，怕皇上责怪，便把屎盆子往自己头上扣，但又没办法，只好先匀着刘光世的军队渡江。气恼之下，王渊干出蠢事，将办事出了点小差错的江北都巡检皇甫佐给杀了。王渊原本轻财仗义，在诸将中颇具声望，而杀掉老实人皇甫佐却令他人心大失，埋下后患。

风雨飘摇之际，任何一点措施不当就可能惹出事来。当天晚上，赵构与群臣正商量下一步驻跸何处时，忽然听到内侍在堂下大喊："城里着火了！"众人正惊疑不定，又有一名内侍匆匆进来报告："卫士们聚在大门外，一边哭一边骂，有些话非常不中听。"

此事非同小可，赵构十分吃惊，回头看看黄潜善，又看看朱胜非，然后对朱胜非道："朱卿机敏，你去看看怎么回事。"

事起仓促，朱胜非见禁卫统领左言立在阶下，便拉他一起走出大堂，并排站在屋檐下。众卫士本来一个个或坐或立，有的还痛哭流涕，见统领出来，才稍微整肃了一下。朱胜非和颜悦色地道："皇上听到众位将士哀伤痛哭，非常关心，命我出来问是何事。"

众卫士说，家属都滞留在江北，不知死活，海船又不够用，不知何时轮到他们渡江，还能不能见面，因此伤心。

朱胜非大声道："列位所请合情合理！人非草木，孰能无情？我这就去向皇上请旨，请诸位稍候片刻。"回头对左言道："左统制，你先和众将士一起，好生抚慰他们！"

说罢，转身回到堂内，跟赵构说了情况，赵构道："还进来请什么旨，直接告诉他们就好了！"

朱胜非却道："陛下，这个旨是非请不可的。"说着，转身又出了大堂。

过了一会儿，只听得朱胜非在堂外大声道："皇上有旨，专门调拨五艘海船去接众将士的亲属，即刻出发。过两日，各位就能和家属团聚！"

众卫士大喜过望，山呼万岁。赵构在里面听到，才领会刚才朱胜非进来请旨不是画蛇添足，实为必要。如果不加思索当场应承下来，难免有搪塞之嫌，有人当场质疑的话，又会平添枝节，进来请一趟旨，就显得正式多了，自然能取信于人。

朱胜非又道："众将士一路不辞辛劳，护卫皇上，皇上说了，等驻跸之地一定，立即重赏各位将士！"

众卫士又是欢呼，有人问："皇上的驻跸之地定了吗？"

朱胜非正色道："驻跸之地，乃是国家大事，此事只能听凭皇上圣旨。"众卫士都帖然遵命，没一个乱说话的。

朱胜非再进来时，众人才看到他额头满是细密的汗珠，赵构亲自递给他手巾擦汗，嘉许道："幸赖朱卿有急智，从容不迫，不然还不知会怎样！"

朱胜非谢过皇上，说道："驻跸之地，必须尽快定下来，人心才会安定，不然这一类的事会接二连三地出现，搞不好会酿成大事。"

赵构深以为然，道："前日王渊入见，提到镇江非久住之地，如果金军自通州（今江苏省南通市）渡江，占据姑苏，镇江将成一座死城，无路可退，无险可守。因此他建议先去杭州，那儿江湖纵横，极利阻碍金人骑兵。"说罢，转头看着黄潜善道："你以为如何？"

黄潜善早没了在扬州时的心气，躬身道："王渊曾在此带兵，深知东南地理，既然他这么说，臣复有何言？"

众人都无异议，赵构在扬州吃了犹豫不决的大亏，此时更不多说，只道："传旨下去，即刻向杭州进发。"吕颐浩却跪伏不起，坚决不走，慨然表示愿意留下，作为滞留江北诸军的声援，以防金军乘势渡江。赵构很感动，正好刘光世也在场，便对王渊道："既然如此，那就立即号令江北诸军，结阵沿江防守，海船仍然优先官吏百姓渡江！"

王渊领旨，刘光世见这情形，自是无话可说。

于是，君臣即刻起身，紧赶慢赶，晚上到了镇江以南的吕城镇。刚躺下没多久，王渊便说有紧急军情，将赵构叫起来，继续赶路。原来，离开镇江时，王渊命部将杨沂中带兵三百人留在镇江，专门监视金军行动，并约定如果金军渡江，则焚城中甘露寺为号，半晚时分，探子从瓜洲赶回，说那边喧哗声一片，很可能金军马上要渡江，于是杨沂中下令焚烧寺庙，一时火光冲天，王渊远远望见，才有此一举。

赶了两日路，到了无锡，略事休整后，又马不停蹄赶到了平江府。这儿离前线已经较远，赵构终于卸下盔甲，穿上黄袍，他觉得有必要在平江府多待几天，重新安排一下朝廷人事。

此时金军仍据扬州，进退不定，前线军情虽不似之前那样火烧眉毛，但仍然吃紧，朱胜非于百忙中从镇江赶到了平江府复命。从扬州溃败至今，朱胜非一路排忧解难，既忠且能，赵构深为倚重，便命他暂代宰执，节制前线诸军，以防金军南下。

朱胜非道："目前宰执之首要政务，无非是军务，臣从未与军队打过交道，希望陛下任命几名从官协助治理军事。"

赵构问他何人可用，朱胜非道："吕颐浩、张浚都身兼御营司参赞军事，且颇知兵法，有这两人协助，则大事可济。"

赵构便问身边的几位近臣，谁愿意协助朱胜非整顿军务，扼守长江防线。张浚果然慷慨请命，表示愿意留下，于是赵构便任命吕颐浩和张浚共同节制布防坚守等军务。张浚一上任，立即出城，决开水渠，将水田全部灌满，以阻碍金军骑兵，又每隔数里建烽火台，以及时预警，然后又招募当地土豪，让他们组织乡兵，并从乡兵中挑选强壮者组成军队。很快，一支三千人的军队便建立起来了，在平江府以北组成了一道防线。

赵构在朝堂上闻讯，不禁叹道："早如此准备，如何会有扬州之溃！"

黄潜善和汪伯彦名义上还是正副宰相，在一旁听了，都面色灰白。尤甚是黄潜善，扬州进退之策几乎全出自他一人之手，原先还有成为一代名相的雄心，如今已心如死灰，每日上朝如同上刑场，人也消瘦了一圈。

在这种亡命江湖、朝不保夕的时候，赵构想起了张邦昌。如果一年前，他能预见到自己狼狈到这种地步，他是断然不会同意赐死张邦昌的。两国之间的军事实力差距之大，根本没有叫板的实力，何必做出如此强硬的姿态？张邦昌一文臣而已，手上没有军队，既无奸雄之心，更无奸雄之能，给个虚职，位列朝堂，犹如一匹夫耳，能起什么风浪？何必诛之而后快！

后悔的同时，他又极恨李纲，他甚至觉得汴京城破，二帝北狩也是李纲惹的祸，正是因为他罔顾宋金双方实力，力主毁约解太原之围，主动进攻，结果葬送了十万精兵，将大宋的最后一点家底也赔个精光。然后又力荐宗泽任东京留守，扣押金国使臣，老虎头上拔毛，这不是招祸是什么？

但事已至此，说什么也晚了，更何况金人之所以南下，很可能只是因为不能容忍又一个姓赵的坐上龙椅罢了。

不管怎样，赵构决定补救一下，便与黄潜善、汪伯彦和朱胜非商议，黄、汪当然是巴不得有人出来顶锅，朱胜非也表示认可，但理由却和黄、汪不一样。他解释道："如今金军横扫中原、川陕，攻城掠地，指望每座城池都有军民奋起死守并不切实际。重兵压城之下的迎降之举，亦有情有可原之处，而且不少降官只是做权宜之计。金军一过，又是我大宋之臣，倘若过于严究，反而断了降者的归路，把人往金军那边推，实非明智之举。陛下在这种时候尊礼张邦昌，为其平反，乃是既往不咎之意，以宽大示人，臣以为极有必要。"

  赵构嘉纳其言，于是下诏为张邦昌恢复名誉。张邦昌死后，他的儿子和兄长都遭到连累，丢了官不说，还被拘禁起来，便重新给他们官职；太学博士廉布和吴若，因为分别娶了张邦昌的女儿和其兄长的女儿，也都丢了官，也给他们恢复了官职，并召他们赴行在任职。

  人一落魄，心气便低，好处是会放下架子梳理一下得失。赵构又下诏追赠陈东、欧阳澈为承事郎，从其子弟中挑一个赠予官职，并令两人所在的州县抚恤其家属，还在朝会上对群臣道："当初之所以降罪于二人，实在是事出仓促。现在想来，无论当时是何理由，终归是以言责人，有违祖训，朕深感后悔。如今诏告天下，是为了让天下士人都知道朕虚心纳谏、与士大夫共治天下之意！"

  之前奉议郎马伸上疏，直言黄、汪为政之失，致使女真日强、盗贼日炽，而国家威权日削，黄、汪十分忌恨，故意将他贬到濮州去监酒税。当时正值金军兵临濮州城下，城破就是旦夕之间的事，此时将马伸贬至此地，几乎就是判其死罪，马伸毫无畏惧，欣然收拾行李上道。

  如今赵构再看他的奏折，几乎条条都说中了，心中颇有悔意，便下诏封他为少卿，立即赴行在任职。有人告知赵构，马伸在去濮州就任的途中不幸病亡了。赵构闻言惋惜不已，道："人虽然死了，但仍然要诏告天下，公开授予其官职，以示朝廷的恩宠礼遇，使忠贞之士有所安慰。"又加封他为直龙图阁。

  这一系列宽政下达，似乎起到了立竿见影的效果，朝廷既有振作之意，民心士气也随之上升，朝中大臣和各地方官的奏折一时间多了许多，其中不少颇有建言，亦颇尖锐。

不久，湖州知府报上一桩"民心向宋"的好人好事，当地一位名叫王永从的员外，见国家危困，从家财中拿出五万缗以佐国用。不料赵构深知这里头的深浅，立即批示不得收取，知府还不甘心，道："之前已经收了他五万缗，如今却拒绝，前后不一，恐怕会让人疑惑。"赵构立即让知府将他之前捐献的五万缗一并奉还，并诏告天下：自今而始，不得收取富裕百姓的任何捐献，违者交有司论罪。

这一举动即使心思机敏、颇善理政的朱胜非、叶梦得等人都颇为不解。在朝会上特意问起缘由，倒是黄潜善极明白与钱赋相关的一切事务，解释道："倘若有人捐献了家财以佐国用，其他富户就不得不效仿，如果不效仿，地方官甚至会以此为例登门逼捐，这一来二去，极易成为苛政，甚至成为地方官敛财手段，好事就成了坏事了。"

众人恍然大悟，尽皆叹服。再看黄潜善，这些天来，圆润饱满的脸清瘦许多不说，还起了许多褶子，仿佛一瞬间老了十来岁，又觉得他可怜。

可怜归可怜，扬州溃退，总得有人担责，虽然皇上下了罪己诏，但黄潜善身为宰辅，对于扬州之溃实有不可推卸之责。于是，御史中丞张徵上疏，指责黄潜善、汪伯彦犯了二十条大罪，理应罢免，赵构顺水推舟罢去了两人的宰辅之职。

算起来，两人的罪名比当初李纲罢相时还多了好几条，只是赵构还念着旧情，没有把他们像李纲一样发配到海南岛去，就近各给他们安排了个知府的位置。

所有这些事都是在一路辗转中完成的，从平江府至秀州，再至临平镇，建炎三年二月，赵构君臣终于抵达了杭州。

杭州处于杭嘉湖平原与宁绍平原两大鱼米之乡连接处，水网纵横、湖泊星布，天目山纵贯城北，浙东运河南连明州。虽然刚刚遭遇兵火，城市颇显破败，但赵构一路行来，到达凤凰山上的州治衙门，放眼远眺，不禁叹道："天下之大，竟还有这样的好地方！"

随行来的众臣中，都只把杭州作为一个临时行在，他们心目中的都城仍在建康，此时看到杭州之景，几乎秀色可餐，而杭州外围，江河湖泊纵横交叉，正所谓"重江之险"，极不利金人骑兵驰骋，比之建康的长江天险尤有胜之。众臣中大部分都是北方人，此时乍一看到这暗藏峥嵘的江南秀色，不禁都惊呆了。

连之前极力主张定都建康的卫肤敏也来了诗兴，吟道："东南形胜，三吴都会，钱塘自古繁华。烟柳画桥，风帘翠幕，参差十万人家。"

众人都称妙，虽然建康仍是未来的都城首选，但杭州却是此时驻跸之地的不二之选，赵构欣然道："朕舍此何适！"

此时，吕颐浩、刘光世已率兵进抵瓜洲渡，与金人遥相对峙。张俊在淮东、韩世忠在淮西，仍踟蹰未进，但一直在收集溃卒，军势有所壮大，孤军深入扬州的金军人马感到了些许压力。

二月下旬，一场早来的春雨更加剧了金军的窘境，在严寒清爽之地待惯了的金军将士，十分不习惯这种湿冷的天气，于是金军决定撤离扬州。

天一放晴，金军即在城内发榜，告知全城居民即刻出城。众人都犹疑不敢出，于是金军派甲士数十人，沿街叫唤，告知不出城者皆杀，于是，之前要走的西北人全部自西门出来，而东城绝大部分本地居民仍在城中不敢出。晚上，金人纵火焚城，扬州人烟阜盛，房屋极其密集，当晚又刮南风，整个城市瞬间被大火吞没，死难者无以计数。

一座歌舞喧闹、市井繁华的销金窟，一个舞榭密集、笙管彻夜的温柔乡，秦淮明珠，千年名城，就这样成了人间地狱。

金军北撤、扬州被焚的消息传至杭州，赵构君臣且喜且悲。此次金军南侵，为祸之烈，可谓空前绝后。光堆积在江边未及运走的金帛财物就不计其数，全成了资敌之物，扬州十余万无辜居民，骤然间祸从天降，死伤尤为惨重。

群臣中有明白人指出，此次扬州大溃败，固然与黄、汪二人昏悖无措有关，但靖康以来屡遭兵火破坏的邮传系统陷入瘫痪乃是直接原因。邮传中断，消息不畅，金军都已经到了眼前，朝廷中枢却仍依赖于道听途说去决策，不出事才怪。

这样说来，那些之前预警应该撤出扬州的大臣其实并不比黄、汪有先见之明，大家都在闭着眼睛猜测军情，只不过有人猜对了，有人猜错了。

因此，杭州知府康允之上疏建议在交通要道设置斥候摆铺，每十里置一铺，每铺都设铺兵五人，每五铺设一使臣，每天定时交转文书，使无滞留，并提高铺兵待遇，使之安心做事。

摆铺设好没几天，效果立刻显现出来，各地的往来文书通畅了许多，而从陕西传来的一个坏消息也提前几日到达了杭州。

娄室率领金军继攻占延安府后，又北上攻下了绥德，然后渡河直取晋宁，围城三月。就在赵构君臣到达杭州的同一日，晋宁失守，守臣忠州刺史徐徽言与兵马都监孙昂被俘，不屈而死。

而将相失和，互相猜忌的陕西诸军，坐看晋宁守军苦战三月，城中矢石皆尽，将士忍饥挨饿，最终被金军攻破。

十多天后，王燮从兴元带领轻骑兵赶到杭州，赵构向他详细询问了陕西军情，王燮将曲端如何不听将令，如何见死不救，如何吞并其他诸军，狠狠地告了一把御状，赵构十分震怒。之前他已经收到了王庶的谢罪奏折，一直留中未发，还怕是王庶一面之辞，如今看来曲端尾大不掉，不服将令应该是确定无疑的。

但如何处置？赵构与朱胜非等人商量半天，觉得此时不宜过于追究，以免人人自危，心怀怨恨，局面越发不可收拾。于是下诏，升王庶为陕西节制使、知京兆府，升曲端为经略安抚使，知延安府，其他诸人各有升迁，倒像是陕西捷报频传似的。

这个处置着实荒唐，更荒唐的是，在目前情势下，却还是最合理的处置。曲端好歹还算打了两仗，如果要拿他治罪的话，那韩世忠畏战弃军而逃该当何罪？刘光世部不战自溃又该当何罪？天长一万守军面对金军五百骑望风而逃又该当何罪？真要追究，手下恐无可用之将了。

8 明受兵变

自从金军南下起,赵构的新朝廷就一直处于颠沛流离中,之前还有心思学学前代明君听儒士讲经,但兵荒马乱中,这点雅兴早丢到九霄云外去了。如今终于在杭州暂时安定下来,赵构便召集群臣,请太学士陈士忻讲孔子。

陈士忻讲到孔子论忠孝,子曰:"昔万乘之国,有争臣四人,则封疆不削;千乘之国,有争臣三人,则社稷不危;百乘之家,有争臣二人,则宗庙不毁。何谓忠者?审其所以从之,谓忠也。"

赵构听到这里,不禁想起李纲,此人诤臣乎?能臣乎?然而好用不好用,只有他这个做皇帝的才知道。又想起陈东、欧阳澈,此二人如此敢言,必是诤臣无疑,然而所言皆不切实际,徒逞口舌之快。黄、汪二人倒是用得极顺手,但结果又如何?一时颇有所思,见众臣正等他说话,便随口道:"延安府守臣魏彦明、徐州王复、晋宁徐徽言等人守土尽责,为国捐躯,皆忠贞之士也!"

浙西安抚司的主管机宜文字时希孟道:"安史之乱时,许远、张巡固守睢阳,以区区数千人马对抗叛军十余万人。坚守十个月,使赋税重地江淮地区不致于落入叛军手中,叛军十余万人亦被牵制于睢阳,被唐朝的反攻大军一举歼灭,时人云:守一城而捍天下,其功大矣!"

朱胜非道:"可惜临近州县明知睢阳苦战,却不予救援,后来张镐为河南节度使,日夜兼程,前去援救,并发文书命其他节度使共同出兵，而谯郡太守闾丘晓，距离睢阳最近，却不从军令，拒不出兵。等张镐的援兵终于赶到时，睢阳才刚刚被攻陷三日。十个月守城，却没能熬过这最后三日，只因为守城将士都已经饿得提不动弓刀了，眼睁睁看着叛军攻上来。张镐既痛且怒，将闾丘晓拘入军中，杖责至死。"

这个故事实在有点应景，赵构君臣同时想到了金兵南侵以来，各州县守官要么望风而降，要么弃城逃跑，少有的几个坚守，却无一不得不孤军奋战，城破身亡，魏彦明等人便是例子，而闾丘晓之辈却比比皆是，竟无一人因此治罪，更不用说杖责至死了。

颜岐叹道："若我大宋州县守臣都是许远、张巡之辈，金人岂能深入江淮，国势何至于此！"

叶梦得一哂道："期望守臣个个都是许远、张巡，犹缘木求鱼，终不可得。"

颜岐不悦，反驳道："许远、张巡亦父母所生，血肉之躯却能成忠贞之臣，怎么到了我大宋就终不可得了？"

叶梦得文才冠绝群臣，又极懂财赋，黄、汪罢相之后，赵构便让他做了尚书左丞。大概是之前自恃才高，得罪了人，此次又升迁太快，遭人嫉妒，引得群臣弹劾，朱胜非、颜岐等人都在赵构面前力陈不可，刚做了十四日的宰相，便不得不辞职，落得个心灰意冷。赵构让他再掌财赋，他却已萌生退意，坚辞不就，赵构知他心里有气，便也暂时不勉强他。

叶梦得无官一身轻，反问颜岐道："听说夷仲家有美妾，颇知音律，且善诗文，更兼调得一手好羹汁，夷仲宠爱万分，不知可有此事？"

颜岐看了一眼赵构，身体不自然地挪动了一下，含混道："此事与守城有何相干？"

叶梦得道："相干得紧！当年许远守睢阳，粮草断绝，将士忍饥挨饿，许远乃杀其爱妾，剔其肉煮给众将士吃。将士流泪不忍吃，许远逼着他们一口口吃尽，敢问夷仲愿杀爱妾以飨众将士否？"

颜岐顿时哑口无言,脸上红一阵,白一阵,好半天才冷笑道:"那我也要问问少蕴,倘使你独守危城,你当如何自处啊?"

叶梦得微微一笑,道:"吾从相州赵不试。"

相州被金军围城数月,粮食皆绝,援军不至,守臣赵不试对城中军民道:"相州死守至今,城破就这几天的事,我身为守臣,又是宗室,不能投降,但各位已经尽到守土本分,可以各寻出路。"军民凄惨相对,于是赵不试登上城墙,约降金人,金人许诺不屠城,赵不试便起草降书,开启城门,然后将一家十余口全部逼入井中,最后自己也跳进去,命人用土填上,一家人就此殉国,满城人都非常怜惜他们。

许远、张巡守睢阳至最后,将城中三万多名妇女老幼陆续杀死作为军粮,其惨酷为后人所诟病:你们是成就了千古美名,但那些被活活杀死吃掉的人何处问苍天?叶梦得认为赵不试忠义、仁慈兼备,所以推崇他,实在比颜岐要高明不少。

朱胜非与叶梦得素不相能,但他此时已经拜左丞相,有维持朝堂体面之责,见话越说越僵,便打圆场道:"二位所说都有道理。守臣不知忠义,如何奋力御敌?只是为政者,倘若一味以忠义劝谕臣子,却举措失当,使忠义之士含恨而死,这才是最不可取的。我等身为国家重臣,当为朝廷分忧,不必在言语间计较吧。"

赵构却没了听讲经的心情,形势如此严峻,以至于朝臣议论的时候,都离不开如何死法,让他心情颇为沉重。自从到杭州后,他将膳食从简到极致,每天就只是一份羊肉炊饼而已,比之父兄做皇帝时每日百样膳食,简直一个天上,一个地下,但如今看来,倘若来年还抵挡不住金军的攻势,恐怕这羊肉炊饼都不一定能吃到了。

正胡思乱想,占星官进殿报道:"日中有黑子,似有警戒之意。"

赵构心里猛地一跳,强自镇住心神,道:"朕遭时多故,知人不明,致使敌骑长入,生灵涂炭,朕将再下罪己诏,并斋戒十日,以谢天下臣民。"

众臣听了,都跪伏在地,朱胜非安慰道:"陛下励精图治,克己奉公,古时圣君亦不过如此,金人猖獗,为害之烈,也是由来已久,不是一朝一夕之事,陛下不必过于自责。"

正说着,内侍押班康履匆匆觐见,悄悄在赵构耳边道:军中有人谋反。

这些坏事串在一起,赵构不由得心惊肉跳,便散了讲经会,只把朱胜非留下。等其他人走了,康履从怀中取出一小黄卷文书,卷末有两行字:统制官田押,统制官金押。

朱胜非问康履:"这从哪儿来的?"

康履道:"是我下面一个跑腿的小厮偶尔得来的,掉落地上,正在御营前军操练的必经之路上。据他说,他捡了这小黄卷后,接下来的大半天,御营前军总共派过来十余拨人,四处寻找,估计就在找这小黄卷。"

朱胜非立刻觉得此事非同小可,看黄卷内的字,都晦涩难懂,但越是这样,越说明其意难测,便问康履:"这后面的'田'与'金'是何人?"

康履光洁白皙的脸上露出一丝阴冷的微笑,看着朱胜非,用鸭公嗓道:"朱相想想,如今统领御营前军的是何许人?"

御营前军统制有两人,一个叫苗傅,一个叫刘正彦,朱胜非不禁悚然而惊,这田字可不就是暗指苗,这金字不就是暗指刘吗?

赵构道:"苗傅出身将门,父祖都经略边疆,屡立战功,前不久还抵御游寇李成,作战颇为英勇,刘正彦之父亦死于王事,前向还招降游寇丁进,颇有功劳。此二人世受皇恩,且为朕御营统领,信任有加,为何要反?"

朱胜非道:"陛下,此时不是穷究原因的时候,情势紧急,还是立即将王渊召来,让他做好准备,以防万一。"

于是赵构派遣一名贴身侍卫去召王渊入殿,三人也不出去,就在殿中等候。大约过了两个时辰，王渊急急赶到，听说事情缘由后，道："此事极有可能！自从蒙陛下隆恩，升微臣为枢密院事以来，苗傅因素来自负，深有怨恨之意，数次见面都不理不睬，不平之意溢于言表；至于刘正彦，我之前颇为看重，在圣上面前还举荐过他，但后来发现此人行事鲁莽，毫无谋略，便收回了他一些权力，因此他也颇有恨意，这二人如果要举事谋反，臣不奇怪。前天苗傅还跟我说临安县出了一伙强盗，打算出兵剿灭，很可能就是找个借口调动军队而已。"

朱胜非听了，觉得有几分道理，王渊位列执政，诸将颇有微词，他是有所耳闻的，但好像也不至于要闹到谋反的程度，但万事早作预备得好，便道："此事须作防备，如今朝廷方才在杭州安定下来，不可出任何差错。"

王渊不敢懈怠，下去后一面令中军统制吴湛加强行宫防卫，一面故意招摇回府，让人知道他已经回来，却悄悄令部下一心腹将领率五百精兵埋伏在邻近的寺庙后方，等着叛军自投罗网。如此折腾了几日，城中毫无动静，再加上兵荒马乱之际，叛乱传言满天飞，真假莫辨，所以心里也不觉放松下来。

又过了数日，正赶上神宗皇帝祭日，赵构带领群臣在朝堂上焚香行礼，又封赏了一些之前的有功之臣，在杭州的众臣都上朝听宣，一直到中午时分才退朝。而就在这时，苗傅与刘正彦命令帐下幕僚王世修陈兵杭州城北面的一座桥下，毫无防备的王渊仅带四五名随从骑马经过此桥，走到桥中间，发现前后路都已经被兵马堵死。在这一瞬间，他知道今日必死于此地，便按捺住惊慌向对面的刘正彦道："刘统制，这是何意呀？此处……"

还没等他说完，十几名士兵便冲上来，将他拉下马摔在地上，几名随从也被乱刀砍死，刘正彦攥着王渊的头发斥道："王渊，你勾结宦官，意欲谋反，遇见金军避之不及，于国家无尺寸之功，却位列执政，你这种乱国奸臣，留你何益？"说罢，根本不听王渊辩解，手起刀落，将其人头砍下。

杀了王渊，苗、刘又派兵围住康履住宅，将宅内凡是无须的男人一律杀死，然后两人带着军队浩浩荡荡杀向行宫北门。中军卫士见大队人马围过来，纷纷拔刀守在门口，苗、刘便陈兵于宫门外。禁卫统领吴湛远远看见苗傅，之前二人已经交通，此时心照不宣，吴湛便派人向赵构通报。

此时赵构和群臣还未散去，正在宫内议事，突然康履面无人色地跑进来，气喘吁吁地道："有军队在闹市里设立路障，堵截行人，凡无须者就地处斩，老奴赶紧骑马绕道，才幸免于难。"

怎么会发生这种事？朱胜非问赵构道："吴湛在行宫北门驻扎，专门监视非常情况，护卫陛下安全，他通报过什么异常情况吗？"

赵构道："没有。"

正在疑惑，吴湛下属的卫兵过来奏报，道："苗傅、刘正彦已经亲手斩了王渊，首级就悬在北门口。现在二人正带领军队守在北门，说有要事奏请圣上。"

最可怕的事还是发生了，赵构大为震恐，不觉站了起来，整个朝堂陷入死一般的寂静中，还是朱胜非醒过神来，道："二人既然杀死长官，陈兵宫外，已是谋反无疑，请陛下容臣出去询问情况。"

见赵构点头，朱胜非便带着张澂、颜岐、签书枢密院事路允迪等人出了朝堂，朝北门走去，还没到北门，只见吴湛迎上来道："门已经被堵上了，不能开。"几个人一听，只得又急急忙忙往楼上赶。到了宫楼上，只见下面甲士林立，苗傅和刘正彦带着一帮手下，都是全身披挂，军中挑着一根竹竿，王渊血糊糊的人头就悬在上头。

朱胜非等人都是文臣，见这阵仗不觉胆寒，朱胜非抱定必死之心，慢慢冷静下来，问道："二位将军为何如此？"

苗傅却不屑于跟他说话，只看了看吴湛，吴湛便道："苗傅不负国家，只为天下除害耳！"

朱胜非看这形势，吴湛的中军卫士也靠不住了，此番生死，全定于天，见王世修也站在楼下，便叫着他的表字道："这不是代齐吗？你叔父王能甫与我相识，乃我大宋忠良之臣，你自己也在靖康年间任荥泽知县，金人南犯，你坚守不退，以战功升迁至东京做官，皇恩不薄，为何要做此事？"

王世修是这起事件主谋之一，见朱胜非问起，便大声道："世修不是为了个人恩怨，而是为了国家社稷！如今阉党恣横，祸乱朝纲，内侍押班康履，妄作威福，蒙蔽圣听，私通大将。上次从扬州溃退，我前军将士不辞辛劳，一日只食一餐，兢兢业业，护卫皇上。而康履身边的大小宦官却沿江射鸭为乐，嘻笑自若，其轻鄙之态，我军将士恨不能活剥了他们的皮！到了杭州，百废待兴，这帮阉奴却乱哄哄跑去看钱塘潮，就在官道中间搭帐，毫不遮掩，连我等行军都要绕道！世修今日起兵，就是要诛灭这伙丑类，为朝廷除害！"

朱胜非听了心里直悔，之前也见过这帮内侍不守规矩，过于张扬，当时觉得仓皇之中，情有可原，不料今日惹出这么大的事来！便叹息道："代齐啊，这是我做宰相的过错，不能体察下情，致使阉党作乱，只是，你为什么不上奏呢？朝中大臣都会支持你的。"

王世修道："我倒是跟尚书右丞张徵说了，只不过张右丞不以为意。"

朱胜非回头看了看张徵，见他脸涨得像猪肝一样，便知所言不虚，此时话越讲越干，不知道再耗下去是什么结果，心里急得如同猫抓，脸上还得装作镇定自若。

朱胜非在宫楼上跟叛军敷衍的时候，杭州知府康允之本已退朝，听说兵变，赶紧率众官从内东门求见。见了赵构，康允之急道："陛下怎么还在这儿待着？趁着叛军还没鼓噪起来，请陛下亲自登楼，慰谕三军，或可平息局势，不然等叛军乱将起来，再想平息就难了！"

赵构如梦初醒，连忙换上龙袍，带着群臣从另一个门登上宫墙，苗、刘等人远远看见黄盖，一时看不真切，突听到一声大喊："圣驾到！"诸军像条件反射一样齐刷刷跪下，山呼万岁。

赵构扶着栏杆，将苗傅与刘正彦叫过来，问道："卿等有何事要奏？"

苗傅是此次兵变的总头子，这时见皇上出来了，才开始说话："陛下信任宦官，赏罚不公！士兵们出生入死，却得不到赏赐升迁，而那些与宦官同流合污者却屡屡升迁。黄潜善、汪伯彦误国至此，罪不容诛，却一个到江宁府当官，一个去洪州当官，都是富得流油的好地方！至于那个王渊，自金军南下，未立寸功，却因交结宦官康履，得居高位，而臣自陛下即位以来，兢兢业业，立功不少，却只做了个遥郡团练使，如何让人心服？现在王渊已经被斩首，宫外的宦官百余人都已经伏诛，只有康履、蓝珪、曾择还藏匿宫内，请陛下将他们捉拿斩首，以谢三军将士！"

朱胜非在一旁听了苗傅这番话，不由得心里暗骂："没长短见识的狗杀才！不就是别人升了官，你没升官吗？先上个奏折哭诉一下也好啊，何至于一下子就闯出这样的泼天大祸？"骂完心里又叹王渊轻财重义，原是个响当当的人物，却被刘光世在皇上面前告黑状气昏了头，怒斩皇甫佐，使得众将有兔死狐悲之感，不然苗、刘弄这么大动静，怎么着也会有风声透到王渊耳朵里去，哪至于这么稀里糊涂丢了性命。

只听到赵构道："内侍的确有罪，朕会将他们远远地流放到海岛上去，卿和众将士可以放心返回大营。"

苗傅道："今日之事，全是我苗傅一人的主张，三军中再无任何人参与。扬州之溃，朝廷进退失措，以致天下生灵涂炭，这不都是因为宦官专权，使得朝纲不振、人心不服造成的吗？康履、曾择等人就是败坏朝纲的罪魁祸首，今日不将他们当众斩首，如何让三军将士心服，如何让他们安心归营？"

赵构回头与几位大臣商量了一下，道："朕深知卿等忠义之心，为此，授苗傅为承宣使、御营都统制，授刘正彦为观察使、御前副都统制,今日在场的所有将士一律免罪,不予追究。"

这时候才封赏未免太晚了,苗傅既不接旨谢恩,也不退兵。他的几个下属扬言道:"我等真要为了升官的话,送两匹好马给内侍就行了,何必如此大动干戈?"

赵构见苗、刘等人油盐不进,无可奈何,转头向群臣问策,时希孟见都这种时候了,皇上还护着几个阉人,便道:"宦官为祸,历代都有记载,弄出这等大事来却也并不多见,陛下倘若不除掉他们,今日之事恐怕难以收场,望陛下三思!"

军器监叶宗谔也道:"陛下,此事非同寻常,就不要怜惜一个阉人的性命了,先把他交给三军,任由他们处置吧。"

赵构不得已,只好让吴湛将康履抓来,康履已经吓得两腿酥麻,知道断无生还之理,可怜巴巴地瞅着赵构。这些阉人在寻常人眼里都不是人,甚至连猪狗都不如,康履明知道自己哪有什么能耐帮王渊要官,扬州之溃更与他半文钱不相干,但这口锅背不背却由不得他。

于是苗、刘当着赵构和群臣的面,在楼下腰斩了康履,然后砍下他的头,悬在竹竿上,与王渊的头相对。

康履一死,赵构便诏谕苗、刘率军回营,不料苗傅上前道:"如今渊圣皇帝北狩,而陛下却登上了皇位,倘若将来有一日,渊圣皇帝回来,陛下将如何自处?"

这真是步步进逼,赵构和群臣不禁相顾失色,不知如何应对。只有朱胜非料到有这么一出,苗、刘二人拥兵作乱,将来计较起来,必是死罪,所以这二人必定一条道走到黑。如今之计,只能走一步看一步,于是上前奏道:"陛下,既然三军有此疑虑,不如请出隆祐太后,垂帘听政,先渡过这一关再说。"

隆祐太后姓孟,一生坎坷,几废几立,不过也由此因祸得福,靖康城破,金人将皇室无论男女三千多人全部掳走,而孟太后恰好被废为庶人,不在宫中,反而得免,与赵构一样,都是死里逃生。自从赵构尊她为太后以来,她极为疼爱赵构,羹汁调制都不劳宫人之手,而是亲自做给赵构吃,十分勤俭。赵构也非常敬重她,两人情同母子。

赵构立即下诏,恭请隆祐太后垂帘听政,这是大事,于是百官都出门外,肃立两侧,朱胜非亲自将太后垂帘听政的诏书念给苗、刘及其麾下将士听,念完后,百官都跪下接诏,但苗、刘等人却不拜。

朱胜非道:"诸位将军请接诏书。"

苗傅冷冷道:"搞什么垂帘听政,何不效道君皇帝故事?"

朱胜非吃了一惊,道君皇帝徽宗因金军南下,计无所出,便禅位给皇太子渊圣皇帝钦宗,听苗傅的意思,竟是要将赵构从龙椅上赶下来。

朱胜非还没想好如何回答,苗傅旁边的将领已经附和了,检点张逵道:"张某虽为武将,却也知晓'民为贵,社稷次之,君为轻'的道理,今日之事,正是为社稷百姓计!皇上宠溺宦官,任用奸臣,致使河山沦丧,生灵涂炭,人神共愤!古人有言:天下者天下人之天下,非一人之天下,惟有德者居之。皇上失德若此,如何还能窃居大位?"

饶是朱胜非一肚子才学,此时也被噎得无话可讲,再看群臣,一个个惊愕失色。朱胜非便问:"依诸位将军之见,当如何处置?"

苗傅道:"不是还有皇子吗?皇上失德,已经不适合居大位,理应禅位于皇子。"

赵构只有一个儿子,才三岁而已,苗傅让一个黄口小儿去接替帝位,其用心可谓昭然若揭。

朱胜非知道多说无益,只得和群臣重新返回宫内。赵构见众臣回来,便问:"他们退兵了没有?"

众臣道:"苗傅、刘正彦拒不接旨。"

赵构便问为何,众臣都不敢说话,赵构见了,心里已然明白。一时间,君臣相对,彷徨无语。

还是时希孟打破沉默,道:"陛下,如今只剩下两条路,要么陛下奋然而起,率领百官死保社稷,要么只好听从三军之言。"

杭州通判章谊怒道:"你这是什么话!这些叛军说的全都是些胡言乱语,岂能听他们的?"

殿堂内又陷入寂静,良久,赵构道:"朕当退位,但此事体重大,须先禀明太后。"

众人都暗暗松了口气,皇上这话,除他本人,任何人是不适合说出口的。虽然苗傅等人的要求完全是胡来,但人家陈兵宫外,你能奈他若何?僵持越久,风险越大。

朱胜非心里明白,皇上此举,至少是让局面又盘活了,可以继续往前试探,但嘴里却道:"岂有此理!"

颜岐道:"隆祐太后极明事理,既如此,那就让苗、刘将其所请奏明太后,太后必驳斥,这样他们也就没有借口了。"

赵构便命颜岐去请太后,又怕苗、刘等人不耐烦,便让吴湛传话给他们:"诸将所请,朕已知晓,已经去请太后过来商议。"

做完这些,赵构便站起来,和百官一道立在殿侧,众人都十分惊惶,一定要请皇上入座。赵构这两年多来,也算是几度生死了,此时还沉得住气,道:"现在不适合坐这儿了。"口气不失平静。

不一会儿,孟太后乘坐着黑竹舆,领着四个老宫人出了内宫,却不登楼,内侍过来悄悄对赵构道:"太后想直接出宫门,面谕诸军。"

几位宰执听了,都觉得太过冒险,万一叛军将太后劫走,如之奈何?朱胜非觉得这纯属多虑,叛军即便凶恶,也不会蠢到做这种毫无益处的事。让太后试试或有转机,亦未可知,便坚决道:"谅他们不敢干这种事,臣愿与太后一起去,正好也窥探一下这帮逆贼的动静。"

于是朱胜非和众宰执一道,跟着孟太后出了宫门。苗傅、刘正彦见了太后,上前拜倒,苗傅道:"金人南侵,百姓涂炭,当今皇上计无所出,一退再退,致使祖宗之地落入敌手,宗庙不存,天怒人怨,苗傅等人不得已行此万难之事,实在是为了我大宋江山社稷和黎民百姓,请太后主持大局,为天下主张!"

孟太后道："金人之所以南侵，乃是道君皇帝信用奸臣蔡京、童贯等人，更改祖宗法度，与金人结什么海上之盟，结果招惹金人，才引出这许多祸事，那时当今皇帝还只不过十几岁一少年，关他何事？况且当今皇帝自即位以来，勤勉为政，克己奉公，并无失德之处，前向扬州之溃，止为黄潜善、汪伯彦所误，现在二人已经被贬，你方才又杀了王渊、康履等人，首凶俱已伏法，还要怎样？"

苗傅没料到这老太太如此不卑不亢，有理有节，他原本就不是来讲道理的，便道："臣等计议已定，此事箭在弦上，不得不发！"

孟太后道："已经依你所请，老身当垂帘听政，以慰三军将士。"

苗傅等人坚持要立皇子为帝，磕头不已，孟太后道："这种大事，即使在太平时节，也当万分慎重，更何况此时强敌在外。皇子不过三岁，如何能理国政？即使是垂帘听政，也是万不得已而为之，这皇位存废，乃是天大的事，岂能如此儿戏？"

刘正彦见孟太后始终不松口，大叫道："今日大计已定，如果太后不赐许可，臣等只有死在这儿，以明心迹！"

孟太后便看着刘正彦道："统制你自己想一想，我一行将就木的老妇，抱着一三岁小儿，同理国政，这要让金国听说了，岂不是要更加轻侮我国？你二人口口声声说为江山社稷，难道就没想过这一点吗？"

苗傅、刘正彦见死活说不动孟太后，便撒起泼来，一边大哭，一边对着下面的将士喊道："太后不答应我们的请求，我二人今日当解衣就戮！"说完，一边撕扯自己的衣服一边大声号哭。

孟太后毫不退让，道："二位统制不是一般行伍出身，都是世家子弟，看看你们这样子，如何这般不晓事理？你们今日所请，老身实难听从！"

苗傅便语带威胁地道："太后，今日楼下的几千将士，从一大早到现在，粒米未进，滴水未喝，如果事情一直拖下去，恐怕生出乱子，到时恐怕连我等都难以控制！"说完又看着朱胜非道："相公为何不发一言？今日之事，正需要大臣果断抉择，相公身为宰相，为群臣之首，请务必拿出话来！"

朱胜非无言以对。倘若顺着苗、刘的意思劝太后，即便只是为了拖延，日后有人计较起来，仍然等同谋反；倘若跟着太后一起驳斥二人，真要把这等莽夫激怒了，后果不堪设想。

正进退两难，颜岐匆匆赶过来，道："皇上命我奏报太后，他已决意听从苗傅、刘正彦二人所请，禅位于皇子，请太后宣谕。"原来赵构在楼上听到下面吵闹不休，怕事态激化，才让颜岐过来告知决意退位。

太后当然知道赵构是迫于无奈，更加生气，执意不允。苗傅等人听到皇上已经让步，气焰更加嚣张，语气中满含赤裸裸的威胁之意。

朱胜非见皇上已经有了旨意，太后再说也无济于事，便借口外面刮起了北风，怕太后招了风寒，劝她暂且回宫，等臣子们商议后再去奏报。孟太后便启驾回宫，朱胜非等人陪着她进了宫门。

进门只见赵构仍然立在殿侧，前几天这年轻的皇帝还带着群臣学经书、论治国，一心要中兴大宋，如今却落得连个座都没有，朱胜非心里不禁一阵难过。等太后进了宫，终于忍不住掉下泪来，跪在赵构面前道："陛下，苗傅、刘正彦如此猖狂，臣身为宰相，义当死国，请陛下允许臣下楼去面斥此二贼！"

赵构道："这二人凶焰熏天，已经丧心病狂，朱卿如果去面斥他们，恐遭不测。他们已经杀了王渊，如果再加害于卿，将置朕于何地！"

说完，挥手令左右稍稍退下，却在朱胜非耳边道："今日之事，你我君臣当共进共退，切不可操之过急，先平息事态，再行谋划，万一谋划不成，朕自当领群臣从容赴死！"

朱胜非喜极而泣，有了皇上这番话，事情就有了周旋的余地，于是君臣二人火速商量出个约法四章：一是赵构既然退位，当尊如道君皇帝故事，供奉之礼，务极丰厚；二是禅位之后，朝中大小事均听从太后及新君处分；三是降诏完毕，三军将士即刻解甲归营，不得停留；四是禁止士兵劫掠、杀人。

商量完毕，赵构便让兵部侍郎李邴草拟退位诏书。李邴坚辞不敢，说此诏书只能由皇帝亲自来写，赵构没法跟他把话说透，便自己在御椅上将诏书写就："朕即位以来，强狄侵凌，远至淮甸，其意专以朕躬为言。朕恐其兴兵不已，枉害生灵，畏天顺人，退避大位。朕有元子，毓德东宫，可即皇帝位，恭请隆祐太后垂帘听政，庶得消弭天变，安辑人情，敌国闻之，息兵讲好。"

写完后，让朱胜非看了一遍，朱胜非见其中既没有什么"宠幸宦官，任用奸佞"，更没有"为君失德，天怒人怨"之语，把责任一股脑儿全推到金人身上去了。君臣二人心照不宣对视了一眼，朱胜非便拿着退位诏书，先跟苗、刘二人说了约法四章，苗、刘觉得不算大事，再加上折腾了一日，颇有疲态，也巴不得事情早有结果，便答应了。朱胜非便当众念了皇上的退位诏书，见苗傅的幕僚将佐都在一旁，便以宰相身份慰问他们，众人低头行礼，口中唯唯而已，只有王钧甫上前道："苗、刘二位将军忠心有余，可惜学问不足。"

朱胜非担心他看出端倪，向苗、刘陈清利害会节外生枝再起波澜，不料王钧甫说完，便摇头叹气，退到一边不吱声了。朱胜非正在纳闷，苗、刘自觉大功告成，便派人把守行宫各大门，不准人随意进出，然后率军回营，士兵们一路上还大声喧哗："天下太平喽！"

赵构等士兵们走光了，才在朱胜非等宰执陪同下，徒步走回禁宫。他一日没用膳，又累又饿，却一点胃口没有。到大殿门口的时候，朱胜非对典班高琳道："今晚宰执们要在宫内办公，就不回家了，请典班安排食宿。"

赵构回头让其他宰执回去，只让朱胜非留下。等左右都退下了，君臣二人去后殿见太后，太后听说，便叫垂帘。过了一会儿，见朱胜非陪着赵构进来，忍不住号啕大哭，赵构和朱胜非婉言解劝半天，太后才逐渐平静下来。

赵构沉默半晌,道:"前一阵扬州溃败,情势危急,很多事都顾不上章法规矩,有时不得不让内侍去与诸将通信,康履、曾择等人却狐假虎威,在诸将面前颐指气使,甚至有时候就光着脚,叉腿坐在地上跟诸将说话,而让他们站着听,朕都不敢这般怠慢将士,这不是招祸是什么!"

朱胜非道:"要只是狐假虎威也便罢了,只怕他们还向诸将提过什么非分要求亦未可知。"

要是大宋的中兴大业葬送在几个阉奴手中,岂不是贻笑千古?赵构又气又恨,问朱胜非:"事已至此,还有回天之力否?"

朱胜非点头道:"陛下,刚才臣去慰问苗、刘手下诸将时,苗傅的心腹大将王钧甫说了这样一句话:二将忠有余而学不足。臣以为,此话意味深长,说明叛军内部并非铁板一块,且先观察几日,然后慢慢找机会分化瓦解他们,则形势或可逆转。"

赵构道:"明日早朝,朕已经不合适出现,就让太后御殿,一切事情请朱卿相机行事。"

朱胜非道:"接下来的首要之事,就是稳住叛军。这些人杀了王渊及百余名内侍,又去抄了他们的家,然后又逼迫陛下,这都是大逆不道之罪,我猜他们心里也不踏实。明日一早,就应当颁布诏书,嘉奖苗、刘二人不计利害,忠心为国,同时嘉奖其下属将士,让他们安下心来,就不会再铤而走险。"

赵构听了,觉得十分在理,便道:"这个就有劳朱卿去办理了。"

朱胜非却道:"陛下,如果臣直接去办理,有点特事特办的意思,太露痕迹,还是应当按照朝廷制度,宣召学士内宿,拟好诏书,然后让御史台召集百官宣读,就跟平常一样,苗、刘等人才不会怀疑。"

赵构见宰辅做事如此缜密,心里甚是安慰,朱胜非又道:"按朝廷制度,太后垂帘听政,为避嫌,臣子奏事时必须二人同往,但倘若臣有机密之事要报告太后,怎么可能让其他人知晓!因此,请降圣旨,就说如今敌国虎伺,时事艰难,当不拘于常例,允许大臣单独奏事。"

太后一直在旁边听得极其仔细,这时插话道:"那些贼子会不会怀疑?"

朱胜非道:"太后所虑极是。所以明日太后第一个就召苗傅单独进殿问话,接下来每天都召其同党一人单独进殿,这样太后再单独召见其他人时,贼子们也就不会起疑了。"

太后与赵构对视了一眼,这样安排可谓滴水不漏。

朱胜非又提醒道:"太后明日召见苗傅时,可以多多嘉勉他,以安其心。"太后听了连连点头。

朱胜非谈完事便告退了,太后看着他的背影消失,叹口气道:"幸亏让此人做了宰相,把这极乱的局面居然理出了头绪!倘若还是黄潜善、汪伯彦做宰相,事情恐怕已经不可收拾了!"

赵构听了惭愧不语,心想黄、汪二人做太平宰相或无不可,但如今国家危如累卵,军国大事需要洞见在先,果断决策实非黄、汪所长,这次兵变归根结底还是扬州之溃引发的。

次日上朝,太后垂帘听政,赵构已然去了睿圣宫,尊号也成了睿圣皇帝,所幸一切都按朱胜非的安排在走。苗傅听了嘉勉诏书,里面把自己夸成一朵花,太后又第一个召见他,言语中多有倚重,于是苗、刘二人喜不自禁,真把自己当成诏书里所说的名臣良将了。

苗、刘一朝大权在手,便开始折腾事,立即将端明殿学士王孝迪升为中书侍郎,将资政殿学士卢益尚升为尚书右丞,并命二人出使金朝,传达新皇帝的休战意愿。这等于是向金国通风报信大宋发生了兵变,政局不稳,金兵此时近在江北,不乘势进攻才怪,这引狼入室的昏招,两个愣头青却还天真地以为既然金兵穷追赵构,如今赵构退位,金兵就应该不会再来了。

朱胜非见二人如此胡来,只得拼命补救,道:"如今金军主帅在哪里都不知道,就派出朝廷正使,恐怕不妥。不如先派出一名副使,探探金军虚实，至少问清楚主帅在何地，然后才知道往何处派遣正使。不然，徒耗时日而已。"

苗傅以为然，正好有一个叫黄大本的进士，生性狂放，浪迹江湖，向朝廷自荐求试用，朱胜非便给了他一堆官衔，以先期告请使的身份出使金营。黄大本喜从天降，乐颠颠地出发了。

好不容易摆平了这件事，苗、刘二人又要求改年号，并移跸建康，苗傅向朱胜非道："我听说'建炎'年号中的'炎'字，是两火，如今盗贼横行，皆因为此。"朱胜非听了这胡说八道，哭笑不得，只好敷衍道："此事须得请太后恩准，方可实行。"刘正彦又要求移跸建康，朱胜非作大惊失色状："金军近在江北，且夕便可过江。而我军沿江防线并未建立，千疮百孔，建康与江北金军只一大江相隔，万一金军骤然渡江，两位可有退敌之策？"二人面面相觑，这才作罢。

朱胜非认定这是两个蠢材，心里暗暗庆幸。苗傅、刘正彦消停不到两日，又请旨将刘光世提升为太尉、淮南制置使，提升范琼为庆远军节度使、湖北制置使。朱胜非细细品味这两个任命后，不禁倒吸了口凉气，刘光世是目前诸领军大将中最具实力者，而他与另一员实力派大将张俊素来不和，提升刘光世却暗贬张俊，这是一条阴毒的离间之计；而范琼从来就是拥兵自重，目前屯兵淮西，此人有奶便是娘，苗、傅把持朝廷，给他高官厚禄，他是乐见其成的。

这还不算，苗傅又过来说要将朝廷带往湖南、江西等地，朱胜非听了更加着急。这一走远，就真成了"挟天子以令诸侯"之势，后患无穷，便假装关切，晓之以利害道："此事需三思，太尉统率的'赤心军'，都是西北、河北人氏，远离故土，南下到此，纯属迫不得已，如今还让他们往南深入湖湘之地，恐怕他们更不情愿，积怨之下，难保不出乱子。况且湖湘湿热，极易染病，只怕士兵水土不服，万一军中流行瘟疫，那时候后悔就晚了！"

苗傅皱着眉头没作声，但似乎并没有放下这个念头。等他一走，朱胜非觉得再也不能坐等，必须主动出击，否则等到下次苗傅再提这个要求时，就无以应对了。之前王世修约好了今晚过来见他，朱胜非原本出于慎重，想多观察几天，现在看来，该当机立断了，倘若苗、刘布局成功，则大势已去。

王世修晚上如约而来，朱胜非见面便道："值此多事之秋，代齐深夜来见，万一让苗、刘二位知晓了，怕不好交代，还是小心为上。"

王世修道："朱相放心，我是一人轻骑至此，其他人并不知道，纵然知道我过来了，我也早已想好托词。"

朱胜非一听心里有了底，便也不绕弯子了，直接道："如今国家艰难，可谓多事之秋，大丈夫生于世间，当建功立业，留名于后世。古人见机而作，应时而动，能将极乱之局面转为大治，能将滔天之大祸转为福祉，这听上去极难，但如果机会得当，不过是反掌之间的事而已，代齐有无此意啊？"

这一番话说得再明白不过了。过去几日，王世修审时度势，心里越来越不踏实，今晚来见朱胜非，本来就是想讨一条出路，只是不知如何开口，见朱胜非给出价码，不禁喜出望外，道："世修乃一文人，并无意在军队中混，只是身逢乱世，不经意间上了这条船，朝廷若有差遣，世修定当尽心尽力，为国效劳。"

朱胜非道："我看你不是一般人，颇有报国之志，倘若按部就班，等级序进，一步步往上挪，什么时候能出头？但当前形势便是奋身而起、建立功勋的大好时机，此功告成，岂不胜似太平时节在仕途熬上十几年！"

王世修听了更加欢喜，于是朱胜非便让他及时传递苗、刘二人的动向，并在必要的时候按朝廷的意思对二人施以影响。

次日上朝，朱胜非透过垂帘看到孟太后忧形于色，便在朝会散后单独留下来奏事。太后道："苗、刘二人有步步进逼之意，老身深为忧虑！"说罢流泪哭泣。

朱胜非安慰道:"太后莫要过于心焦,臣近期观察苗、刘二人,愚钝莽撞,不是能成大事之人,他们的心腹王钧甫、王世修都有后悔之意,臣目前对他俩都是晓之以义,动之以利,过两日再约他们过来……"

朱胜非突然隐约看到帘后有其他人,便住了口,太后问道:"何事?"

朱胜非请太后屏退左右,太后道:"只有张夫人在此。"

朱胜非还不放心,问:"张夫人是何人?"

太后道:"张夫人老成练达,颇知政事,以前还教过哲宗皇帝和道君皇帝读书写字,朝廷很多文字都由她经手,为人也很有见识,现今往来睿圣宫通报消息。朱卿不必担心,只管奏事好了。"

朱胜非这才道:"皇上复位一事,已经有了头绪。苗、刘二人穷凶极恶,但至此也已成强弩之末,之前二人心腹张逵利诱三军将士,说杀了王渊及众内侍后,就去抄他们的家,人人可以发家致富。但抄家之后,发现所得甚少,与之前说的大相径庭,很多将士都甚为后悔。过去几日,有好几名军校都觉得前景不妙,逃跑了。这些都是苗傅手下的统领官张昕亲口告诉我的,张昕原本是王渊旧部,王渊待之甚厚,后来调入苗傅军中,因为苗、刘杀了王渊,张昕非常痛恨他们——请太后让张夫人将这些消息告知皇上,好让他心里有底。"

太后听完,心情舒畅不少,长叹了一口气,道:"真是世事难料。几个月前还听皇上在宫中说起王渊,说他轻财重义,家中有时甚至连隔夜的粮食都不够。皇上以前还不太相信,那天王渊生病卧床,皇上派内侍过去慰问,内侍回来后报说王渊穷得连床上的被子都又薄又破,皇上听了,十分感慨,还特意把自己盖的那床被子赏给他——你看,他这不爱财的品性不就有了回报吗,让这些杀他的贼子捞不着油水,自己先乱起来了!"

朱胜非微笑着听完,并不予置评,接着道:"苗、刘二人又是要改年号，又是要移跸建康，又要带朝廷去湖南、江西，臣一直都与之周旋，但老这样下去恐怕会引起他们的警惕，有些事不得已恐怕也得应允。"

太后道："那就改年号吧，总比移跸建康或者去湖南、江西强，此事可立即办。"

朱胜非便退出等候，正好王世修被苗傅派过来以议事为名探听消息。他悄悄跟朱胜非道，苗傅奏请的几件事如改元、移跸之事，一直没有下文，苗、刘狐疑不定，怕生出事端。刚说到这里，内侍便出来告知朱胜非，太后恩准了苗傅所奏，可改元明德或明受。

王世修听了，便对朱胜非道："请朱相暂时不要发布改元圣旨，待世修回到军中，告知苗、刘二人太后已经听从奏请，准备改元。明日圣旨降下，也显得我立了功，他们就不会怀疑我了。"

朱胜非乐得做个顺水人情，便答应了。见王世修喜滋滋地回去，心里头竟有几分不忍：王世修为苗、刘兵变筹划出力，本意是痛恨宦官，虽说也有搏出头的成分，要说他出于忠义也不离谱，然而贸然犯下此等弥天大罪，如今想靠这种两头送信求得豁免，恐怕为时已晚。

朱胜非发了一会儿呆，很快回过神来，目前只是形势有所转机而已，还远未到为他人命运感慨的时候，现在要做的就是尽力分化苗、刘集团，使之难以形成决议，为各地有勤王之心的掌兵大臣争取时间。

次日，朝廷改建炎三年为明受元年，所有往来公文皆以明受为年号。

9 张浚勤王

驻守平江府的张浚最先收到赵构的退位诏书，张浚在书房读完，放声大哭。左右亲随不知何事，见他手里捧着一纸诏书，又不敢问，都惊疑不定，便将此事告知了张浚最信任的幕僚刘子羽。刘子羽断定朝廷必出了大事，匆匆忙忙地赶了过来。

一进门，刘子羽见张浚仍手捧诏书痛哭流涕，心想莫不是皇上驾崩了，但又想真要如此，不会用这种黄纸诏书，张浚也没必要躲在书房里独自痛哭。

"侍郎何事如此伤心？"刘子羽亲自给张浚沏了杯茶，屏退左右，关切地问。

张浚见是刘子羽，便把手中的诏书给刘子羽看。刘子羽看完，也不禁大吃一惊，这实在是太过突然。而且看这诏书的措辞，三言两语，颇多无奈，这里面定有隐情。

"侍郎，此事极其诡异。皇上正当盛年，且绝非昏聩之君，群臣也颇拥戴，如今又正值国家危亡之秋，怎么可能骤然萌生退意，禅位于一个三岁的襁褓小儿？"刘子羽将茶递给张浚，让他喝两口定定神。

张浚喝了两口茶，平静下来，见刘子羽连外套都没穿，知道他赶得急，便将自己的一件外套从箱中取出，让他披上，然后道："这必是兵变！"

刘子羽点头道："如今行在只有苗傅和刘正彦的赤心军扈卫，其他诸军都在外驻防，苗、刘要搞事，几乎是易如反掌——侍郎打算如何做？这诏书接还是不接？"

张浚咬牙道："皇上待我恩重如山，今日受难，我这做臣子的岂能坐视不理！我打算立即起兵勤王，彦修觉得如何？"

刘子羽慨然道："既然侍郎有此意，我刘子羽必然生死相随！"说完，语气一缓，接着道："只是平江府中士兵不过三四千，即便紧急招募，充其量也只能得七八千人，无法和苗、刘的赤心军抗衡，因此，我建议侍郎当前最要紧的是联系其他驻外大将，只要他们响应，苗、刘就决无得逞可能。"

张浚深以为然，便立即分别写信给张俊、刘光世、韩世忠、范琼等人，痛陈国家艰难，倡议起兵勤王，又将提点刑狱公事赵哲召来，命他以加强长江防护为名，把浙西能调到的所有士兵全部集于麾下。平江府正好有大量钱粮物资，便让知府汤东野整理账目，准备招兵买马。

正紧锣密鼓地筹备，从杭州行在又来了一份诏书，命张浚将所属兵马全部交给赵哲，然后只身赴行在议事。

张浚便找刘子羽商议，将诏书拿给他看，道："苗、刘二贼知道我必然不服，所以才有此诏命。我自然不会蠢到真的只身赴行在送死，但如果拒不受命，又怕二贼疑心，生出事来，你看如何是好？"

刘子羽道："先把赵哲召过来，让他看过诏书，再作打算。我料他不会那般不晓事，定会听命于侍郎，但倘若他不知深浅，真要接管侍郎的兵马，就立即将其斩于帐前！"

张浚便命人紧急去召赵哲，还要安排刀斧手以备万一，刘子羽笑道："不必麻烦，有我一把剑在此，对付两三个赵哲绰绰有余。"

刘子羽生得面目俊朗，剑眉星目，乍一看像个风流富家子弟，但实际上十一岁便随父亲过军旅生活，秉性刚毅，武艺超群。别人这么说，张浚不敢深信，但刘子羽说出此话，张浚深信不疑。

于是二人便一边喝茶，一边等人。不多久，赵哲赶到，张浚等他坐定，便将诏书递给他看，赵哲是个实在人，还没悟出张浚的深意，看完诏书，疑惑道："朝廷如何有此安排？侍郎坐镇平江府，众将皆服，百姓也赖以为安，如今突然将侍郎兵马转到我麾下，岂不让人诧异？何况我既无资历，又无战功，不过是空有一个宗室的头衔罢了，哪里担得起这样的重任？"

张浚与刘子羽不禁相视一笑，原以为赵哲会诚惶诚恐，表明姿态，没料到这是个实心锤。刘子羽便道："这是苗、刘二贼的奸计，无非是想瓦解我勤王大军，刑狱果然是明白人！"

赵哲连连点头，刘子羽又道："苗、刘二贼一心想将侍郎调去行在，使得我勤王大军群龙无首，因此，这杭州是万万去不得的，但如果公然拒绝，又担心二贼恼羞成怒，弄出什么事来，毕竟皇上、太后都在他们手上……"

赵哲仍旧只是点头，刘子羽见他不开窍，只好挑明道："请刑狱写一份奏章，就说平江府周边最近有一伙盗贼，人数颇众，还暗通金军，将士们严阵以待，此时调换主帅，恐怕会出大事，如何？"

赵哲惊道："真有盗贼要暗通金军？"

刘子羽哭笑不得，道："你且这么写吧！"便取出早已备好的纸笔，让赵哲按刚才意思写就。

张浚自己也挥笔写了一份奏章，称江北金军还未退兵，另外游寇靳赛拥数万之众窥视平江，如果在这种时候回行在，无人主持大局，万一出事，则不可收拾。

写完后，两人各自封好奏章，以密奏分别发送行在。张浚又问了赵哲一些军务上的事，然后让他回去。

赵哲出了门，半天才慢慢回过味儿来，不禁吓出一身冷汗，原来自己刚才在鬼门关走了一遭！

入夜之后，张浚也不回府衙歇息，只在军营中巡视。刘子羽等人怕他焦虑太过，力劝他回去休息，张浚拗不过，只得回府，然而却忧心不已，无法安睡，披着衣服只在府衙里踱步。突然汤东野仓皇赶来，说是城外有一支大军逼近，张浚大惊，赶紧披挂带着亲兵冲出府衙，直奔军营而去。

半路上碰到刘子羽等人，刘子羽道："侍郎莫慌，我料苗傅再机警，也不至于行动这般快，且他手下赤心军不过万人，难以分兵出城征讨。我和其他人去军营，以备万一，侍郎去城上看看是何方军马连夜赶过来。"

张浚便依他所言，令人紧闭城门，自己带几十名亲兵登城眺望。只见来的军队人数近万，且军容十分严整，一看就是精锐，众人脸上都有些变色。

过不多久，奉命前去探问的军校回来，报告张浚道，这是平寇将军张俊的人马。

张浚不禁喜出望外，他知道张俊当年拥戴有功，早在赵构为天下兵马大元帅时，便投奔帐下，深得赵构赏识，这应该是来了个好帮手。遂赶紧让汤东野大开城门，放张俊等人进来，汤东野还有点犹豫，张浚道："我若连此人都信不过，何以成大事？"

来者正是张俊，原来他驻扎在吴江县时，收到诏书，命他将所部兵马全部交给赵哲，然后去数千里外的凤翔去任职。张俊正在疑惑，统制官辛永宗乘一叶小舟从杭州过来，将城内发生兵变的事全盘跟张俊讲了。张俊手下有八千精锐士卒，听说发生了兵变，皇帝被逼退位，而主帅要去凤翔，军队交给一个无名之辈赵哲，顿时群情汹汹，张俊便安抚手下将士道："赵哲不是在平江府吗？张侍郎正在那儿驻守，既然有这道诏令，我们立即兵发平江，听听张侍郎如何说，侍郎为人极为忠孝，也深受皇恩，我料他必有筹划。你们先不要喧哗，自乱阵脚！"

城门大开，张俊领军进城，两人见面，张浚道："太尉应当听说了皇上逊位的消息了吧？这必定是苗傅等人起兵作乱，危害社稷，我当以死相拼！"说着，眼泪不觉流了下来。张俊听他如此说，放声大哭，两位朝廷重臣以哭明志，达成共识，迅速结成了勤王同盟。

不一会儿，刘子羽、辛永宗、赵哲等人也赶到了，张俊见了赵哲，便将要他移交军队的诏书给他看，赵哲连忙辩白："我的张太尉哟！那天杀的苗傅还给张侍郎下了同样的诏书呢，让我把侍郎和您的军队一并接管了，您说我哪有这样的胆子！"众人都忍不住笑了，也不知道苗、刘二人打的什么主意，让既无资历、又无野心的赵哲干这种事。

大家坐定后，张浚见人马大增，便决意公开起兵问罪，张俊道："苗、刘二人死不足惜，只是刀兵无情，恐怕惊到了皇上与太后。依末将浅见，不如先设法让这二人安下心来，对我们不加防备，等一切筹划完毕，再大加征讨不迟。"张浚十分惊讶：这个张俊长得五大三粗，行事却颇为仔细，便听他意见，亲笔写信给苗傅和刘正彦，夸二人"忠义之著，有如白日"，并表示愿意"死生出处，当与二公同之"。

赵哲还怕苗、刘倾心于他，两位上司心有芥蒂，道："苗傅和刘正彦之所以委任于我，不过是因为我与之相熟罢了，这二人我颇为了解。苗傅无心机城府，不过一莽夫而已，而刘正彦更是行事轻率，动不动就迁怒于下属，以杀人立威。这两人在一起，正是王八配了绿毛龟，才能干出这等又蠢又坏的事来！"

众人都笑了，赵哲又道："但苗傅对其手下王钧甫、马柔吉言听计从，我听说侍郎跟王钧甫是旧交，如果可能的话，可以给他写封书信，离间二人，先让他们乱起来再说。"

这倒是个好主意，张浚立即命人取来纸笔给王钧甫写信，片刻而就，不待墨干，便封好让人连夜乘舟送往杭州。平江府钱粮充足，张浚领着众人去张俊军中抚谕，并重重犒赏三军，士兵们个个欢喜，士气高涨。

回到府衙，张浚认为平江府的勤王部队已成规模，便又以蜡丸封书信给吕颐浩、刘光世、韩世忠等人，倡议共同举兵讨逆。

另一位在外的带兵大臣江东制置使吕颐浩，因为远在江宁练兵，比张浚晚几天收到诏书。打开一看是皇上禅让帝位的消息，吕颐浩便召集各监司议事，众人看了诏书，你看看我，我看看你，都不敢说话。

吕颐浩让其他人退下，只留下几名心腹，包括其属官李承迈，此人曾在雄州当过通判，避乱南渡，颇有见识，吕颐浩便留其在帐下启用。

众人都不吱声，吕颐浩便对李承迈道："这像是发生了兵变，你如何看？"

李承迈表示认同，道："诏词中有'畏天顺人'之句，似有深意，很可能是出于不得已而为之。"吕颐浩的儿子吕抗年轻气盛，见众人小心翼翼，颇有观望之意，直言道："这明摆着就是兵变，还有什么好怀疑的？做臣子的，在国家危难之际，用得着这么瞻前顾后吗？"

吕颐浩感叹道："我等食国家俸禄几十年，竟不如一晚生后辈！"当下决定不再议论，立即派遣可靠士兵潜入杭州城窥探叛军虚实。一面上奏称赞苗、刘二人"剿戮内侍，诚可以快天下之心"，一面分别写信给张浚、刘光世等人，痛陈国家艰难之状，倡议起兵勤王。

过了两日，又有诏书来，命吕颐浩将手下兵马交给杨惟忠，只身回杭州行在复命。吕颐浩大怒，便将手下一千余名老弱病残交给杨惟忠，自己一身戎装率领万余精兵向杭州进发。临行前，吕颐浩挥笔记下起兵之日，并且不用明受年号，大书建炎年号，命当地县令刻在石碑上，以此明志。将士们见了，都感砺奋发，山呼万岁。

部队在出发的前一刻，吕颐浩收到了张浚的书信，见张浚与自己谋划几无二致，不禁大喜，便立即回信，将自己这边的人马数目与举兵计划详细告诉了张浚。

张浚这边，韩世忠和刘光世尚未联络上，要使各路大军会合，共同讨逆，尚需时日。张浚担心杭州城中有变，便想找个人做说客，稳住苗、刘二人，顺便探探二人口风，只是此事风险太大，一时找不到合适人选，刘子羽表示愿往，张浚却一刻离不开他，而且也不愿身边爱将犯险。

正在为难之际，张浚的门客冯幡听说了，便主动请缨。张浚知他素负气节，又是进士出身，能说会道，让他去自是极好，只是怜惜他千里过来投奔，是为了混一个前程，如果此番丢了性命，让人颇不忍心。冯幡道："天底下哪有白白捡来的功名。事若成了，我史上留名；若不成，不过一死而已。请侍郎放心，我此去，一定不辱使命！"

张浚壮其言，便让他将自己给马柔吉和王钧甫的亲笔信带在身上。

冯幡到杭州后，将信交给二人，无非是表达仰慕之意，并婉转表达出应当让皇上复位的意思。马、王二人见了信，私下里仍避嫌不与冯幡多谈，将他带至苗傅和刘正彦二人处。

苗傅、刘正彦已经听说了冯幡有让皇上复位的意思，张俊、吕颐浩的回信中虽然对自己赞誉有加，但在皇上逊位一事上均明确表达了忧虑。二人再愚钝，也知道皇上复位之日便是自己断头之时，因而在此事上绝不能退让半步。

而冯幡却在与马柔吉和王钧甫的交流中，敏锐地发觉苗、刘虽然逼皇上退位，闯下大祸，却在心底里仍然认为自己为名门之后，以忠义自居，心想或许可以从这方面作做文章。

到了苗傅大帐，两边各怀心事，互相打量之后，苗傅道："先生所言之事，当契合当今朝廷实际，如有孟浪轻浮之言，军中不比其他地方，鲁莽刚烈之人甚多，恐怕会伤到先生。"

冯幡一笑道："何为孟浪轻浮？自古宦官乱政，其势力都盘根错节，根株相连，极难铲除，多少仁人志士奋起锄奸，反遭其害！而二位将军却不计利害，毅然起兵，将阉宦一举歼灭，为国家除去数十年之患，天下人莫不额手相庆。敢问二位将军，此举是孟浪还是轻浮？"

苗傅听了，心中十分受用，原本绷着的脸不觉露出一丝矜持的微笑。

冯幡却话锋一转，道："然而太尉的千古英名，却恐怕因为一件事而毁于一旦！"

苗傅面色一紧，瞪着冯幡，冯幡侃侃而谈："当今圣上春秋鼎盛，且广开言路，励精图治，天下不闻其过。二位将军既已诛灭阉宦，天下称庆，当辅佐圣上，内抚臣民，外御强敌，上下一心，同致中兴。然而二位将军却让一襁褓中的三岁小儿替代一正值当年的英主明君，试问，这种做法与阉宦乱政有何区别？"

苗傅被他说得满脸通红，勉强道："如今皇帝虽然年幼，但有太后垂帘听政，可保万事周全。"

冯幡道:"虽然有太后垂帘听政,但太后毕竟深居九重,如何能够率领兵马与金军对抗?而圣上十七岁便出使金营,临危不惧,全身而归,自即位以来,日日与群臣筹划军国大事,于极乱中仍立朝廷于不倒。试问,倘若此等天下大任交付稚子老母,纵然他们竭心尽力,又如何能够担当?"

旁边王钧甫听了,心想:好一张利嘴!便开口道:"我家太尉深思高举,所作所为无不为国家计,有些事岂是你能知晓的?"

苗傅也缓过气来,按剑狠狠地瞪着冯幡道:"金人大举南侵,原因就在于建炎皇帝登极,以致国土沦丧,生灵涂炭,建炎皇帝退位,则金人再无南下借口,天下将复见太平,张侍郎应该明白这个道理吧?"

冯幡话已说完,并不接话,只是含笑不语。刘正彦在一旁见状,也拿他没办法,便跟王钧甫和马柔吉嘀咕了一阵,将商议结果悄悄告诉苗傅。

苗傅便虎着脸对冯幡道:"张侍郎既然有意复辟,亦无不可,只是此事关系重大,必须和侍郎面议才行。"

冯幡这才祭上张浚之前交代的甜言蜜语,道:"临行前,侍郎说其他话都不打紧,但有一句要紧话务必说与二位将军:愿与二公共扶社稷,同建功业!"

苗傅、刘正彦听了,疑惑顿消,心想:原来张浚如此认真计较,多半是为了将来共事方便,丑话说在前面的意思。便派宣义郎赵休跟冯幡一起回平江府,并写信给张浚,请他回杭州议事。

冯幡在杭州城内与苗、刘等人周旋时,另外一个人却怀揣明受诏敕与苗、刘的檄书,偷偷溜出杭州城,此人便是保义郎甄援。不料走到余杭门时,被巡逻的士兵逮住,并从身上搜出诏敕与檄书。士兵将他送至苗、刘二人处,苗傅便命在军中将其斩首,甄援仰天大笑,道:"将军诛杀阉逆,为国家除害,为宗社立功,却为什么要斩杀仰慕将军的壮士?"

苗傅骂道:"直娘贼!死到临头还想哄骗本制,你且说说,为何斩你不得?"

甄援从容道："将军想想，如今朝廷有三患，一曰金人，一曰阉宦，一曰奸臣。金人固然可恨，然现已退兵，急切间不会过来。而为害朝廷的宦官，赖将军神威，已经连根拔除，只有奸臣尚蛰伏待机而动，这些误国奸臣不在朝堂之中，而是散布四处。甄援之所以身负将军檄文，就是为了去纠集忠义之士，诛杀这些漏网之鱼而报答将军！"

苗傅听了，觉得顺耳受用，道理上也说得过去，刘正彦却喝道："既是去做为国除奸的大好事，为何要偷偷摸摸出门？"

甄援道："不偷偷摸摸出门，难道还要大张旗鼓，让乱臣贼子都知道我要去诛杀他们，好作防备？"

刘正彦被问住，但心里仍有怀疑，便暂时不杀甄援，命人将他拘押起来。

过了几天，苗、刘二人事务缠身，几乎都忘了这事，看守上也疏忽起来。甄援便瞅准机会，换了一身衣服，翻墙出城，一路紧赶慢赶，终于抵达平江，见到了张浚。

甄援对张浚道："下官来之前，曾冒死换上便服去别宫见了睿圣皇帝，皇上对我说道，今日张浚、吕颐浩都是国之忠臣，必起兵勤王，刘光世、韩世忠、张俊必竭力辅佐，赶快通知各位大臣，速速起兵前来救驾！"

张浚不禁泪流满面，两人相对而泣，张浚问："皇上别宫守卫如何？逆党可曾逼迫皇上？"

甄援一时答不上来，顿了顿才道："下官是深夜才去的，所以看不真切，实赖上天护佑，才见着了皇上。"

张浚不觉纳闷，皇宫禁卫森严，深夜更是连只耗子都进不去，倘若没有皇上召见，大半夜的连门都摸不着，如何能见到皇上？更何况皇上已被幽闭，见他更是难上加难。再看甄援，说到此处时眼神颇为闪烁，心里便明白了大半，却也不点破，道："先生为社稷舍生忘死，实乃国之干臣。如今逆贼气焰颇盛，我军将士毕竟在外，不知宫内实情，难免有观望猜疑之心。还请先生亲至军中，传达圣上殷切之意、盼望之心，众将士一定会深受感动，从而死心塌地为国效命，不知意下如何？"

甄援为人最善雄辩，经常在席间与人辩论，饭都忘了吃，张浚请他鼓动军队勤王，为国效力，这简直是他梦寐以求的人生快事，当即满口应承下来。

于是张浚首先派他去张俊军中，果然甄援登高一呼，将皇上对众将士的倚重盼望表达得情真意切，将士们都感动流泪。又说到叛军的嚣张气焰，不把其他部队放在眼里，将士们无不切齿痛骂，恨不得立即赶往杭州，将叛军杀得片甲不留。

张浚看在眼里，心里也自惊骇，不禁暗叹古语"王德如风，民德似草"实在精辟，上面风往哪边刮，下面草就往哪边倒，也难怪苗、刘二人愚钝粗鄙，却能干出如此惊天之举。人心一旦被蛊惑，什么事干不出来！

这些念头只是一闪而过，张浚接下来想到的是：虽然自己连发了几封书信给刘光世、韩世忠和范琼，但三人至今尚未回复，其中原因不得而知，但极有可能是因为三人身为武将，颇有顾忌。大宋立国一百六十余年，对武人干政极为忌惮，张俊也是从驻地赶往平江，和自己达成共识后，才敢公开讨逆。目前，三人远离杭州，情况不明，谁都害怕一脚踩空，观望犹豫恐怕在所难免，不如把甄援派过去，鼓动一番，三人要是得知皇帝亲口点将，焉有不奋而起兵的道理？

主意一定，更不迟疑，立即将甄援派往刘光世、韩世忠与范琼军中，并让他将自己和张俊的亲笔信带给三人。几天后，韩世忠便率领部队赶到了平江，见了张浚拜道："今日大事已成，世忠与张俊愿以身报国，请侍郎不必忧虑！"张浚大喜，后又听人说起韩世忠读自己和张俊的书信时，痛哭失声，举酒祭天，发誓与苗、刘不共戴天，更是心下大安。

两日后，刚刚把悍将王德收归帐下的刘光世也率军赶赴平江。刘光世抵达平江后，与张俊见面，两人推心置腹谈了一番，尽解先前恩怨。苗、刘二人拙劣的反间计也随之破产。

唯有范琼，张浚连发五封书信过去，如泥牛入海，毫无音讯，但此时勤王大军已经兵强马盛，有无范琼参与都无所谓了，张浚便也不再管他。

至此，一支勤王大军已经在平江集结完毕，由张浚统率。另一支勤王大军由吕颐浩率领，也在去往杭州的路上，而苗傅与刘正彦直到此时还蒙在鼓里。

苗、刘二人觉得不对劲是从一系列的任命被拒绝后开始的，先是授徽猷阁学士曾琳为翰林学士，曾琳不受；然后让刑部侍郎卫肤敏转任礼部侍郎，卫肤敏痛哭，称病养老不受；又提升忠州防御史王彦为御营司统制，王彦骂道："鸱枭逆子，马上就要身首异处了，还不自知，却想诓骗我！"便称病力辞，实在推不过，干脆假装癫狂，弃官而去；至于之前命令赵哲接管张浚的军队，赵哲更是推托不干，弄得二人忙活了半天，却是竹篮打水一场空。

接着各地都传来大军调动的消息，苗、刘二人一时还摸不清虚实。正在举棋不定之际，韩世忠发来书信，告诉苗傅自己的部队前不久刚溃散过，所剩人马不多，想率军赴杭州休整。苗傅大喜，韩世忠威名远震，有了他的加入，何愁众人不服，大事不济？

因此，当张浚大犒勤王大军，进发杭州平叛时，苗傅等人还以为是韩世忠率部投奔来了。

张浚在临行前，与诸将痛饮，酒过五巡，将诸将引至后园，问道："今日之大势，诸位评判一下，谁在顺境，谁在逆境？"诸将都道："当然是我们顺境，敌人逆境。"张浚便道："大势如此，说明我等没有轻举妄动。张浚不才，绝不敢违天悖人，混淆乾坤，如果张浚真有此举，请诸位即刻砍下我的人头，归顺苗、刘二贼，你们立刻就可大富大贵——有人想要我这颗人头吗？"

诸将都称绝不敢有负于张侍郎，张浚道："那好！此次发兵，有进无退，与贼交锋时，有临阵退缩者，当以军法从事，可否？"诸将慨然允诺。

军队出发后，张浚还担心杭州那边有诏命过来，扰乱军心，便暗中命令韩世忠的偏将张世庆没收一切发给众将领的邮传。只要是从杭州来的，一律不许打开，直接投入水中。

张浚在平江调兵遣将，忙得不亦乐乎，杭州城里的苗、刘二人还在傻乎乎地等张浚前来共商国是呢，久等不来，便写信催道："朝廷以右丞待侍郎，伊尹、周公之事，非侍郎其孰当之！请速赴行在。"

不久，张浚的回信来了，信中一反之前的恭顺，字字带杀气，道："废立之事，惟宰相大臣得专之，伊尹、霍光之任是也；不然，则谓之大逆，族诛！凡为人臣者，握兵在手，遂可以责其君之细故而议废立，自古岂有是理也哉！……愿二公畏天顺人，无顾一身利害，借使事正而或有不测，犹愈于暴不忠不义之名而得罪于天下后世也。"

苗、刘二人看完，登时傻了眼，这哪里是书信，分明是一封讨逆檄文。再回想起张浚之前的书信，一会儿说要调兵平盗贼，一会儿又说要开府库犒军，全都写得恭恭敬敬，如今看来，这全是在为讨逆做准备呢！现在准备停当，也就不再掩饰了，苗、刘终于悟到这一层时，不禁打了个冷战。

坏消息接踵而来，之前承诺要率部来杭州投奔的韩世忠，到了秀州就不走了，停下来打造云梯，锻造攻城器械。与此同时，张俊的前军已经抵达吴江，并且继续往杭州行军，参议官辛道宗与统领官陈思恭一道，率领水师自华亭出发，从水路逼近杭州。苗傅和刘正彦回过神来，抬头一看，才发现自己早已身临险境。

事已至此，苗、刘二人只得做困兽之斗，派遣御营都统司统领官苗瑀、参议官马柔吉率领赤心军和王渊旧部精锐驻守临平，以抵挡各路勤王之师。

苗傅被张浚玩弄于股掌，恨得咬牙切齿，必欲除之而后快，于是带着几名全身披挂的亲兵去都堂见朱胜非，道："张浚不识时务，竟诬陷我等诛灭阉宦为谋逆。此人不除，恐社稷不安，吕枢密就比他晓事多了。"便要求一起去见太后，下旨诛杀张浚。

朱胜非见苗傅神情紧张，焦躁不安，知道一定是张浚正在外面筹划，让苗傅等人感到了威胁，便装作什么也不知道的样子，问道："不知张浚所犯何事，惹得太尉如此不高兴？"

苗傅不愿以实相告，只道："张浚目无君父，不尊朝廷，常怀狼子野心，今日必须下诏除掉此人，否则无以号令天下！"

朱胜非心想：除了你这种乱臣贼子，谁还敢目无君父，不尊朝廷！怕他急眼了胡来，便字斟句酌道："张浚乃朝廷重臣，真要诛杀的话，总得有个明确的罪名。倘若妄加诛杀，恐怕会让其他地方大臣惊疑不定，甚至人人自危，到时恐怕局面不好收拾。"

苗傅是个没有主见的人，放在平常，朱胜非这话一说出来，一般都沉默不语，然后举棋不定，最后不了了之，但这次他似乎是铁了心，厉声道："正是为了不让将来局面不可收拾，才要斩此人以安天下！"

朱胜非劝道："太尉且息怒。张浚之所以为患者，无非是手上有兵而已，只要夺了他的兵权，张浚能耐再大，也不过一匹夫，杀他如刍狗耳。但倘若现在就要取其性命，他必定拼死相争，兴兵对抗，反而把事情弄大了。因此，当务之急，不是要取张浚的命，而是要取其兵权。"

这道理剖析得再明白不过，苗傅果然听进去了，看着朱胜非道："该如何取其兵权？"

朱胜非道："太尉不是说吕枢密晓事吗？何不下诏贬了张浚的侍郎，发配去个偏远之地，然后命他将军队移交吕颐浩，吕颐浩不比他人，德高望重，颇知用兵，官阶还高于张浚，张浚还能有何借口？只要他交了兵权，以后生死全在太尉一念之间。"

苗傅听了，不觉大喜，当即站起来，道："你我这就同去面见太后，立即下诏！"

太后见朱胜非与苗傅同来，听了奏报，知道情非得已，便下诏贬张浚为黄州团练副使，去郴州安置。此时，赵构还住在睿圣宫，消息阻隔良久，太后好不容易逮着机会，让人给赵构传话，赵构正在喝汤，太后派来的人在门口只来得及说一句："方才不得已，已经贬了张浚的官。"赵构之前已经知道张浚正在招集勤王军队，久未得到新消息，突然听到这一句，以为事已不济，顿时愣住了，碗中的汤汁全洒在手上。

贬了张浚的官后，苗傅转头又对付韩世忠，将留在杭州城内的韩世忠夫人梁红玉和儿子韩亮接到军中，作为人质。朱胜非知道韩世忠乃是对付苗、刘的中坚力量，如果让他有投鼠忌器的顾虑，讨逆大军的士气极可能遭受打击，便借着议事的机会，对苗傅道："听说韩世忠夫人与儿子都在军中，韩世忠是极精明之人，当然知道将军是拿他家人当人质，心里会很不舒服，原本是跟朝廷一条心的，恐怕也会起二心，再加上张浚之流的教唆，只怕他会对朝廷不利。"

苗傅因为朱胜非在处理张浚的问题上颇显功力，对他的意见很重视，便问："朱相以为应当如何处置？"

朱胜非道："现在将军要做的头等大事，就是和张浚等人争夺人心！韩世忠勇冠三军，如果他能为我所用，则将军如虎添翼，谁能抗衡！依我之见，不如重赏其妻子，并令其去韩世忠军中劝谕他效忠朝廷，韩世忠也是凡人，他必然会权衡利弊，如果朝廷给他高官厚禄，他有什么理由去听一个侍郎的煽动呢？何况这个侍郎还刚被贬了。"

缺心眼的苗傅，竟然对朱胜非的这番暗藏玄机的话点头不止，欣然答应了。朱胜非回来，简直像中了头彩，难以置信，骂道："蠢材！这等才具见识，让你当个遥郡团练使已是天恩浩荡了！"

于是太后便召见梁红玉，封她为安国夫人，并重重赏赐她。等朝堂上的一切礼仪过后，太后将她召入帘后，握着她的手，仔细端详了一会儿，赞道："朱相之前跟我说你有巾帼英雄之气，今日一见，果然如此！"

梁红玉早年流落风尘，见过世面，不比那些深闺里养大的娇女子，慨然道："太后有何差遣，只管告诉红玉，哪怕刀山火海，红玉也一定会办到！"

太后也曾经流落过民间，对梁红玉更多一层怜爱，听她这么说，十分感动，悄声道："此等国家大事，原本不该托付于一个女儿家，但国家艰难至此，正好又碰见你这样一个奇女子，岂不是天意！你只需做一件事，见了你家太尉后，让他速来救驾！"

梁红玉辞了太后出宫，苗傅等人候在宫外，见她出来，苗傅上前向梁红玉行跪拜之礼，并将她儿子交到手里，道："夫人此去，肩负天下重任，望夫人见过太尉之后，转达苗傅仰慕之意、盼望之心！国家危亡之秋，还请太尉赶赴行在，共商国是，同扶社稷！"

梁红玉满口应承，朱胜非在一旁见了，心里不禁忐忑，这苗傅好像也不是全无脑子，这番言语举动还颇得人心，只希望梁红玉不要受他蛊惑才好。

马早已备好，梁红玉带着儿子，用头巾裹了头发，背上一口宝剑，一个随从也不带，跨马直奔城外而去。

出了杭州城，又走了十余里，路上碰到了在城外驻扎防守的赤心军将领苗翊，两人相识，苗翊便笑容满面行礼道："嫂嫂一人单骑，还带着公子，连个随从也没有，是要去哪里？"

梁红玉没细想，道："受太后委托，让夫君领兵过来救驾呢！"

苗翊脸色大变，突然慌了手脚似的，神经质地不停搓揉自己的耳朵，梁红玉猛然醒悟，嘴里道："苗兄弟家的那口古钟，确是好东西，可惜没有一个好钟座去配，我回头看能不能找一个，差人送到府上去。"边说边快马加鞭，一溜烟地走了。路上怕苗翊追上来，便毫不停歇，马累了，就牵着走一程，然后继续疾驰，这样一日一夜就赶到了秀州。

韩世忠乍见夫人和儿子，恍若梦中，梁红玉便将前后之事细述了一遍，韩世忠问了城中情况，将叛军虚实摸得一清二楚，得知苗、刘部下人心浮动，更添信心。

次日苗傅派来的使者也到了，以麻辞诏书授予韩世忠要职。韩世忠冷笑道："我只听说过建炎年号，哪里又冒出来个明受！"便喝令将使者斩首，并将伪诏当众焚毁。

吕颐浩与张浚听说了太后口谕，便决定合兵一处，向杭州进发，以韩世忠为前军，张俊以精锐在侧翼保护，吕颐浩和张浚共同统领中军，以刘光世军殿后，并以勤王为名，传檄中外。为保万全，又让王彦驻江宁府，迪功郎洪光祖驻越州，统制官张道率三千人驻屯湖州来牵制叛军。在讨逆军压倒性的兵力优势面前，苗、刘二人的灭亡只是时间问题了。

大军出发前，有邮筒送过来给张浚，张浚打开一看，原来是贬他为黄州团练副使的诏书。他怕将士知道了观望不尽力，便装模作样道："正好得到诏书，让我马上赶赴杭州行在，即日起程，岂非天意！"说罢把诏书往怀里一揣，照旧调遣人马。

讨逆大军逼近的消息传到杭州，朱胜非终于有了摊牌的底气，便将苗傅、刘正彦召到都堂，商议赵构复辟一事。

苗、刘二人赶到都堂，往常都是朱胜非在门口笑容可掬地迎接他们，今日门口却空无一人。进得门来，只见朱胜非端坐在正中间的椅子上，见二人进来，也不起身，只是微微颔首。二人眼见朱胜非前恭而后倨，根本没把他们放在眼里，却也只得忍气吞声，默默地各自坐下。

朱胜非端起宰相架子，只顾翻阅奏章，并不理会二人，苗傅便道："朱相召我二人来，所为何事？"

朱胜非这才抬起眼皮，拍了拍案上的一大叠奏章，道："皇上复位回宫一事，百官都已经呈上了奏章，要不二位也各写一份呈上来如何？"

皇上复位回宫之日，便是苗、刘人头落地之时，朱胜非此问简直是伸手来取二人的头，还那样理所当然、轻描淡写。苗傅满腔的羞愤、懊恼、恐惧一齐涌上心头，脖颈和脸都涨得通红，说不出话来。

朱胜非见他这样，心里又是轻蔑又是可怜，便转头看着刘正彦，刘正彦不自觉地站起来回话："复位一事，有些操之过急，恐怕容易引起混乱。"

朱胜非板起脸责备道："操之过急？当初王渊不过是提升了一个枢密，就引得人情汹汹，如今皇上逊位，比起王渊做枢密孰轻孰重？二位将军还在犹豫不决，倘若百官与六军都呈上奏章请皇上还宫，就缺二位将军的，到时候你们将置自身于何地？"

刘正彦张着嘴看着朱胜非，回答不上来，苗傅在旁长吁了一口气，用嘶哑的声音道:"大不了就是一死!"说完,起身便离开了都堂,走前倒也没忘给朱胜非行礼。

朱胜非见他俩全没了主张,等二人一走,便差人将王世修召来,道:"如今讨逆大军声势浩大,与杭州城不过两三日路程,本相今日特意将苗、刘召来都堂,让他们奏请皇上复位还宫。而事已至此,苗、刘二人还看不清形势,要带着众将士一条道走到黑。一旦大军入城,恐怕将士们将跟着死无葬身之地!你且拿个主意出来吧。"

王世修也没料到形势逆转得如此之快,急着将功赎罪,想了想道:"不如由末将起草一份请求皇上复位的奏章,然后带回军中,请诸将在奏章后签名。当前形势如此,苗、刘二人必不能阻挡,这样也就能代表将士心意了。"

朱胜非心想:我怎么没想到这出!便立即命人拿来纸笔,让王世修就在面前起草奏章,自己在一旁指点。写完后,王世修便拿着回了军营。

执政们晚朝前,王世修已经拿着签好名的奏章返回了。朱胜非一看,上面密密麻麻签满了名,准备将领以上的名字全都在上面。

见朱胜非面露满意之色,王世修松了一口气,道:"朱相,此番拨乱反正,世修冒死传递消息,辅佐相公拯救危局,将来在皇上面前还请相公多多美言,世修不为官职,实在是怀着忠义之心,一心想报效国家而已!"

朱胜非见他满脸诚恳,知道他说的都是实话,便勉强微笑道:"代齐放心,你的一片忠义,本相都看在眼里。"

王世修大喜,对朱胜非深深行了个礼,然后出去了。朱胜非看他如释重负的样子,不禁叹了口气,原本满肚子"终于熬到头"的快活,一下子烟消云散。

晚朝时,朱胜非将签满名的奏章呈给太后看,太后喜不自禁,道:"老身这趟差使总算了结了!"恰在此时,同签枢密院事吕颐浩、制置使刘光世、礼部侍郎张浚、平寇左将军韩世忠、御营前军统制张俊共同拟写的奏章也送到了,奏章道:"建炎皇帝即位以来,恭俭忧勤,过失不闻。今天下多事之际，乃人主马上图治之时，深恐太母垂帘，嗣皇帝尚幼，未能勘定祸乱。臣等今统诸路兵远诣行在，恭请建炎皇帝复位，或太后、陛下同共听政，庶几人心厌服，可致中兴。"

赵构重登大位已是毫无悬念的事了，于是，朱胜非便召词臣张守至都堂，与兵部侍郎李邴一起筹备复辟的各种文书。

此时吕颐浩和张浚率领的讨逆大军已经到了吴江，与杭州近在咫尺，苗傅还在想吕颐浩是不是"晓事"一点，派人至军中道："皇上已经安排好了兵马之事，就请勤王大军驻扎在秀州，吕颐浩与张浚单独入朝觐见。"

吕颐浩回道："臣等率领将士千里勤王，都是出于一片忠义之心，可合不可离，愿提军觐见，让将士们瞻仰天颜，沐浴圣恩！"

苗傅、刘正彦知道无论如何也挡不住勤王大军的脚步了，恐惧不安到极点，当天便到都堂见朱胜非，请朱胜非带他们去睿圣宫向赵构谢罪。

朱胜非看着这两个蔫头耷脑的可怜虫，一个月前陈兵宫门外，颐指气使，是何等威风，如今竟沦落到如此地步，叹道："二位将军，早知如此，何必当初啊！"

苗傅脸色苍白，低声下气地恳求朱胜非道："朱相，如今也只有您能给我们指一条生路，请带我们去睿圣皇帝那里，只有他老人家能让吕颐浩和张浚退兵了。"

朱胜非摇头道："都什么时候了，你还一口一个睿圣皇帝！"

苗傅赶紧改口："皇上，皇上……请朱相带我们去见皇上吧！"

朱胜非满脸难色，这次倒不是装的，道："我身为宰相，带你们去见退位的皇帝，是不合规制的，须得奏请太后恩准，才能得见，你们懂吗？"

苗傅几乎是用哀求的口气道："朱相，如今形势危急，姑且特事特办一次，好不好？"

朱胜非琢磨了片刻，一则毕竟勤王大军还在城外，城里头真正说了算的还是苗、刘二人，不要逼得他们狗急跳墙的好；二则过去一个月的交往中，这二人倒也并非大奸大恶，只不过是既无才学，又无心机，才干出这等蠢事。见苗傅眼巴巴瞅着自己，便长叹一口气，道："那我就带你二人过去一趟吧，不过倘若皇上不愿意见你们，我也毫无办法。"

苗傅与刘正彦便跟在朱胜非后头，一起赶去睿圣宫。一路上，二人忐忑不安，一句话也没有。

到达宫门时，日头已经偏西了，朱胜非先进去向赵构通报，君臣二人已经有近一个月没见面了，赵构一见朱胜非，十分惊喜，心想：这必是形势大好了，否则朱胜非是无论如何过不来的。

朱胜非见了赵构，几乎流下泪来，跪下请罪，赵构亲自将他扶起，道："倘若没有朱卿居中调停，与二凶周旋，事情还不知道会怎样呢，何罪之有！"

朱胜非定下神来，将外面情况详细说了，又告诉赵构苗、刘二人正等在外面请罪。

赵构听说二人在宫门外，脸上的神情立刻严峻起来，问朱胜非："该如何应对二人？"

朱胜非道："陛下，这二人已是穷途末路。陛下见他们，一方面要让他们知道天子威严，另一方面也要给他们留条活路，毕竟杭州城还在他们手里。"

赵构凝思片刻，对朱胜非点头道："朕心里有数，让他们进来吧。"

苗、刘二人在外等了半天，终于让进去，他们慌里慌张地整了整朝服，在几名卫士的陪伴下，入殿觐见赵构。见了赵构，两人头也不敢抬，嘴里只道："臣等忤逆，冒犯天威，请皇上降罪！"

赵构自然不会在这种时候降罪他们，便道："二位将军所为，虽属莽撞，然而诛宦官，清君侧，亦有可取之处，朕不怪罪你们。"

苗傅听了，心中大安，便道："只是吕颐浩、张浚等人不能体察臣等一片忠义，纠集了几路勤王大军，欲进攻杭州。臣等思量一旦刀兵相接，又会使得生灵涂炭，百姓遭殃，因此特来请陛下亲笔写御书给勤王之师，让他们就地驻扎，不要进城，以免同室操戈，枉伤人命。"

赵构道："人主的亲笔御书，之所以能够取信于天下，不是因为它是人主亲笔所写，乃是因为人主手握神器，掌控御宝，为天下之共主。如今朕已经退位，移处别宫，不理政事，你们叫朕用什么取信于天下呢？自古被废之君，只能闭门思过，哪里还能够干预军事！"

赵构把话说到这种地步了，苗傅却还没听明白，仍是一味请求赵构降亲笔御书。朱胜非在一旁见了，不知怎的竟有几分替他起急，心想：皇上说出这样的话，分明是要看你的态度，你苗傅此时伏地痛哭，请求皇上复位还宫，不然就死在面前，不也是表明心迹吗？管用不管用另说，至少还有一线生机，但形势都到这份儿上了，还强逼皇上写一封亲笔御书，幻想以此退敌，这得蠢成什么样才能干出这种事！

赵构不再多说，提笔给韩世忠写了手诏："知卿已到秀州，远来不易。朕居此极安宁，苗傅、刘正彦本为宗社，始终可嘉。卿宜知此意，遍谕诸将，务为协和以安国家。"写完将笔往案上一扔，道："朕今日乏了，你们且退下吧。"

苗傅、刘正彦得了皇上的亲笔诏书，如获至宝。出得宫门来，以手加额，庆幸万分地对朱胜非道："真没想到圣天子度量如此！"

朱胜非只是微笑，并不答话。

苗傅回营，连夜派杭州兵马钤辖张永载带着手诏赶赴韩世忠军中，然后满怀期望地等候回音。一日不到，张永载回来了，将韩世忠的原话转告苗傅：倘若皇上立即重登大位，或许还能让大军缓一缓，不然的话，我韩世忠只能与逆贼以死相拼！

苗傅顿时呆若木鸡，直到这时，才知道无路可走，终于和刘正彦一道上疏奏请赵构还宫复位。

建炎三年四月，朱胜非领着百官三请赵构还宫，赵构三辞。朱胜非再请，并亲自将赵构扶上马，赵构才还行宫。

杭州百姓听说皇帝复位回宫，纷纷出来迎接，夹道焚香，山呼万岁。

苗、刘二人主政期间，杭州城内一片肃杀之气，刘正彦更是天天杀人立威，百姓都恐惧不安。如今皇上复位，至少那两个军霸可以收敛些了。

赵构复辟的同一日，吕颐浩、张浚到达了秀州，韩世忠率诸将到郊外迎接，并将赵构手诏给二人看，吕颐浩道："苗、刘二贼仍然手中握兵，完全是迫于形势才不得不让皇上复位，如果我等就此罢手，将来有一日，这两个贼子反而会诬陷我们兴兵作乱，让我等一片忠义反而背负恶名，死无葬身之地。汉朝时翟义、唐朝时徐敬业不就是这样吗？如今之计，只有一鼓作气，扫荡奸逆，则上可安社稷，下可慰将士，切不可中途而废！"

众将都极以为然，苗、刘二人已是砧板上的肉。这些日子来，将士们的刀把子都攥出水来了，哪有事到临头不下刀的道理！于是大军会合，直抵临平。

苗翊和马柔吉已经在此严阵以待，临平地势险峻，依山傍水，二人安排沿河遍布尖木桩，以阻挡骑兵。又早早备下了几十艘大小船只，在河中间上下游弋，防止讨逆军过河。

勤王大军摆出阵势，韩世忠亲率众将士徒步涉水过河，行到中流，水几乎到了脖颈，众军仍努力向前。苗翊、马柔吉没想到讨逆军会用这种不要命的方式，措手不及。与此同时，陈思恭率领水师自上游杀到，叛军既要阻挡韩世忠部过河，又要应战陈思恭水师，顾此失彼，狼狈招架。

韩世忠率领先锋部队首先抵达了对岸，苗翊和马柔吉趁他人少，率部猛攻过来。河滩上遍布泥泞，拒马桩到处都是，无法骑战，韩世忠便翻身下马，提着一杆长枪带着众将士往前突，并大喊道："今日各位以死报国，只准向前，不得退后，等下了战场，身上没有中箭者，一律斩首！"众将士见主帅如此卖力死战，无不奋勇向前。

苗翊与马柔吉以多战少，仍杀不退韩世忠部。再看对河中间，张俊与刘光世部次第渡河，人越来越多，又远远看见吕颐浩披甲立于水中，往来督战，讨逆军士气高涨，杀声震天，而己方水师又覆灭大半，剩余的几艘船拼命往外窜逃。两人对看一眼，知道无望取胜，便率后军撤离战场，前军将士一看主将都撤了，立即丢盔弃甲，大半都弃刃投降了。

苗傅和刘正彦听说临平已经交战，还特意派出一支军队过来支援，等援军到时，苗翊与马柔吉早不知逃到哪儿去了。援军无路可走，全都做了俘虏。

讨逆大军攻下临平后，马不停蹄，继续进兵北关。苗傅、刘正彦见局面已无可挽回，知道一旦大军攻进来，刀枪不认人，必死无疑，便去宫中见赵构，要求君臣间设立盟誓，两不相害。

已经忍这么多天了，赵构也不在乎再多忍一时半刻，不仅与二人盟誓，还赐给他们许多金帛，并封苗傅为淮西制置使，刘正彦为淮西制置副使，命他们即日离开行在前去赴任。临行前，苗、刘二人又索要铁券，赵构命朱胜非速去办理。

朱胜非还是从戏文里听说过什么"丹书铁券"，便命检详官考察前朝故事，连夜赶工，依葫芦画瓢给二人各制了一份。朱胜非好奇地看了看，只见这铁券形似瓦片，以朱砂填字，制作颇为讲究，只是铁券上面明明白白写着："除大逆外，余皆不论"，苗、刘二人犯的正是谋逆大罪，这铁券哪里算得上"免死牌"，不过一块好看的废铁罢了。

苗、刘二人肚子里没几滴墨水，得了铁券，看不出铭文里的陷阱，还以为又多了一层保护，当天晚上便率领部下两千余人从涌金门出杭州城。离开时为制造混乱，命手下士兵四处纵火，不料刚好天下大雨，火把全都被雨淋熄了，只好作罢，于是连夜冒雨仓皇遁去。

次日，天刚破晓，韩世忠、张俊与刘光世先后率军进入杭州城，三人争着当救驾第一人，都只带着几名亲兵，骑马直奔行宫。韩世忠先到，正准备打开宫门入内，副将张介道："还得小心行事，虽说苗、刘二人逃走，但只是风闻而已，万一在宫中挟持皇上，我等贸然闯入，恐怕会惊了圣驾。"此时宫门紧闭，也不知里面是何情况，几人站在外面大声吆喝。

早有守卫将消息告知了望眼欲穿的赵构，赵构从龙椅上一跃而起，急步去宫门。卫士见了，便将宫门大开。韩世忠第一个冲进来，赵构见他浑身披挂，铠甲上还有血迹未干，这才确定一个多月的噩梦终于结束了，所有的负担一下子卸下来，一时间百感交集，上前握住韩世忠的手，放声痛哭。

韩世忠也跪下大哭，众人无不落泪，赵构突然想起了什么，止住泪道："苗、刘二凶已经逃遁，但还有一个吴湛，助纣为虐，现在还任御营中军统制官，为朕肘腋之患。爱卿能除掉此人吗？"

韩世忠立即起身道："这有何难，陛下等着，臣这就去将他拿来！"

赵构道："吴湛现在军中，爱卿现在身边人少，等大队人马到了，再去拿他也不迟。"

韩世忠道："陛下放心，谅吴湛这种匹夫能有什么作为，臣去去就来。"

说罢，就带着张介等人直接去御营中军营房见吴湛。此时吴湛因为押错了宝，日夜不安，高度戒备，听说韩世忠过来求见，犹疑不定，后来见他只带几个人过来，才放下心。二人便在帐中相见。

二人互相施礼的一瞬间，韩世忠闪电般猱身而上，高大壮硕的身躯灵活得像只花豹，一把抓住吴湛的右手，往上一扳，只听"咔"的一声轻响，吴湛的中指立时折断。吴湛惨叫一声，被韩世忠顺势擒住，动弹不得。

吴湛的左右亲兵欲上前相救，韩世忠左手扣住吴湛，右手按剑，神威凛凛，大吼道："吴湛谋逆，奉旨擒拿，有敢阻拦者，我帐外大军必灭其满门！"韩世忠之名如雷贯耳，再加上张介等人持刀护卫，这几个人都从死人堆里爬出来过，发起怒来，眼神自带煞气。吴湛的亲兵都为之气夺，无人敢动，于是吴湛被韩世忠生生地从军中拎了出来。

赵构见韩世忠转眼间便兵不血刃将吴湛擒来，不禁大喜。韩世忠将吴湛扔在地上，几名士兵立即上去将他捆成了粽子。赵构快意地看着叛臣遭受折磨，本想训斥吴湛几句，话到嘴边又忍住了，他绝不会放过吴湛，但他也要在臣子面前保持仁厚的风度。

赵构盯着被捆得说不出话的吴湛，叹了口气，挥挥手让人拖下去。

过不多久，刘光世、张俊先后赶到，君臣又免不了一顿痛哭。赵构拉着三名爱将的手，问长问短，亲自察看有无伤口，又问家人安否。三人也把一路上如何剿灭叛军的详情跟赵构说了，赵构嘉劳良久。

两日后，吕颐浩、张浚率领勤王大军整装之后，浩浩荡荡开进杭州。杭州百姓夹道迎接，许多人都以手加额，感到庆幸，毕竟赵宋一百六十余年的底子，不是苗傅、刘正彦两个粗人所能替代的。而且即便赵构再不济，也比一个三岁幼儿坐在皇位上靠谱，这是尽人皆知的道理。

张浚因勤王首功，被升为知枢密院事，时年仅三十三岁，大宋自名相寇准以来，还从未有如此年轻便位列执政者。

作为此次勤王的首功之臣，除了加官进爵，张浚更享受到了别样的荣光。赵构在退朝之后，特意留下张浚，带他去后殿，也不说有什么事，只是聊些家常话，带着他走了一圈，然后出来。

张浚有些奇怪，赵构笑道："太后昨日提道：'老听见人说张侍郎，很想见见他。'方才在后殿，太后一直在帘后看着卿呢。"

张浚激动不已，哽咽道："张浚不过是尽了一点人臣本分，竟劳得太后如此挂念！"

赵构等他平静下来，道："卿以为苗、刘二人当如何处置？"

张浚见问到国事，便正色答道："逆臣苗傅、刘正彦引兵遁走，一路掳掠，为害州县。请陛下降旨，凡生擒苗傅和刘正彦，或斩杀二人者，直升观察使，如果不做官的赏钱十万缗。捕获王钧甫、马柔吉、张逵、苗瑀、苗翊等主犯，亦给予重赏。方今国家用人之际，且苗、刘作乱，其下属多是被迫胁从，因此，其他官兵、将校，一概不予问罪，如此便可使遁逃叛军加快瓦解，亦可使人心及早安定。"

赵构准奏，当即下诏各地缉捕苗傅、刘正彦等人，二人临走前穷折腾的君臣盟誓、丹书铁券全部作废，压根儿都没人提了。

只抓主谋，不株连过广，应该是一个非常明智的策略，赵构的新朝廷经不起更多的动荡。这一招也非常奏效，刚下旨没几天，王钧甫、张逵等人纷纷归案，全是被其手下抓起来的。

朱胜非自勤王大军入城后，便将善后诸事让给吕颐浩和张浚去做，他知道现在不是自己唱主角的时候。苗傅、刘正彦等人的命运全在他预料之中，在他看来，这些人纯属咎由自取。

只有一个人的死，让朱胜非无法安心。

韩世忠在进城当天将没有跟随苗、刘一起逃走的王世修拘押，并囚其妻子儿女。几天后，王世修被查出系此次兵变主谋之一，罪不容赦，朝廷下诏将其斩首。临刑时，监察御史陈戬监斩，王世修痛哭不止，陈戬斥道："你既如此毫无胆气，为何还要去干那等谋逆之事？"王世修边哭边道："我只是痛恨自己一腔忠义，反被人利用，为天下英雄耻笑，让父母妻儿无所养而已，我王世修岂是怕死之人！"说罢，伸长脖颈让刽子手砍头，虽然还在哽咽，但脸上毫无惧色。

朱胜非听说后，当天粒米未进，一夜没合眼。

次日早朝，执政奏事完毕，朱胜非向赵构请求免去自己宰相一职，赵构惊讶道："卿与朕才同生共死，如今正要整顿朝纲，励精图治，为何偏要在这种时候辞职呢？况且卿为国立功，不见封赏，反遭贬斥，天下人闻之，岂不以朕为昏聩之君！"

朱胜非谦逊道："陛下，苗、刘之乱平息，实因中兴气数使然，天下人未忘赵宋之恩也。若论平叛之功，则是悲愤始于张浚，成谋定于吕颐浩，奋勇决于韩世忠，臣有何德何能，敢贪此不世之功！臣自求罢相，正是为了使朝廷政治清明，减少纷争，严备秋防。"

见赵构不解，朱胜非便解释道："苗、刘作乱，臣身为宰相，本应挺身而出，面斥二凶。哪怕血洒宫门，也是尽了臣子的本分。只是胜非想到倘若如此，无人可居中调停，恐使太后与皇上直面凶顽，后果不堪设想，因此只能隐忍与二凶周旋。其间为了稳住二凶，多有违心之语；与其属下见面时，也多有不当承诺，甚至为了迎合他们，说了不少有失体面的话，有些话要是现在抖出来，胜非也颇汗颜！因此，臣请去职，就是为了不堵塞言路，让人随意议论臣之得失，正本清源之后，则公议自现，倘若臣恋栈不去，众人有所顾虑，不敢直言，反而让人认为臣在与二凶周旋期间有见不得人的事，他日事过境迁，再有人抖将出来，则天地之大，亦无臣容身之地耳！"

赵构听了，良久不语，局外人不知局内人之甘苦，站着说话不腰疼，一味挑刺，确实让人忌惮心寒。想了想，突然问道："朕听说卿与张邦昌是同门女婿，有此事否？"

朱胜非大惊，伏地流泪道："臣与张邦昌是同门女婿不假，但臣时时以张邦昌为鉴，不敢丝毫有负于国家，请陛下明察！"

赵构连忙安慰道："卿快快平身，切莫多心，朕只是随口问问而已。卿所顾虑，朕深为体谅，苗、刘作乱，不要说卿，就是朕也说了不少违心话，做了不少违心事，将来若要论罪，岂不连朕也一并算了进去！不过卿所说的'正本清源，公议自现'，确是老成谋国之言，朕深为赞同，就依卿所请。当年张邦昌若有卿这般见识，激流勇退，恐怕也不至于成为众矢之的，朝廷也不至于在草创之初经历那般震荡——只是不知卿之后，谁人可胜任宰相？"

朱胜非不禁偷偷打量了一眼赵构，心想这皇上如何年纪轻轻，便把自己修炼得这般老成？但既然皇上能明白自己心意，那自是再好不过了，见赵构问起，便道："以今日情势而论，吕颐浩、张浚兴兵勤王，功莫大焉，加之二人之前便已为朝廷重臣，因此宰相一职，只能在二人中产生。"

赵构问："二人中谁更胜任一些？"

朱胜非直言道："吕颐浩练事而粗暴，张浚喜事而疏浅。"

赵构又道："卿请详述之。"

朱胜非道："吕颐浩自幼生长于西北边境，对军旅之事较其他大臣更为娴熟，当年应诏上奏战守之策，筹划亦颇为完备。而吕颐浩性情急躁，不听人言，此为一失也。张浚行直视端，素有大志，然臣观之，其才具不过中人之上而已，若天时、地利、人和皆备，或可成就大事，若形势不利,却无挽狂澜于既倒之能力。只不过金无足赤,人无完人,陛下用人,当用其长,避其短,如此而已。"

赵构听他剖析二人,颇得要领,心里不由得转过这样一个念头:不知吕颐浩与张浚如何看朱胜非?便沉吟道:"有人认为张浚太过年轻。"

以年龄资历论人,这一点是朱胜非所不能认可的,便道:"臣离开苏州回行在前,将府库中的钱粮财物全部委托于张浚,此次勤王之资全源于此。所以臣以为,此次勤王之功虽归于众人,但真正主事的还是张浚。"

赵构点头,对朱胜非嘉勉了几句,朱胜非便告退。

朱胜非出来后,在都堂碰到刘光世、韩世忠等人,说起苗、刘二人带兵逃遁一事,朱胜非颇为忧虑,韩世忠还不知道朱胜非已辞相位,笑着安慰道:"朱相不必担心,说起来,金人确实难对付,但苗傅、刘正彦这等贼子,只需少许几个大宋汉儿,定能将他们手到擒来!"

朱胜非也笑道:"那就有劳太尉速速追讨,切莫让其过了长江。此贼一旦过江,走投无路之下,定去依附金人,到时擒他们就不容易了。"刘光世和韩世忠都点头称是。

三日后,朱胜非罢相,降为观文殿大学士,去洪州担任知府,只当了三十三日宰相。当初张邦昌僭位,也是三十三日,这对同门女婿可谓前生有缘。吕颐浩接替相位,其他勤王有功者,皆有封赏。

一切如前所料,朱胜非忍辱负重,与苗、刘周旋,反被罢相,让人心生同情。满朝文武,都言其劳苦功高,竟无一人挑他的刺。即便是孟太后,听赵构提到朱胜非罢相时,虽然她秉守后宫不干政的铁律,不置一词,但神情愀然不乐,却是显然的。这情形比之当年张邦昌失势时的墙倒众人推,简直如云泥之别。

又过了一个月,苗傅、刘正彦兵败被俘,此时,行在已经由杭州迁往建康,于是苗、刘二人便被押往建康,验明正身后被凌迟处死。两人相对受刑,刘正彦突然破口大骂苗傅:"你这无用的匹夫!偏不听我的话,结果落到这一步!"苗傅无语,眼神恍惚,没人知道他在想什么。

10 诛杀范琼

苗、刘伏诛之后，赵构与宰执们在都堂议事。时值暮春，正是庄稼开花结实之际，庄户人家切盼晴天，而老天却像被谁捅了个窟窿，没日没夜下起瓢泼大雨，各地奏折也尽是防涝事宜。本来当日的议题是秋防，但宫外大雨滂沱，话题却不知不觉转向了天气。

赵构担忧道："阳为德，阴为刑，大雨不止，乃阴干阳，其变为大。朕所虑者一是会导致粮食歉收，百姓受饿；二是恐怕又有人像苗、刘一样搞阴谋诡计，或者人有怨气，以至于激怒上天，上天特意以此示警。"

吕颐浩和张浚身为正副宰相，听到此话，十分惶恐，两人起身谢罪，要求辞去相位，以息天怒。

赵构道："朕好不容易得了你们二位宰相，岂能轻易去职！只是上天示警，绝不可置之不理。来日可召郎官以上大臣赴都堂议事，探讨朕即位以来之为政得失，天子修德以应天，或可悦人心而得天意也。"

皇上既有虚心纳言之意，都堂会上群臣纷纷进言，都很少顾忌。其中以中书舍人季陵所言最为耿直，他道："如今将帅都身居高位，家私巨万，且拥兵自重，颇有跋扈之风。去年金人南侵，朝廷派遣王渊率手下精兵御敌，而王渊却自恃皇上宠信，以各种借口推托不行；朝廷调整范琼的驻地，范琼也是怏怏不乐，推三阻四。所以臣以为，苗、刘二贼举兵作乱，固然是因为行在兵力空虚，以致二贼有机可乘。但往深里看，不正是朝廷在手握重兵的将帅中没有威严导致的吗？"

赵构频频点头，吕颐浩、张浚也称赞道："公所言极是！"

季陵目不斜视，继续道："又比如这次勤王大军进杭州城，强占百姓房屋，抢夺官民舟船，地方官吏略有不合心意的地方，便肆加凌辱。自以为勤王有功，便恃功而骄，目中无人。长此以往，恐怕不是将帅听命于朝廷，而是朝廷听命于将帅了！"

吕颐浩、张浚二人刚刚还称赞他讲得好，此时见说到自己头上来，脸色十分尴尬。

季陵又道："前向扬州之溃，宦官弄权，时常有轻视朝官和将士之举，使得上下共愤，最后自己也死在叛贼手上，这是不是也算得上自作自受呢？苗、刘被诛之后，一众被流放的宦官如蓝珪之流又被召回来。回来就回来了，经此一难，夹着尾巴做人有何不可，却偏要大肆声张，互相庆贺，又是请和尚为之前死者开斋会，又是在路边烧什么寿衣纸钱，闹得乌烟瘴气。杭州百姓见了，以为这帮阉宦又要得势，无不切齿痛恨，难道我朝宦寺习气就这么难以根除？"

赵构被他说得浑身燥热，只得拼命保持人主之风，端坐静听，等他说完了，还嘉许道："季卿所言，皆药石也，可以医朕之疾！"

司勋员外郎赵鼎进言道："臣最近经常想，靖康之祸根由何在，想来想去却发现我大宋元气之伤，实源于王安石之熙宁变法，与民争利，使得小人竞进，天下骚然，其'三不足'之说，曰'天变不足畏，祖宗不足法，人言不足恤'，流毒甚广，坏了多少读书人！蔡京托名绍述，效仿王安石之政治理天下，结果导致大患。今日皇上想要政治清明，必要如履薄冰，敬天畏人，方可上合天意，下得人心，创中兴之伟业。臣请陛下罢王安石之配享神宗庙庭，以此正人心，绝小人之念。"

赵构素来不喜欢王安石，觉得害君之臣莫过于这类私德完美却心术不正之人。以利益诱惑君王，令君王逐利而忘义，最终利与义都不可得，只留下一个烂摊子。听到赵鼎如此说，十分契合心意，道："朕近日读卷宗，读到王安石实施保甲恶法，百姓不堪其苦，甚至有自残而逃避者，神宗皇帝有所警觉，而王安石竟说几十万户里有几个自残不足为奇！为人臣者，岂能如此蒙蔽圣听？朕决意废王安石配享，实施元祐法度，收人心而召和气，愿诸君勉之！"

这可是大事，此事在靖康年间曾有过争论，结果不了了之。如今皇上一锤定音，算是让这几十年的公案有了个了断。熙宁变法，众人心中各有评判，但有一点倒是谁也不否认，那就是王安石主政期间，确实使得一大批小人上位，贻害甚广，其法度好与不好另说，但再好的法度，正人君子避而远之，奸佞小人趋之若鹜，确实值得深思。

吕颐浩却不爱谈这般务虚的话题，奏道："陛下，自金人南侵以来，其势如破竹。究其原因，众说纷纭，有说步军难敌马军的，有说将士不尽力的，但臣以为，除此之外，还有一条。大宋立国近两百年，百姓颇享太平，然而这太平日子却是以弱民弱军为代价，以至于强敌压境时，百姓都手无寸铁，只能像猪羊般任由敌人驱赶，而一些有血性的乡民不堪受辱，奋起反抗，用的却是削尖的长竹，如何能济事！今日臣所请者，是请朝廷放开民间弓弩之禁！"

话音未落，都堂里便响起一片惊讶之声，之前废王安石配享，虽然重大，不过是学理之争，而吕颐浩所请却是要动摇千年来以礼乐治国的根本，实在是开先河的大事。

吕颐浩接着道："强弓硬弩，最适合于攻击敌人骑兵。以臣在西北的临战经验，若有两千弓弩手压住阵脚，每人齐发三箭，则敌骑必退，至少也能让其势头缓下来，然后步兵方可与之对抗。而且，金人之所以难敌，除了健马重甲，还在于其士卒皆生于北方苦寒之地，以渔猎为生，因此强悍不屈，我大宋礼乐教化之民如何是其对手？弓弩之禁一开，民间将涌现出一批善射之人，兵源有了保障不说，更重要的是，我文弱阴柔的大宋子民也将注入一股久违的强悍之气！百姓有强弓在手，自然胆气更足，至少不会望风而逃。倘若再有勇士出头，则瞬间自成一军，足以自保，金军还凭什么蹈我江淮如入无人之境？"

都堂里突然安静下来，之前还跃跃欲试想反对的几位大臣也皱着眉头不吱声了。防民甚于防寇，倒是保了一时太平，然而大变一至，却是江山倾覆，玉石俱焚，这一点再没见识的人也能看出来。

赵构看了看张浚，道："卿对此有何话说？"

张浚断然道："吕相所陈，皆切中时弊，臣极为赞同！方今乱世，大敌当前，人主当骑马治天下，哪里还能像太平天子一样，安坐治国？弓弩之禁，臣以为早就该放开了。"

两位带过兵的宰执都如此坚定，其他众臣也不再多说，纷纷表示赞同。此次议事至晚才散，赵构便每人赏了一份羊肉炊饼，君臣就在都堂里边吃边说。

都堂议事之后，为了表明决心，赵构亲自写了罪己诏，以四事自责：一是无安国定邦之宏图，二是无抵御外侮之雄才，三是无教化万民之德行，四是无驾驭臣属之严威。写完后，出榜朝堂，遍谕天下，让天下人都知道当朝皇帝的悔过自强之意。

然后又下了一道严旨，禁绝宦官与外臣交结，任何往来即使是礼物馈赠、节日贺礼也一律不准。

接下来是第三道旨：开弓弩之禁，准许平民百姓家自备弓弩防身。

接连几道圣旨发出后，因苗、刘之变而权威受损的朝廷又有了一些生气。第三道旨下发的当日，有赤星犯太白，赵构心惊胆战，不知还要如何做才能平息天怒，到了黄昏，这颗赤星稍稍偏北而去，复归黄道，赵构松了一口气，跟宰执们道："上天之爱君王，如同严父之爱孺子，见他犯了错必严厉告诫，一旦他改过自新却爱之愈深。"

起居郎王绹道："陛下如此自省，上天岂有不爱之理，臣料此星今晚会离得更远。"晚上，这颗赤星果然越移越远，赵构十分喜慰。

赵构小心翼翼，害怕触怒了上天，但右司谏袁植的一道奏章让他十分震惊。袁植在奏章中请求再贬汪伯彦，并请诛杀黄潜善及去年金军南下时失守城池的权邦彦和朱琳等九人，说是以此提振人心士气，警醒守土大臣。

袁植是赵构提拔上来的,当初就是看中了他敢说,但没料到这个袁植上来就杀气腾腾,大宋开国近两百年,极少杀戮大臣,这袁植却要赵构一下子诛杀九人,赵构又惊又气,把诏书让吕颐浩过目。

吕颐浩看了奏折,也吃惊不小,心想你袁植同样身为大臣,张嘴就要杀这个杀那个,弄得人人自危,对你又有什么好处?而且这个提议本身也非常欠考虑,当前形势下,守臣守不住城池是家常便饭,如果失守城池就要诛杀的话,相当于让投降金国的守臣得荣华富贵,不愿投降回来效力的倒要人头落地,简直就是逼着人投降敌国,荒谬透顶。

这种不接地气的大话,吕颐浩素来十分反感,便道:"我大宋立国以来,从不屠戮大臣,即便有些罪大的,也不过是发配到岭南或海南岛,此所谓盛德可以祈天永命。袁植有这种杀人的念头,臣以为绝非好事。"

赵构道:"扬州之溃,朕已经下了数次罪己诏,为的就是让天下人明白,朕不是委过于人的昏君暴君!当初朕提拔袁植,就是因为他敢言,但敢言不是让你诱导朕去杀人,如此一来,谁还敢于任事?朕看了此份奏折,深自反省,难道朕做了什么事或说了什么话,让臣子以为可以劝天子杀人立威,作为晋身之阶?"

吕颐浩道:"陛下不必过于自责,依臣看来,这袁植妄言杀戮,纯属贪图忠直的虚名,与陛下何干?"

滕康在一旁也看了奏折,听赵构如此说,便道:"大哉王言!我朝太祖以来未尝屠戮大臣,袁植所奏,实在有伤陛下好生之德。"

于是赵构下诏将袁植贬去池州,并在诏书中责备道:"忠厚之言未闻,杀戮之事宜戒!"袁植接了诏书,羞惭而退。赴池州上任时,朝官中竟无一人送别。

其实不劳袁植怂恿皇上动手,几乎就在他去池州的同一日,黄潜善病逝了,结束了他去职以后郁郁寡欢的灰暗日子。

连续一个月的雨终于停歇了，江南的春夏之交，不冷不热，不燥不湿，草长花开，群莺乱飞，正是一年中极好的时节。天一放晴，憋了一个多月的建康居民纷纷出来踏青，走亲访友，喝酒行令，一派太平盛世景象。南风习习，吹面不寒，江南有此时放风筝的习俗，于是但凡空地处，皆有风筝在空中起舞，形态各异，令人流连忘返。

　　赵构君臣及三军将士多是北方人，见了这江南美景良俗，都为之陶醉。只不过这种陶醉只能偶尔为之，因为谁都知道，随着夏天到来，秋防也一天天逼近了。

　　由于大雨阻隔一直未能出发的隆祐太后一行，终于抵达了建康。赵构率群臣去郊外迎接，汤东野沿途护送，一路既保证安全，又秋毫无犯，上上下下都很满意。赵构便任命他为户部侍郎，张浚在勤王之役中得到汤东野鼎力相助，知他颇有见识，便推荐他参赞军事。

　　汤东野参赞军事后的第一份奏章便是要求朝廷经营川陕，并指出此乃中兴之根本，言语甚是恳切。

　　接着刘子羽也上了一份奏章，指出"论天下兵势，当以秦陇为本"，详述了陕西、甘肃在抗金中的战略地位。

　　这两人不过是替张浚打了个前哨，接着，张浚的奏折也递了上来，建议赵构巡幸汉中，他在奏折中道："汉中实形胜之地，前控关中六路之师，后据两川之粟，左通荆襄之财，右出秦陇之马，号令中原，必基于此。"

　　赵构连收三份这样的奏折，说得都合情合理，觉得事关重大，便召集宰执议论此事。吕颐浩生于西北，颇知战事，见了张浚的奏折，详实雄辩，直中靶心，心里虽然略有些嫉妒，但仍照实道："张枢密所论，真国士之言也！今日天下大势，我与金人已不能相抗于中原，而应当以川陕为头，荆襄为脊，东南为尾，互相照应。川陕民风强悍，健卒良马皆产于此，且名将辈出，而东南富庶，为天下财赋之地，取东南之财，借荆襄之便，用川陕之兵，则仍有席卷天下之势。不过，秋防在即，皇上巡幸汉中一事，可从长计议，不如先派一名重臣前去川陕经营军务，等形势稍定，再巡幸不迟。"

赵构听了，仿佛于重雾中看到一线光明，竟有豁然开朗之势，不觉站起身来，来回走了几步，道："金人屡次借道山东，直下淮甸，深入江南，之所以能如此，一则是因为我方将士久败于金军，不敢与之接战，使得金人往往能以数千骑甚至数百骑而长驱直入；二则是因为金人只用少量兵力牵制我中原、川陕之军，而主力却集中于东南用兵，使我军难以招架。倘若我军从川陕反攻，则金人不得不从东南千里调兵增援，东南压力顿减，朝廷既可赢得喘息之机，江淮防线亦可乘机稳固，倘能如此，何愁天下不定？只是，派谁去川陕为好？"

话音未落，张浚起身道："臣愿往！"

赵构见了，喜忧参半，喜的是张浚年富力强，果敢有为，且颇能协调诸军。此次勤王，以区区一礼部侍郎职衔，将刘光世、张俊、韩世忠等宿将集于麾下，就是明证。在陕西领兵打仗，必以四川为后盾，而张浚正好又是四川人，粮草军饷供应方面，自是更能得到家乡父老支持。让他去经营川陕，自是最佳人选。忧的是苗、刘兵变后，宰执易人，各项新规出台，纷纷扰扰，再加上秋防在即，正是用人捉襟见肘之际，此时再少一位股肱重臣，只怕吕颐浩肩上重担无人分担，承受不起。

张浚见赵构沉吟不语，猜到他心中所虑，便道："陛下如果担心东南人手不够的话，何不将杜充从东京调回来？"

一语惊醒梦中人，赵构大喜，道："就依卿所请！卿打算何时出发？"

张浚道："臣这些天一直都在心中筹划，趁着天气晴朗，利于行路，越快出发越好。如能赶在金军南下之时在川陕组织一次反攻，金军势必分兵川陕，再也不敢倾巢出动而下江淮，东南大局可稍为安定。借此机会，陛下正好集中各路兵马，扫平盗贼，使江南百姓赖以安宁，则东南半壁，坚若磐石，再以此连接荆襄，沟通川陕，徐图中原。如此，中兴有望，霸业可成！"

赵构听了，无一句话不切中要害，拼命克制才没兴奋得又站起来踱步，道："那就有劳卿速去筹备，出发之日，朕当亲往饯行！"

张浚谢恩，各宰执又就秋防、置办水师等事议了半日，争论颇为激烈，赵构看手下大臣都尽心尽力，脸上颇有喜色。

当晚，张浚正在府中伏案写奏折，家仆报有客来访。俄而只见一个颀长的身影从廊前走过，接着刘子羽闪身而入，他随意地穿着一件皂色直裰，头上扎着一顶方巾，并不多加修饰，却显得既英武又儒雅。张浚见过来倒茶的玉儿羞得满脸通红，又忍不住拿眼睛去瞅他，不禁好笑，随口招呼道："彦修怎么今日有雅兴过来呀？"

刘子羽笑道："我哪一日没雅兴过来？"

张浚春风得意，心情格外好，大笑道："这倒是实话，你不过来我倒要奇怪了。"

"相公在写些什么？"张浚最近刚升了枢密，刘子羽便也不再叫他侍郎，想叫他枢密，张浚却不答应，于是便改口叫他相公。

"你我还真是心意相通呢！我正在写给皇上的奏章，写到川陕用兵方略，有许多疑问不得其解，正好你就过来了。"张浚笑道，说着边起身给刘子羽的杯子里添茶，他和刘子羽名为僚属，实则义同兄弟，一则因为二人性情十分相合，二则刘子羽文武兼备，极有谋略，实在是难得的人才。

刘子羽见张浚给自己添茶，也只是用手虚让一下，并不多客气，道："相公，我今日来，不是要跟你谈用兵。"

"哦？难道你真有雅兴来谈诗词？"张浚笑道。

刘子羽却敛了笑容，道："请相公屏退左右。"

但凡有机密要事，刘子羽总会先来这样一句，张浚听了，便也严肃起来，道："我这儿的人都懂规矩，你只管讲吧。"

刘子羽脸上却现出一丝神秘的微笑，压低嗓音道："今日过来，只为一事：再给相公送上一桩奇功。"

张浚的心不禁"怦怦"跳了两下，并不作声，只是盯着刘子羽，等待下文。

刘子羽道："如今皇上最头痛的有两件事，一件当然是金军南下，另一件，则是将领拥兵自重，不听朝廷号令。金军南侵，即便不敌，尚可周密布置，且战且退，以一国之力，保一国之君，只要不出极大的昏招，可保无虞；然而武将跋扈，却是肘腋之患，顷刻之间，便可改朝换代！前向苗、刘兵变就是明证，苗傅、刘正彦乃庸碌之辈，不过是两个带兵的匹夫，却能闹出这么大动静来，让皇上如何不忧虑？依在下看来，在皇上心目中，将领跋扈之患，实不亚于金人之患，甚至尤有过之！"

张浚听了，心里是完全认可的，但脸上却并无表示，只是微微颔首。

刘子羽知道张浚听得仔细，继续道："以上两件还不是最令皇上头痛的，真正令皇上头痛的是：明知有武将跋扈之虞，却还不得不用他们。大宋立国以来，极其防范武人，使得将不知兵，兵不知将，如此固然使得武将难以作乱，然而军队战力却大减，以至于面对金军，屡战屡败，皇上是英明之主，对此自然是洞若观火。相公不知注意到了没有，皇上最近对于武将自行招募兵马，筹集粮草军饷之事睁只眼闭只眼，其实也并非全出于无奈，而是意识到如果不给予大将在外专断之权，这仗是根本没法打的！"

张浚边听边下意识地给自己的茶杯里添水，脸上神情不变，但茶壶里的水洒出来都未发觉。

刘子羽替他将茶杯添满，道："因此，如今皇上的万千心事在于：既要让武将有专断之权，又不能让他们有跋扈之心。此事可谓两难矣！相公如能在这上面有所作为，则上可替君父分忧，下可为众将解缚，君臣同心勠力，互不相疑，免去多少内耗！"

张浚不由得叹了口气,道:"彦修真是国之忠臣哪!从太原被围到靖康之役,朝廷对掌兵大臣就在疑与用之间摇摆,战局一旦不利,就连忙启用能战之臣,而战局稍有缓解,又生怕功高震主,尾大不掉。金军屡战得手,固然是骑射了得,但确实也与我方将士不尽力颇有关系,用人疑之,疑人用之,掌兵大将只能束手束脚,心有怨言,如何能够死战?原本就胜算不多,这样一来,就更无取胜希望了。"说罢,抬眼看着刘子羽,似乎在问:你说的奇功在哪儿呢?

刘子羽微微一笑,道:"前阵相公奋起勤王,诛灭苗、刘,立了首功,何不趁着这个势头,再立一功?"

张浚心头一颤,起兵勤王诛灭苗、刘,事后看起来云淡风轻,但在当时风云诡谲之际,其实是在冒着灭族的风险,这种事来一次可以,岂能来第二次?再说苗、刘之后,还有哪个愣头青能干出这种不靠谱的事?

刘子羽见张浚疑惑,便用右手食指在茶杯里蘸了一下,然后在桌上写了一个字:范。

张浚凝视桌面片刻,也用手指蘸了点茶水,在桌上写下一个字:琼。

两人四目相对,默契到如此程度,当仰天大笑才是,然而张浚的脸色却十分严峻。范琼拥兵自重已非一日,朝廷却慑于其手握重兵,一再纵容,而前不久苗、刘兵变,虽然张浚连续五次派人去其军中,请他起兵勤王,他却置之不理。很显然,范琼早已不把朝廷放在眼里,只是没有公然为寇而已。

张浚陷入深思,清秀的眉眼中杀气越来越重:"范琼的确是朝廷肘腋之患,此人之前屯兵淮西,为避金兵,南下驻扎江西,手下有兵马两万余人,其中不乏精锐,实力远甚于苗、刘二人。将来如果金军南下,我谅此人绝不会听从朝廷调遣去和金人对抗,反而会率众南下,一旦皇上身边兵力空虚,他会成为第二个苗傅!此人不除,我确实也不放心离开行在去经营川陕。"

刘子羽道:"除掉范琼,则是皇上继除掉苗、刘之后再次重振朝廷威严，各在外掌兵大将会更加畏服朝廷，而皇上也更能放心给大将专断之权，此所谓先立威而后立信。"

张浚赞道："好一个先立威而后立信！只是范琼手下精锐颇多，当年名震天下的八字军也在其麾下。再者范琼虽然桀骜不驯，但毕竟没有像苗、刘那样公然兵变，倘若逼之太急，他真的举兵造反，甚至一路北上，投降金军，反而就坏了大事。"

刘子羽道："相公所虑极是，正因如此，才需在秋防前杀此贼。此时杀他，如同杀一匹夫耳，倘若错过了这个时机，以后再杀他，恐怕真的只能是举兵讨伐了，那就是我大宋将士自相残杀，亲痛仇快，于国无益，于心不忍！"

张浚凝思半晌，将手中的茶杯重重往桌上一放，道："明日我就奏报皇上，请旨除去此贼！"

刘子羽道："相公只需主持此事，却不必出这个头。我料近日必有人上疏皇上，请旨除去范琼，到时相公再挺身而出，皇上也正需要有重臣援手，君臣一拍即合，才方便做大事。"

张浚想了想，正是如此，右正言吕祉前不久刚去南昌犒军，估摸这两日就能回来了，以吕祉那嫉恶如仇的个性，岂能容得范琼这种跋扈将军，一定会狠狠地参上一本。

果然，吕祉还在路上，弹劾范琼的奏章就到了。赵构看了，又是忧心，又是恼怒，便向宰执们问策。吕颐浩之前与范琼有矛盾，尽人皆知，他便三缄其口，以示公正，张浚便道："陛下不如先把他召回行在，再作打算。如果他来行在见陛下，能够恭谨听命，则可稍稍分其兵权，仍让他镇守一方；如果他积习难改，不知自检，则夺其兵权，交付大理寺发落。"

赵构点头，又问："若他不肯来，如何处置？"

张浚道："陛下可先发诏书召他赴行在。若他不来，则派一名能臣持诏书去请；若还不来，臣愿率领之前勤王之师亲自去劝他过来。"

张浚的态度如此鲜明强硬，赵构略有些惊讶，对于范琼，他还有些犹豫是好言安抚，还是严加约束，但张浚接下来的话让他立即坚定了态度。张浚道："范琼之前畏敌如虎，避而不战，尚可以金军确实难敌为辞开脱，他桀骜不驯，拥兵自重，也可以带兵不易，粮饷难筹作借口，但前向苗、刘作乱，臣先后给他五次发书信，言辞恳切，请他发兵勤王，他都置之不理，这已属大逆不道！如今他拥两三万之众，跨郡连州，势力越来越大，与朝廷也离心离德，如果还不处置，恐怕是养虎为患，请陛下深思！"

赵构听得心里一突一突的，觉得事不宜迟，便即刻下诏令范琼赴建康。果如所料，范琼收到诏书后，徘徊观望，既不说来，也不说不来，跟朝廷扯起皮来了。

赵构便派监察御史陈戬持诏书前去南昌催促，这是一趟苦差使，生死难卜。陈戬出发前，亲朋好友都来送行，有些人还忍不住掉泪，陈戬神情自若，连名侍卫都不带，单骑出发。有人劝他多带些人，陈戬道："范琼的军营，比之粘罕、斡离不的军营，哪个更凶险？"

大家道："当然还是金人的军营凶险。"

陈戬道："当年圣上以十七岁亲王之身，从容出入金军大营，圣上九五之尊，尚且如此，我已近知天命之年，又何惜这一身皮囊？"

这话传到赵构耳朵里，赵构感佩良久，对众宰执道："倘使为一范琼，伤我一大臣，朕如何自安！"

陈戬到了南昌，单骑直奔范琼军营，到了军营门口，猜到范琼定会整些幺蛾子出来，便对门口军校道："叫你家范将军把士兵列齐整些，我好进去。"

范琼还真是早就陈兵于道，要给陈戬一个下马威，听陈戬如此说，颇觉无趣。两人见了面，相对而立。范琼身材高大，浑身披挂，眼神中透出几分凶煞之气，脸上还长着几块横肉；陈戬身材瘦削，满脸斯文，但举止优雅，从容不迫。

范琼明明看见陈戬手持诏书，却故作不见，反而领着陈戬到一处空地，中间绑着一个逃兵，让士兵活剥逃兵人皮吓唬他。

这招吓别人管用，可陈戬早年当官，因为善断刑狱，郡守将许多大案都交给他办，见多了残肢断首，这活剥人皮，极其惨酷，平常人早吓得面无人色，陈戬却只有厌恶。

范琼满以为陈戬会肝胆俱裂，但看他虽然脸色铁青，眼皮却眨都不眨一下，显然是出于愤怒，并非恐惧。

"太尉，皇上三令五申，军中不得动辄刎目、割舌、剥皮，过于惨酷，难道你不知道吗？自古将帅待士卒如草芥，士卒则视将帅如仇寇，你带兵多年，自然也明白此中道理，如今你当着众将士的面如此虐杀一个逃兵，就不怕他们心生兔死狐悲之念？"陈戬说道，他声若洪钟，义正词严，并取出随身带的一件外衣，覆在那血肉模糊的逃兵身上，围观的将士见了都不作声，面有戚色。

范琼原本要将别人一军，万没料到竟将到自己头上来了，再也不敢小瞧陈戬，客客气气将他请进中军大帐，却依旧见诏书而不拜。

陈戬也不着急逼他拜诏，范琼请他上座，他却一直站着，弄得范琼也不好就坐，陈戬道："太尉，你是不是心里头不踏实？"

范琼把眼一瞪，道："靖康年间，金军围城，我也没有不踏实过！"

陈戬一笑道："恕我说句不吉利的话，太尉刚才说话的语气，和苗傅还真是颇有几分神似。"

范琼自苗、刘兵变后，心里一直忐忑不安，听陈戬这么说，深为忌讳，脸涨得通红，再也懒得客气陪他站着，一屁股坐下来，恶狠狠地道："御史千里而来，就是为了要跟我说这句话吗？"

"太尉误会了！"陈戬语重心长地道，"苗、刘二人伏法，我是监斩官，亲眼看着二人被千刀万剐，苦不堪言，心里十分难过。苗傅三代将门之后，其祖、其父都是我大宋名将，他自己也是最早追随皇上的几员大将之一，皇上让他护卫行在，也不可谓不信任，他却因为一念之差铸下大错。苗傅临刑之际,面色惨白,眼神空忽,刽子手将他扒光,浑身泼上凉水。开刀之前,我问他还有何话要说,太尉猜他说出什么话来?"

范琼并不说话,只是盯着陈戬。

陈戬接着道:"苗傅当时问我:'要割多少刀才会死?'我答道:'因人而异,何以想到要问这个?'苗傅道:'待会儿心里默念刀数,就熬过去了'。"

范琼平时杀人不眨眼,但听到同为大将的苗傅受刑时的惨状,无法不产生强烈的震撼,眼神中不由得流露出恐惧。

陈戬见时机已到,郑重地道:"太尉,你当年从京西率部赴东京勤王,与金人一日数战,忠义之心,日月可鉴,且太尉目前之地位,岂是苗、刘两个莽夫可比的,千万不要步二人的后尘呐!"

范琼这时已经没了心气,坐着不言语,陈戬这才朗声道:"庆远军节度使、御营平寇前将军范琼接旨!"

范琼如梦初醒,忙不迭地跪下,接了诏书,然后又换上朝服,向北跪拜谢恩。

三日后,范琼整顿兵马,和陈戬一起赴行在面圣,赵构听说陈戬请动范琼,大喜过望,加封他为太常寺少卿。

又过了十余日,范琼带着人马到了建康,驻扎在城外雨花台附近。赵构让他将军队移交地方,只身入朝觐见时,范琼却不肯,依然带着八百精锐进城,城外驻扎的一万余人,也水泼不进,没有范琼的手令任何人不得入内。

赵构既见范琼愿来行在觐见,又听陈戬讲了他朝服北拜之事,对范琼的厌恶之意大减,便也先不跟他计较。范琼入得殿来,他本来就是道君皇帝时的老将,多次面圣,很懂殿堂礼仪,进退有度,看着还颇为恭顺。

范琼一见赵构面色和悦,立即判错了风向,以为赵构又像前几次那样,对手握重兵的武将不敢开罪,而多以抚慰为主,毕竟盗贼蜂起,秋防在即,皇上还要靠他们抵挡金军呢。

例行公事地说完一些往来事宜后,赵构问:"卿有事要奏否?"

"陛下,"范琼清了清嗓子,道,"前向苗、刘作乱,其手下将领多是被迫胁从,实属无奈。特别是禁卫统领左言,并无过错,还请陛下赦免了他们的罪。"

赵构不禁一愣,原本不打算提苗、刘兵变一事,免得范琼害怕追究他兵变期间的观望之罪,没想到这范琼自己一屁股屎没擦干净,倒有闲心替他人求情。

"朕已经有旨,除苗、刘二人及王钧甫、马柔吉等人,其他人皆不问罪。"赵构道。

范琼继续道:"臣的意思是,不仅不要问罪,还要让左言等人官复原职,这才是免罪,显得皇恩浩荡。"

左言在兵变期间,虽然不像吴湛暗通苗傅,但毫无作为,一味地骑墙观望,身为皇上的禁军统领,实在是失职。事后只是罢掉他的统领一职,已属宽大了,范琼居然还想让他官复原职!赵构不禁火往上涌,耐着性子道:"此事朝廷自有规章制度,宰执、大理寺自会秉公办理,朕信得过他们,卿不必劳心了。"

苗、刘兵变后,勤王有功的大臣和武将各有封赏。韩世忠更是被加封为检校少保、武胜和昭庆两镇节度使,赵构还赐给他金盒,并亲笔御书"忠勇"二字令他裱在旗帜上,以彰其功。妻子梁红玉也被封为护国夫人,并领取俸禄。将臣兼两镇节度使,妻子享俸禄,这都是前所未有之事,范琼十分眼红,却不去想这是人家夫妻俩拿命换来的。

"陛下,我大宋立国一百六十余年来,三衙的要职从来不让河东、河北及陕西人担任,原因在于三衙乃国家腹心,必须用中原人士方可保其忠诚,请陛下明察!"范琼说道。

赵构听了这奇谈怪论,不知他葫芦里又要卖什么药,便道:"果有此事？回头让史官去查查。"

范琼道："臣乃开封人氏，世代天子脚下，深沐皇恩，正适合担任三衙职位。如今殿前司缺一名职事，臣乃粗鄙之人，但又想舍臣之外无人更适合，因此不自量力，请陛下封臣为殿前司职事，臣将竭心尽力，为国尽忠！"

赵构听了，气极反笑，心想：这个职位与宰执同列，之前王渊护驾有功，才被加封为殿前司职事，结果引得诸将不平，惹出大事来。范琼寸功未立，居然敢觊觎如此高位，贪到这份儿上，岂不是猪油蒙了心！

赵构沉吟未语，范琼见了，以为皇上在权衡，便道："陛下，臣自荐担任此职，实非出于私虑，而是为了国家社稷。臣过去几个月在淮南、京东剿灭了大大小小十几伙盗贼，收编了有十九万余人。这些人经臣严加训练，都能成精兵良将。加上臣之前的人马，总数有二十余万，比其他将领所率人马加起来还要多。实在是将大宋社稷安危扛于臣一人之肩，唯殿前司职事一衔可以与之匹配，臣任此职，也可以稍稍抚慰一下众将士的拥戴之意……"

这已经是赤裸裸的要挟了，范琼满口狂言的时候，真该看一看赵构此时的脸色。等范琼说完最后一个字，赵构已经从极怒中冷静下来，他断定：此人不除，将来必为大患！

"卿之所奏，朕已知晓，待朕与宰执商议之后，再做决定。卿劳苦功高，朕一直心里有数，如今秋防在即，各地又是贼寇横行，江山社稷，全赖卿等扶持，还望范卿……勉之！"赵构脸色如常，实则愤怒得话都懒得多说了。

范琼并不蠢，知道自己这么张口要官，皇上并不乐意。他只是认定皇上年轻，初登大位，又正逢国家多事，自己重兵在握，谁也奈何不了他。但他不知道的是，在他远离朝廷的过去几个月中，赵构已经借苗、刘兵变进一步拉近了与几位掌兵大将的关系，而年轻皇帝的地位也在这次兵变中经受住了考验，他现在有底气来进行一次清洗。

而且范琼确实低估了坐在龙椅上的赵构，其手腕和心机与其年龄并不相称。

范琼退下后，赵构坐在龙椅上纹丝不动，半天没有动静。内侍见他脸色发青，眼中喷火，吓得都不敢打扰他。直到吕颐浩和张浚等人进来，赵构才勉强回过神来。

张浚一看赵构脸色，就知道范琼积性难改，惹怒了皇上，便问道："陛下，这范琼可有悔过之意？"

赵构脸上现出一丝冷笑，道："卿之所虑，朕之前还不尽信，今日看来，竟还有过之！"

吕颐浩和张浚忍不住对视了一眼，皇上用这样的语气说出这样的话来，显然真是气得不轻。

张浚原本还准备了一堆说辞劝赵构动手，见这架式，范琼全帮忙做了，便直接道："陛下，范琼拥兵自重，专权跋扈，此次若不趁机诛戮，它日必有王敦、苏峻之祸！"

王敦、苏峻都是东晋南渡后的武将，起兵作乱，使得东晋朝廷风雨飘摇，几至亡国，如今正值大宋南渡，都城也定在建康，这个比方实在是非常应景。

吕颐浩看这形势，范琼已是必死之人，便道："范琼在城内有八百精锐，他进出都带着这些亲兵，耀武扬威，路人侧目，城外更有其上万驻军，防备如同铁桶一般。因此，臣以为若要除他，一则要快，免得夜长梦多；二则要出其不意，若他觉察到危险，严兵自卫，事情就难办了。"

张浚道："吕相言之有理。陛下，依臣看，此事今日就着手运筹，先将张俊部下两千精锐调入行在，就说要缉捕盗贼，防范范琼的八百亲兵。改日皇上再召范琼与臣等赴都堂议事，列数其罪，当场拿下，交付大理寺处置。"

吕颐浩道："陛下，臣当年与范琼嫌隙颇深，众人皆知，此事当由张枢密来处置，臣还是回避为好，以免朝野认为臣在公报私仇，有损朝廷公正严明的体面。"

赵构点头道："那就请张卿全权主持此事，务求干净利落！"

张浚一刻也不敢耽搁，立即请旨命张俊率领两千精锐渡江，赶往建康。当天晚上，与刘子羽商议到深夜，并将一帮刀笔吏锁在府中，将诏书等全部拟好，只等来日向范琼发难。

一切就绪，赵构便召张俊、杜充和范琼等人赴都堂议事，范琼见所召者都是股肱重臣，毫不怀疑，还扬扬自得。从住所去往都堂时，手下几百亲兵浩浩荡荡，满街都是他的人，简直比皇上的排场还大，范琼被簇拥在中间，意气自若，全然不知死到临头。

都堂议事已毕，赵构便赐膳食，一干人就范琼吃得多，其余众人都各怀心事，只是略微吃几口，范琼竟也浑然不觉。

饭刚吃完，吕颐浩等人只知道今日就要动手，却不知道如何动手。见张浚没事人一般，都不停地看他，范琼才觉得有点奇怪。坐在对面的刘子羽突然起身，立在范琼面前，从身后取出一纸诏书，大声道："皇上有旨，范将军即刻去大理寺置对，以明其罪！"

范琼吃了一惊，这时，张浚才从容站起，历数范琼的诸般罪状，从靖康时逼迁上皇、擅杀义士吴革、迎立张邦昌，一直说到前不久纵容士兵作乱、杀害守臣、勤王不力，足足说了十来条大罪。范琼瞠目结舌，说不出话来，像个傻子似的愣在那里。

张俊一声令下，手下二十名如狼似虎的士兵从外面涌入，将范琼捆绑在地，押出都堂。

都堂外范琼的亲兵见主帅被五花大绑押出来，都大惊失色，纷纷抽出兵刃，张俊的部下也在外围，拔刀与之对峙，都堂外的局势一触即发。

张浚命士兵将范琼押走，让刘光世出来安抚。刘光世乃是诸将中资历最老、地位最高者，且曾在京西带过兵，范琼带过来的这些亲兵都是京西人,无人不识刘光世。

刘光世对众人道:"范琼所犯罪行与各位毫无关系,你们都是大宋天子的将士,皇上对你们非常倚重!我刘光世在此以性命向各位担保,绝不会伤你们一毫一发!"说罢,空着手走入范琼亲兵当中,让领头的几名将官扔下兵器。

那几名将官见形势如此,互相看了一眼,都道:"愿听将军差遣!"说完将兵器投在地上,其他士兵见了,也投兵器于地,于是在一片"咣当"声中,方才还趾高气扬来都堂的范琼离开时却是狼狈不堪,毫无尊严。

扬州溃败前,王彦因为不满黄潜善的用兵之策,辞官还乡,范琼趁机吞并了他的八字军,王彦复职后,他也不交还。如今范琼入狱,朝廷便将这支八字军重新交付王彦统领,将帅重逢,无不欣喜。剩下的人马都分别并入其他诸将麾下,范琼的京西部队,就此灰飞烟灭。

一个月后,赵构下诏,将范琼在大理寺赐死。范琼行刑时,拼命挣扎,不甘就死,于是狱吏用刀从其缺盆插入,范琼惨叫多时才断气。不知临死前,他脑海里有没有闪过苗傅死时的情景。

建炎三年七月,张浚带着一千五百名亲兵,其中三百骑兵,自建康出发,奔赴陕西,赵构亲率群臣送至郊外,并御笔亲书《中和堂诗》赐给张浚,其中有"愿同越勾践,焦思先吾身"之句,诗最后还写道:"高风动君子,属意种蠡臣。"器重之意,满溢于纸。

张浚跪拜谢恩,赵构亲自扶他起身,道:"朕与卿约期三年,会师中原,如何?"

张浚道:"臣去了川陕,当竭心尽力,整顿军备,定将金军驱逐出陕西!陛下一定要保重!"说完再也忍不住,眼泪"唰唰"地流了下来。

赵构微笑点头,于是张浚再拜,起身上马而去,一路上流泪不止,刘子羽觉得奇怪,劝道:"相公不必过于感伤,三年不过是弹指一挥间,转瞬即过。"

张浚摇头道："我是心疼皇上。前不久太子不幸而薨，年方三岁，皇上伤心得罢朝五日，好不容易缓过气来。昨日有通问使自金国返回，告知二帝情况，皇上想到自己的父母兄弟还有皇后都远在北国，唯一的儿子也离他而去，孑然一身，国家又如此艰难，当着众宰执的面，难过得掉下泪来。唉，我等臣子眼见君父受辱却无能为力，真是惭愧！今日皇上亲自送我等出征，我见他眼中尚有红丝，却强打精神勉励将士，真是痛何如哉！"说罢，忍不住又流泪。

刘子羽听完沉默了，他没坐到张浚那么高的位置，跟皇上也没有那么深的感情。他想到的是，三年前，父亲刘韐死节于东京城外，正是他扶着父亲的灵柩回乡，从此发誓要与金人血战到底。如今终于碰到了极好的机会，身为张浚最信任的幕僚，他将大展宏图，既慰父亲在天之灵，也遂自己建功立业之愿。想到这里，他心中悲喜交集。

两人各怀心事，骑马在中军不急不徐地往前行，前军诸将却传来阵阵欢声。

赵哲、王彦、甄援等人都随行赴陕，甄援因勤王有功，升为阁门祗侯。他本来就是个一肚子豪气的人，此次跟随大军远赴陕西为国效力，更是将他激得豪气万丈，心情好得无以复加，一路上又是吟诗作对，又是大谈沿途风景典故、前朝旧事，把气氛弄得欢快活跃。

当晚，军队屯在雨花台，张浚正在帐中与幕僚们议事，突然随从来报，说是杜充来访。原来杜充奉旨从东京率军返回行在建康，晚上正好驻扎于江宁镇，听说张浚就在附近，便特意过来拜访。

张浚连忙起身，亲自领着众人出帐迎接，只见杜充在几名亲兵陪护下，挑着几盏灯笼，大步走过来。两人礼毕、寒暄过后，杜充道："德远为国连立大功，如今又要领兵赴川陕，平定天下的大任，一半就落在你肩上，杜充真是既羡慕又钦佩啊！"

张浚谦逊道："公美言重了，张浚才疏学浅，原本不该当此重任，只是国事艰难，圣上信任，不得不替君父分忧罢了。公美为天子守京都，至今一年有余，金人终不能攻取，这才是大功呢！"说着将杜充引入帐中。

众人见杜充来了，都知道他此趟回建康必定要位列宰执，既然两位宰执要议事，众人都识趣地回避了，帐中便只剩下他们两人。

张浚一边命人上茶，一边打量杜充。只见他身上的铠甲已经没有了，显得瘦削了许多。再看他的脸色，比之一年前似乎添了些皱纹，气色也晦暗无神。看来驻守东京的一年，日子不太好过。

杜充看着少年得志的张浚，原本就生得英俊，这时更年轻得如同二十出头的少年，而这少年却已经位列宰执，大宋开国一百多年来绝无仅有。

茶上来后，张浚说到正题上来："东京情况如何？"

杜充摆了摆手，道："不好。一升米已经卖到了四五千钱，城中百姓都承受不起，很多人携家带口离城出走，我也不忍阻挡，只能任他们去寻一条生路。河南大部都已沦陷，东京附近州县，要么落入金人手中，要么成了空城，已无法互相策应，中原之地看来是守不住了。"说完，忍不住叹了口气。

张浚听了也只能叹气，一年前，大臣中还有人争得脸红脖子粗，劝皇上驻跸南京应天府或中原腹地南阳，以图收复中原，现在提都没人提了。

杜充问："如今秋防在即，德远一直在皇上身边，可知皇上是否又要移跸别处？"

张浚道："我之前建议皇上先移跸武昌，控扼荆襄，以连接川陕和东南，吕相也同意，皇上几乎都定下来了。不过，我出发前，有人反对道：武昌离东南距离太远，粮草钱缗运输不便，更担心的是，一旦皇上离开，只怕江北的各路盗贼乘虚渡江，占据东南，到时不但不能连接首尾，反而落得进退两难。这种担忧，也不能说全无道理，于是皇上又打消了移跸武昌的念头。"

杜充点头道:"皇上虽然时常问计于臣下,看似议而不决,实则心里很有主意。前年议驻跸之地时,朝臣各抒己见,争论不休,皇上不能定夺。但我去东京赴任前,皇上召见我时却提到了此事,说昔日真宗澶渊之役,辽国兵锋南指,朝野震惊,大臣纷纷主张移跸别处。陈尧叟是四川人,建议真宗入蜀;王钦若是南方人,则建议真宗去金陵。只有寇准不为己谋,专为国计,建议御驾亲征,才有了澶渊之盟——皇上对此是洞若观火啊。"

张浚听到这里,禁不住心里跳了一下,之前他也建议过皇上巡幸汉州,皇上会不会也认为他是汉州人,才有此建议?

杜充又问道:"那皇上是不是还想南迁?"

张浚摇了摇头:"前日,皇上召集众将都堂议事,说到秋防在即,金人必将再次南下,问众将移跸何处为好。张俊和辛企宗又劝皇上从武昌、岳州南下,移跸长沙。皇上当时没有什么表示,我和吕相等宰执晚朝时,才得知皇上因此气得一日没吃东西,见了众宰执,还余怒未息,道:'张俊、辛企宗不敢与金人打仗,又怂恿我避到湖南去,国家已失河北、山东,如今还要朕放弃江淮,一退再退,天下已无朕容身之地!'宰执们劝慰半天,皇上才同意用膳。"

杜充听了,皱眉不语,过了半天才道:"也难怪皇上生气,一直以来,都说金兵厉害,无非就是骑射了得,但江浙水乡河湖纵横,再加上放水灌田,不利骑兵驰骋,这时候如果还畏之如虎,确实有点说不过去。更何况张俊、辛企宗手下精兵甚多,盔甲器具装备也较其他军队更齐全。"

张浚点头道:"说得是。上个月皇上才将新近制造的一批明举甲交给张俊和辛企宗,这种盔甲工料极费,每副竟达八千缗。皇上还对二人说:'这批盔甲的每一分毫,都是生民膏血,如果扔掉一片甲叶,相当于扔弃生民之肌肤,你们要好好爱惜!'"

杜充冷笑道："他们倒真是听进去了，爱惜得见了金人就躲。"

张浚道："现在已经无处可躲了，圣驾再往南撤，恐怕真会让人心动摇，人心一动摇，哪怕迁到两广、岭南，也是枉然。"

"也就是说，"杜充看着张浚道，"皇上的底线就是江淮，再也不能往南了？"

张浚不想那么明显地"揣测圣意"，便道："以今日之形势推断，先必防淮，然后防江，如果弃江、淮而不顾，则不等金兵来，天下已不复为大宋之天下。这应当是明摆着的事，皇上岂能不心知肚明？"

杜充心里有了数，道："看来皇上此次召我回行在，是有意让我驻守建康，德远在平江治军颇有时日，不知有何要叮嘱的？"

张浚心想，此事须问刘子羽，他定能给出不少好建议，有心派人去叫他过来，又怕刘子羽说得太好，万一杜充看上了他，向皇上请求调刘子羽协助守建康，川陕再重要，也不比建康驻跸之地，皇上多半同意，那自己岂不是自断一臂？

张浚便沉吟道："公美啊，你我都是文臣，行伍用兵之事，还须得有几个得力助手帮着参谋才行。此次去经营川陕，我也是打算看准几个人，放手用之，方可成就大事。你说的防江事宜，建议你与刘光世和韩世忠多多商议，他二人长年带兵，手下猛将如云，定能提出一些好建议。"

杜充听了，心想应该是这个道理，只是觉得刘光世和韩世忠两人仗着皇上宠信，又在军中资历深厚，恐怕不为其所用，但知道张浚也没更好的办法，他自己此去陕西，就要面对曲端等一众武将，没准正头疼呢。

两人又聊了些朝中之事，杜充便起身告辞，张浚一直送到营房门口才罢。

11 马家渡之战

杜充率领六万东京戍卫大军走了二十多天，终于到了建康城外，朝廷有旨过来，让他将大军屯驻于牛首山脚下，休整两日后，只身入宫觐见。

杜充担任东京留守后不久，有次突感胸闷气喘，浑身难受。当时正好岳飞陪侍一旁，便劝他平日里不要身披铠甲，否则反受其害，并以亲身体会告诉杜充，他即便在战时，只要能觅得一丝空闲，也必然卸下铠甲，稍事休息，如此方不致筋骨劳顿损伤。杜充听了，恍然大悟，才改了日日披铠甲的习惯。

难得有些闲暇，杜充便趁着天气好，带着十余名将领四处转转，顺便看看地形。牛首山下有一条山泉汇成的河，河水聚集，又在山脚汇成一片湖，此时正值仲夏，湖山掩映、林木苍翠，山花烂漫、鸟鸣婉转，一派南国风光。

一行人走走停停，转过山脚，发现有一条小道直通山顶，依稀看见上面有一座寺庙。杜充自从卸甲之后，浑身畅快，便道："上去看看！"

主帅既有这样的兴致，众人乐得奉陪，于是一行人沿着山路往上走，到半山腰时，走在最前面的副都统戚方发出一声惊叫："蛇！"然后慌慌张张地往后退。

众人停住脚步，顺着戚方所指望去，果然是一条大蛇盘在小道正中，全身乌黑，被人惊起，警觉地竖起半截身子，一边吐信，一边呼呼有声。众人都从北方过来,很少见到蛇,更没见过这种吓人的蛇,都有些害怕。

杜充心里有事,骤见如此一条大蛇挡道,心跳不禁加速,问身边的都统陈淬道:"此是何意?"

陈淬不比其他武将,还读过几年私塾,道:"当年汉高祖刘邦起事,有白蛇挡道,众将都惊疑不敢前,刘邦抽出宝剑,斩白蛇而起义兵,灭暴秦而安天下。如今黑蛇挡道,恰逢金虏南侵,何不效仿古人?"

杜充却不敢上前斩这黑蛇,便道:"谁箭法好,与我射杀此蛇?"

戚方急忙道:"看我的!"说罢,张弓搭箭,便去射那蛇头。只是山道弯曲,灌木丛生,那蛇又在上方,晃动不止,并不好射。戚方"嗖"地一箭过去,却没射中,只蹭在蛇皮上,反而惊得那大蛇蹿得老高,呼呼声如同牛喘,仿佛马上就要扑过来。

众人都惊叫,岳飞从戚方手中取过弓箭,轻舒猿臂,一箭过去,正中蛇颈。那大蛇腾空而起,疼得卷成一团,沿着山道旁斜坡滚了下去,半晌过后还能听到窸窣之声。

众人都惊出一身冷汗,面面相觑了一会儿,互相宽慰后,继续往上走,不多时便到了寺庙。

杜充在寺门前抬头看匾,上书:白云之寺。不禁笑道:"昔日艺祖见城门上写着'朱雀之门',便问宰执,'之'是何意?宰执答:语助也。艺祖道:之乎者也,能助得了甚事!"

众人都笑了起来,寺僧听到有客来访,早已迎了出来,见这群人器宇轩昂,仪表不俗,之前又听说山脚有大军驻扎,知是来了贵客,客气地将众人引入寺内,并奉上香茶。

杜充见这寺庙不大,杯具却颇讲究,茶也是上品,便问寺僧:"你这寺里的菩萨灵不灵验?"

寺僧道:"极灵。"

戚方听了道:"这和尚好大的口气!"

陈淬也不太信，问："如何个灵验法？"

寺僧道："菩萨灵与不灵，在于一个'惜'字。"

众人问："怎么讲？"

寺僧道："惜者，惜缘也。寻常寺庙，只要有客来，给钱就烧香拜佛，许下一堆愿，抽上一把签。我这白云之寺，无论多少香客来，一日只烧一炷香，只抽一根签。"

"哦？"杜充顿时来了兴趣，"那和尚，今日这签抽过了吗？"

寺僧道："还没。"

杜充道："那我抽得否？"

寺僧微笑道："施主正是有缘人。"

杜充大喜，随着寺僧到了正殿，只见中间正是一尊观音菩萨塑像，众人一见那观音，不由得都暗暗惊叹。平常寺庙里见的观音，都是眼睑微垂，神情肃穆，不苟言笑，而这观音却雕得极美，嘴角竟还隐隐带着一丝笑意，睁着双眼看着众人。

寺僧点了一炷香，取出签筒，晃了晃，伸到杜充面前来，杜充道："大和尚，今日可否来个不情之请？"

寺僧道："施主请讲。"

杜充指了指陈淬，道："这是我麾下都统制陈淬，可否破个例，让他今日也抽一支签？"

寺僧行礼道："原来是勤王之师的都统制，施主为天子守国都，我若说不，只怕菩萨也不答应。"

众人都赞道："这大和尚极会说话。"

于是陈淬从签筒中先抽了一根签，拿出来看时，却是两句话：数奇不是登坛将，竹杖芒鞋归去来。

众人看了，都面面相觑，不敢吱声，这肯定不是什么好签。不过随后细品，觉得又还有点意思；再品，又觉出一丝苍凉意味。陈淬尴尬道："大和尚，你这寺里的签好雅致！"

寺僧微笑不语，又把签筒晃了晃，杜充便也抽了一支，只见上面写着一首诗：鹤自云中出，人从月下归。蛰龙已出世，头角首生成。

众人都轰然称妙，杜充克制着内心的兴奋，称赞道："这诗意境极佳！"

众人中只有戚方大字不识一箩筐，急欲知道这签上说了啥，却又不好意思问，只好在一旁抓耳挠腮。

寺僧把签筒放回原处，立在一旁，也不说话，只看着众人聊天。

杜充让亲兵从随身褡裢里取出两锭大银交给寺僧，寺僧笑眯眯地接了，不再理会众人，转身缓缓朝内殿走去。

戚方冲他背影问道："大和尚，方才我们上山时，见到一条乌黑的大蛇挡道，胳膊般粗细，直立起来有近一人高，呼呼喘气，这是什么蛇？"

那寺僧头也不回，边走边道："那应该是一条过山风，性极暴烈，毒性也极大，平常都以吃其他蛇为生，那蛇后来如何肯让道？"

岳飞道："被我一箭射死了。"

那寺僧身体微微一颤，回头看了一眼岳飞，双掌合十，长念佛号道："阿弥陀佛！"

那和尚自去了，众人又在山上盘桓了一阵，别人都在看风景，只有岳飞眯着眼看周遭地势，若有所思。

两日后，杜充与吕颐浩、周望、王绚等众宰执一起在都堂觐见皇上。赵构对他守东京一年多极力夸赞，下诏称他"徇国忘家，得烈丈夫之勇；临机料敌，有古名将之风"。并任命他为尚书右仆射兼江、淮宣抚使，领行营十余万人马镇守建康，统制官王民、颜孝恭、孟洇、刘经、鲁珏、殿前都指挥使郭仲荀、殿前军统制王燮都听其调遣。连升二级拜相，统军十余万镇守行在建康，真可谓极尽恩宠与信任。

杜充谢恩出来，如此厚爵重任，似乎应了前日之签，然而心里头却高兴不起来。说是十余万人马，但真正堪用的不过三四万人，其他的要么远离行在，要么就是残兵弱旅，至于那些个将官，全部都是平庸之辈，更无一人有大将之才。

赵构也知道杜充麾下能用之将不多，便命刘光世为江东宣抚使，守太平及池州，让刘光世和守镇江的韩世忠一道，都受杜充节制。

杜充治军极其严苛，但凡有不守军纪者，轻则军棍伺候，重则斩首，所以手下诸将皆苦不堪言。大宋军队已经散漫了几十年了，杜充想一举扭转，实在有些勉为其难，而且他在轻重缓急的把握上呆板僵硬，因此收效甚微不说，反而让三军不安。

刘光世与韩世忠早就知道杜充治军极严，不愿归他节制，便与麾下诸将议论，麾下诸将又与所属校尉等人议论，校尉又与士兵们议论，添油加醋，人心惶惶。然后刘光世上书给赵构，说自己不适合由杜充节制，还摆出六大理由，甚至连"以不习战者御习战者，不亦惑乎"这种话都说出来了。

赵构看了刘光世的奏折，不禁大怒，才斩了苗、刘与范琼，以为众将会帖然听命，没想到又出来这种混账话，心想：按这说法，朕也属于"不习战者"，就不能指挥你这个"习战者"？割据习气，竟如此难以根除！当即一纸诏书将刘光世从江北召到行在，等刘光世到了行在，却把他晾在宫门外等诏，不许他进殿。

刘光世目不识丁，为人却极聪明圆滑，知道多半是手下的刀笔吏把自己的意思写得太尖锐，惹怒了皇上，于是立即在宫门外长跪不起，并让内侍转报皇上，自己"惶恐不已，凛然受命"。

赵构听了，果然转怒为喜，命他进殿，好言抚慰，并赐给他一个银盒，里面装着高丽进贡的人参。

韩世忠听说了刘光世的遭遇，便也跟着"凛然受命"。

杜充倒是心里有数，知道指挥不动这两位大爷，也不去强求他们，只是专心整治自己从东京带来的几万人马，沿江布防。

其时已近八月，按往年规律，金军即将开始南下。赵构五月份派出去的使节洪皓等人还未返回，为保书信必达，赵构又派工部尚书崔纵和武显大夫郭元明分别为正副使，出使金军军前乞和。半月不到，再遣资政殿学士杜时亮和开州刺史宋汝为正副使，致书金军最高统帅粘罕，终于将赵构的亲笔信递到他手中。

在书信中，赵构已不再称帝，而是以康王自称，其书谓："既遣使者于庭，君臣相聚，泣而言曰：古之有国家，而迫于危亡者，不过守与奔而已。今大国之征小邦，譬孟贲之搏僬侥耳。以中原全大之时，犹不能抗，况方军兵挠败，盗贼侵交，财贿日朘，土疆日蹙，若偏师一来，则束手听命而已，守奚为哉！自汴城而迁南京，自南京而迁扬州，自扬州而迁江宁，建炎三年之间，无虑三徙。今越在荆蛮之域矣，所行益穷，所投日狭，天网恢恢，而无所容厝，此所以朝夕愳愳然惟冀阁下之见哀而赦已也。"

粘罕听人念到这里，又让译者解释了一番，心中也颇诧异。一国之君，把姿态低到这份上，实在是罕见。之前粘罕攻城略地无数，有些宋朝守臣被俘，宁可膝盖被敲碎，也不下跪，也不求饶，虽为敌国之臣，亦令人敬佩，然而自家皇上如此卑言媚词，倘若他们地下有知，不知作何感想？

幕僚继续念道："某愿削去旧号，盖知天命有归，天地之间，皆大金之国，而无有二上矣，亦何必劳师远涉，然后为快哉！昔秦并天下，可谓强矣，而不废卫角之事；汉高祖成帝业，可谓大矣，而不灭尉佗之国；周武帝兼南北朝，可谓广矣，而许留萧察以为附庸。故曰：竭山而畋者，非善畋者；竭泽而渔者，非善渔者也。伏望元帅阁下，恢宏远之图，念孤危之国，回师偃甲，赐以余年。"

粘罕听完译者解释，道："这宋朝礼仪文章，真是十分有趣，叫声'饶我小命'也就罢了，偏偏绕来绕去写这么多！"

书信最后道："社稷存亡，在阁下一言，某之受赐，有若登天之难，而阁下之垂恩，不啻转圜之易，伏惟留神而特加矜察焉。"

粘罕听完，摇头不止，又是叹息，又觉好笑，于是下午召集众将商议南下进兵之策时，将赵构书信给他们看。

兀术首先拿信过去看，也不要翻译，很快就看完了，将信递给别人，并不说话。

粘罕知道兀术能识汉字，但不信他能看这么快，便问道："四太子有何看法？"

兀术道："此乃赵构的款敌之计，当不得真。"

粘罕听了，便知他真的看懂了，不禁心里略有嫉妒，便问："赵构在书信最后，说什么'求阁下一言'，四太子觉得我回一句什么好啊？"

兀术笑道："宋朝的开国之君赵匡胤是位雄主，当年遣师围南唐都城金陵，南唐李后主派使臣求和，说江南无罪，不必征讨，正是赵构这般语气。元帅可知赵匡胤是如何回答的吗？"

粘罕自是不知道，看着兀术等他说答案。

兀术道："赵匡胤是这样回答的：江南固然无罪，只是卧榻之侧，岂容他人鼾睡！"

粘罕不禁大笑，连声道："答得好，答得妙！本帅若以此话回复赵构，只怕他会瞠目结舌，欲哭无泪！"

众将也听译官念完了书信，都觉得好笑。听了兀术之言，都大声叫好，道："元帅正可用此话答他，又干脆，又痛快，哪里用得着这般啰里啰唆！"

粘罕听了，还真打算就将此话回给赵构，正热闹间，兀术在旁淡淡地道："此话固然解气，但还是由皇上说给赵构听比较好。"

众人一愣，细想果然是这个道理，便都不说话了。

粘罕颇觉无趣，心里有气无处撒，便恶狠狠地对侍从道："那些个南朝使臣，全给我拘押起来，一个也别放回去！"

于是话题转到南下用兵上来，去年南下，战事之轻松顺利，虽属意料之中，却又在意料之外。以区区几百骑人马，便直捣扬州，几乎生擒赵构，虽然最后功亏一篑，让赵构侥幸逃脱，但从富庶的江南掳掠的无数金帛美女，让金国上下都无比满意。因此，此次秋高马肥之际，几乎不用动员，各军将士早早就做好了再次南下发财的准备。

这也是赵构即位以来，金军连续第三年大举南侵，此次用兵，金军将帅们几乎没有任何争执，仍然兵分三路：东路军由挞懒统领，攻取山东及淮北，掩护中路主力军侧后；西路军仍由娄室率领，进攻陕西，牵制西夏，并阻隔陕西宋军东出中原；而此次的中路军主力则以兀术为主将，从应天府南下直击江南，务必一举擒获赵构。

金军速度奇快，十月初，中路军主力便接连占领了应天府和寿春，直逼江南。

消息传到建康，端明殿学士、枢密院事周望建议道："建康距离杭州约有千里之遥，距离明州、越州又有数百里，如果发生紧急军情，急切间再调动各路兵马，恐怕来不及。不如升韩世忠充两浙、江、淮守御使，自镇江到苏州、常州、瑞山、福山等军事要地，都归其管辖，这样可以统一调度，不误军机。"

这个建议实无不妥之处，不料赵构一口否决："此议不可。这等粗人权势不大时，严加训戒，尚能深明义理，一旦权势稍盛，就骄矜自满。前向我令其部归杜充节制，他都推三阻四，倘若给他如此大的权力，他必与杜充争锋，到时反而僵持不下，贻误战机。"

周望听了，暗自嗟呀不已。几个月前韩世忠还极受恩宠，连着老婆儿子一并封赏，如今却成了"这等粗人"，真是天意难测啊。

殿中侍御史赵鼎却能领会赵构的意思，道："陛下，前不久韩世忠屯蒋山时，因守臣连南夫行动迟缓，韩世忠便将他赶走，并夺其驻所，自己住了进去。此事如何处置，竟一直悬而未决。如今秋防已至，大敌当前，更应当明确法纪，以正朝廷之威，此事不能不了了之。"

赵构听了，十分头疼，便问："卿以为当如何处置？"

赵鼎道："依臣之见，连南夫在秋防之季，还温吞迟钝，缓不及事，的确罪不可恕，但韩世忠率领手下闯入朝廷命官驻所，将人赶走，占为己用，此所谓逐天子之京尹，也应训斥！臣请陛下下诏，一面罢免连南夫官职，一面严责韩世忠，并将那些最先闯入驻所的士兵治罪，这样方显朝廷刚正无私。"

赵构大喜道："卿之所言，真国士也！当年唐肃宗的灵武诸军草创之初，军纪不严，朝廷不尊，后肃宗得一李勉，治军有方，才使得朝廷得以尊崇。如今朕得一赵鼎，真是无愧于古人也！"

周望等人在一旁见了，也只能羡慕赵鼎应对得好，该得皇上这样的考语。

金军到江北，已是旦夕之间的事了，既然防守建康的重任交给了杜充，赵构不得不筹划何处避敌，吕颐浩道："金人南下，目标很明显，就是一路追击陛下。陛下驻跸何处，他们就追至何处。因此，当下之计，不能只确定一处驻跸之地，应当根据形势且战且避，相机行事，唯一的目的就是确保陛下于万全之地。臣愿意留在苏、常二地死守，除非颐浩死，否则金军就别想拿下这两地！"

赵构舍不得将吕颐浩当守臣用，道："朕身边岂可一刻无宰相！卿还是随在朕左右为好。"

周望慨然道："陕西的翟兴、李彦仙等人，手下并无正规军，不过是召集了一群溃卒和盗贼，整编成军，便能与金军对垒，分别拒守陕州和洛阳。臣等位列宰执，如果不能死战以守国土，他日有何面目见李彦仙等人？恐怕羞也要羞死了！"

周望个子不高，一副儒雅书生的模样，却颇有才略，也能在治兵上提出一些建议，方才提到扩大韩世忠职权，以统一江防指挥权，单就军事上而言，是个不错的主意。

赵构听他如此说，也道："去年陕西金军势如破竹，诸路将领均不能阻挡，唯有李彦仙连战连捷，收复多处失地。朕当时看了捷报，喜出望外，以致夜不能寐。"

吕颐浩道:"陛下,如今杜充守建康,控扼长江中游,不如让臣守平江,督促诸将在下游防守,而让周望驻兵武昌守上游。这样的话,从武昌往下至建康,再至平江,沿江都有防范,金人就难以渡江了。"

赵构仍是不愿意吕颐浩离开身边,便让周望担任两浙宣抚使,统兵守平江府,控制长江下游,与驻守建康的杜充呼应。而让刘光世移屯江州,与武昌守军相呼应,并拱卫南昌,因为孟太后此时就在南昌。

一番忙乱过后,江、淮防守格局已定,赵构君臣于是从建康撤至平江府,然后又由平江府撤至临安府。

撤离平江府时,周望建议让诸军先行,御驾后行,因为以前每次都是御驾先行,结果后行的军队在拍屁股走人前,无不乘机劫掠。于是赵构采纳其建议,让诸军先行,御驾在禁卫的护卫下后行,果然安然无事。

"周望果有宰执之风!"赵构欣喜道,"有他守平江,或许可保东南安宁。"

在赵构君臣到达临安府的当日,金将拔离速和耶律马五率领的一支金军攻陷了黄州,黄州守臣赵令城破被俘,不屈而死。金军于是自黄州渡江,直扑南昌,那儿正是孟太后停留之地。

此时驻防江州的刘光世还以为金军远在千里之外,天天与朝奉大夫韩间饮酒作乐,听到探报说有一队人马往南,还以为是蕲州那边的盗贼,便派遣前军统制王德前去剿灭。王德抢先到达兴国军,挡住"盗贼"去路,甫一接触,才知道金军的大队人马到了,立即逃之夭夭。于是金人兵不血刃,攻占大冶县,直奔南昌而去。

就在宋军猜测江西这支金军的实力与意图时,另一支金军攻陷了和州。此地离建康快马只有几日的路程,探报告知,这支金军声势浩大,行军时扬起的尘土遮天蔽日,必是金军主力无疑。

和州正在长江北岸,建康西面,和州守臣不战而降,使建康骤然暴露在金军主力兵锋之下。

金军向来行动神速，杜充早有领教，但还是吃了一惊，立即将还在江北与李成作战的岳飞与王燮召回，然后派兵在江北金军必经之地坚壁清野，将百姓全部迁至南岸，焚毁所有民房和寺庙。

事发突然，岳飞与王燮部匆忙撤军到南岸时，留下了几十艘大小船只在北岸，既没带走，也没烧毁。

岳飞率部回建康后，来不及休整，便直接去了杜充的帅府。

此时的杜充，自从脱了铠甲之后，整日身着便装，与帐下清客幕僚畅谈古今之事。建康乃六朝古都，风雅人物极多，拜相之后，更多隐者名士慕名而来，杜充经常和他们宴饮，自觉胸有千卷诗书，手握十万雄兵，实乃人生快事。

杜充真心实意地看重岳飞，听说岳飞求见，也不散席，直接让他进来。岳飞一看这儿高朋满座，只好把满肚子的军情先压下去，勉强坐在杜充旁边陪酒。

席中有一新来的老进士叫王宵，因在宣和年间被人弹劾丢了官，便心灰意冷回了建康老家，家有不少良田，日子过得十分逍遥。此人号称会相面，见人就相，有时还颇准，因而有些名气。刚刚给杜充相了一面，说得杜充心里头十分快活，这时见了岳飞，这相面的瘾又上来了，便问："敢问这位将军，高姓大名？何方人氏？"

岳飞欠身答道："不才姓岳，单名一个飞字，相州汤阴人氏。"

王宵眯着眼打量了一会儿岳飞，问道："将军虽是汤阴人，却在外地长大，然否？"

岳飞照实道："家父在岳飞尚在襁褓时，便不幸去世，因此家母带着我去邻县投奔亲戚，一直在那边长大。"

众人都惊叹，连连称奇。只有岳飞断定王宵定是从自己的口音上听出来的，他能做到这一点，也算是心细如发，值得称许，却偏要这般装神弄鬼，不知图什么。

王宵又问："将军平日里是否使一杆铁枪？"

岳飞心里冷笑，大宋的将官里十有八九都使铁枪，有什么稀罕，便答道："正是。"

果然又是一阵惊叹。

王宵又问："将军箭术了得，堪称百发百中，有此事否？"

岳飞道："不敢说百发百中，十中其九应无疑问。"

众人更加惊叹不已，岳飞想了想，也就明白了。自己肩阔膀圆，正是常年拉弓射箭练出来的，手掌又极粗大，射箭的好手哪个不是这样？

王宵不再问，只向杜充深深作了个揖，道："恭喜丞相帐下猛将云集，江南百姓，全赖丞相保全！当年淝水一战，谢东山运筹帷幄，大败胡虏，使得晋室存于江南。如今金虏南下，丞相拥雄兵十万，坐镇建康，江浙父老，深为倚望，皆云宋祚存亡，在此一战。王宵不才，特作赋一首，赠予丞相，唯愿借丞相威名，一战而定鼎天下，使此赋流传后世。"

杜充起身从王宵手中接过卷轴，打开一看，题目正是《大江赋》。看了前几句，只觉文采尚可，但说要流传后世，那是不作任何指望，便莞尔一笑，搁在案旁。

岳飞眼见金兵压境，建康危在旦夕，这帮文人骚客还在这儿不知死活地咬文嚼字，而主帅竟也乐此不疲，真是急火攻心。正无可奈何间，突然灵机一动，瞅个机会，轻声对杜充道："相公，刚才接到探报，江北有金军游骑向对岸瞭望，很可能金军就在这几天打算过江。"

这句话立即收到了奇效，刚才还闹哄哄你唱我和的宴席霎时安静下来，众人都拿眼睛瞅着岳飞，仿佛只要岳飞说一句："金军来了"，他们会拔腿就跑。

杜充听了，也吓了一跳，便强作镇定，对众人道："杜某公务缠身，恕不能奉陪。"然后起身送客。

众人也都识趣地站起来，鱼贯而出，脸上都颇有惊惶之色。

等众人一走,杜充立刻问岳飞:"果然见了金军游骑?有多少人马?"

岳飞道:"相公不必过忧,金人进军前,经常有游骑在前探路。此次与李成作战,金军突然从后方出现,我军始料未及,匆忙撤退,不慎留了几十艘大小船只在北岸,我料金军很快就能找到。一旦有了船只,金军必在近期过江,我军沿江防守,一刻也不能放松。"

杜充松了一口气,想了想道:"大江上下,都已派兵驻守,金人自北方而来,不习水战,又无多少舟船,我料他们难以渡江。即便渡江,也只能分批而过,极容易提前侦知,趁他们渡到一半的时候,突然出击,定可获全胜。"

岳飞听他说得如此轻松,不禁十分担心,道:"相公千万不可大意,守江不比守城,前后纵横数百里,只要有一处疏漏,就全线崩溃。且我大军过去几年一直镇守城池,对于守江并无经验,万一有所纰漏,则大局危矣!"

杜充觉得岳飞说得有理,然而在他脑海里却总是无法形成一幅完整的江防图,因而他也不能像岳飞那样,清晰地看出纰漏在哪里。既看不出纰漏,他也无法像岳飞那样发自内心的焦虑。

"依你所见,该当如何?"杜充便问自己的心腹爱将。

岳飞道:"请相公出城巡视江防,遇有懈怠之处,即时指正,若再犯,则斩责任者于江岸,使三军警醒!此外,请相公招募当地熟习水文之人,将沿江上下三百里可渡之处全部标出,每段江防都分派军队把守。即便偏僻之处也应防范,并沿江设立警戒,每十里置一探马,不分昼夜,往来奔驰,只要一发现有金军渡江迹象,立时飞报帅营,这样方可保万无一失。"

杜充听了,心里涌起一股莫名的疲累与烦躁,就像一个毫无文才的学生被先生逼着写文章一样难受,想了想道:"来日我当出城巡视江防,诸将有不尽力者,必斩于江岸。"

岳飞还要再劝,杜充道:"你说的,我都听到了,会让幕僚们去办。

你深知兵事，又忠心耿耿，本相有你辅佐，还有什么好担心的。"说罢，起身便往门口走，岳飞无奈，只得跟到门口，告辞出来。

杜充重新回到案旁，出了一会儿神，随手拿起王宵写的《大江赋》又看了起来，见其中有称赞自己的话："思深而道尽，复古以型今"，这明显是把他比作谢安了，深合心意，脸上不觉露出一丝微笑，心情也好了些。

他也未全忘岳飞的劝告，将几个幕僚叫进来，命他们传令诸将严加防守，有任何敌情立即上报，不得延误。

至于亲自视察江防、招募熟习水文之人沿江标记、每十里设探马等这些具体措施，他都没有提。如此琐碎细务，哪里是宰相之责！

不过，大敌当前，杀人立威却是简单省事。过了两日，杜充派出亲兵队，沿江察看，见有几名士兵因长江北岸空无一人，便卸甲而坐，亲兵立即将这几名士兵连同长官一同抓起来，送到帅营。

杜充二话不说，便将这些人全部斩于军前，以此警醒诸军。这个实在有些过分，此时不比两军阵前对垒，非得全身披挂不可。那些士兵正在瞭望对岸，观察敌情，并未懈怠，即便有金军要过江，披上盔甲应战也完全来得及，如此滥杀，虽然一时使得诸军胆战听命，却也让将士寒心。

不出岳飞所料，金军很快便得到了宋军遗留在北岸的船只，几乎毫不停歇，开始在采石渡江，采石江面平缓开阔，守将乃是王民和张超，太平州的知州郭伟也带守军前来助战。金军乘船快到南岸时，宋军占据高地，突然千弩齐发。金军猝不及防，死伤甚众，狼狈退去。

傍晚时分，金军又乘船攻来，这次船顶都覆盖了一层厚厚的牛皮，再用成捆的灌木包裹，弓箭无法穿透。宋军用几十艘轻舟挡在岸边，让金军船只无法靠岸，有几艘金军大船撞开轻舟，强行靠岸。郭伟大呼一声，率领几十名亲兵直扑江面，其他将士也奋勇争先，立即将这几艘船上的金军包围，金军虽然强悍，但也寡不敌众，被杀得一个不剩。后续船上的金兵看了，知道此时上岸就是送死，只得退去。

连续打败了金军的几波进攻之后，宋军士气高涨，王民等人立即向杜充报捷，杜充大喜，派人送了两车金帛过来，犒赏将士。

北岸的金军初战受挫，不得不退后扎营，兀术也并不慌乱，把众将叫过来问计，前军千户韩常道："宋军虽然留了些船只在北岸，但毕竟只有几十艘，一次顶多能运过去一千来人，且最先登岸者不过一二百人，对宋军形不成威慑，还容易被其趁势歼灭。但倘若这些船只能来回三五趟不被发觉，则南岸有我军四五千人，就可立足一战，宋军必不是我军对手。"

兀术觉得有理，不要说四五千人，只要南岸有两三千人，就能顶住宋军的攻击，让大军从容过江，一旦过了江，则何处不是大金铁骑的天下？

只是如何觅得这三五趟的来回时间，却颇不容易。对岸宋军接连小胜，士气正高，再与之相持下去，讨不到任何好处。韩常道："不如佯装退兵，待其稍有松懈时，另寻渡口突然渡江，可以打他们个措手不及。"

兀术便令大军沿江展开，然后缓缓退去，对岸宋军见了，隔江叫道："好走不送！"有些粗鲁的，干脆脱了裤子，冲着对岸撒尿，以示轻蔑。

金军退了十余里，直到对岸完全看不见为止，兀术命人四处搜索，务必找到一些本地百姓，勿加伤害，只询问沿江地理。于是金军在四面山里搜索，果然找到一些逃跑的百姓，从他们口中得知离采石往东五十余里，有一处渡口叫马家渡，与采石江面宽缓不同的是，这马家渡江面狭窄，水流略为湍急，因而平常从此处渡江的人少。

兀术便派人去马家渡察看，竟然无人防守，再看江面，虽然水流较急，但只要没有大风，乘船过江绝无问题，南岸是一片开阔地，正好作战场。

兀术得知，喜不自禁，立即对手下将领道："宋军见我撤退，以为我军至少要休整两日，必定会松懈。本帅决定，趁着风平浪静，今晚便从马家渡渡江，至天亮前务必渡过去五千人马，则大事必成！"

众将都看出这是个难得的机会，个个摩拳擦掌，兀术便杀猪宰羊，让将士们饱餐了一顿。夜幕刚降临，便令全军人衔枚，马戴嚼，静悄悄地往马家渡移动，那几十艘船也贴着江岸往东驶去。

半夜时分，全军已至马家渡，大江两岸安静得如同墓地，只听到波涛之声。兀术让韩常为先锋，第一拨过江，过了一个多时辰，空船驶了回来，并告知韩常已经率部登岸。

兀术大喜，立即命千户阿里和当海次第渡江。等到第三拨人马顺利渡江完毕后，天边已经微微泛白。兀术松了一口气，从容登船，亲自率领中军精锐过江。

船到江心，天色已经颇为明亮，突然听到南岸梆子声大响，原来巡防的宋军终于发现金军动静，顿时一片鼓噪之声。兀术站在船头眺望南岸，见韩常等人已经占好地势，笑道："现在长江天险我与南军共有，还能奈得我何？"

此时天已大亮，听到梆子声赶过来的几百宋军一见黑压压的金兵队伍，早吓得魂飞魄散，连箭都不放一支，抱头鼠窜。

杜充接到金军渡江的消息，是在半上午，他吃完早饭没多久，还在品茶，帐下幕僚正在给皇上起草采石击退金军的捷报，突然，远远听到声嘶力竭的长喊："报——"，一名传令兵狂奔而来，累得大汗淋漓，进门便跪下气喘吁吁道："报元帅，金军已于昨晚在马家渡大举渡江！"还没等杜充反应过来，接连又有三名传令兵过来报告了同样的消息，刚才还一片胜利喜悦的帅府顿时笼罩在沉重恐惧的气氛中。

杜充手里的茶全洒在了地上，这个突如其来的坏消息惊得他浑身冰凉，他比刘光世还算尽责一些，愣了半晌后，脑海中第一个浮现的念头不是一走了之，而是如何阻挡。他定了定神，急忙传令给陈淬，让他率岳飞等十来名裨将各领所部去马家渡阻击金军，陈淬这支军队有两万多人，杜充还嫌不够，又急令殿前军统制王燮率部一万两千人前去增援。

陈淬先于杜充听到了金军渡河的消息，在杜充要求进军的帅令发来之前，就已经开始调兵遣将，一边忙一边骂道："不省事的混账东西，这么多人马在江上折腾一夜，就一点动静都听不到！"

等帐下裨将都集齐了，陈淬一眼看过去，个个脸色发白，唯独岳飞浓眉紧锁，眼中冒火，却神色如常。王燮的部队还在北面，已经传了好几道将令让他去马家渡会合。

列阵完毕，陈淬便带着二万人马向马家渡挺进，他估摸了一下，一晚上金军渡过来的人顶多也就五六千人，如果尽快赶过去，还可来个以多胜少，半渡而击，但又不敢让队伍行进太快，免得士兵赶到马家渡时，过于疲惫，反而被金军以逸待劳。

离马家渡还有十余里，远远便看见十几骑女真游骑在侦察地形。见宋军大队人马过来，毫不慌乱，几个骑兵往渡口飞驰而去，其他人往两翼转移，速度之快，身手之矫捷，胜过宋军中最好的骑手。

陈淬对着手下众将大声道："金狗现在只过来了数千人，我们趁势进攻，把他们全部逼到江里去，叫他们一个不剩！"

于是宋军整好队形，中间是持长枪步兵，步兵后是弓弩兵，两翼是骑兵保护，向马家渡压过去。

陈淬也派出二三十名骑兵去马家渡窥探金军阵势，但这些骑兵一个也没能回来，在离马家渡两三里的时候，便被女真游骑盯上，一个包抄，立即将其后路截断，然后分割包围，将宋军骑兵全部斩落马下。

宋军大部队离马家渡只有五里路的时候，金军派出了一队五六百人的骑兵过来迎战，他们并不冲击大阵，而是凭借马快和骑术精湛在外围不停地放箭骚扰，并从两翼挤压宋军。宋军骑兵无法与他们对抗，不得不往中间走，于是宋军的阵势变得拥挤起来，原本十分整齐的队形开始扭曲，有些地方挤作一团，将领们大声呵斥，才勉强保持阵形完整。

宋军又向前挺进了一会儿，终于见到了金军的过江部队，人数约有五千，已经严阵以待。陈淬举起令旗，命令部队毫不停歇，继续前进，依仗人多的优势挤压金军。

兀术远远看见宋军压过来，阵形还颇完整，心里有些惊讶。南下以来，还没有宋军敢在旷野与金军对阵，不过他麾下的金军乃是大金国的精锐，又是刚刚南下不久，人和马都养得精气十足，对宋军更是具备天然的战术优势和心理优势。

兀术将令旗一举，韩常等人见了，也将令旗举起，几千金军发出震耳欲聋的吼声，兀术一听这气势，禁不住笑道："孩儿们都憋坏了！"

两军相对移动，越逼越近，突然一阵极其密集的"嗖嗖"声响起，两边开始互相射箭，箭支像蝗虫般在两军上空飞窜，甚至在空中碰撞在一起。此时，中箭士兵发出的惨叫声、擂鼓声、将领的呼喝声、士兵沉重的脚步声、马蹄声混杂在一起，马家渡被笼罩在一片极其紧张肃杀的气氛中。

两支大军终于接触到了一起，立即开始了厮杀，宋军前军将长枪端平，挺向敌阵。因为人多，一时长枪如林，步步进逼，有将金军逼入身后的长江之势。

金军毫不畏惧，用盾牌挡住长枪，拼命往前挤压，一旦挤压到宋军长枪兵近前，便抡起沉重的狼牙棒和砍刀劈杀。后面的宋军立即填上来，并用长枪猛刺，双方绞在一起，杀得难解难分。

陈淬在中军，四处张望，两军胶着之际，如果王燮的援军此时赶到，战局将大为改观。他再往侧翼看，金军的骑兵仍在不停地包抄、袭扰，宋军骑兵疲于招架，越战越少，等到自己骑兵打光的时候，金军骑兵就会毫无顾忌地攻击步军方阵的侧翼，甚至绕到方阵后方攻击。到那时，即便宋军人数占优，但反而会被包围，四面挨打，支持不了多久。

陈淬在心中默念："我的王大将爷，你就快来吧！"他现在只能和金军抢时间，必须抢在自己骑兵被打散之前让步军有所突破，于是，他举起令旗，命令军中十几面大鼓一起擂响，亲自率中军将士向前压去。

兀术见宋军越压越紧，骑兵清理两翼还需要些时间，而自己这边的步军虽然拼死力战，但因为人数少，迟早会支撑不住。一旦被宋军冲垮，则局面无可挽回。当下更不犹豫，披上大红披风，跨上战马，率手下两百名亲兵直奔宋军左翼而去。

金军见了主帅的大红披风迎风抖动，疾如闪电，神威凛凛，不禁欢声雷动，士气更加高昂。兀术手执长斧，直奔宋军大阵的侧后。

这支骑兵是女真精锐中之精锐，每人都身经百战，骑射极佳，宋军骑兵根本拦不住，很快就被冲开一道口子，兀术大声道："谁把领头的南军将领射死，赏五匹好马，二百两黄金！"

宋军左翼骑兵将领正是王民，被亲兵重重保护着，指挥骑兵艰难支撑。突然几十名敌骑迎面急驰而来，马上却不见人，都伏身藏在马肚子下。等离得近了，突然现身，旋风般地从旁掠过，一阵箭雨急射过来，弓是硬弓，又借着马势，这阵箭雨瞬间就将十几人射下马来。

不待他回过神来，又是几十名敌骑依同样法子连续进行了第二轮、第三轮袭击，三轮过后，身边的亲兵立即少了一半，王民知道下一轮冲击过来的时候，掉落下马的将会是自己，便掉转马头，往后撤退。

宋军大阵的左翼终于被撕开了，金军骑兵开始肆意地撕扯没有多少防护能力的宋军侧翼，宋军的阵形开始向内压缩，士兵们互相挤压，有些士兵被自己人绊倒踩踏，发出惨叫声。

岳飞最先发现了左翼的危机，而此时前方宋军虽然略占优势，但要冲垮金军还远远不够。战局再这样发展下去，宋军崩溃是迟早的事。

在此千钧一发之际，王燮终于率领部队赶到了战场。兀术看到远处尘土大起，又一支宋军部队赶到，看样子人数不少于一万，不禁有些吃惊，便令骑兵继续猛攻宋军侧翼，自己退到一旁观察战场。

与宋军增援部队赶到的同时，金军这边又有两千余人从北岸渡江过来，并已经列好阵势，兀术便命这支部队直扑敌方援军，趁对方立足未稳，抢占先机。

王燮赶到战场，只见两军厮杀正酣，他是个平庸之人，毫无领军之能，其他诸将遇到盗贼好歹能威风一把，他的部队却是连盗贼的便宜都轻易占不了。他立在马镫上，望着纷乱的战场，脑袋里一团糨糊，看不出宋军大阵左翼已经岌岌可危。犹豫片刻后，竟然就在陈淬大军的后方列阵。

还没等他把阵列好，一队金人骑兵已经席卷过来，仍旧是直奔侧翼，尘土散尽，一大队金军直冲过来，如凶神恶煞，其战斗力之强乃王燮部下士兵平生所仅见。

原本王燮可以杀金军一个措手不及，结果现在反倒成了他仓促应战，他手上的人马比前来迎战的金军要多出几倍，他却过于谨慎，不敢快速展开部队，以至于在对垒中缩成一团，根本无法发挥人数优势。

岳飞眼见左翼缺口越来越大，急得如火烧心，想要率部去救援，奈何大阵被挤压得十分密集，急切间挪不动人马，只得一面率军往前猛冲，一面派人去中军找陈淬，让他命令王燮分兵往左翼增援。

陈淬也已看出左翼危急，王燮一到，他便火速派人传令他去大阵左翼列阵。王燮接到命令后，不敢主动进攻，但陈淬的命令接二连三地到来，情况十分紧急。就在这犹疑间，金军已经杀上来了，他想分兵救援左翼已无可能。

宋军大阵左翼终于出现了溃败的迹象，至此，战局已定，虽然前军将士奋力拼杀，但左翼的溃败很快就会波及过来。陈淬大吼一声，不退反进，喝令中军大旗直往前指，宋军将士见主帅如此拼命，也都奋力向前。

这是宋军最后的一波攻击。接下来，最先溃败的是最后抵达战场的王燮部队，当他发现宋军大阵摇摇欲坠时，根本不想尽力去补救，而是掉转头就跑，甚至连自己部下都顾不上。

在如此大规模的会战中，只要有任何人溃败，都会导致兵败如山倒。王燮这一万多人阵形大乱，互相踩踏，原本苦力支撑的陈淬大军顿时斗志全无，争先恐后地跟着逃窜，陈淬抵死不退，命亲兵连斩数人，稳住阵脚，继续苦战，奈何人越来越少。再回头看，除岳飞一部还在且战且退外，其他部队早已远离战场。

陈淬长叹一声，纵马直扑金军，剩下的千余名将士也跟着冲锋，金军并不与之接战，而是紧凑阵形，慢慢包围这些人。在合围之前，几百人战死，另有几百人拼命突围而去，最后被团团围住的只有陈淬等几十人。

这几十人批着几十斤重的铠甲奋战几个时辰，汗透重甲，遍体鳞伤，战到最后已经精疲力尽，当意识到再战下去已经没有任何意义时，这群人席地而坐等死。金军围着他们，一边辱骂，一边准备拿住他们虐杀取乐。

陈淬起身，正好衣甲，道："我乃宋军主帅，传话给你家元帅，我已战败，甘愿就戮，但是不能受辱而死！自古只有战死的将军，没有被折辱而死的将军，请你家元帅送我上路！"

宋军主帅的话，金军将士不敢不传达。兀术听了，瞿然而惊，立即传令不得凌辱敌帅，并驱马亲自过来劝降。陈淬坐在地上拱拱手，淡淡说道："有死而已。"说罢，便靠在侄儿陈仲敏背上，闭目不再理会。

金军将士都十分佩服这些硬汉，兀术一挥手，金军大喊道："好走！"一齐放箭，将这几十人全部射死。

金军渡过江的人数不多，且血战过后，无力追赶，于是南岸军队暂作休整，北岸军队继续过河。兀术一边命人清理战场，一边带着亲兵沿岸察看，早上渡江时他心中还有几分忐忑，现在完全就是神闲气定。他知道宋军马家渡大败的消息会像风一样传遍江南，大金国铁骑无敌天下的威名将再次被神化，此行江南，应该没人敢和他的铁骑较量了。

12 杜充异志

马家渡溃败的消息立即传到了建康，杜充披上很久没有披的铠甲，在他走出帅府的时候，他的步伐还是沉稳的，他已经知晓了一些会战情况。宋军虽然大败，但并没有被集中歼灭，更多的是溃散了。如果尽快收集溃卒，集合成军，借助江南的复杂地形，仍可据险一战。

探报传来的消息证实了他的猜测，各将领溃败之后，都领军屯于蒋山。蒋山位于建康东郊，地势雄伟，易守难攻，历来为兵家必争之地，建康人都爱称其为紫金山。如果有两万人守着蒋山，金军铁骑无用武之地，则建康可保无虞。

杜充等了一日，并没有一个将领派人过来报道，杜充觉得不对劲，蒋山离建康路程极短，如今军情紧急，真要传递情报，一日就可以来回。于是他连夜派人去蒋山探听情况，结果让他大失所望，所有的将领全都率部逃跑，竟无一人留下。

杜充这才慌了神，没有了他的戍卫大军，建康几乎就是一座空城，待在这里只能束手就擒，但现在他要撤走已经很难了。一大早帅府外就拥挤着惊慌的人群，当杜充带着随从准备离开时，人群挡着不让走，七嘴八舌道："丞相走了，我们怎么办？"

杜充的亲信随从大喊道："杜相要去率军抵挡金军，军情紧急，大家让让道！"

老百姓根本不上当，都嚷嚷道："我们也要去抵挡金军，请让我们跟杜相一同前往！"

此时群情汹汹，一个处置不当，什么事都可能发生。杜充只好退回帅府，焦急得在屋内一边踱来踱去，一边破口大骂，把宰相风度早扔到爪哇国去了。

亲兵统领张浩道："丞相，眼下蒋山已无我一兵一卒，建康门户洞开，金军随时可能兵临城下。依末将之见，再晚一步撤退，恐怕只能被金军瓮中捉鳖了。"

杜充听到"瓮中捉鳖"几个字，极不入耳，喝斥道："这还用你来说？说说有什么计策吧！"

张浩道："请丞相安坐帅府，并将建康府尹等人召来，商议如何退敌，作长久据守之态，百姓自然就不疑虑了，都会散去。今日晚上，末将领着三千亲兵营的弟兄守住北门，然后派一小队人马将丞相接到北门，趁着夜色出北门而去，江边有几十艘船，只要上了船，其他事都好办了。"

杜充听到如此露骨的逃跑方案，心底里还有几分难为情，但此时也顾不了那么多了，道："事不宜迟，务必备好舟船，免得到了岸边，却没有船渡江，岂不坏事！"

张浩听了愣了一下，迟疑道："丞相是说要渡江去北岸？"

杜充道："金人渡江南下，我等反其道行之，方可避其兵锋。"

张浩原以为杜充会去镇江府，与驻扎在那儿的韩世忠会合，没想到杜充竟反着跑。正在疑惑，杜充道："我料金人会在江南肆虐一时，但几个月后春雨一来，他们就会北返。他们现在是人肥马壮，精气完足，但几个月后就成了疲敝之师加之一定会携带大量掳掠之物，行动迟缓，军无斗志，到时我们再以逸待劳，截其归路，定能报一箭之仇！"

张浩听了，忍不住打量了主帅一眼，不知道他是真这么想，还是逃跑的托词。杜充接着道："你马上出去准备，今晚必须动身！另外，马上派人去请建康府尹等人，就说我有紧急军情要跟他们商议。"

张浩赶紧出去筹备，等他出去了，杜充起身，长出了一口气，按照刚才的安排，至少免除了被金军"瓮中捉鳖"的厄运。

下午杜充强打精神与留在建康的各级官员议完军情，已近黄昏，等到把他们送出时，帅府外守候的老百姓果然没剩几个了。杜充脸上神情如常，其他官员却都惶惶不安，见杜充如此镇静，颇为敬佩，却不知他已经打好逃跑算盘，心里有底才能如此。

次日一早，建康府尹汤东野带着一帮人又过来帅府议事，帅府已空无一人，只在门口站着两个不知哪儿来的士兵，对众人道："杜相已经率亲兵出城，准备召集溃卒抵御金兵，望各位坚守城池，不负朝廷重托。"

众人目瞪口呆，不敢相信这是堂堂宰相干出来的事，好半天才回过神来，便问杜充到底上哪儿去了，援兵何时能到。这俩士兵都是一问三不知，满脸茫然，看样子就是临时找来充数的。

杜充往江北一走，意味着他手下的五六万东京戍卫大军就此土崩瓦解。其实如果他往南走，占据一处险要，派人去招纳溃散将士，或许还有可能稍振军势。但他经此一败，早已肝胆俱裂，信心全无，再也不敢与金军对抗，更何况他心里也清楚诸将恨他严苛无度，巴不得他败北呢。

岳飞率部在马家渡与金军战至最后一刻，眼看着陈淬被包围，却无力援救，其他众将都跟着王燮一起逃离了战场。再战下去，恐怕要全军覆没，便让王贵断后，率军且战且退，撤离了战场，金军也不追赶。

撤至蒋山后，虽然蒋山地形险要，乃是用武之地，但各部将士群龙无首，人心浮动。刚入夜，戚方和王燮便先后率部往东而去，这两人的部队是诸将中人数最多的，他俩一走，其他人更无斗志，纷纷作鸟兽散，只剩下岳飞一支孤军。

岳飞无奈，只得也往东走。一路上，只见溃军所经之处劫掠一空。岳飞见了，便将军中大小校尉叫到一起，道："此次大战，诸位已奋力拼杀，虽然兵败，但不能怪大家。如今我军已经落单，不知诸位愿不愿听岳飞将令？"

众人自然都说愿意。

岳飞便道："我只要诸位记着一条：令行禁止，秋毫无犯。有敢掳掠者，岳飞必亲手斩他于军前！如有不愿受约束者，现在就可以离开！"

众人自然也是不愿意离开。

"那好！一言为定！"岳飞拔剑斩在地上，令众人起誓不得违约，于是众人都起誓。

当晚，部队扎营于离建康五六十里外的一处村庄。村民前几天刚饱受劫掠之苦，见又有部队扎营，吓得关门闭户，战战兢兢。然而却是一夜无事，早起再来看时，这支部队已经静悄悄地离开了。

岳飞走在部队中间，回想前几天的战事，心中犹怅然不已。一旁的王贵突然笑个不止，见岳飞板着脸，赶紧笑嘻嘻解释道："岳大哥，这是好事啊！你想想，三年前咱们从王帅帐下离开，才二十来个人，个个都破衣烂衫，可如今你看，两千多人的队伍，还有两百骑兵，弓甲器械一应俱全！"

张显在一旁没好气道："那不还是败了！"

王贵冷笑道："依我看，败得好！"

汤怀赶紧制止道："不要胡说，小心岳大哥治你！"

岳飞却没有生气，只是眯着眼，看着王贵道："你且说说，好在哪里？"

王贵道："首先，这仗就不该是这么个打法！金军刚刚南下，士气正盛，他们最愿意的是什么？速战速决！最喜欢什么战法？列阵野战！结果我们全都遂了他们的意。"

"依你看，这仗原本该如何打？"岳飞又问。

王贵不假思索道："就守在岸边，金人船少，每次也就过来千把来人，在他们登岸之前拼死抵挡，决不让他们渡江。"

"万一渡江了呢？"张显问。

"万一渡江了，就不要上去迎战，而应该候在他们的必经之地，以逸待劳，凭险据守，挫其锐气！而我们是怎么战的？两万多人紧赶慢赶两个时辰，一个个汗流浃背，累个半死，反而被金军以逸待劳！金狗那士气，太旺了！这仗还没打就输了！"王贵气咻咻地道。

汤怀表示认同，道："杜相还是个读书人，不太懂得用兵打仗。"

岳飞不愿意在背后议论对自己深为器重的上司，便对王贵道："你还没说好在哪里呢？"

王贵一听又开心起来，道："如果这一仗不败，岳大哥如何能够独自领军呢？"

岳飞听了，眼中闪过一道亮光。

张显、汤怀听王贵这么说，也开心起来："正是如此，以岳大哥的能耐，别说两千人，两万、十万也不嫌多！"

岳飞笑而不语，问王贵道："刚才说的马家渡这仗，已经打过了，你分析得都在理。我再问你，下一仗我们该如何打？"

王贵一下卡住了，挠了半天头也说不出个所以然来。

岳飞叹道："事后诸葛易，事前筹划难！不过马家渡一战实在过于仓促，况且我军实力与金军相差甚远，贸然决战于旷野，实非明智之举……说这些已经无济于事了，还是想想下一仗该如何打是正经。"

王贵看了看岳飞，道："岳大哥，莫非你已经想好了该如何打？"

岳飞微笑道："要想知道如何打，先要知道金军下一步如何移动。以杜相守东京的风格来看，他定会弃城别走，至于他去哪儿，尚不得而知，他这一走，我料建康失守是就在这几日的事，金军占领建康之后，下一步定会直取临安府。从建康到临安，金军必经溧阳、广德、安吉、湖州一线，咱们就在这条路上候着。"

张显吸了口凉气，道："岳大哥，金军有近十万人，其中五六万精锐，我们只有两千多人，没法打啊！"

王贵却来了精神，道："没法打？黄鼠狼就不能咬豺狼一口？我告诉你，这一口我是咬定了。"

大家都笑了，岳飞也笑道："人多有人多的打法，人少也有人少的打法。两千多人，当然无法正面阻拦金军主力东进，甚至攻其侧翼都极其危险，但我们可以跟在他后头，专打他的尾巴，一方面可以得不少辎重粮草，一方面也让金军主力无法掉头报复。"

众人听了，都觉得岳飞较之前在王彦麾下时的一味爱战沉稳了不少。金军人多，为了自己后续部队被咬一口回身反扑肯定不值得，如此连咬数口，也能让金军疼得够呛，这种打法可谓妙到极点。

岳飞自有他的筹划：马家渡一战，金军士气高涨，勇猛无比，以数千人力敌宋军三万余人，似乎尚未使出全力，战力之强，如何不让宋军将士胆寒！此时想让新败之军鼓勇再战，首先必须解除将士们对于金军的畏惧心理，因此找寻到金军最薄弱之处，先打几次胜仗是当务之急。

计议已定，岳飞便派出探子去建康探听情况，然后率军驻扎在建康东南一百余里处。此处虽然离建康不远，但周边地形险要，易守难攻，且手下人马不多，携带的粮草足够吃一个月。

不到两日，岳飞正在帐中与众人议事，探子便返回了，带来一个惊人的消息，建康不战而降，已于两日前落入金人之手。

岳飞早知道建康守不久，但也没料到会这么快，接下来的消息更让他吃惊：杜充率亲兵三千人渡江去了北岸。

岳飞愣了半晌，起身道："马上传令，一边造饭一边收拾，饭后立即开拔，务必明日晌午前抵达溧阳！"

众人见岳飞一脸冷峻，虽然心中存疑，却也不敢半点迟缓，匆匆忙忙去收拾。不到一个时辰，便已吃完饭，收好行装上路。

王贵这时候才敢问："岳大哥，现在就去溧阳，会不会迎头撞上金军主力？"

岳飞道："你与金军交手也不止一次了，何时见他们比我们慢过？我料等我们赶到时，金军已经攻下溧阳，出发去广德了。"

王贵张着嘴想了想，正是如此，建康不战而降，金军肯定只留少量兵力驻扎，主力估计连城都不进，就直奔临安府方向了。以金军的行军速度，不到一日前锋部队就能赶到溧阳，溧阳守军如何挡得住锐气正甚的金军，城破只是顷刻间的事。

果不其然，岳飞率部次日抵达溧阳近郊，不待派探子去打听，便看见几户逃难的溧阳百姓。原来金军已于前日进城，掳掠一通后，今日一早就走了，目前守溧阳的是金国任命的渤海太师李撒。

岳飞立即传令向溧阳进发，将士们一听这形势，知道此去必胜，虽然赶了一天路，却是个个精神抖擞，脚步飞快。

离溧阳还有几里路的时候，只见地面被踩得稀烂，显然刚有大队人马经过。远远看到溧阳城连城门都未关闭，大概是城内的金军决计不会想到有人敢这种时候来摸老虎屁股。

众将士摩拳擦掌，卯足劲就要往前冲，岳飞却传令让部队缓行，不得扬起尘土。然后将王贵、张显二人叫到跟前，道："你二人各挑二十名骑兵，先缓缰而行，待到接近城门时，再发力冲锋，如不能抢下城门，提头来见我！"

二人立即明白了岳飞意图，咬牙道："岳大哥，你就看着吧！"于是转身各挑了二十名最强悍的骑手，交代完作战方案，这一拨人便驱坐骑向溧阳城而去。

城墙上金军站得高，远远看到有一支军队在移动，只是隔得太远，看不清装束。接着这四十来骑人马奔过来，看上去悠闲自得，金军越发奇怪，不知他们要干什么，离城两箭地的时候，这四十来人突然像发了疯一样，向城门狂奔而来。

与此同时，后方的军队也快速启动，士卒都屏声静气，只听见沉闷的脚步声和马蹄声。

直到这四十来人离城门很近了，城墙上的金国守军才回过神来，赶紧放箭，但许多士兵都把弓收了弦，这时候慌里慌张，哪里还来得及。忙乱间，这拨人已经冲进城门，一进城，立即跳下马，二话不说便拾阶而上，分明就是要抢城门。再往城外看，又有两百多骑兵正拼命冲过来，后面跟着两千余步兵，一个个都舍命狂奔，却没有一个人吭声！

这是哪里冒出来的恶鬼！金军这才意识到来者极其不善，赶紧应战，但已经太迟了，王贵等人状若猛虎，勇不可挡，金军虽然强悍，但那口气却没提上来，虽然人多，被砍翻十几个之后，都往后退。

转眼间，那两百余骑兵也冲入城内，正与迎面赶来的金军援兵撞在一起，两边立即开始混战。此时，岳飞率领的后续部队还有一盏茶的工夫才能赶过来。

等部队离城门不到一箭地的时候，岳飞长枪上指，大喝一声，两千余宋军齐声发喊，震天动地，仿佛有千军万马杀来。城内金军顿时勇气全无，不等城外宋军冲进来，便已开始败退。

岳飞率军杀进城里，此时金军已经完全失了阵形，四处逃散，宋军像赶兔子一般拼命追杀。岳飞见金军已经溃散，毫无斗志，便传令凡掷兵器于地者，一律不杀。怕士兵杀红了眼收不住，便命几名将官四处吆喝，金军中很多是剃头签军，原是北方汉民，被强行征来当兵的，听了吆喝，果然纷纷将兵器扔到地上，站立不动，宋军也不再杀戮。

于是，溧阳县城不到半个时辰便被岳飞收复，李撤被俘时，连铠甲都没来得及披上。

溧阳百姓听到外面大乱之后又归于平静，只知道又有一拨军队过来把金军灭了，也不知是福是祸，都紧闭家门，不敢出来。岳飞一面清扫战场，一面严令部队不得骚扰百姓，黄昏时分，百姓在家里做饭，宋军在路边做饭，两边互不相扰。

到了晚上，各户百姓都胆战心惊等着士兵敲门进来借宿，等了半夜，不见动静，但听外面动静又分明有人在巡逻。有几个胆大的，悄悄打开门看，只见路边蜷缩着无数士兵，一个个头脚紧挨着取暖，身上盖着薄被。此时已是初冬，南方的冬天湿气很重，寒彻入骨，不知这些人是如何在外安睡的。

百姓被感动了,好些人打开门请士兵进屋歇息,但没一个敢进,都拱手道:"不敢叨扰!岳将军有令,敢进民房者一律问斩。"

如此过了一夜,次日一早,岳飞沿路巡视,此时的军队仍然还是那些人,但在昨日痛快淋漓的胜利后,神情中不知不觉多了一份自信。他们的自律也得到了回报,百姓围着他们,如赤子之待父母,连女眷们都不避讳,出来给他们端茶倒水,亲如一家。

见岳飞经过,士兵们纷纷打招呼,表现出发自内心的拥戴,远超出他们对普通将官的恭敬程度。

旁边王贵等人有些受宠若惊,他们沾了岳飞的光,也得了士兵们不少爱戴。

这次胜利的另外一个收获是,金军留下的一批粮草辎重尚未运走,全部成了岳飞的战利品。岳飞令人将多余的粮草分给溧阳百姓,百姓个个欢天喜地,如同过年一般。

在溧阳休整的两三日期间,岳飞挑出投降的一百来人逐个问话,其中有五六个女真人。岳飞本打算将他们斩首,心里合计了一番,便又将他们关到一边。剩下的汉人签军,岳飞不厌其烦,一一细聊,其中有十来个对金人切齿痛恨,都是有家人被金军杀害的,痛哭流涕,跪求岳飞收留军中。

岳飞把这十来个人挑出来,分别与他们促膝长谈,让他们暂归广德金军营中。如果岳飞率部去攻,希望他们做内应,放火配合,这些人都发誓听命。

与这十来个人谈完后,岳飞便将这一百来人聚集在一起,道:"看在你们都是汉儿的份上,放你们回去,以后打仗时不要太卖命,更不要杀害无辜百姓!"又把那几个女真人叫来,斥责了一通,说了一些场面话,便将他们统统放了。

将士们都不解,岳飞笑道:"再休整几日,便去攻广德,到时自然见分晓。"

岳飞从金军手中收复了溧阳,又秋毫无犯,一时间声名远播,附近被打散的乡兵和小股游寇以及之前马家渡会战的溃卒,纷纷前来投奔。岳飞都亲自挑选,只收精壮本分的,那些羸弱或刁滑的,岳飞都给予盘缠,遣送回乡。实在无家可回的,岳飞便给些钱让他们在附近买地耕种或做小本买卖,总之绝不滥收一人。

这些新来的人在军营中收到的天条铁律是:饿死不掳掠,冻死不拆屋,违令者斩!

"真的会被斩吗?"有人不太相信。

"要不你试试!"老兵们警告道。

又过了一阵,岳飞得到探报,金军主力已经离开广德,继续东进。此时他手下人马已经增加了一倍多,将近五千人。

广德较之溧阳要大得多,金军驻留的人马想必也比溧阳要多不少,岳飞这边虽然人马也猛增,但一大半是新人,战力大打折扣;更重要的是,岳飞一举拿下溧阳,广德的金军必然已经知晓,有所防范,再想攻其不备是不可能了。

岳飞便将众将聚集到一起,宰了一口羊,备了几坛好酒,众人一边打牙祭,一边议论如何拿下广德。新加入的傅庆原是附近游寇,听说了岳飞威名,带领部下五六百人前来投奔,张口就道:"岳帅……"

岳飞赶紧制止道:"我不过是杜相手下一裨将罢了,不要叫岳帅。"

王贵道:"大家在军中叫一叫,既响亮,又顺口,还鼓舞士气,有何不可?从今日起,我们兄弟几个都改口叫岳帅!"

众人都轰然叫好,岳飞无奈,只得示意傅庆继续说下去。

傅庆道:"前向岳帅不是释放了一百多个金军俘虏吗?这里面定然有奥妙,岳帅先给我们交个底吧,我们打的时候好心里有数。"

岳飞赞许地冲傅庆点点头,道:"把这些俘虏放回去,原因有三。其一,广德金军见我军不杀俘虏,一旦战事不利,就不会拼死力战,而是投降保命;其二,断后的金军中以汉人签军为多,上次一百多个俘虏中，我挑了十来人，这些人都跟金人有仇，被迫从军，我跟他们约定，一旦我军攻上来，他们就放火策应；其三，这些俘虏只知道我军有两千余人，却不知我们现在已经有五千余人了，虽然教习训练不足，却都是行伍中人，刀剑见过血的——这些都不为广德金军所知。"

傅庆大喜道："既如此，我军适合夜战！现在天气寒冷，金军会在帐外置火堆取暖。我们趁夜攻上去的时候，那些内应才方便放火啊，从火堆里捡一根柴往帐上一扔便着！"

众人听了都大笑，既开心又佩服，当初放归俘虏很多人还不乐意，觉得轻饶了金狗，没想到竟藏了如此多的后手，有这样的人领军，想不打胜仗都难！

张显道："就怕广德的金军不相信那些俘虏，担心其中有诈，防着他们，那可如何是好？"

岳飞道："倘若只放汉人签军回去，恐怕广德金军会起疑，但把几个女真人和汉人签军一并放回去，我料定能取信于他们。"

众人一想，正是这个道理。傅庆当年做强盗时，习惯了摸黑搞事，这时便主动请缨要去打头阵。

王贵道："如何打？攻城？广德城墙虽然比不了建康，但比溧阳可要高不少，万一初战不利，一下就变成攻城战了，我军又没有攻城器具，这仗肯定打不下去。"

傅庆连连摇头，道："才不用攻城这种笨法子！我手下几百弟兄中，倒有一半就是广德人，我料驻扎广德的金军虽然有所防范，但他们从心底里仍看不上我大宋军队，断不至于到严防死守的地步。我让手下的广德弟兄乔装成投奔亲戚的本地百姓，混入城中，趁着天黑夜高，里应外合，定可一举拿下广德城！"

众人都称"妙"，唯独岳飞不作声，傅庆便问："岳帅嫌我这计策不够好吗？"

岳飞道："好是好，只是这般打法，苦了广德的百姓。金军都住在民房里，一放火，烧的都是民房，先死的也是百姓。我等与金军死战，乃是因为金军侵我土地，杀我百姓，毁我社稷，如今还没杀金军，倒先要让无辜百姓送死，于心何忍！"

众人听了，都不言语。傅庆杀人如麻惯了，投奔前只知道岳飞勇猛无敌，以为也是个视人命如草芥的凶神，听他说出这样一番话来，像听到天外之音一般，看着岳飞发呆。

岳飞问："如何既将金军从城中引出来，又不能惊醒了他们的轻敌之心？"

这可真是个难题，众人面面相觑，想不出什么好主意来。正在发愁，王贵猛地一拍大腿，大喝一声："有了！"

众人被他吓了一跳，都道："就你这大嗓门，金军早被你惊起来了！"

王贵懒得理会别人，眼睛紧紧地盯着岳飞道："岳……岳帅还记得当年在太行山，我们是怎么被金军算计的吗？"

岳飞听了，眼睛立刻眯了起来，仿佛看到猎物一般，精光四射。

除了王贵、张显、汤怀等人，其他人听不懂他们在讲什么，都急道："什么算计，快来讲讲！"

王贵便简单讲了当年在王彦帐下，金军利用宋军缺粮，假冒辎重部队引蛇出洞的事。这一讲不打紧，众人饶有兴趣地问东问西，听完后，都直咂嘴。

于是攻打广德的引蛇出洞之计也出来了：傅庆率领部下中的广德人扮成民夫，拖着辎重经过广德郊外。等金军过来，押送的官军立刻作鸟兽散，傅庆等人跪下投降……

几天后，一切都按照事先计划顺利进行。金军得到探报，派一千人在广德南郊劫了宋军的粮草辎重车队，见车上满满的都是粮草和军需用品，更不怀疑，押着傅庆等人将粮草往城里送。半路上突然伏兵大起，岳飞亲率大军拦腰杀来，金军匆忙摆好阵势迎战，傅庆等人从粮车上抽出兵刃，从后面一顿掩杀。金军本来就人少，突遭袭击，又是腹背受敌,抵抗了一阵,便全部投降了。

岳飞立即命令所有将士全部换上金人盔甲,一刻也不停留,仍旧押着傅庆等人拖着粮草往广德进发。没换上金军服饰的大部宋军远远地跟在后头,一旦前方交战,便立即全速赶来助战。

两个多时辰后,宋军远远地便看见广德城墙上满满地立着金军。广德城墙高大,外面还有一条护城河,比之溧阳城要大得多,大概是吸取了溧阳的教训,戒备十分森严。看到运粮车回来,金军都站在城墙上指指点点。

岳飞便命傅庆等人拉着粮车在前面走,自己亲率假冒的金军跟在车队后面,免得城墙上金军问话答不上来。

运粮车队离城墙几百步远时,吊桥缓缓放了下来,傅庆等人闷着头默默地拉车往城里运。运到一半,便听到城上有人用辽地汉话向城下"金军"喊话,城下"金军"不能回答,只能把兵器磕得"乓乓"作响来掩饰。

粮车大部分已经被运进城中,而此时守城的金军主帅耶律霁觉察出不对劲,厉声喝问城下。傅庆发一声喊,从粮车里抽出兵刃,一刀将旁边的金军砍翻在地,其他众人也跟着发难。与此同时,城外宋军突然发喊,争先恐后朝吊桥涌来。

金军虽然仓促应战,但毕竟还是有所准备,两边杀得难解难分,岳飞这边人少,便收缩在吊桥附近,并不往城里冲。金军见对方也就一千多人,胆气壮了起来,各处汇集而来的金军越来越多,进攻也越来越猛烈。

酣战中,双方都听到城外远远地传来急促的擂鼓声,城内宋军精神一振,齐声呐喊,猛然发力。耶律霁大为震惊,登上城楼往远处看,只见黑压压的一片人马从远处杀来,听这擂鼓呐喊之声,绝非友军,这才意识到宋军还有后手,不禁有些慌神。正在踌躇未定时,一名亲兵急冲冲地爬上城楼,道:"城中有人在库房放火!"

耶律霁往后看,果然库房处浓烟大起,显然有人故意纵火。慌乱间，城外那支人马越来越近，衣帽盔甲看得清清楚楚，不是宋军是谁？人数得有三四千人，个个如狼似虎，直向城内扑来。

耶律霁已知此战必败，急忙下楼，率部且战且退。宋军得势不让人，像疯了一样死命追杀，广德城里金军大部分是辽地契丹人或汉人，还有一些签军，也经历过阵仗，但从未见过如此凶悍的宋军。再听到城外杀声震天，越来越近，早已没了斗志，开始还勉力抵挡，等到城外宋军杀抵城下时，便开始四散逃命。

岳飞见状，立即传令下去：凡掷兵器且立于原地不动者，不得杀戮。于是宋军齐声发喊：把兵器扔了，绝不杀降！

这话一喊出来，像一阵风刮过去，金军像着了魔一般，纷纷把兵器扔到地上，立在原地不动。岳飞又传令下去：敢杀降者斩！

等到王贵、张显等人气喘吁吁率大军杀进城来，卯足了劲准备大战一场时，战斗已经结束了，听到的只是满耳"不得杀降"的警戒之声，又是惊讶，又是失望。见岳飞立在城头指挥，王贵等人便也登上城墙。

岳飞一边令人去库房救火，收拢投降金军，一边令人去贴安民告示，并派出二十名全副武装的骑兵，沿街巡逻，见有趁乱打劫的，就地正法。

王贵抱怨道："这仗如何这么快就打完了？害得我等奔命过来，却扑了个空！"

岳飞笑道："不是你们奔命过来，这仗哪能如此顺利。"

张显道："这广德的金军反倒不如溧阳金军，溧阳金军人数不多，还被我们打了个措手不及，但仍战了许久才降，这广德金军如何一溃散就降了？"

岳飞道："倘若依你们的，杀掉溧阳投降金军，广德金军听说了，定会死战到底。那一百多个溧阳降卒被放了后，只会奔广德而来，私底下哪有不议论的？金军知道我善待降卒，一旦战事不利，就无心抵抗了。"

正说着，探马过来报道："刚查清了，库房那边正是溧阳纵归的金军俘虏放的火。"

众人听了，都极为叹服。傅庆突然跪在地上，道："岳帅在上，受傅庆一拜！傅庆从今往后，誓当追随岳帅，绝不敢有二心！"

王贵惊奇道："你这厮！前几天不说过这话了吗，怎的又讲一遍？"

傅庆道："不瞒岳帅和众位兄弟，傅庆前阵投奔岳帅，实在是缘于无处可去，暂借一容身之所而已。这一阵相处下来，见岳帅治军严明，用兵如神，且又爱惜士卒，十分仁义，天底下上哪儿找这样的好人去？我傅庆虽然做过强盗，但内心里如何不愿意杀敌立功，既报效国家，又能建功立业，博个封妻荫子！今日碰到岳帅，乃是我傅庆前世修来的福分，故此再拜，请岳帅恕傅庆欺瞒之罪！"

岳飞赶紧下马，将傅庆扶起，道："傅将军能如此坦荡，我岳飞岂敢不以诚相待！从今日起，你我将帅同心，共杀金贼，上扶江山社稷，下保黎民百姓。他日大功告成，绘图像于凌烟阁，青史留名，不亦快哉！"说罢，解下杜充送给自己的镶银腰带，赠予傅庆。

傅庆激动得流下泪来，跪地接了腰带，岳飞又亲手替他扎起。

旁边王贵看了，笑道："罢了罢了！傅兄弟既然如此剖肝沥胆，我王贵岂敢不有所表示？"说着，将腰间宝剑解下来，赠给傅庆。

傅庆知道王贵很珍爱这把宝剑，十分感动，便将手中腰刀赠给王贵。王贵接过来一看，这腰刀刀背厚实，刀刃泛着青光，方才一顿砍杀下来，刀刃上丝毫没有卷口，看样子竟是镔铁所制，便问道："傅兄弟这刀从何处而来？"

傅庆照实说道："是我多年前做强盗时，从一大官的府上偷来的，王兄弟这把剑从何而来？"

王贵道："是我当年剿匪时，从一伙盗贼手里抢来的。"说罢，两人忍不住相视大笑，旁边人也忍俊不禁。

久败之后，几千宋军在岳飞的带领下，干净利落地赢了金军两仗，每个人都喜笑颜开，各营将官带着手下士兵，大唱军歌，喊声震天，一时间响彻云霄，数十里外都能听到。那些金军俘虏看着眼前这支宋军人欢马嘶,士气如虹,张着嘴巴直发呆,心里既惊且畏,又有几分羡慕。

杜充率三千亲兵逃到了江北的真州,真州守将向子忞听说当朝右丞相到此,率州兵出城迎接,并请他进城,住进真州府衙。

杜充叹道:"马家渡兵败,建康失守,杜充为天子守国门,却一败涂地。倘若真州百姓问起来,我有何面目应答!还是不要进城罢。"

向子忞安慰道:"杜相不必太难过,胜负乃兵家常事,更何况金军兵锋极盛,将士畏敌如虎,杜相能组织大军与之相抗已是难能可贵。韩世忠镇守镇江,金军主力一来,他也只是将镇江百姓全部迁离,辎重钱粮全部运走,然后一把火将镇江烧个干净,就撤到江阴去了,并不敢与金军正面对抗。韩世忠号称忠勇,尚且如此,杜相又何必耿耿于怀?"

杜充听说韩世忠不战而退,脸上不动声色,心里却舒坦了不少,嘴上仍道:"还是不要进城得好,这真州城外的长芦寺十分宽敞,且寺外有山有河,适于屯兵,我还是驻扎在此地吧。"

向子忞听了,便不再劝,只吩咐下面的人给杜充运粮草军需,杜充又问:"附近哪个州县兵力强劲一些?"

向子忞想了想,道:"泗州刘位、徐州赵立都是善战之人,手下士兵至少都有几千。特别是赵立,十分勇猛,曾经和金军交过手,没让金军讨到便宜。"

杜充听了,思索片刻,道:"金军现在是猖狂,但到了春夏之交,必然要渡江北归,那时他们已是疲敝之师,斗志大减,人人都抢了一堆东西舍不得放下。倘若能联合附近州县之兵,在金军北归路上予以痛击,必能有所斩获!"

向子忞见杜充新败之后,尚未休整,就筹划如何反戈一击,心里很是佩服他这股韧劲,便道:"杜相如有此意,切莫忘了末将,末将愿追随杜相,与金人决一死战!"

杜充点头道:"来日我会修书给两位守将,与他们约定时间,互通往来，还有好几个月，尽可精心筹划，以求必胜。"

向子䛒道："杜相这边有什么需要末将做的，尽管吩咐。"

杜充从案上拿过一张纸条递给他，道："我这几千人马驻扎此地，军需粮草都请多费心，另外，这纸条上还有一些物品，如能筹办，自是更好。"

向子䛒收了纸条，便起身告辞，带着人马回到真州城内。刚到府衙，通判张介出来迎接，问道："相公见到了杜相吧，如何说？"

向子䛒叹道："杜相还真是百折不弯！刚刚兵败，还没喘口气，便想着要联合其他州县诸将，待春归之时截金军后路呢。"

张介与向子䛒是至交，进士出身，曾在本省乡试中夺魁，为人不慕功名，聪明绝顶，极喜评判时人。杜充贵为宰相，他不便评价，听向子䛒如此说，只微笑道："杜相既有此意，为何不去南岸召集旧将，却偏要跑到北岸来，费心费力地与一帮并不熟识的守将相约攻敌，岂不是有违常理？"

向子䛒听了此话，不禁愣在当地，说不出话来。

张介笑道："相公刚赶路回来，先进府衙歇息再说吧。"向子䛒闷闷不乐地下了马，跟着张介进了府衙，坐在桌前只是发呆。

张介给他沏了一杯茶，道："相公不必困窘，古人云：天地一也，人与我同耳！杜相也是人，是人就有七情六欲，就有喜乐嗜好，王公将相亦有猥琐之徒，乡野村夫不乏高洁之士，如此而已！"

向子䛒喝了口茶，道："子义极善鉴人，何不鉴一鉴杜相呢？"

张介道："岂敢！"

向子䛒笑道："你我至交，私底下连官家都议得，何况是杜相？你我也都是朝廷命官，与杜相不过是同朝做官而已，如何议他不得？"

张介见向子䛒这般说，便道："其实也不用我来鉴他，已经有人鉴过了。"

向子䛒道："哦，何人？说来听听。"

张介道:"建炎元年,杜相在大名府任留守时,提刑郭永献上三条计策守大名府,杜充不用,结果被金军击败。郭永气不过,给了他一段评语:有志而无才,好名而无实,骄蹇而自用,徒有虚名,以此当大任,鲜克有终矣!"

向子䛫连连摇头,道:"这个郭永太刻薄!上司不用你的计策,就说出这番话来编排人家,也不是什么善类。"

张介微笑道:"相公真乃忠厚之人。不过昨日舍弟从南岸回来,亲耳听到马家渡之战前诸将议论,竟有人说出这样的话来:还是败了好,受金军约束也比受杜相约束强!"

向子䛫大吃一惊,待了一会儿,愤然道:"这些将领都是畜牲!大敌当前,竟然说出这种混账话来,我看杜相该宰了这帮人祭旗才是!"

张介见向子䛫发怒,便不再说了,只是饮茶。过了一会儿才道:"杜相可委派些事下来让我们做?"

向子䛫这才想起杜充的纸条,便从袖中取出来,才看了一眼,便怔住了,仿佛不相信自己的眼睛。

张介惊奇道:"相公为何如此?"

向子䛫将纸条递给张介,张介看那上面写着:绿杨春茶二十斤,黑鸡一百只,风鹅一百只,桂鱼一百尾……几乎囊括了真州所有特产,更不可思议的是,纸条最后还写着:限三日内交清。

两人大眼瞪小眼,相对无言。

张介指了指案上的纸条,问:"相公打算如何处置?"

向子䛫满脸难色,真州前不久才经历兵火,百姓能吃饱饭就不错了,哪里来的黑鸡风鹅、香茶桂鱼?不置办吧,杜充那边又不好交差,况且人家贵为宰相,这些东西似乎又不为过,可是兵荒马乱之际,还提这种要求实在有点不靠谱。

张介见向子䛫只是不停地摇头叹息,便道:"既然人家说出口了,还是好歹给他弄一些过去罢。"

向子忞一时无比为难，不知如何是好。良久过后，才长叹一声道："今日若不是亲历此事，我恐怕还会一直骂郭永刻薄孟浪、诸将猪狗不如呢！"

接下来的几日，向子忞无可奈何按纸条所列辛苦筹备时，住在长芦寺的杜充接待了一位神秘客人，这人乃是原京畿提刑凌唐佐的使臣，给杜充带来了一封书信。

杜充打开凌唐佐的书信，才发现这是一封劝降信。原来凌唐佐在南京应天府时，守臣孟庾受召归朝，将一切事务暂时委托给他，随后金人连陷单州、兴仁府，兵临应天府城下，凌唐佐只得献城于金军，并转身成了金国任命的应天府尹。凌唐佐素来十分欣赏杜充，而且知道一旦招降杜充，于自己也是一桩不小的功劳。

使臣在他看信时，局促不安，生怕这个以严峭闻名的杜丞相会来个毁书斩使，不过杜充看完，只是淡淡一笑，道："公弼雅量高致，不料却也降了金人。"

使臣松了口气，道："凌相公何尝不想忠于赵宋，只不过是发现赵宋气数已尽而已！杜相想想，自靖康年间以来，金国大军一路南下，可曾遇到过像样的抵抗没有？真正敢横刀立马与金国大军对抗者，唯杜相一人而已！然而即便三军用命，却也难免完败！这难道全怪将士无能？不见得，天命使然耳！"

杜充不语，使臣还准备了一箩筐说辞，正准备统统倒出来，杜充道："你要说的，我岂不知？你且回去吧，将此物带给公弼，聊表问候。"说完，从腰间解下一块玉佩，递给使臣。

使臣看杜充的态度暧昧不明，也不知他心里到底如何想，但有了这块玉佩，却也足以交差，便接过来揣在怀里，片刻也不歇息，起身告辞了。

杜充知道凌唐佐不过是来打前哨的，正主应该随后就会出现。

果然，两日后，天刚入夜，亲兵便来禀报："有二人在寺外求见，说是相公故人。"

杜充让他们进来，自己坐直身子，正了正衣冠。须臾，两人一前一后被亲兵带到面前，虽然来者都用麻巾裹头，但杜充一眼看出，前面那个稍矮的正是给他写《大江赋》的王霄。

双方见礼已毕，王霄和另外一人都除下头巾，露出被剃得发青的头皮，脑门正中留着一束小发辫，正是女真发束。

王霄见杜充看着自己的光头发愣，毫不介意，摇头晃脑道："天下大变，中原鹿肥，鼎之轻重，似可问焉！明公岂有意乎？"

杜充心里"突"地一跳，脸上毫无表情，道："云中兄乃孔孟门生，华夏赤子，何以削发易服？"

王霄早有准备，道："古人云：社稷无常奉，君臣无常位。况且自古以来奉得中原者为正朔，自天会五年始，我大金兴义兵，讨南朝，战无不胜，攻无不克，遂使中原腹地、孔孟故土皆为我大金所有，而南朝狼奔豕突，国土日蹙，今康王赵构已亡命天涯，不知所终，天下百姓莫不北望王师以安天下。试问明公，以今日之势论之，我大金与南朝，孰为华夏，孰为番邦？"

杜充看着这个一个多月前还一身儒装、满口忠义的老进士转变竟如此之快，简直让人目眩神离。王霄把身子凑近了些，语重心长地道："识时务者为俊杰也，明公！"

杜充不置可否，问道："二位此来，有何见教？"

王霄虚让半个身子，指了指旁边跟他一起来的人，介绍道："这位便是大金国辽阳府尹、都转运使完颜洪伊，乃是天潢贵胄，此次奉大金国兵马大元帅、四太子殿下完颜兀术之命，特来拜会明公。"

杜充矜持地冲他点点头，拱了拱手算是问候，完颜洪伊手抚胸口，以女真礼节还礼。

完颜洪伊从怀中取出一封书信，交与杜充，然后叽里咕噜说了一长串女真话，王霄也听不懂，只是按照之前定好的意思解释道："四太子殿下久闻明公大名，十分仰慕，特意遣我二人来问候。我大金国皇帝派义师南下，不为侵占南朝国土，只为灭掉赵宋，再选贤人，扶为皇帝，治理中原，就像当年张邦昌一样。明公，天命所降，若执意不取，反受其害呀！"

杜充这才明白金人的真实意图，原来不仅仅是招降而已，而是要扶他做中原之主！一股夹杂着热望、兴奋、恐惧、羞愧的热流从心里猛地冲向头颅、四肢，让他有一种飘飘忽忽往下坠落的感觉，他不禁身体倾斜了一下，几乎要摔倒在地上。

王霄提醒道："明公何不打开书信，看看四太子殿下如何说？"

杜充拼命稳住心神，手却仍然不争气地抖个不停，打开书信，见内容正如王霄方才所说，那股热流又一次从心里冲向身体四周，但这次让他感觉舒服多了。

完颜洪伊从怀中取出一把套着羊皮鞘的精巧匕首，刀把上还镶着两颗绿莹莹的宝石，显然不是普通物件。完颜洪伊又说了几句女真话，王霄仍然按之前商定的意思解释道："四太子愿将这把传于祖辈的匕首赠予明公，以示诚意。"

杜充只是盯着那把匕首，却不伸手去接。

王霄拿过匕首，塞在杜充手中，然后凑近杜充，用耳语般的声音劝道："明公要早作决断，切莫因一时犹豫，使大位归于他人，成千古遗恨！"

这话让杜充浑身一激灵，他猛然想起刚到建康时在白云之寺抽的签："蛰龙已出世，头角首生成"，原来竟应在这里！当下再不迟疑，将身旁一把随身佩带的宝剑双手托起，递给完颜洪伊，道："这把宝剑跟随我多年，虽不是什么宝物，但由能工巧匠精心锻造，锋利无比，请转赠四太子，聊表心意。"

王霄将杜充的话比比画画讲给完颜洪伊听，完颜洪伊完全明白这里面的意思，喜笑颜开地接过宝剑，说了一通话，这回王霄也不知道他讲的是什么，便对杜充道："明公此举甚当！请谨慎筹划，务保万事周全！"

杜充看着王霄，欲言又止，王霄知道他的意思，一揖着地，道："他日明公登上大位，赏我一处清静地方，做个州官，寄情于山水，了此残生，也就罢了，岂敢有他望哉！"

王霄说话间仍然是一副名士派头，只是那江南名士的模样配上秃头小辫，看上去有几分诡异，但在此时的杜充眼里，已经没有太多的异样感了。

王霄与完颜洪伊比比画画说了几句，起身道："此行圆满，我可以回去复命了！如今局势不稳，我二人不宜久留，就此告辞。今日所言，万望明公切记，切记！"

于是二人包上头巾，向杜充行礼毕，悄然而去。

杜充呆坐在案前，身上一会儿燥热，一会儿又冰冷，浑身止不住地颤抖，他特别想说一个字，但无论如何也说不出来。咬着牙扛了半天，汗水浸湿了脊背，终于用变调的声音挤出了那个字："朕……当取之！"

说完，他立即瘫软在地上，脸色苍白，浑身无力，额头上直冒虚汗，但他嘴角却现出一丝克服心理障碍后满足的笑意。

又过了一日，向子忞求见，进得寺来，苦着脸道："杜相纸条上所列，下官苦苦搜寻，筹备了五日，也只得了一半，实在是因为兵火过后，百姓日子过得清苦，还望杜相体谅！"

杜充早忘了此事，过了半天才反应过来，此时他的心态已经大变，为自己几天前如此小气局促有点难为情，便急忙起身，拿出十二分礼贤下士的风度，和颜悦色地道："本相贪图一时口腹之欲，害得你疲于奔命，真是无地自容！依我看，这一半也太多了，我每样只留十个，其他你都拿回去吧。百姓不易，你们也不易，我这做……宰相的，如果不能体察下情，还不如一乡野匹夫，岂不有愧！"

向子忞听了这话，大出意外，真是一头雾水，完全看不懂面前立着的是一个何等样人，口中只有"哼哼哈哈"答应的份儿。

13 喋血陕州

陕北的秋天和所有北方的秋天一样，虽然短暂，但安静平和，美不胜收。然而今年的秋天却有些古怪，动不动刮起一阵狂风，沙尘大起，刚才还是蓝天碧云，转瞬天地之间只剩下混沌一片。风沙过后，城廓间茁壮的沙柳也被沙粒打得满身伤痕。

金国西路军统帅娄室自两年前率兵攻入陕西以来，可谓势如破竹，凭着上万人马便将陕西搅得天翻地覆，陕西过去几十年一直是大宋用兵之地，精兵良将多产于此，但娄室一来，无人敢与其争锋。

但有一个人却逆势而动，凭着几千溃卒义勇，连胜金军，去年娄室亲自去征讨，或许是有些轻敌，结果对方之悍勇完全出乎意外，中条山一战，娄室大败，不得不带着几十名亲兵，凭借快马，狂奔数十里，才脱离险境，实乃平生之耻。

这人便是李彦仙。

更让娄室烦恼的是，李彦仙率领这几千人占据了陕州府，像一根楔子钉在陕西与河南之间，对金军进攻陕西与河南都形成极大的牵制。去年好不容易打下延安府，但前有曲端的泾原大军阻挡，后有李彦仙在陕州窥探，娄室权衡再三，担心腹背受敌，只得退出辛苦打下的延安府，退回原驻地。

对于李彦仙这样的将才，娄室极想招为己用，遂派使者去陕州劝降，许以河南兵马元帅一职，但被严词拒绝，使者也被砍下头，悬于城墙之上。

秋天转眼便过，西北干冷的冬天开始了，风沙似乎也有所缓解。娄室率领儿子活女以及众将出营巡视，往远处看，天高云淡，一行晚归的大雁正往南飞，众人正一边欣赏景致一边聊，突然一阵恶风卷过，将营房前面的那杆大旗刮得"吱吱嘎嘎"作响，好像马上就要折断似的。紧接着一股沙尘平地而起，呛了众人一嘴的沙。

众人都在"呸呸"地吐沙子，唯独娄室朝着风来之处，眉头紧锁，若有所思，活女最懂父亲心意，便问道："父亲，有何不对？"

娄室道："这风沙起得古怪，里面的气味也有些古怪。"

众人听了，也用鼻子去闻，都觉得略有些异样。正在议论，一骑快马从东南方向疾驰而来，走近才发现是娄室派出的探马，此人并非一般探子，本是陕西汉人，名叫李威。晋宁之战时，他随着父母逃难，一起逃难的人大约有好几百人，饿死了一大半，剩下的人走投无路，便麻着胆子到金军营中来讨吃的，娄室便给了他们些吃的，众人都跪下喊"活菩萨"。李威生得机灵，又读过几年私塾，娄室便将他招纳军中，收为义子，也不让他剃发蓄辫，专让他刺探宋军军情。

见娄室等人正好在大营门口，李威便跳下马来拜见。

"我儿回来得如何这般快啊？"娄室微笑着扶起他。

李威头上身上都蒙着一层厚厚的灰，来不及喘气，便道："请父亲回大帐，孩儿有要事禀报！"

娄室微微一怔，道："知道了，我片刻便回，你先进去洗洗休息一下。"

李威进去后，众人都没了聊天的心思，都知道李威一定带来了重要消息，看这架势，似乎还不是什么好消息。

娄室并没有中途返回，带着众将巡视了一圈，才回到中军大帐。

李威已经等候多时，娄室一进帐，便直截了当问道："有何军情？"

李威道:"禀父帅,南朝前不久派了一名大员到陕西来督战,此人名叫张浚,官品很高,叫什么知枢密院事。张浚一到秦州,便奉南朝皇帝的诏书节制永兴、环庆、熙河、秦凤、泾原五路军马,目前在凤翔、泾州一带聚集了六七万军队,其中马队就有一万余人,在孩儿赶回时,南军人马还在集结。"

娄室脸上不动声色,心里着实吃了一惊,刚才大营外骤起风沙,隐隐有兵马气息,看来自己没弄错。张浚初来时,他并不以为意,认为无非又是一个人来替换王庶罢了,但此人在过去两个多月时间,竟然能调集六七万人马,没有相当的声望与手腕是不可能做到的。

"还有什么消息,一并道来。"娄室道,语调平静。

见娄室如此从容,李威说话也不觉平静下来,继续道:"孩儿听说,南朝的陕西抚谕使谢亮回去后,在南朝皇帝那儿参了曲端一本,说曲端不仅拘押王庶,甚至还想杀他。南朝皇帝听了很是恼火,便召曲端去临安府当面解释。曲端心中起疑,不敢去,于是朝野议论纷纷,都说他要谋反,曲端浑身是嘴也说不清楚。本来这个乱局,对我大金陕西用兵是极有利的,但张浚一来,却轻松将之化解了。"

"哦?"娄室目光一紧,"他是如何化解的?"

"张浚来陕西后,第一个见的人就是曲端,二人促膝长谈了一下午,然后张浚上书南朝皇帝,以身家性命担保曲端不会谋反,帮他解了围。不仅如此,张浚见曲端颇善用兵,还拜他为威武大将军,曲端登坛拜将那日,军中一片欢腾,士气极高。"

娄室眉头越拧越紧,他跟曲端交锋过几次,深知此人有勇有谋,一旦得以尽展其才,对他的西路军将是极大的威胁。

活女在一旁插嘴道:"这些消息确实吗?"

李威道:"确实!我是从南军将领中一名幕僚口中听到的,这人是我同乡,我给他不少好处,他很信任我。"

娄室缓缓道:"南朝陕西边军颇有实力,以前之所以屡败于我,在于互不呼应，各自为战。张浚显然是看到了这一弊端，上来就收拢人心，确实比王庶高明多了。"

活女道："父帅不必忧心，我军虽然人少，但都是百战老兵，以一当十，而南军人数虽众，但各军刚刚集结不久，教习配合都不够。依孩儿看，还是那招：先下手为强！趁着南军立足未稳，我军出奇兵突袭，南军久败于我，一见我军势头凶猛，就已经胆怯三分，只要战法得当，定可一战而胜！"

娄室看儿子如此英武果敢，心中十分赞赏，只不过半年前活女的这种打法完全值得一试，但此时却颇有不妥，而唯一的原因就在于李彦仙。

过去半年，趁着娄室与陕西其他各路宋军缠斗，李彦仙在陕州苦心经营，声誉日隆，附近州县投奔者甚众，而李彦仙为表坚守决心，把全家都搬到了陕州，以示与陕州共存亡。如果金军冒险突袭宋军，李彦仙定会从侧后偷袭粮草运输，万一被他得手，金军几万人马一旦粮草不继，将不战自乱。

娄室思之再三，便命人去召折可求过来商议，折可求在西北也号称一时名将，对陕西人物地理十分了解，听听他的意见终归是没错的。

折可求驻兵在府州，两日后带着几名随从赶了过来，于是娄室便将早已在军中的撒离喝以及其他众将召集在一起，商议如何攻取陕州。

撒离喝去年在蒲城被李彦仙悄悄渡河偷袭，吃了大亏，首先道："李彦仙乃是宋将中的异数，我大军自南下以来，也曾遇到过坚守城郭、死不投降者，但都是凭借高墙深池拒守不出，而李彦仙却敢弃城渡河奔袭数百里挑战我军，可谓胆气惊人。此人不除，我大军无论如何是不能向西推进的。"

折可求降了近一年，开始时一听到有人议论谁坚守城池就面露羞愧之色，时间长了，那点愧疚、惶恐早已不复存在。听撒离喝如此说，便接口道："李彦仙不只是勇，还有谋略，既知兵法，又懂人心，是个难缠的角色。当年李纲宣抚两河,权倾朝野,他以一个小小承节郎的官位悍然上书,指责李纲不知兵法,恐怕要兵败误国,惹恼了李纲,宋朝还下令追捕他,然而事后证明他说的都是对的。"

娄室点头道:"此人一年多前攻取陕州也极富心计,趁着我军招降之际,派人潜伏其中,然后里应外合,轻松就占了陕州。如今陕州被他经营得颇有气象,成为我西路军心腹大患!我已得到探报,张浚正在凤翔、泾州一带集结重兵,有所图谋,倘若再听任李彦仙坐大,则我军腹背受敌,恐怕不得不退出陕西。"

撒离喝道:"要取陕州的话,只能合军一处,将陕州团团围住,断其外援,然后持续猛攻,方可奏效。"

娄室问折可求道:"若我大军围攻陕州,你料南军会派援军过来吗?"

折可求想了想,道:"只要曲端的泾原军不过来,其他军队倒不足虑。"

活女道:"曲端最近不是被张浚拜为威武大将军了吗?他还会像上次延安府那样坐视不管?"

折可求连连摇头,道:"曲端自视甚高,谁都看不上,李彦仙连立战功,多次得到宋廷嘉奖提拔,在陕西又颇有人望,以我对曲端的了解,他恐怕是嫉妒得很。曲端即便救了陕州,第一份的功劳仍是李彦仙的,曲端哪里甘心给他人做绿叶陪衬!"

娄室听了这话,微微颔首,这也正是他对曲端的判断,也是他敢于围攻陕州的原因。

活女道:"曲端不救,张浚未必不来救吧?"

众人不言语,张浚此人到底几斤几两,他们心里都没数,但从他入陕后做的几件事来看,比之前的王庶是要强多了,他要是率军来援,攻城人马就得分出一部分来对付,恐怕又给李彦仙可乘之机。

撒离喝道:"我料张浚也未必来救,陕州之所以给我大军造成麻烦,乃是因为它深入我腹地,对我军牵制极大。然而也恰恰因此,一旦被围,让南军救援起来十分费劲,路途遥远不说,还必须经过我大军控制地带,张浚初来乍到,果真愿意冒这个险?"

大帐里安静了片刻,众人都在等娄室决断,娄室坐直身子,目光凌厉地看着众人,道:"本帅决意在一个月内攻取陕州!此次进攻,须将各处兵马合于一处,将陕州围成铁桶,不能让任何外援进入。去年歉收,我料陕州城内存粮也就够一两个月,李彦仙再强悍,也不能饿着肚子打仗,只要我军借助人多优势,持续猛攻,定能拿下陕州!"

娄室在金军中的威名自不必说,只要他下了决心,几乎没有打不赢的仗。不过他这番话说完,众人互相看了一眼,心中狐疑却不敢说话。还是撒离喝与娄室有多年交情,且知娄室战前议事时从不忌讳,便道:"大帅,我军粮草也不多,且我大军围城,人马甚众,粮草消耗比城内更大,万一一个月内攻不下陕州,只怕我军反而受困。"

娄室道:"这个本帅心里有数。准备两个月的粮草,但必须一个月内攻下陕州。"众人听娄室意思,竟罕见地留有余地,看来也是深知李彦仙不好对付。

娄室又让众人报上所部人马,粗粗算了一下,大概能征集七八万人围攻陕州。这七八万人,还有上万匹马的粮草是首先必须解决的大事。

此时离金军驻地几百里外的陕州府,一派忙碌景象。城墙上许多人正在用黄泥和石块修补缺口,夯实墙体,城下护城河边,一排人正在疏浚河道,间或捞上一两条尺把长的鱼来,城上城下便一阵欢笑。城内人更多,而且其中夹杂不少妇孺,不是在打磨刀剑,就是在修理弓矢,还有人在做饭,饭菜的香味混着柴禾的烟味在城内飘荡。

一名身形高大、狭长脸庞的将军穿过人群,众人都恭敬亲热地叫他"李观察",这位将军都微笑回答,眉宇间却隐藏着一丝忧虑。

此人便是李彦仙,他前几天得到探报,金军在周边府县大肆收集粮草,不仅是蒲城的金军,连远在晋宁、绥德的金军也不例外,显然是有所图谋。刚才又有探报过来，驻扎在丰州的折可求也在四处收集粮草，至此，李彦仙断定金兵即将大举进犯陕州，而且此次规模之大，前所未有。

早在两个月前，当他率军渡河远袭撒离喝部回来时，就已经料到金军必将合兵来攻，为此他专门修书给张浚，提出一条计策：等金军合兵来攻陕州时，请张浚派遣三千骑兵，赴晋宁、绛州等地捣其腹心，那都是金军大营所在，金人必定回师自救，这三千骑兵也不必与金人作战。待金人回师，便向西渡过渭河，从延安路一线迂回归营。这样，金军就白白地在路上奔波半月，锐气大挫，陕州之围将迎刃而解。

张浚收到书信，与众将商议后，心想：主意是好主意，就是太过冒险，对军队战力要求太高。宋军并无上佳的骑手和马匹，如此长途迂回，恐怕难以做到全身而退，万一不慎陷入重围，必定是全军覆没。

于是张浚回信，劝李彦仙退出陕州，坚壁清野，然后据险死守，观敌动静，金军拿下一座空城陕州，不过是白忙活一番，撤退时难免出乱，到时再伺机反击，或可得胜。

李彦仙收到回信，心里知道张浚提的是万全之策，但他在陕州经营近两年，屡破金军，已经扎下根来，舍不得放弃。虽然知道此次金军押下了极大的本钱，志在必得，但他愿意以身家性命再搏一次。

于是他一面加紧修固城墙、疏浚河道、置办军械、鼓舞士气，一面也在周边收集粮草，他知道守城之战最终拼的是粮草。

两边都疯狂备战，直到一日黄昏，李彦仙登在城楼上眺远，看了一会儿，对身边人道："金军来了。"

约半个时辰后，挤上城墙的陕州军民远远看到天际线上浮起一片沙尘，影影绰绰，似有还无，与落日余晖掩映在一起，显出一丝诡异的色彩。

城墙上早已堆满了滚石、擂木，弓箭成捆地摆放在地上，带钩的长枪也架在墙垛上，像一排倒伏的小树林，护城河里的水已经蓄满了，以几乎看不见的速度静静流淌着，清幽见底。

在黑夜完全笼罩大地之前，城墙上的人们终于看清了金军的模样，人马多得几乎望不到边，离城几里远的时候，金军开始有条不紊地扎营。当黑幕完全降临时，城墙上下一片安静，就像什么也没有发生一样。

李彦仙站在城楼上，一直在仔细观望，部将邵云道："观察，要不我带两百个弟兄趁黑潜入敌营，先搅他个鸡犬不宁如何？"

邵云是李彦仙的爱将，年纪不过二十五六，胆识过人。当年蒲城被金军攻破时，二十三岁的他率领几百名蒲城少年保聚山谷，时时袭扰金军，金军也拿他们没奈何。后来归到李彦仙部下，两人年龄相差十岁，却是一见如故，极为投缘。

李彦仙摇摇头道："我料今晚金军必有严备，等着我们去劫营呢，先忍忍，过几日再说。"

天色已经全黑，李彦仙带着众将从城楼下来，到城墙后的地铺休息。路过角楼时，只见部将张炎与两名士兵蹲在墙角正在调治一张大弩，这张弩较寻常弓弩不仅大了许多，做工也极为精巧，李彦仙惊讶道："好大一张弩，谁能拉得开？"

张炎等人见是主帅，都起来施礼，见李彦仙问，张炎笑道："观察请看！"说罢支起那张大弩，士兵递给他两副扳指，张炎坐在地上，双脚踏住弩弓，两手用扳指同时扣住弓弦，身子使劲往后一仰，只听"嘎"的一声轻响，便将弓弦搭在弩机上，然后从地上拾起一根特制的长箭，扣进弩槽，整个动作如行云流水，一气呵成。

"这张弩是我专门为娄室定做的，只要他敢进我射程，我必将他钉在地上！"张炎道。

李彦仙大喜道："快把弓弦松了，别损了劲道，这张大弩不要轻易使用，我叫你射谁，你就射谁！"

李彦仙叫众将都睡下，自己带着两名亲兵沿着城楼巡视了一圈，才躺下休息。

当晚,对阵双方像有默契一样,彼此互不骚扰,安安静静度过了大战前的一夜。

次日一早,金军在城下排开阵势,娄室为震慑守军,特意命全军抖擞精神,齐声呐喊,骑兵在两侧往来驰骋,卷起漫天尘土,看上去声势极为浩大,仿佛一口就能将陕州城吞下。

这时从金军阵中跑出一个传令官,走到离城墙两三箭远的地方开始喊话,李彦仙问张炎:"能一箭射中这个喊话的吗?"

张炎道:"远了些,等箭飞到他面前时,势头已经衰了,机灵点的会闪开。"

李彦仙便命一个嗓门大的士兵大喊:"太远了,听不见!"

那传令官果然走近了几十步,张炎道:"若再近些,可保必中。"

于是,士兵又喊:"再近些!"

那传令官犹豫了一下,便又走近二三十步,张炎道:"有了!"立即坐在地上,将长箭扣在大弩上,悄悄挪到金军传令官的正面。

那传令官正在传达娄室的帅令:只要李彦仙愿降,将许以河南兵马元帅的要职,其他将领都有升迁。倘若负隅顽抗,城破之日,当屠尽城中一切活物,鸡犬不留……

他正说得起劲,只听到一声尖锐的破空之音,一道黑色的闪电从城上直击下来,正中金军传令官胸口,可怜那传令官哼都来不及哼一声,便被长箭洞穿,栽下马来。

两边人马一齐鼓噪,城上宋军欢呼大骂,士气大振。

娄室远远见了,不禁暗暗吃惊,宋人能工巧匠极多,所制弓弩威力极大,但射得如此又准又远的强弩实属罕见。

娄室知道劝降无用,便命令将辛苦运来的攻城鹅车和炮车从阵后推出来,共三十台。这些车都与城墙齐高,令人望而生畏,是极具威慑力的攻城利器。

果然，这些车一推出来，城墙上宋军的呼叫声顿时小了许多。

金军开始发射石炮，几块磨盘大的石块砸在城墙上，地动山摇，还有几块落在护城河水中，溅起冲天的水花，将附近的守城宋军都打湿了。宋军不甘示弱，便用强弩专射金军炮手，有几支长箭钉在石炮支架上，深入寸许，炮手见了都相顾失色，装填大石的动作迟缓了许多。

石炮过后，金军的鹅车被推到了城墙跟前，长长的梯子从高大的鹅车顶端支起来，然后倒伏在城墙上，梯子末梢的挂钩紧紧钩住墙垛，让守军无法推开。

李彦仙赶紧指挥守军将撞杆推到鹅车正前方，命人将沉重的撞杆拉起，然后放下，没头没脑地击打在鹅车上，发出震天巨响。与此同时，守军派出神射手，专射躲在鹅车里的金军，只要有人敢冒头，立刻便有好几支箭从不同方向飞过来。

第一批不怕死的金军从鹅车里钻了出来，沿着钩住城墙的长梯直逼城内，有几个与守军开始了近战，守军用一丈五长的枪猛刺，但金军极为顽强，且身披重铠、手持盾牌，长枪一时奈何不了他们，很快逼到近前，马上就能跳上城墙，这时，守军中几个强壮的士兵抢起长柄石锤，狠狠地砸在金军的盾牌上。那几个金军身子晃了晃，几乎跌下城去，还没等他们立稳，第二下接踵而至。在如此重击面前，即便最勇猛的金兵也难以承受，不得不往后退。

守军便恶狠狠地冲对面喊："过来！番狗！过来呀！爷爷砸不死你！"

很快，第二批金军又钻出鹅车。等离得近了，城墙上突然飞出带铁钩的飞爪，一把钩住金军，使劲一拽，有几个金兵猝不及防，脚底失衡，一头栽到城下去，顿时摔得半死不活。另外几个被钩着的，见状拼命往后挣扎，同伴拉手拽脚将他们往回拉，有些被拉扯得十分狼狈，城墙上甚至发出笑声。

双方鏖战了一整天，一直杀到黄昏，金军的攻势才停歇下来，将鹅车和炮车就停在离城不远之处，回营歇息。

第一日交战下来，双方虽然对抗激烈，但伤亡人数都不多。金军在城下只留了十来具尸体，守城将士也只伤亡了几人。守军见敌军退去，纷纷下城造饭歇息，城内的妇女小孩们也跑出来，叽叽喳喳地问候，那场景不像是刚刚进行了一场你死我活的血战，倒像是耕种打猎归来。

李彦仙一整天都坐在城楼上督战，虽说是督战，却悠闲自得，旁边小桌上就搁着一壶酒，时不时饮上一口，故意做给金军看。邵云照旧过来问李彦仙，要不要今晚去劫金军大营，李彦仙摇头道："再忍上几日。"

接下来两日，战事仍然激烈无比，但双方死伤都不多。

直到第四日晌午，战事突然间急转直下。一队金军在一员勇将的率领下，冲破守军封锁，跳上城墙，左冲右突，杀出一小片开阔地，后面的金军见状，拼了命地往前涌，形势十分危急，一旦金军在这一片城墙上站稳脚跟，破城只是迟早的事。

邵云大吼一声："随我来！"带领一百蒲城的老部下从另一处城墙急赶过来，此时金军已经有四五十人登城，占领了一大片城墙，城下金军疯狂鼓噪："城破了！城破了！"其他地段的守军不明底细，都有些慌乱，军心动摇。

邵云一马当先，直取那名领头的金军将领，手下的一百来人都是死人堆里爬出来的，瞪着发红的眼睛跟着直扑过去，双方厮杀在一起。其他宋军原本不支，一见邵云来了，顿时胆气大壮，也发疯般地往前冲，很快便将这几十名金兵压缩到城墙边缘一小片地方。

战场上像是被人在干柴上点了一把火，残酷的血战终于开始了，双方不断有人掉下城墙，呐喊声与惨叫声此起彼伏。城上城下的尸体开始堆积，鲜血溅在每一处城墙，有些战事最激烈的地段，鲜血甚至顺着城墙一直流到墙角。

邵云率人将那几十名登城的金军杀死了大半，另外一小半金军撤回到鹅车里，梯子上满是鲜血，城墙上更是血流成河，脚踩在上面直打滑。邵云浑身上下被血浸透，像个血人，对着鹅车里的金军喊："老子就是蒲城的邵太岁邵云，有本事再过来，叫你们一个不剩！"

这一波厮杀持续了约一个多时辰，双方死亡人数比前几天加起来还要多几倍，金军暂停了攻城，楼下的炮车开始不停地将一块块巨石砸向城里面，有几块大石还击中了守城士兵，死状惨不忍睹。李彦仙急令清理战场，以免影响军心。

入夜，城内气氛与前几天迥异，守军伤亡人数甚众。有家属来到战场，看到亲人已阵亡，撕心裂肺地哭号起来。几只老鸦在城墙内外盘旋，发出瘆人的"呱呱"声。

李彦仙找到邵云，见他正在包扎伤口，便问："还能出战吗？"

邵云道："莫说这点小伤，就是断足断手，也能出战！"

李彦仙满脸杀气，一字一顿道："今晚出城，给番狗一点厉害尝尝！"

邵云苦战了一日，已是十分疲惫，但一听此话，立即坐起来，道："那太好了！今日战事极其惨烈，番狗万料不到我军苦战之后，还能出城突袭，定能杀他个措手不及！"

李彦仙将邵云扶起来，指着城外道："不是叫你们去劫营，而是将那些鹅车和炮车都给烧了！"

原来金军血战过后，图一时方便，没有像前几日那样将鹅车和炮车挪得太远，恰在守军强弩射程之内。

只有一个问题：这几日虽然风干物燥，极易起火，但那些鹅车炮车都是极粗大的硬木所制，坚如铁石，点着都不容易，更难以被烧毁。

李彦仙见邵云面有疑虑，便命人拖来引火器具：每人一捆浸了松油的破布和软树皮。张炎在一旁道："尽量不要惊动金军，半夜悄悄缒下城去，先将每辆鹅车和炮车上都缠上浸了油的破布和树皮，待全部扎好后，一齐点火，你们再往城里撤，我命弓弩手在城墙上射来救火的番狗，只要让火烧上小半个时辰，便大功告成！"

邵云听了大喜。看天气，晚上正刮起西风，松油遇风，越吹越旺，正适合火攻。如果将这些鹅车炮车烧了，无异于斩了金军一条腿。

等到深夜，邵云挑了一百五十人，每五人负责焚烧一辆车。当这一百五十人静悄悄缒下城时，城里的伤兵不时发出几声呻吟，家属也时时饮泣，将仅有的一点点脚步声遮掩了过去。邵云下令，只许爬，不得走路，足足花了两顿饭的工夫，这一百多人终于各自抵达目标。

金军刚经历苦战，防备并不甚严，仅有的几个巡哨也被邵云等人干净利落地干掉了。一到各自的鹅车或炮车，这些人立即将负在背上的松油布和树皮解下，开始往战车的扶手和臂杆上缠。一旦缠完，便学一声鸟叫，邵云数着鸟叫声，每辆车都已经缠好，便将藏好的火种取出，乃是一盏极小的松油灯，邵云将车点着，顿时火苗"噼里啪啦"地直往上蹿，其他车也几乎在同时被点燃，邵云大吼道："有没点着的吗？"这一嗓子还真不多余，果然有三辆车火种灭了，于是就近的宋军将火种送过去，帮着点燃。

车很快就熊熊燃烧起来，邵云等人往城内发足狂奔，金军大营一阵骚动，一队人慌慌张张跑出来救火，被张炎的强弩一阵乱射，黑暗中不明虚实，只得又退了回去。

娄室听说鹅车炮车着火，又惊又悔，顿足道："大意了！大意了！"急令灭火，退后者斩首。于是金军从营中取出锅碗瓢盆，盛上水，冒着宋军的箭雨，拼命跑去灭火。

邵云知道这些攻城车的木质极其厚实，万一火没烧透，将功亏一篑，以后再也别想有机会毁掉这些车，于是大叫道："马上回头！"说罢，自己抽刀直奔金军而去，手下人也朝战车奔去，阻挡金军灭火。

这时城墙上的守军全被惊醒，站在城墙上呐喊助威。李彦仙算了算，彻底烧坏这些厚实笨重的攻城战车，让金军无法修复，至少得小半个时辰。便让张炎将手下的弓弩手全部召集过来，对着前来增援的金军轮射，又让张炎亲自用大弩专射其中的指挥将官。

双方僵持了一阵,火越烧越旺,每辆战车都被烈焰完全包裹了起来,邵云还担心烧不坏,拼死不退,李彦仙便令人鸣金。于是邵云一声呼哨,这一百来人拔腿就往城内狂奔,金军也不敢追赶。此时火借风势,呼呼作响,人靠近都难,更别说灭火了。金军只能眼睁睁地看着三十辆战车被烧得"毕毕剥剥"直响,却无可奈何。

天大亮后,呈现在双方面前的那些威武高大的战车全部成了黑炭,有金军不甘心,将炮车架起来,装上石头,居然还能发出一炮,击在城墙上,发出一声沉闷的巨响。但发第二炮的时候,那炮车的横梁"啪"的一声断裂了,将高高扬起的石块砸向自己阵地,吓得金军四散躲避。楼上宋军见了,发出一阵哄笑。

娄室懊恼不已,昨日双方都伤亡惨重,但金军人多耗得起,因此昨日一战对于守军的打击更大,士气也有所低落。战局发展正在他的掌控之中,不料宋军在疲惫之中,突然奋起反击,自己只想着防劫营,却没想到这一着,结果让宋军偷袭成功。

更糟糕的是,这些战车被一举摧毁,让他的攻城战略大受影响,原本打算一个月内拿下陕州,现在看来已无可能。战事一旦呈胶着状态,对于人数占优的一方反而不利,因为他带来的六七万人每天吃掉的粮食不计其数,粮食消耗比城内守军更快,一旦粮尽,他就不得不退兵。陕州这根楔子仍将牢牢插在他的腹地,成为他陕西用兵的后顾之忧。

没了战车,原来的攻城部署已不可行,娄室便重新召集众将商议。

折可求道:"为今之计,只能硬攻了,既然我军人多,可以垒土攻城。从明日起,让众士兵每人一日二十袋土,堆在城下。五日内,就可以垒出一座斜坡来,然后凭此攻城。"

垒土攻城费时费力,何况陕州不比延安府,外头还有一条护城河,水有一人深,如果垒土的话,垒到河边就得停止,这就意味着坡很陡,仰攻起来会很艰难,但众将也想不出更好的法子来,都看着娄室。

娄室沉思了片刻,目光冷冰冰地扫过每个人,道:"从今日起,众士兵每人每日三十袋土，昼夜不息，三日内务必垒完！"

众将一时没反应过来，坐着发愣，活女第一个站起来，大声道："遵命！"于是众将也跟着站起来接令，互相看了几眼，便鱼贯而出。

金军将烧剩的攻城车都拆了，制成护板，选了一处较开阔地段，然后开始垒土。对于城上的挑衅、谩骂，既不回骂，也不应战，将袋中的土往地下一倒，转身就跑，如此反复不已。不到一日，便已小有规模。晚上金军并不歇息，换了另一拨人，继续垒土。

李彦仙见这阵势，知道金军此次对陕州志在必得，他虽然无所畏惧，但一城军民的生死他不得不操心，便连续派出三拨使者去张浚处求援。

张浚收到李彦仙的求援信，知道陕州危急，但手下兵马刚刚集结，有些甲仗器械都不齐全，还不足以与金军对抗，便也连派三拨使者去汾州，请曲端发兵营救。

曲端收到张浚的帅令，仍然推三阻四，将之前对付王庶的话又说了一遍，无非就是陕州是必陷之地，劳军远征，不但不能解围，反而与之并亡，毫无益处。而且他比延安府那次还多了一条理由：李彦仙不听张浚弃城据险退守的劝告，方有此次围城，如今却让其他部队为其固执付出代价，恐怕难以服众。

当然还有一条隐秘的理由他不会说出来：李彦仙在过去两年多的时间，凭借几千溃卒与乡兵，占据陕州两年，大小二百余战，屡次挫败金军，威震西北，朝廷为之多次嘉奖，李彦仙官职也一路高升，陕西各地莫不将李彦仙奉为战神，让曲端颇有居于人下之感。让他损兵折将去救援陕州，成就李彦仙英名，他绝对不会做这赔本的买卖，更何况此去没准解围不成，还生生把自己视若命根的泾原军给搭进去，到时候上哪儿吃后悔药去！

张浚见曲端拒不发兵，只得压住一肚子的火气，与帐下幕僚和将领商议援救之事。

王庶因为延安府失守已被罢职,在张浚麾下任参议官,他节制过陕西五路兵马,自认比其他人更了解全局,便道:"陕州地处陕、豫之间,距陕西腹地路途遥远,失陕州固然可惜,但仍不失全局;若举兵救援,千里劳师,一旦有所不测,则全陕危在旦夕。"

张浚看了看他,当初王庶就是因为跟曲端为救不救延安府斗得你死我活,今日陕州之困与当初延安府一模一样,没想到他一置身事外,竟也是这般口气。当下并不作声,只是环视众人,想听其他人如何说。

幕僚谢升对王庶这番话颇不认可,道:"金军为何纠集数万人围攻陕州?就是因为陕州关系全局!如今河中府、长安都在金军手中,一旦让金军再占领陕州,则整条黄河、渭河都将被金军打通,以河为界,进可攻,退可守,川陕都在其窥探之中。金军一旦占了陕州,下一步必然是沿渭水西进,直攻耀州、泾州和凤翔府,现在不去救,避得一时兵祸,可终究金军还是要打过来的呀!"

王庶听了,脸涨得通红,自知刚才那番话对错且不论,但从自己嘴里说出来,很不合适。

新任泾原路经略使刘锜道:"我大军终归要与金军决一死战,但我军打过去和敌军打过来却颇有不同。如今陕州远在数百里外,我军远征的话,粮草辎重都要筹备,沿途还要防敌袭扰、埋伏,更不用说急行数百里,将士劳顿,人困马乏,而敌军却能提前占好地形,以逸待劳,因此双方尚未交战,便已失了三分胜算。陕州军事重地,失之将震动川陕,但救援之前也要知己知彼,方可确保不至两失。"

刘锜乃西北名将、前泸州节度使刘仲武之子,生得相貌清雅,却又孔武有力,更兼为人谦和,于军事上颇有见地,因此张浚一见之后,当机立断将他提拔为经略使一职。他的这番话,正说出了张浚的顾虑:千里劳师,搞不好真的就会"两失",既没解围,还葬送了援军,大宋自从与金开战以来,这上面的亏真没少吃。

提点刑狱郭浩也是张浚新提拔上来的,道:"我军方才聚集,人数虽众，但教习不够，且各路将帅最近都有所调整，将与兵互不相熟，如果贸然远征，恐怕不仅仅是无功而返，甚至有全军覆没的可能！当年太原之战，大宋十几万军队全葬送在太原周边，岂能不引以为戒！"

谢升很不爱听这些陈词滥调，道："金军自从侵入陕西以来，虽然屡有斩获，但一直未能撼动大局，何哉？依我看就是因为李彦仙在陕州的牵制，使得娄室不敢放胆西进，一旦他解除了后顾之忧，就会重兵压境，到时候人家远道而来又如何？你以逸待劳又如何？攻守之势一旦确定，我军就只有招架之功，而无还手之力。"

张浚听着众人你一言我一语地说个不停，便抬眼看了看刘子羽，见他一反常态，不发一言。刘子羽见张浚看他，只是点点头，仍不作声，张浚便也不问。

议了半天，张浚仍难以决断，看天色已晚，便让众人各归本营。晚上刚吃完饭，才掌上灯，刘子羽果然如期而至。

"彦修啊，我就知道你有话要说，快快讲来！"张浚一见刘子羽，便迫不及待地道。

刘子羽笑道："相公须得来一壶好茶，子羽方能讲得好。"

张浚大笑："也罢，也罢！一壶好茶换一良策，这买卖合算！"

说笑间，玉儿奉上茶来。玉儿才满十五岁，原是张浚远亲，因父母早亡，又无其他靠得住的亲戚，她父亲临死前便将十岁的玉儿托付给了张浚。张浚自己四岁时父亲亡故，由母亲辛苦拉扯大，因此十分照顾她，名为长兄，实则二人情同父女，只是这玉儿不爱绣花织布，却爱读书识字，张浚书房里的书被她翻遍了。玉儿还爱观看府里来往的各色人等，虽为女儿身，却颇有主张，常常借故端茶出来，近观来人。张浚也不以为忤，等客人走之后，玉儿与张浚品论来人，居然八九不离十。

张浚见玉儿不等吩咐，便出来端茶服侍，知道她专等着刘子羽。又见她把自己收拾得干干净净，额头上的刘海一丝一缕，整整齐齐，脸上还搽了点粉，知道她春心萌动；再看她生得面容姣好，身段窈窕，已是大姑娘模样,心里又是好笑,又是叹息。张浚有心成全她,便道:"玉儿,彦修不是外人,你不要回避了,就在一旁帮着斟茶吧。"

玉儿喜出望外,给二人深深道了个万福,红着脸坐在一侧。

刘子羽何等机灵之人,自然知道这里面的缘由,当下只作不知,对张浚道:"陕州到底救与不救,相公是否已有定夺?"

张浚脸上的笑容倏地消失了,愤然道:"曲端这厮果然又臭又硬,当初朝廷议论纷纷,都说他要谋反,他百口莫辩,无以自明,是我接连数次上疏,极力向皇上表明他绝无反意,并拜他为威武大将军,给足了他面子,无非就是为了让他体会我的爱才之意,好让上下互不猜疑,共纾国难。不料我一片拳拳之心,却仍然打不动这军棍的铁石心肠!早知如此,我真该顺手推舟,让他去阎王殿与范琼做伴去!"

张浚白天憋了一肚子的火,气得脸色发青,此时终于发泄出来。刘子羽知晓来龙去脉,只是点头听着。玉儿不明就里,刚才还笑脸盈盈,面如桃花,一下子惊得脸色煞白。

刘子羽向玉儿微微一笑,示意她不必惊惶,等张浚气消了些,才道:"相公,当前不是与曲端那浑人较劲的时候,相公前段时间励精图治,任用贤能,使得陕西军务焕然一新,切不可因此而前功尽弃。"

张浚也明白这里面的利害,重重叹了口气,问道:"陕州之围,彦修有何良策?"

刘子羽道:"陕州这局棋,十分难解。陕西以前之所以战事不利,一大原因在于各将或保存实力,或单打独斗,互不救援,使得娄室以区区万余人便能在陕西横冲直撞。如今娄室已经收编了折可求的降兵,另外撒离喝之部也已到陕西,三处人马一合并,号称十万,我估计其中可战之人不下三四万,其实力不可小觑。"

张浚皱着眉头,只是微微颔首,刘子羽继续道:"相公来陕西主持军政,首先就是要革除西军互不相援的旧习!因此,子羽以为,陕州必救不可!"

张浚原本痛恨诸将踯躅不前，但一听到必须救援，心里又沉重起来，脑子里浮现的都是千里救援的不利之处，一时沉吟不语。

刘子羽知他心思，随手拎起茶壶给他斟茶，斟到一半，玉儿从他手里把茶壶夺了去，还嗔视了他一眼。刘子羽不禁尴尬，只能正襟危坐。玉儿又示意他把自己茶杯递过来，给他斟满，刘子羽只得乖乖照办，忍不住瞅了她一眼。突然发觉这几个月来，玉儿长大了不少似的，端庄妩媚的眉宇间稚气全无，全然一副大家闺秀模样，却又难得地多了一份从容气质，而她的身条不可遏制地显出蓬勃的少女青春气息。

刘子羽突然觉得心跳得厉害，赶紧收敛心神。玉儿又用一块白布抹桌上洒落的茶水，那双手雪白晶莹，指如葱根，纤细修长，刘子羽不禁又是一阵心跳，口中的茶忘了咽下去，不小心呛着，咳嗽起来。

这咳嗽掩盖了他的满脸通红，但这瞒得过满脑子军国大事的张浚，却瞒不过玉儿。她还是第一次从刘子羽那儿得到某种回应，心里又是甜蜜，又是慌乱。过了一会儿，再抬头看他时，刘子羽已经恢复了常态，又让她怀疑自己刚才是不是想多了。

刘子羽定了定神，对张浚道："陕州好比落水的人，还落在河中间，河水不知深浅，暗流涌动。如果贸然下水施救，不但人救不上来，还很可能把自己搭进去，这也是曲端等人观望不前的原因。只是曲端兵力雄壮，相当于最会水的那个人，却躲得最远，这是他的可恶之处。相公身为节制五路兵马的朝廷重臣，自然不能跟他们一般见识。"

张浚点头道："诚如你所说，陕州是必定要救的，只是如何个救法？"

刘子羽道："相公可以分三步走，第一步派出使臣持黄敕书抄小路赴陕州，并派人多持金饼同去，将李彦仙官升一级，其他属将各有封赏，以示朝廷并没有忘了他们，多少提升一下士气；第二步，张榜招募死士，只要愿往陕州救援者，赏钱一千缗，全家免三年赋税徭役，将这一批人装备起来，先发陕州救援；第三步，相公整顿军备，亲率大军沿渭水东进，务必持重前行，切勿昼夜兼程，以免为敌所乘。如此，既可防朝野清议,又能给众将做出表率,还能确保大军万无一失。"

张浚听完,不停点头,原本绷着的脸上现出一丝笑容。但一想到李彦仙在陕州独力支撑,其他人却各有打算,自己身为川陕宣抚使,即便一心想施救,却也不得不玩些花样,心里既愧疚,又无奈。

玉儿在旁边听了,似懂非懂,但刘子羽又替张浚出了好主意是一定的。玉儿心花怒放,起身去别室,片刻即回,手里多了一碟点心,道:"这是玉儿亲手做的酥皮饼,请兄长和刘先生尝尝。"

刘子羽诧异道:"这酥皮饼乃是陕西特产,你如何这般快就学会了?"说着拈起一块尝了尝,赞叹道,"做得好!比我从小到大吃过的酥皮饼都香!"

玉儿含羞道:"刘先生尽拿好话来哄我,做得怎样我自己心里还没数吗?"

刘子羽认真道:"确实如此,绝无半句虚言!这酥皮饼讲究的是薄、脆,入口即化,吃后口齿留香,更上等的还讲究看相,玉儿姑娘做的这饼无论从哪方面讲都是上品。"

玉儿这才信了,开心地道:"既然刘先生喜欢,我以后多做些,刘先生可以拿回去吃。"

刘子羽很想告诉她,不要张口闭口"刘先生",叫"刘大哥"就好,但这话似乎昨日还能轻松说出来,今日却不知怎的说不出口了,只是微笑着点点头。

张浚满肚子心事,居然没意识到两个从未交谈过的人你来我往说了半天话,也随手拈起一块饼放在嘴里嚼,却没吃出刘子羽说的味道来。

次日,张浚按刘子羽的建议开始救援陕州,原本想再派一拨信使去曲端大营,命他发兵,但回头一想,他必会虚与委蛇,反而显得他这个宣抚使的话不中用,便作罢了。

陕州城下,娄室的攻城大军已经垒了一道几乎与城墙齐高的土坡,而李彦仙见无法阻止金军垒土,便干脆直接在土坡与城墙接口处重新筑了一道墙，并在旁边搭了几个木制的小塔楼，可以居高临下向斜坡上的金军放箭、投石。

娄室下令垒土坡的同时，又命打造云梯等攻城器械，然后将全军分为十队，每队轮流攻一日城，每十日让十队合成一军攻城。他料定，如此三旬下来，陕州城内的守军必然被拖垮，陕州城必破。

李彦仙见金军攻城日急，反而心里有了数，这一定是金军粮草不够，所以才如此不惜伤亡，疯狂攻城。于是不管形势有多紧急，他都神闲气定在城墙上巡视，有时甚至就坐在城楼上，一边饮酒一边督战，酒早没有了，壶里都是水，但他当着金军的面喝得有滋有味，有时甚至还显出半醉的样子。

随着时间的推移，守城越来越艰难，将士们睡觉都不敢解甲，伤亡也越来越多。更可怕的是，粮食即将告罄，米面早没有了，好在还有上千瓺豆子，煮出来的豆子李彦仙都让给将士们吃，自己只喝豆汁。而豆子也日渐减少，城中老弱很多一日吃不上一顿，已经开始出现饿死人的情况。

援军久等不到，但有一日，几名士兵大呼小叫地过来，说是有人从小路潜过来，向城里扔了几袋金饼和一封黄纸写的信。李彦仙看了敕书，心直往下沉，但装作很振奋的样子道："朝廷马上就要派兵来援救陕州！只要我们再坚守一些时日，定能里外夹攻，将番狗杀得一干二净！"

众人都十分欣喜，李彦仙将金饼分给守城立功的士兵，自己一个不取，又抽空在城墙上弄了个仪式，按敕书所说，给每名属将升了官职，一时间，城内洋溢着久违的喜庆气氛。

然而金饼、敕书不能替代援军和粮食，金军的攻势丝毫不减，几日过后，伤亡进一步扩大，豆子也所剩无几，城中许多老弱居民已经停止了进食，静卧等死。每天都有饿死的人从房屋中被拖出来，扔在外面，既没人哭，也没人管。

突然有一日，金军攻城刚刚停歇，只听城外一片大哗，一队人马从城西突破金军重围，直向城内奔过来，守军激动万分，大喊："援军到啦！援军到啦！"

转眼那队人马奔到了城墙外，却只有一百来人，个个满身是血，显然经过了一场苦战，李彦仙让士兵放箭掩护，将他们一个个拉上城来。领头是正是圆登，夏县人氏，以前做过和尚，十分勇武，与李彦仙相识已久。见了李彦仙，两人相视落泪，圆登道："陕州围了这么久，不知道观察是否安然无恙，今日见到了观察，死而无憾！"

李彦仙十分感动，陕州被围困至今，城破几乎在旦夕之间，这时候来救援，无异于飞蛾投火，只有真正的铁汉子才敢在这时候赶来助战！

这一百来人虽然不多，却都抱了必死之心，打起仗来不要命，以一当十，守军因此又振奋了些，陕州得以继续坚挺不倒。

李彦仙在城内苦苦支撑，城外娄室的日子一点不比他好过，军队不要命地仰攻，死伤只会比守军更为惨重，而在这节骨眼上，粮草也只能支撑几日了。另有小股的宋朝援军，不停地在外围骚扰，想找空隙与城内守军会合，更让他忧心的是，探报前几日告知，张浚的大军已经沿着渭水往东行进，虽然被他分兵阻于长安，但这样两头相持下去，最终吃亏的只会是自己。

众将脸上都显出疲惫疑虑之色，娄室明白要不是由于自己积威尚在，这些资深将领早就撂挑子不干了，但这仗是否继续打下去，他心里已经没有了定见。

晚上，长子活女进帐，坐下后却不说话，娄室猜着了几分，便道："有事就说吧，我不见气。"

活女这才吞吞吐吐地道："众将让我来问父亲，粮草马上就要吃完了，下一步这仗如何打？"

娄室反问道："大家都有什么说法？"

活女道："现在粮草只剩下三五日的了，大家都说不能等粮草全吃光了再退兵，那时候恐怕会生乱，还是得留出一些富余。"

娄室沉思半晌，用嘶哑的嗓音决然道："明日退兵！"

活女有些吃惊，这才体会到娄室身上承受着巨大的压力，呆立了一会儿，默然退下。

当晚，西北风起，天气骤冷，虽然还不至于滴水成冰，但有些衣裳单薄的士兵已经冻得瑟瑟发抖。娄室十分郁闷，这霜冻天一旦开了头，只会越来越冷，军队饥寒交加，这仗无论如何是打不下去了。

次日一早，金军开始做撤退前的准备工作，前军与中军不动，后军开始收拾营帐，然后趁守军不备，徐徐撤退。

太阳刚刚露出半边，冬日的朝阳将天边的云彩染成血红，娄室看了一眼陕州城，立即被眼前的景象惊呆了。数万只寒鸦在城市上空盘旋，遮天蔽日，却又寂静无声。突然间，像谁下了号令，这些乌鸦一起发出鸣叫，声震天际，回声久久不绝，令人不寒而栗。

娄室像只嗅觉极灵的老狼，死死地盯着天空，然后又用猛兽般的目光沿着城墙极仔细地扫视了几遍，良久过后，他爆雷般地大喝一声："传我帅令，各军马上整队攻城！今日务必拿下陕州！"

众将都仓皇听令，他们的意志与筋骨都松弛下来了，重新奋勇再战如同蜕一层皮那样痛苦，但他们毕竟久经战阵，也隐约嗅出了某些气息，加上主帅如此坚定，由不得他们不抖擞精神，拼死作最后一搏。

第一队金军很快冲上城墙，激烈地搏杀之后，败退下来。娄室并没有直接派出第二队，而是将败退下来的士兵排成一列，每三人中抽出一人，拉到军前，当众斩首！

"再有敢回头张望者，格杀勿论！"娄室面无表情的脸在寒风中显得分外狰狞。

第二队金军开始攻城，他们已经肝胆俱裂，极度的恐惧激发了他们的斗志，士兵们踩着鼓点，一步一前行，即便前后左右的人都死光了，活着的人还在往前走。终于，最前列的人已经接近了城墙，鼓点突然越来越密集，攻城金军像中了蛊一样，脚步也随着鼓点越走越快，第一批人终于冲进了城，紧接着第二批人也冲了进去。

娄室瞪着城墙，眼珠几乎要迸出来，片刻之后，城墙内隐约传出几声妇人凄厉的尖叫，这可怕的声音在娄室听来如同仙乐，他不由自主从喉咙里冒出一句："城终于破了！"

陕州陷落半个月后，才陆续有逃出来的士兵和百姓到达秦州，张浚极力安抚这些死里逃生之人，并打听城中情况，慢慢了解到城破后的情形。

金军破城后，守军并没有立即撤退，而是与之巷战不止。有些街道双方僵持不下，妇女们爬上屋顶用瓦片投掷金军助战，金军恼羞成怒，所过之处，屠杀殆尽，不留一个活口。

李彦仙血战突围，手臂也受了刀伤，行至河边，听说金军开始屠城，心痛不已，道："陕州百姓为我苦战不降，致使惨遭金军毒手，我李彦仙却不能保护他们，有何面目见父老乡亲！"说罢，纵身一跃，跳入河中。因为身披重铠，李彦仙很快就沉下去了，再也没有起来。

圆登城破前伤重躺地，奄奄一息，金军涌入时奋然而起，力战身亡；张炎带领部下数十人被逼入绝地，金军劝其投降，他们不予理会，杀敌无数，最终全部死难；邵云力尽被俘，娄室爱其英勇，劝他投降，邵云怒骂，娄室便将他钉在城墙上五日，然后再将他凌迟处死……

李彦仙下属五十一员战将，全部战死，无一投降。

张浚听到战况如此惨烈，悲愤交加，浑身颤抖，命人将守城事迹全部记录下来，上表朝廷请求抚恤嘉奖，又写成文书发给众将，并特意给曲端发了三份。

张浚自己连续吃斋一个月，以祭奠亡灵，并命人在商州为李彦仙立庙，将其敬为天神。

14 明州之战

离开临安府后,赵构君臣一行先到了越州,然后又到了钱清堰,当天晚上便接到了马家渡兵败的消息。被寄予厚望的杜充大军一击即溃,数万金军主力已然渡江,长江天险成了摆设,赵构眼见身前是追兵,身后是大海,自己被金军逼上了绝路,终于鼓起全部勇气,当着群臣的面披上甲胄,准备亲自率军赴浙西,与金军决一死战。

都堂里死一般的寂静,群臣惶惶戚戚,都做好了赴死的准备。只有赵鼎还存有一丝冷静,道:"陛下,兀术大军号称十万,皆是金军精锐中的精锐。杜充军溃后,韩世忠也避往江阴,刘光世军更远在江西,如今浙江只有张俊一军与辛企宗一军,加起来不过两万多人,即便加上陛下的侍卫班直,也就堪堪三万人,骑兵才不到三千,如何能与金军争锋?臣以为当前之计,还是退避为上。"

赵构咬牙道:"退避,退避!浙东已是弹丸之地,还退避到何处去?"

赵鼎对赵构急赤白脸的样子视而不见,继续说道:"浙东虽然不大,但上接苏南,下连福建,南北千里,其实也不算小。况且江浙河网密布,福建山壑纵横,都不利于敌军骑兵冲突,陛下如果一定要与金军决战,也可先与之周旋,等各路大军汇合后,再战不迟。"

赵构听这话有些道理,便看着吕颐浩道:"事情紧急,容不得议来议去,卿以为如何?"

吕颐浩原本也是打算与金军拼死一战,听了赵鼎的话,冷静下来,道:"退避为上!只是如何退避才可保万全,须周密筹划。金军以骑兵取胜,来去如风,行动十分迅捷,但如今皇上銮舆一行,皇族、百司官吏、兵卫、家小一大堆人,坐车的坐车,骑马的骑马,步行的步行,行动十分迟缓,金军一旦探听到圣驾去向,一定会派轻骑追袭,只要被追上,几乎只能束手被擒。因此,陛下如果要退避的话,一定不能走陆路,必须乘船出海避敌。大海之上,敌人骑兵无用武之地,海船极大,可装粮食足够几千人数月之用。浙江天气炎热,等开了春,梅雨季节一到,闷湿路滑,金军大都生长于北方极寒之地,很不适应这种天气,一定会北撤。等金军一撤,皇上再率群臣回归浙江,东南仍归我所有。此所谓'彼入我出,彼出我入',正所谓兵家之奇也。"

赵构听了这番分析,重新坐下,沉吟良久,道:"此事可行,卿等仔细商议,不可出半点差错!"

过了几日,赵构率群臣回到越州,召侍从、台谏商议后,最终定下航海避敌之策。于是君臣一行转移到四明,吕颐浩奏道,已命从官以下大臣各自散去,各寻生路。赵构听了,十分不悦:"士大夫当知义理!今君父有难,臣子当舍命相随,像这样各奔东西,作鸟兽散,成何体统?若如此,则朕所到之处,跟盗寇一般,还有何天子威仪?"

吕颐浩如何不明白这个道理,皇上与百官在一起,才成朝廷气象,一副树倒猢狲散的亡国模样,难怪皇上不高兴,便请罪道:"是臣思虑不周。臣这就去传陛下旨意,从官以上都必须扈从陛下,郎官以下自便。"

话虽这样说,但吕颐浩心里的担心却不敢说出来:谁知道有没有那么多船呢?

三日后,赵构君臣等人到了明州,准备从此处下海。提领张公裕前来拜见,赵构问:"海船备得如何了?"

张公裕道:"已备有海船千艘。"

赵构与群臣大出意外,吕颐浩道:"如何会有这么许多海船?"

张公裕答道："陛下去年不是派监察御史林之平到泉州、福州筹置海船吗？林御史到后，雷厉风行，筹来了二百余艘大海船，加上之前筹置的八百艘大小船只，共有千艘可用。"

这真是意外之喜，几个月前派林之平筹置海船，本是为了一个不太靠谱的用兵方略：从海路攻山东，抄敌后路。现在看来，这个方略无任何可行之处，没想到阴差阳错，竟然用在了这里。

张公裕道："臣已收拾好五十艘最大最稳的海船，足够装三千人。其他海船都是战船，恐怕一时间改装不易，且都部署在太湖、平江等处，以备迎敌……"

赵构立即摆手道："五十艘足矣！其余海船不必改装，后面战事还用得着。"

于是张公裕领着赵构君臣到港口看船，特意让船夫在海上将五十艘大海船列成阵势，赵构见船帆高扬，声势颇壮，心里总算有了点底气，踏实了一些。

从海边刚回到行宫，还未坐定，便有快马将张浚的加急文书送来，赵构心里狂跳。打开一看，刚刚积攒的一点底气立即烟消云散，脸上恢复了凝重之色。

吕颐浩等人接过文书看完，原来说的是陕州失陷一事，看完相对无语。众人都知道过去两年李彦仙逆势而动，与金人屡战屡捷，成为整个糜烂不堪的时局中难得的亮点。赵构多次向群臣表示，因为李彦仙的战绩而激动得睡不着觉，如今李彦仙陨落，另一个极倚重的杜充也兵败如山倒，而金军又大军压境，大宋的江山到底保不保得住，朝堂中没有一个人心里有底。

仿佛是为了印证君臣心中的不祥感觉，黄昏时分，朝会刚散，真州守臣向子忞带着两名随从匆匆骑马赶来。三人身上都有一股刺鼻的汗味，再看马匹，嘴角起沫，膘掉得厉害，显然一路紧赶慢赶，人和马都根本来不及休息。

侍卫见向子䜣急如星火的样子，知有紧急军情，不敢阻拦，带着他三步并作两步来见赵构。赵构一见向子䜣这副狼狈样子，不知发生了什么事，连问都忘了问，只是看着他。

"陛下，"向子䜣喘了口气道，"杜相……杜充投降金军了！"

都堂中静了片刻，赵构和几名宰执都震惊得无语，还是赵鼎沉得住气，问道："消息确实吗？"

向子䜣道："千真万确，他还给我写了劝降书信呢！"说罢，从怀中取出书信，信纸已经被汗水渍得不成样子，但展开看，那一手颜体不是杜充的还能是谁！

赵构脸色苍白，身体止不住地发抖，赵鼎和吕颐浩等人都传看了那封书信，他们与杜充交往甚多，其字迹与语气正是杜充无疑。

"朕待杜充极厚，从庶人一路提拔，直到宰相，信任有加，将十余万重兵托付于他，他为何要背叛？"赵构痛苦地问道。他又看了一眼那书信，里面一句话尤其刺目："宋祚已尽，天命改归"，这几个字像刀一样在他心头剜过，让他疼得手足酸麻，眼泪几乎要掉下来。

"陛下，杜充投敌，对人心士气荼毒极大，应想办法尽量弥补。"王绹提醒道。

这里面的利害赵构再清楚不过了，杜充贵为尚书右仆射、同中书门下平章事兼江、淮宣抚使，位高权重，颇得浮名，他这一叛降，搞不好会带倒一片。想到这里，赵构心急如焚，恨不得立刻将杜充身上的头衔爵位统统扒下来，然后将他的恶迹昭告于天下。

"立即下诏，贬杜充为庶人，其家属中有为官者，亦罢去官职，统统流放于岭南！"赵构恨恨地道。

赵鼎道："陛下不必操之过急。杜充投敌之所以为祸甚烈，全在于其身居高位，他也挟此自重于金人，不如先罢去他的宰相之职，贬为观文殿大学士、提举江州太平观，并发文传达各州县。这样在众人眼中，杜充不是以宰相身份降敌，而不过是以一闲官身份降敌，为害就要小得多，等他投敌之事传开来之后，再贬他为庶人，议其罪不迟。"

赵构一听，恍然大悟，如此处理的话，杜充降金就成了因贬官之后的怀恨之举，与以宰相身份降金确实不可同日而语，不由得称赞赵鼎道："如此甚为得体！卿深谋远虑，真不愧国之良臣！"

赵构在这里忙着擦屁股时，兀术的大军正一刻不停地向东挺进，直奔临安府。在马家渡大败宋军后，如他所料，宋军兵败的消息立即传遍了江南，金军还未到，各路宋军已是闻风丧胆，走得一个不剩，只用了不到一个月的时间，金军主力便直抵临安府。

此时沿途邮传早已荡然无存，各州各府只知道金军过了长江，但谁也不知道到了哪儿。临安知府康允之听说有一支军队过来，还以为是盗贼或溃兵，便派人去应战，与几百金军前哨小战一场，砍了敌人两颗首级。部下把首级呈上来，康允之一看，大惊道："金军来了！"立即丢下城池，带着亲兵南逃而去。

康允之连夜狂奔至明州，告知赵构金军已经抵达临安城下，赵构君臣都慌了神，原以为自己行动已经够快了，没料到金人进军如此神速，赵构当机立断，当晚紧急装船，次日一早上船南行。

次日吕颐浩等上朝时，被禁内卫士张宝等一百余人拦住，原来卫士们听说每艘海船载卫士五十人，每人只能带两名家属，张宝对吕颐浩道："吕相，这叫什么规章？我们都上有父母，下有妻儿，你叫我们只带两口人，那我们是该扔下父母还是妻儿呢？"

吕颐浩见群情汹汹，便好言道："我身为宰相，也只带了妻子二人而已，父母亲戚都请人遣散到南面去了，海船就这么大，还要防备金人追袭，一船的老幼，还如何迎敌？"

张宝冷笑道："吕相倒是付得起遣散父母亲戚的钱，也有人鞍前马后地服侍，我等不过是行伍中人，身上没几个钱，如何请得起人哪！"

吕颐浩见他出言不逊，厉声道："尔等身为大内禁卫，职责是保护皇上，如今大敌当前，你们满脑子只念着自家私事，可有一个人想着为国效力吗?"

另一名卫士道:"我等平常辛苦操练,不是为国效力是什么?大敌当前,总不能让我等抛妻弃子去玩命吧?"

吕颐浩指着那人道:"你也来讲什么辛苦操练?我前几日看你们操练,百步之外射箭,十箭里面能射中两箭就不错了。今日就一句话:为国效力者上船,其余自便!"

卫士们一听,气急败坏,纷纷拔出刀来,拥过来要杀吕颐浩,张宝更是指着吕颐浩的鼻子骂道:"你是宰相又如何?老子照样砍你的头!"

参知政事范宗尹看情势不对,慌忙拉住吕颐浩往宫里走,嘴里道:"跟这等人能吵出什么名堂来!"两人加快脚步,进了宫门,命人将门关上,众卫士还在外面吵闹不休。

赵构听到喧哗,问清缘由,冷笑道:"又来了!这帮班直卫士,朕平日优待有加,为的就是危急时替朕护卫,不料每次事急,先来挑事的倒是他们!真把朕当成懦弱之君了吗?"

说罢,立即命人取出笔墨纸砚,就在面前案上写了一道谕旨,大意是朕哪儿都不去,与众将士一起共进共退,誓抗金军。写完后,将御书交给王绚,让他到外面宣读给卫士听,王绚出门,将皇上的谕旨宣读了一遍,卫士们才稍稍安定了一些,还三呼万岁。

等王绚回来后,赵构道:"此辈抗敌无能,却屡屡胁迫人主,真是岂有此理!二圣之所以被金人掳去北方,固然是自己犹豫不决,但受人羁绊胁迫,以至无法决断,也是原因!二圣殷鉴不远,朕岂可坐以待毙!"

几位宰执还未想好下一步要如何做,赵构已经安排开了:"朕今晚部署五百中军精锐于后苑之中,卿等执朕手诏,明日率中军大部入宫,将今日为首闹事者擒拿后立即诛杀。"

众宰执都曾在徽、钦二帝下面做过事,深知二帝优柔寡断的脾性,此刻见赵构三下五除二,前脚安抚好闹事者,后脚便谋划诛杀他们,其手腕、狠劲与果断较其父兄确实大有胜之。不过形势危急，他们巴不得皇上快刀斩乱麻，闹事的是禁内卫士，也只有皇上才有资格对他们动手。

次日一早，吕颐浩、范宗尹等人在中军统领辛企宗兄弟陪同下，带着中军将士直入行宫。卫士们猝不及防，一下子被逮了大半，剩下的往里跑，翻墙上屋，狼狈逃窜。

赵构浑身披挂，从后苑率军冲了出来，手执一张硬弓，连发两箭，将墙上二人射落下来。众卫士见皇上杀出来了，大惊失色，只得乖乖就擒。

宰执们丝毫不耽搁，把早已定好的以张宝为首的十七人拉出来，命人拖到门外，当即斩首，其余卫士一律遣散，编入军中。

前线传来消息，金军正在攻打临安府，指日可下，而且有尚未确证的消息说，金军派了一支几千人的轻骑，绕开临安府，去向不明，但很可能目标就是明州。

扬州惊魂恍如昨日，赵构绝不想再来一次，便立即下旨登船，一行三千多人从行宫往港口进发。走到半路，张俊派人过来请旨，手下军队已到越州，向赵构讨要海船，说是要护卫皇上。

赵构便停在道边，亲笔给张俊写了封信，告诉他海船已全都部署别处，军至明州已经退无可退，如果再让金军毫无阻碍地一路南下，东南半壁，不复王土，命张俊驻留明州抗敌。为了勉励他，赵构最后写道："惟卿忠勇，事朕有年，朕非卿则倡义谁先？卿非朕则前功俱废。卿宜勠力共捍贼兵，一战成功，当封王爵！"可谓言辞恳切，字字有声。

在越州的张俊接到赵构手诏，还在犹豫要不要跟金军干一仗，便召集下属诸将商议，诸将有说要打的，也有说还是应暂且退避的，各有各的道理。

刚从浙西赶过来的承事郎刘相如道："依相如愚见，此时与金军干一仗，有七八成胜算。"

张俊看着他道："何以言此？"

刘相如道："大帅您看，金军自建炎元年以来，连续三年南下，从未败绩，因此视我大宋军队如无物，已有骄兵之状。更何况现已近正月，金军虽未至强弩之末，但毕竟也不比一个多月前锐不可挡，倘若我军突然发力，金军定然不十分防备，而我军则有隙可乘，此其一也；金军下一步进军明州，明州外围沟渠纵横，不利敌人骑兵驰骋，而我军却可叫水师助战，水师从水路进军，既可下船步战，又可躲在船上用弓弩杀敌，敌人却够他们不着，可谓立于不败之地，此其二也；其三……"

刘相如说到这儿便不说了，张俊正觉得他说得在理，催促道："其三是什么？"

"其三，自当今皇上登极以来，金人连续南下，从未正面受挫，如果大帅此番打败金军，则中兴第一战功，舍大帅其谁！"刘相如慨然道。

张俊心里动了动，听得心潮澎湃，但很快又冷静下来，战事未开，就想着立不世之功，只会让自己头昏出错，听说杜充镇守建康时，心气也挺高，还自比东晋谢安，结果却是一败涂地，徒增笑柄。但刘相如说的前两点，的确指出了宋军目前的天时与地利，不能不说颇有洞见。

张俊未置可否，在越州休整两日后，率军前往明州，他手中现有两万人，其中有不少从西北带过来的老兵，都上过战场，与金军也交过手，新招的士兵剿灭过几次盗贼，虽然不比老兵，但毕竟也算是刺刀见过红。因此，他手上这支军队即便不如金军精锐那般强，但也绝非一触即溃的豆腐军。

到明州后的第一日，张俊一边差人去探金军情报，一边带着手下将校去明州城外查看地形，知州刘洪道问："太尉要去哪边查看地形？"

张俊奇道："金军从哪边来，我就去哪边看，还能去哪里？"

刘洪道拱手道："太尉莫要见怪。金军要来明州，必先下越州，然后从西北方向进犯明州。明州西北有一条河，从东到西纵贯全境，叫西塘河。此河连接临安、越州与明州，为金军南下必经之地。西塘河上有一座桥名叫高桥，乃是绍圣年间修建，极其宏伟，金军犯明州，必过此桥。"

张俊听了连连点头，道："那就去看看。"

刘洪道指了指前面："过了这片小竹林，几里路外就是。皇上前日巡海之前，有宰执建议将此桥拆毁，以阻碍金军，洪道坚称不可，皇上也没说什么。"

"哦？"张俊看了看他，"这是为何？"

"太尉看了便知。"

一行人驱马穿过竹林，又走了一会儿，果然远远看见一座石桥，虽然不长，却极高大，且丝毫不显笨重。众人一时都不作声，只看着这桥暗暗惊叹。

刘洪道介绍道："这桥原本叫西塘桥，因其极高大，船舶过往而风帆不落，因此本地居民都叫高桥。时间久了，原名反而没人叫了。"

统制官杨沂中问刘洪道："这桥不仅高，而且桥面极宽阔，有了这桥，金人骑兵过河如履平地，你为何不愿将它拆毁？"

"皇上也这样问我来着，我只道：长江比西塘河宽阔何止百倍，金军不也轻松过来了吗？皇上听了，默了半晌，才道：留着吧。"

张俊看刘洪道的意思，多半是舍不得，如此巧夺天工之作，拆了确实可惜，而且拆了此桥也阻止不了金军过河，更何况，这桥不比寻常木桥，拆起来并不容易。

众人登上高桥，四面眺望，刘洪道见众人对这桥看了又看，摸了又摸，便道："皇上听了我的奏对，便驳回了毁桥之议，后来却又长叹一声道：'我大宋士民，能建出如此雄伟的高桥，却对金虏束手无策，此何故也？'"

众人听了，面面相觑，心底里都颇有羞愧愤懑之感。张俊阴沉着脸朝四周看了半晌，回头看着诸将，却不说话。

刘相如道："大帅，倘若能将金军诱到此地，对我军乃是极有利的战场。金军过了河，我军与之对战时，可派遣水师从高桥两边会合，用强弓劲弩射金人身后，箭射完后，水师还可登岸助战，此地不远处有一片竹林,正好阻碍敌军骑兵包抄,而金军即便交战不利,急切间也无法退到河对岸去。因为高桥虽宽,却也无法让军队列阵而退,只要敌军退却,必成蜂拥过桥之势,阵形必乱,我军趁势掩杀,可保全胜。"

张俊随着刘相如的描述在脑中浮现出一幅对阵图,心跳不禁加快起来,若战场形势果如刘相如所料的话,取胜并非遥不可及。

张俊已经下了八分决心,心中却还有二分犹豫,他面对的是金军精锐中的精锐,既非偏师,亦非后勤,而是真正冲锋陷阵的霸王军。一旦两军对垒,只能是你死我活,倘若失利,杜充大军的命运就是先例。而更可怕的是,倘若他的军队被击溃,意味着大宋东南成建制的大军就此完全覆灭。

这个赌注实在太大,胜算却又太小,滑溜世故的刘光世自不必说,见了金军躲得远远的,即便勇猛善战如韩世忠,面对金军精锐主力也不得不一再避敌锋芒,反倒是不知兵凶战危的杜充,仓促与金军决战,落得一败涂地。

杨沂中问道:"大帅莫非想在此处用兵?"杨沂中乃将门之后,生得魁梧高大,骑射俱佳,深得张俊赏识,此刻见张俊脸上阴晴不定,故有此一问。

"皇上已经有旨,此地若再不阻挡金军铁骑,则东南半壁,不复王土,与其被金人逼到退无可退,不如在此地出其不意,反戈一击,或有胜算。"张俊看着众人道。

张俊此话一出,相当于宣告要与在大江南北纵横三年无敌手的金军主力硬碰硬。此举意味着什么,众人心里都有数。

"大帅若要在此地阻击金军,沂中愿率部死战!"杨沂中单膝跪下,慷慨答道。

其他将领田师中、刘宝、王进、党用、邱横等人也都齐刷刷跪下,表示愿意死战。

刘洪道见了大喜,慨然道:"自朝廷开民间弓弩之禁后,新募的州兵都颇善射术，洪道手下也有州兵两千余人，听凭太尉调遣！"

张俊脸绷得像一块生铁，道："既如此，请诸位晓谕军中，一旦与金军交战，只有死战一条路。有敢退半步者，斩于阵前！"

刘相如道："大帅，如想多增几分胜算的话，最好能够引诱金军全部过桥。"

"如何引诱？"张俊问这个足智多谋的刘相如，心里已经打算将他提拔为将了。

刘相如果然心里已有谋划，道："大帅可派遣一些士卒在金军逼近之前，假装拆桥。等金军一到，立即逃走，让金军以为我们是不愿他们过河的。如此一来，金军反而会大举过河。"

张俊眯着眼想了一下，可能还真管用，不禁笑道："你哪里来的一肚子鬼主意！"

众人也都佩服刘相如机敏，于是一行人策马沿着河边走了一路，又围着竹林转了一圈，七嘴八舌地争论如何布阵，在高桥附近待了大半天，方才回到明州城内。

刚到府衙，便收到紧急探报，金军已经攻陷临安，直取越州。

"临安府城高池深，居然才守了不过三日，简直岂有此理！"张俊怒道，临安轻易被攻破，越州更守不了多久，使得他备战的时间极短。

众将听了也觉憋屈，只有刘相如安慰道："大帅，这未尝不是好事，只会让金军更加骄横轻敌，我们就在明州城下兜头给他一棒！"

刘洪道建议道："江南百姓，恨极了金军，只是没人挑头而已。如今太尉手握雄兵，决心与金军列阵而战，我军将士自建炎元年以来从未赢过金军，难免有畏敌之意。若能张榜四处，劝谕百姓共同杀敌，我料明州百姓定会踊跃呼应，我军士气也会高涨，大战在即，士气比什么都重要！"

张俊深以为然，帐下文士郭丁素有才气，当即一挥而就，檄文道："金虏遂乘多难，窃踞中原。衣冠变为犬羊，江山沦于戎狄。凡有血气，未有不痛心切齿于奴酋者也。"又劝谕军民一体，共抗强敌，道："先机者有不次之赏，后至者有不测之诛。一身祸福，介在毫芒；千古勋名，争之顷刻！"

张俊听人念完，激赏不已，立即命人将檄文张榜于明州闹市通衢。果然明州城顿时沸腾一片，百姓成群结队来到军中，奉上羔羊美酒，将士们见百姓如此爱戴，无不感奋，发誓与金军血战到底。张俊又派人送信至定海，告知赵构他已决意在明州阻击金军。

两日后，明州郊外发现有金军游骑身影，接着传来越州不战而降的消息，张俊便派了二百来人去拆桥，不料金军几十名骑兵过来驱赶，这二百来人撒腿就跑回来了。至于金军大队人马是否过桥，一无所知。

此时正值隆冬，除夕将近，明州城内却无一丝过年气氛。张俊估摸着金军大队人马已经抵近明州，便也不再观望，率领人马出城应战。行至离高桥五六里路时，只见前方天空一片雾气蒸腾，显然有大队人马驻扎。

两军对垒，张俊极想探知对方虚实，一是金军是否全军过了高桥？二是金军的骑兵是在左翼还是右翼，或是殿后？有了这些情报，他才好针对性地布阵，多添一分胜算。但在两支大军对阵之际去探军情，乃是硬探，风险极大，张俊便在军中张榜，募人去对面金军探阵。

榜文贴出一日，无人敢应，张俊也不做指望，只是按部就班排兵布阵，准备厮杀。傍晚时分，传令兵飞报入帐，说有人揭了榜，正朝大帐走过来。

张俊带着众将走出大帐，果然见一士兵拎着榜文，在众人的簇拥下走过来。张俊打量此人，中等个头，其貌不扬，看上去也不甚强壮，不知他哪来的胆量敢揭此榜。等他走近到了面前，更发觉此人比自己矮半头，便问道："壮士尊姓大名？"

士兵答道："小人姓任，单名一个存字。"

张俊道："壮士胆气可嘉，可知此趟刺探军情，风险极大？"

任存见张俊神情间颇有怀疑，便指着帐前那根大旗竿道："大帅，这竿上的旗被风刮破了一角,大战当前,颇不吉利。请大帅容小人将其取下来,换一面好的上去,不知可否?"

张俊不知何意,点了点头,任存便卸下刀甲,走到旗竿下,略一纵身,平地蹿上三尺,附在旗竿上,矫健得像只狸猫,众人都喝彩。任存身子又纵了几纵,眨眼间到了竿顶,手上极麻利地将大旗解下,然后一个倒栽葱,在众人惊叫声中,双腿勾住旗竿,头朝地倒着往下滑。快到地面时,又一个翻身,稳稳地双脚落在地面,其干净利落,若非亲眼所见,难以置信。

众人轰然叫好,张俊大喜,刺探军情,高大健壮者反而不合适,倒是这种身手敏捷之人极其适合。任存将大旗呈到张俊面前,面色如常,不红不喘,张俊大声道:"此去若是成功,本帅将上奏朝廷,特授你为承德郎!"

围观的士卒都发出一阵惊叹声,多少人在行伍间混到死,能升个校尉,就是祖坟冒烟了。从普通士兵一下升为承德郎,这个赏格不是一般的诱人,但众人羡慕归羡慕,谁也不知道任存是否能活着回来。

张俊跟任存仔细交代了一番,任存听完,也不佩甲,只带着一把刀、一张弓、十支箭,向张俊施了个礼,便离了军营,直奔对面金军大营而去。

次日一早,张俊正在帐中与诸将商议布阵之事,忽听帐外一阵喧哗,紧接着传令兵进来道:"任存回来了!"

众将跟在张俊后头,争先恐后地出帐,只见任存手里提着两颗首级,在众士兵兴高采烈的簇拥下,施施然归来。张俊一看首级上的发式就知是金人无疑,赶紧领着众将像迎接英雄一样将任存请进帐内,任存进得帐来,不敢落座,张俊亲自给他端上椅子,道:"你今日不坐,军中还有谁人敢坐!金军那边情况如何?"

任存坐下,见众将都巴巴地瞅着自己,便道:"小人摸了半夜,凌晨时分,找到一棵离金军很近的高树,爬上去观看金军阵营,金军已经全部过桥,河对岸并无营帐,骑兵两翼都有,殿后的是什么军看不清楚,但极少有马匹走动。小人仔细估摸了下人数,过桥的金军一万余人,其中骑兵至少三四千人。小人下得树来,往金军营帐又走了几百步,找个地方伏到天亮,终于等到两个巡哨的金兵。小人趁他二人不备,一箭射中其中一人面门,另一个猝不及防,刀还未拔出,便被小人砍翻在地,斩了这二人首级,小人才敢回来复命,以取信于大帅和各位将军。"

这情报真是价值千金,张俊大赞道:"想不到我大军之中,竟有你这等智、勇、信兼备之才!本帅绝不食言,即刻上奏朝廷保举你为承德郎。朝廷恩旨下来之前,你可先以承德郎穿戴行走军中!"说罢,命人捧上承德郎穿戴,亲自为任存换上,然后解下皇上御赐的金腰带,赠予任存。

张俊转身对众将道:"事不宜迟,趁着金军尚无十分防备,立即列阵出击!否则迟一日,金军阵形一变,再提防水路,那就错失良机了!"

众将慨然领命,张俊亲自送任存出大帐,众士兵见任存换了身官服出来,腰间还系着条大帅赏的金腰带,十分神气,个个眼睛发亮。

张俊高声道:"金番就在眼前!其虚实已被我军勇士打探得一清二楚,今日我军将与番狗决一死战,诸位将士务必奋勇杀敌,但凡有功者,本帅绝不吝惜重赏!敢不力战者,本帅亦绝不宽贷!今日乃是除夕,本来是我大宋百姓阖家团圆的喜庆日子,却被番狗生生给搅了!金番屡次南下,掳我二帝,占我江山,害我百姓,夺我财物,烧我房屋,辱我姊妹,此仇不共戴天!今日,我张俊立下重誓,如不在明州城下杀败金番,生生世世永为猪狗!你们敢不敢战?"

众将士都热血沸腾,齐声吼道:"敢战!"

张俊抽出宝剑,劈空一斩,大喝道:"众将各归本寨,饱餐之后,列阵准备出击!"

宋军两万余人摩拳擦掌准备一战时,金军大将阿里带着手下一万余人刚过桥不久。虽然仓促,但征战已久、训练有素的金军将士很快就列好了阵势。

派出侦察的游骑相继返回，报告说明州有宋军出城迎战，阿里听了略感意外。自马家渡大败宋军以来，他率领前锋部队一路顺风顺水，在临安、越州这样的重镇都几乎未遇抵抗，宋军有限的一点战斗都是金军攻城时发生的，更没有宋军胆敢出城交战。

"领军者何人？"阿里问身边诸将及幕僚，内有知晓宋朝底细的人回答道："乃是南朝的平寇大将军张俊，当年太原之战时，为种师中部下，立过战功。此人英勇善战，治军甚严，但有时又放任士卒，有人戏称'自在军'，言其军纪差，以掳掠犒赏士卒，但此人不比杜充一介书生，颇能临阵决断，冲锋陷阵，乃是一员猛将。"

阿里听了笑道："太原围城，南朝以十余万大军分三路援救，结果被我军以少胜多，各个击破，一举歼灭，种师中也战死沙场。种师中有名将之称，今日且看看这个张俊有何能耐。"

正说着，前军将领派人过来报告道："南军大阵向前移动，像是要发起攻击。"话音刚落，只听见宋军阵营传来隆隆的击鼓声，听上去声势颇为浩大。几乎在同时，一股混杂着尘土、马骚臭和汗味的浓烈气息飘了过来。

阿里怔了怔，宋军敢主动进攻，且如此果断，再次出乎他意料之外，便立即传令下去，准备迎敌。

金军刚把阵势列好，宋军第一拨人马已经潮水般地涌了上来，阿里登上中军临时筑的高台，指挥战斗。他仔细观察宋军阵形，十分严整，毫无破绽，士气似乎也很高，但金军对于宋军几乎具备先天性的心理与战术优势，使得略显仓促的金军将士毫不慌乱，两军短促地弓弩互射之后，便碰撞在了一起。

阿里命令两翼的骑兵往后包抄，于是金军的精骑如旋风般直往宋军两翼杀去。但片刻之后，左翼骑兵流畅的队型突然凌乱起来，后面的骑兵往前疾驰，前面的却止步不前，两头人马一时拥挤在一起。阿里正在疑惑，左翼领军将领派快马来报，说是宋军右后方是一片竹林，骑兵无法穿越。

右翼骑兵也不顺利，宋军将所有骑兵都集中在左路，抗击金军铁骑的冲击，虽然骑术和马匹与金军都有差距，但准备充分，应战得当，一时间也不落下风。

阿里赶紧传令让左翼骑兵从阵后绕到右翼，还没等命令传到，一列宋军从其右翼后方杀出来，全都手执长枪、长斧，直扑金军骑兵。金军骑兵没有冲起来，又挤在一处。在宋军的猛烈攻击下，只能勉强招架，完全失去了骑兵优势，很快被宋军包围起来。

阿里脸上轻松自信的表情消失了，他立即下令手下三百名亲兵火速驰援左翼。这三百亲兵是他精心挑选的女真勇士，每人都配最好的马，不到万不得已绝不轻易使用，但此时左翼的危急形势让他毫不犹豫地动用家底。

这三百骑兵速度奇快，很快绕到左翼，手执强弓从宋军阵前掠过。一阵轮番急射后，宋军汹涌的攻势缓了下来，左翼的金军骑兵才算抽出身来，但已经有上百人落马，两边各自收缩，形成对峙。

率领宋军中军第一梯队与金军交战的是统制官刘宝，战前张俊再三交代，上阵必须使出全力，即便不能赢，也必须要镇住金军。刘宝将一百名亲兵聚集在身边，亲自冲阵，其他将士跟着猛冲。宋军多用长枪，金军多用盾牌加马刀或重锤，各有所长，长枪攻击距离远，但一旦阵形被挤压，双方进入近战肉搏，长枪便十分不便，因此金军利用盾牌厚甲护身，拼命向前突，一旦到跟前，便挥刀猛砍或抡起重锤和狼牙棒猛击，前排宋军往往因此伤亡惨重。

刘宝见这样战下去一定要吃亏，便传令换阵，并亲自挺着一杆大枪，让亲兵贴在身后，一齐平举长枪。这样金军突破了一层长枪，还有第二层、第三层。刘宝在军中有"枪王"之称，手握长枪，能轻松洞穿两个手掌厚的木板，此时在左右亲兵护卫下，不用分心防守，瞅着空便狠狠一枪扎过去，中枪者无不倒下。宋军见主将连连得手，士气大振，个个持枪猛戳，重新将金军逼退。

只听金军阵中传出密集鼓点，金军前军攻势逐渐缓了下来，慢慢退去。这些久经沙场的老兵都极有经验，退却时从容有序，丝毫不给对方趁势进攻的机会。刘宝率军连突几次，也无法打开缺口。

刘宝正准备率军再猛冲一次，突然金军阵中整齐地步出一堵高墙，一列高大强壮的士兵骑在马上，手执重斧，紧紧挤靠在一起，互相支撑。人与马从头到脚都身披重铠，骑兵脸上都罩了一层严密的铁护罩，只留几条细缝观看外面。金军的鼓点由之前的细密变得缓慢沉重，每一步鼓点，这些铁马便往前行一步，势不可当。

很快这堵铁墙开始缓慢地加速，但仍保持着严密的阵形，无懈可击。张俊在后军督阵，远远望见，对旁边诸将道："这必是金军的铁浮屠！刘宝已经杀了半天，难以抵挡，让他们先退下来，第二队接着上！"

刘宝率军且战且退，统制官王进、党用、邱横各率所部让过撤退士兵，向前挺进，他们手中所持的都是长柄麻扎刀，上来便对着金军猛砍。金军铁浮屠从白山黑水杀到大江以南，从未败绩，乃是因为其防护极佳，且所选战士都武艺高强，意志坚韧。见宋军迎上来，高接低挡，前仆后继，无论宋军多么勇猛，始终阻止不了那堵铁墙的移动，再往前冲几十丈，宋军大阵很可能要被冲垮。

王进、党用和邱横见状，拨开亲兵，亲自抡刀冲了上去。手下亲兵随后跟进，其他士兵也拼命上前抡刀猛砍，抵死不退，两军僵持不下。

张俊在后军看到金军左翼骑兵因竹林挡路，不利驰骋，开始绕过后阵，向右翼集结，他知道金军想集中骑兵猛攻自己左翼。只见金军骑兵行动迅捷有序，如此激烈交战之中，竟无一骑走错路，行进流畅如水，不禁惊叹道："金番的拐子马名不虚传！"

张俊令旗一挥，右翼突出来的宋军列成方阵，长枪长斧前举，向金军直逼过去，金军不敢怠慢，只得分出一部分骑兵袭扰牵制这股宋军。

中路宋军与金军铁浮屠的对抗极其惨烈，为了阻止铁浮屠前进，宋军硬是用血肉之躯筑出一道矮墙，像疯了般猛劈猛砍。然而仰攻的效果终究不及金军力士居高临下的重斧劈砍，只要被砍中，无人能幸免。

王进已经杀得浑身是血，再看党用、邱横已经不见了身影，多半已经战死了，在此胶着之际，主将战死，对士气影响极大。王进已将生死置之度外，纵身跃出队列，挥刀直取一名领军的金军将领。金将抡起重斧兜头便砍，王进闪身躲过，一刀劈在那金将肩上，差点将他斩落马下。宋军见了，一齐发喊，拼命上前，于不利中竟然反守为攻。

张俊远远观战，心里捏了一把汗，咬牙喝道："打得好！"但他知道前方将士已至极限，如此苦战不能持久，便挥令旗，让杨沂中、田师中率部向前迎敌，接应王进等部回撤。

阿里在阵中看到宋军一进一退，颇有章法，且将士的勇猛程度丝毫不逊于金军，心中早已将之前的轻视之意扔到九霄云外去了。马家渡之战并未用上铁浮屠，光用拐子马就把杜充的大军击溃了，不料今日拐子马、铁浮屠一起上，竟还未冲垮宋军。于是他一边紧急调动后军人马，一边命人将军中所有大鼓全部擂起来，督促他的王牌军铁浮屠向前突进。

杨沂中和田师中两部乃是张俊军中精锐，两人率部擂鼓上前，将王进等部接应下来，党用、邱横果然已经战死。王进浑身是血，张俊以为他受了不少伤，下来检视过后，却发现身上并无伤口，原来都是金军或身边阵亡将士溅上来的血。

宋军与金军铁浮屠继续对抗，情形并无改观。虽然张俊部队装备优良，一半士兵都配了明举甲，杨沂中和田师中两部更是全部配备，但与金军人马合一的铁浮屠相比，对阵中仍居于劣势。宋军只能拿出拼命的劲头，才能勉强保持守势。杨沂中乃是张俊军中的骁将，此时与田师中亲自抡斧劈砍，凭借着生力军的冲劲，暂时与金军僵持。

金军在右翼集结了大部分精骑之后，一部分与宋军骑兵对峙，另一部分开始迂回穿插，想绕到宋军大阵后方去。张俊早年跟随种师中征战时，种师中告诉他，两军阵前交战，只要有一方先将后门交给对方，则必败无疑，如同猛兽间厮杀，是极度防范后门的，一旦被对手将爪子伸进后门，只有死路一条。

随着战事推进，金军拐子马开始表现出骑术与马匹上的优势，上下冲突，来去如风，且步调一致，如行云流水，越战越勇，宋军骑兵只有招架之功，照这样打下去，金军骑兵包抄后路是迟早的事、张俊见势头不好，急挥令旗，从大阵左翼分出两千步兵，横在骑兵身后，以阻挡金军骑兵迂回。

张俊这边打得苦，阿里那头也不轻松，他看到左翼精骑被一部宋军缠住不放，无所作为，但右翼却越打越顺，只要将宋军左翼骑兵击溃，则此次大战就有了七八分的赢面。正要舒一口气，却见宋军从大阵中分出一支军队，横在了左翼骑兵后方。这样即便宋军骑兵被击溃，但要包抄后路，仍然并非易事。

"张俊果然深得临战用阵之法。"阿里心想。他将目光重新移向中路，金军的铁浮屠势不可当，但宋军轮流抵挡，拼死不退，一时也没有什么进展。正在焦躁，身旁的爱将乌里突道："孛堇，南军堵在前面不退，阻挡我军，铁浮屠若不能跑起来，则威力大减，末将愿率领本部人马从铁浮屠两侧绕击宋军，分散其人马，则铁浮屠可觅得空隙向前，一旦跑起来，南军再不要命，也无法阻挡我大军了！"

此话正合阿里之意，便对乌里突道："你率部猛击南军侧翼，只要令其稍稍退后，铁浮屠便能重新整队往前突进，此战若胜，记你首功！"

乌里突立即率领手下一千多人，都持盾牌和短兵刃，从铁浮屠阵后绕到两侧。乌里突发一声喊，两边一齐杀出，侧翼的宋军正高举长枪长斧对抗铁浮屠，突然从旁边杀出一支军队，猝不及防，长枪长斧都来不及掉头，便被金军冲到面前，砍翻了一片，往后退出一片空地。

阿里见乌里突得手，立即命人擂鼓，铁浮屠借助这难得的空当，向前加速，杨沂中和田师中虽然拼命抵挡，无奈一面要仰攻铁浮屠，一面又要对付乌里突的短兵器,十分狼狈。

情势骤然间急转直下,张俊还来不及挥动令旗,只听王进大吼一声:"随我来!"带着浑身血污的部下直扑金军左翼而去。王进身先士卒,带着几十名亲兵冲在最前面,很快便咬住乌里突的部队,一顿狂砍乱杀,将乌里突逼了回去。

此刻张俊只有统制官赵密、李宝的部队还未动用,他想等刘洪道的州兵乘船赶到助战时,再顶上去给金军最后一击。但看战场形势,张俊不得不提前调动这支预备队。他命赵密分兵去右翼支援,命李宝率军助阵杨沂中与田师中部队。

此时已近响午,双方从一早开战到现在,卷入的人马越来越多,战事越来越激烈,终于达到了白热化的程度。有那么一顿饭的工夫,战场上没有人呐喊,只有兵器的碰撞声、马蹄声、士兵粗重的喘息声和脚步声,间或传来几声惨叫和马嘶,听上去格外瘆人。

宋金双方主帅都紧张地盯着战场,此时任何一点小的失误都有可能打破均衡,让军队陷入被动,甚至万劫不复。

双方都在比拼耐力与韧劲,相持不下。突然,金军后方传来一阵呐喊,好像又有一支军队加入战团,张俊以为是刘洪道的州兵到了,大喜过望。等了一会儿,却不见援军放箭,而是直接冲击金军后阵。

张俊气得大骂:"刘洪道如何这般蠢!为何不先放完箭再短兵相接?"

片刻过后,传令骑兵前来报告说,来的不是刘洪道的州兵,倒像是禁内卫士打扮,装备甚好,都持盾牌和砍刀,正在侧后与金军一部交战。

原来赵构收到张俊决心与金军决战明州的奏折后,便派主管殿前公事李质率领班直卫士前来助战,共约一千五百人。李质率军分乘几十艘大小船只,从定海县不分昼夜地赶过来,正好赶上一个关键时刻。这些班直卫士刚刚被斩了十几名闹事者的头,急欲将功赎罪,人虽不多,却个个生猛,给金军侧后造成很大压力。

张俊听了，转怒为喜，传令三军一起高呼："援军到了！"宋军一时士气大振，呐喊声震天动地。

虽然身处隆冬，但阿里额头上却满是汗珠，此时战场形势之严峻，是他随兀术南下以来从未遇到过的，他不得不传令调回一部分右翼骑兵，从侧后去攻击增援的宋军，以减缓金军大阵的压力。

他站在马鞍上，挺直身子，往大阵后方眺望，想看看对方援军来了多少。雾霭烟尘中，高桥的身姿隐约可见，增援的宋军人数并不多，他略微放松了些。紧接着他的心一下子提到了嗓子眼，因为他看到了最不愿意看到的东西：一列船帆远远地从西塘河东面驶过来。

阿里远远地看去，这列船帆在慢慢地逼近，实则船夫已经划得快把命给搭进去了。刘洪道尤在催促："快些划！误了大事，全部问斩！"

刘洪道之所以姗姗来迟，是因为隆冬季节西塘河的水量不足，有两艘船吃水太深，被卡在河道中，其他船也不得前行。刘洪道便命人用绳索从两岸拉曳，好歹将船拉过了浅水段，因此耽搁了不少时间，但他此刻杀到，可谓正是时候。

阿里看到宋军战船越驶越近，心里升腾起一种从未有过的可怕预感：这一仗要大败亏输了。

刘洪道终于率船队抵达了高桥附近，立即命令前面船上的州兵开始放箭，又命船夫继续往前划，直到船队沿河一字排开。一时间，箭如雨下，将阵后的金军射得鬼哭狼嚎。

阿里知道再不撤退，只怕要全军覆没，便命两翼骑兵左右冲突，掩护后军退却。高桥虽然极宽，但也容不下千军万马仓促撤退，被挤下桥的金军不计其数，如同下饺子般"扑通扑通"往河里掉。

张俊令旗一挥，宋军各部潮水般向金军扑去，发起了总攻，金军在铁浮屠的护卫下，缓缓后撤，在极乱中竟然还没有溃散。

战至此刻，张俊绝不能容忍金军全身而退，便双腿一夹，驱马率领亲兵直冲金军大阵而去，宋军一见帅旗向前，主帅一马当先，前面又有援军相继而至，都知道此战必胜，一个个士气高涨，奋勇争先，反观金军，已全无开战时的气势，且战且退，勉强抵挡。

刘洪道把船堵在高桥附近，命令州兵对着金军大阵放箭。在持续不断的强弩攻击下，金军开始还算有序的撤退逐渐出现了混乱，虽有拐子马左右扫荡，保护大阵，但前军挤压后军，互相踩踏，铁浮屠部队也开始掉转马头，往后狂奔。这一奔不要紧，顿时撞倒一片，金军的大阵终于开始崩溃。

阿里此时也顾不上别的了，在亲兵的护卫下，冲过高桥，到了河北岸，回马再看南岸，千军万马拼命往高桥涌，很多士卒无路可走，只得冒险涉水过河，大都不是被淹死，就是被刘洪道的州兵杀死。

阿里眼睁睁地看着手下这支战无不胜的雄师陷入任人宰杀的境地，真是欲哭无泪，只能派逃过来的一队弓弩手去河边射船上的宋军，以分散其兵力，好歹给逃命的金军减少一些伤亡。但宋军躲在有挡板的船舱内，站在北岸与之对射的金军却毫无遮拦，形同活靶子，射了一阵，既没分散宋军兵力，反而自己伤亡过半，不得不撤回来。

最终有两千多人的金军退路被截断，阿里和已经逃过来的金军将士眼看着这两千多人被宋军包围、分割、歼灭，却毫无办法。

刘洪道援军到来之前，两军对阵厮杀时，双方死伤人数基本对等，宋军还略多一些，但金军大阵崩溃之后，战斗便成了收尾战，宋军以极小的代价全歼了金军两千余人。

阿里率军连退十余里，张俊也不追赶，命人清扫战场，金军留下了三千多具尸体，算上水里淹死的，此战歼灭了金军精锐四千余人。而宋军折了两千人，虽然也不算少，但和过去几年动辄几万宋军被数千金军击溃相比，堪称战果辉煌。

宋军将士群情激昂，扬眉吐气。此战极大地消除了他们对于金军的恐惧感，特别是收尾时痛快淋漓的歼灭战，让他们喝足了金军的血，号称不可战胜的金军也有哭爹喊娘、狼狈逃窜的时候，这种胜利体验对于屡战屡败的大宋将士来说千金难换。

明州百姓得知宋军大胜,一个个欢天喜地。张俊班师回城时,百姓倾城而出,把将士们敬拜得如同天神,吹吹打打,拥着大军入城,又借着过大年的气氛,将炮竹炸得震天价响,一片狂欢气氛。

张俊解下腰中宝剑,将王进叫到鞍前,道:"你今日出生入死,血战不退,立下大功,我将上奏朝廷,保举你加封正使。从今日起,你便是我大帅府副将!"说罢将宝剑赠予他。

王进激动得热泪盈眶,说不出话来,众人都心悦诚服,纷纷赞和。李宝道:"此次多亏王统制,若不是王统制关键时刻冒死出击,一刀劈在番军主将肩上,恐怕我大阵已经被番军的铁浮屠冲散了。"

杨沂中也道:"王统制将铁浮屠侧翼杀出来的番军挡了回去,那才是最要命的,否则如今横尸沙场的,不是番军,而是我大宋将士!"

田师中叹道:"番军的确能战!虽然不占天时、地利,且被我连续两拨援军从背后攻击,战局极其不利,居然差点全身而退。"

张俊听了这话,脸上罩起一层严霜,告诫众将道:"番军之所以大败,乃是因为过于轻敌,贸然全军过河,又不熟悉地形,未考虑到西塘河与城外那片竹林,以至为我所乘。但番军战力之强,绝不可小觑,我料定他们此次大败而归,必定十分愤怒警醒,以图报复,再加上援军继至,实力又有增强,来日再战,只会比今日一战更艰苦,尔等切莫掉以轻心!"

众将都肃然领命。

张俊将大军分作两部,一部驻守高桥,一部驻扎城内。过了两日,刘相如建议道,高桥已经做了一次战场,金军对周边地形十分熟悉,不会再吃同样的亏,不如将部队全部转移入城内,静心休养,以利再战。

张俊觉得有理,便令部队进城休整,专等金军再来。

15 清踪花影

兀术轻松攻占临安府后,便将主力驻扎城外,派出几路人马,扫荡浙东浙西两路,搜寻赵构,自己坐镇临安,居中指挥。

进城第一日,兀术便由宋朝降官带领到城里到处转了一圈。兀术南下以来,名城大府见得多了,所以虽见杭州城内建筑精巧,巷陌曲折,却也不以为奇。等转到西湖时,虽是隆冬,西湖却仍是水光潋滟,山色空濛,偶有渔舟穿行山水之间,荡起几圈涟漪,给这清幽世界更增添一丝妩媚。兀术等人有些挪不动脚步,看着这人间美景只是发呆。

已经降金的大宋兵部尚书李邺见兀术停步不前,赔笑道:"西湖水质甘甜,盛产鱼虾,杭州的西湖醋鱼、龙井虾仁和清汤鱼圆都是上佳的菜肴,殿下切勿错过。"

兀术对南方美食兴趣不大,反而觉得南人食不厌精、脍不厌细实在是阴柔奢靡之习,磨掉了阳刚勇武之气,难怪战场上那么不经事。加上他那吃惯了牛羊肉的北地胃口实在对鱼虾难以习惯,因此极少碰南方美食。此时听李邺介绍,便道:"我女真健儿,还是大块吃肉、大碗喝酒的好,南人之奢靡之风,切不可在我军中滋长。"

李邺碰了一鼻子灰,只得讪讪地退下。

兀术回到杭州府衙,手下已经将十几个江南美女呈献上来。按金军内的规矩,如有最上等的美女,必先送至大元帅帐下,大元帅亲自为皇上挑选两名,然后才由大元帅为自己挑选,接下来才按官阶等级分配。

兀术坐下，正兴致勃勃准备品评一番，快马送来明州城下千户阿里的急报，兀术心里感觉有些不对，拆开一看，果然是阿里的败报，折损了四千多人。

兀术不禁吸了口凉气，之前他接到探报，说有一支宋军尾随大军身后，趁隙攻击，将溧阳和广德的金军先后击败。他听了虽然恼火，但并没太往心里去，因为拖后的都是些老弱残兵，甚至还有不少伤员，一时疏忽，被敌军所乘，还说得过去，但阿里率领的部队乃是精锐，其拐子马与铁浮屠从未遇到过敌手，如何就兵败了呢？

兀术再看信，阿里已与韩常会合，准备来日再战，定要拿下明州，生擒张俊。兀术看了，心想阿里等人过去几年连战连捷，从无败绩，或有骄兵之意，偶尔吃一次亏恐怕也在所难免，警醒之后再战，应该会有个不错的结果。

兀术努力让自己放松下来，但心里又恨恨不已，折损四千人马，而且都是前锋精锐，叫他如何不心疼！他极想知道当时战况到底怎样，恨不能亲执大斧，率军冲锋。

侍从见兀术拿着信看半天，神情严峻，眉头紧锁，知道定是前线战况不佳，都屏息静气，不敢作声。

过了半晌，兀术才将信放下，眼神显示犹在凝思，嘴里道："带上来吧。"

手下赶紧将那些女子一个个带上来，兀术打起精神，却怎么也提不起往日雅兴。侍从们想让他高兴，刻意说些笑话，兀术也只是嘴角略微动一下，随即又恢复了严肃神情。

侍从见这光景，也没了兴致，便匆匆忙忙让那些女子走马灯似的转一圈，临到最后一名女子时，却颇不顺利，那女子横竖不动，有侍从过去拉她，被她喝道："你若再碰我，我一头撞死在此，让你家元帅拿你问罪！"

兀术听到吵闹声，这才回过神来，问道："何事喧哗？"

侍从知道他心情不佳，赶紧过来解释："有一女子不愿意上来见殿下，我们去拉她，她就要寻死。"

"哦？"兀术颇感诧异，宋人女子都颇重名节，然而在女真将士的铁蹄刀锋之下，哪有不屈服的？被拘到四太子帐下还敢犯倔的，这还是第一人。

"既如此，我去见见她又何妨？"兀术起身，整了整衣冠，来到前庭。果然见一女子背对着屏风立着，上身一袭葱白色的罗衣，套一条百褶石榴裙，质地都颇为讲究，显然是富贵人家子女。她身材不似其他南方女子娇小，高挑直立，也并不埋着头，眼光平视看着窗外。

兀术暗暗称奇，侍从中懂汉语的道："还不拜见四太子！"见那女子不理，要去将她身子扳过来，兀术挥手制止了，问她道："你可知这是何地？"

兀术能说不少汉语，只是与江南人的口音迥异，但他吐字清晰，加之说得慢，一般人听懂并无问题。

那女子并不转身，只是微微侧着脸道："这不是我大宋杭州吗？"声音温润柔和，平静得不像被俘获的猎物。这吴侬软语从她嘴里说出来，分外好听。

兀术带着一丝揶揄的口气道："已经被你大宋朝廷改成临安府了。"

"你自然知道为何会改为临安府。"说罢，那女子竟然自己转过身来，看着兀术，两人四目相对，似乎都怔了一怔。兀术心里浮起的第一个念头竟是：哪怕将来怪罪下来，也绝不能把这女子献给皇上。

那女子生得未必是最好看的，但柳眉星目，鼻梁挺翘，妩媚中略带一丝锋芒，再加之黑发如云，肌肤晶莹雪白，将北地女子的洒脱利落与江南女子的文弱娇柔集于一身，令人见而忘俗。

她大概没想到原以为青面獠牙的金军统帅竟然是一名年轻将军，高大英武自不必说，眉眼中还有几分隽秀，实在难以将他和那个杀人如麻的番军首领联系起来，一时有些发愣。

兀术走近她身旁，极快地抓住她的左手，反身一扣，将她揽在怀里，将手伸入她腰间，抽出半片磨得锋利的剪刀，然后又轻轻放开她。

那女子在这电光火石间，毫无反应。

"你是不是想行刺本帅？"兀术微笑道，一边挥手让旁边大惊失色的侍卫们走开。

那女子说不出话来，怔怔地立在原地。

兀术冷笑一声，道："本帅攻取秀州，不过花了半天工夫，南朝的守城要员便献城投降。我大军进城后，本帅让城中南朝的官吏都来拜见，不料其中一名小吏从怀中掏出一颗石头，朝本帅扔过来，打在铠甲上，'叮当'作响。本帅问那名小吏：'你这样做有何益处？又济得了什么事？'那小吏昂然道：'你是领头的，我不用石头打你还能打谁？'"

兀术说到此处，叹道："我看那小吏身量瘦小，衣着也极朴素，比他的那些肥头大耳的长官差远了，却能拼死一搏。假使南朝官吏人人如此，岂能容我大军过大江如蹈平地？本帅过江拿下建康，一路往东，不过二十余日便直抵临安府，过独松岭时，两边峭壁齐天，地形险要，本帅还对手下诸将道：'南朝无人，若派数百老弱之兵在此镇守，我大军怎能轻易过去！'"

那女子看着兀术，犹豫了一下，还是问道："你把那小吏怎样了？"

兀术冷冷地道："他既有忠义之心，我便成全了他。"

那女子恨恨地看着兀术，身体微微颤抖。

兀术厉声道："南朝十几万大军已作鸟兽散，你们的皇帝小儿都吓得跑到海上逃命去了，十万将士齐卸甲，竟无一人是男儿！却让你一个弱女子怀揣半片剪刀来拼死报国，是何道理？"说罢，"唰"地扯下腰间的牛角匕首。

那女子脸色苍白，头微微上仰，垂下眼眸等死。

兀术却将带着鹿皮鞘的匕首塞到她手里，道："我女真无论男女老少，都携带匕首防身，更没有揣着半片剪刀防身的道理，不小心还容易扎着自己。"

说罢,让侍从将这女子留在帅府,待之以礼,好生安置,其他女子全部带走。

有侍从道:"殿下还是把匕首收回来吧……"

兀术一笑道:"你们还是不懂南朝人物风情,但凡忠贞之士,切不可以死相逼,须待之以坦诚信义,方可使之心动。一旦臣服,其必以忠贞事我,又何需去防范?这女子面容端正,目光清澈,她见我取匕首之时,瑟瑟发抖,并非横不怕死之辈,没有一片忠肝义胆支撑,如何敢做这种事?如此贞烈女子,生得还这般标致,本帅若不好好待她,岂不是作践?"

众侍从听得似懂非懂,但四太子对这女子动了心,却是显然的,便都不再多嘴。

兀术坐下,侍从端上一杯西湖龙井茶,兀术便也有模有样地喝了起来,他觉得南人的茶叶倒实在是个好东西,饭后喝一杯,去腹内荤腥不说,还让人十分清爽。

若不是明州败报,此刻他的心情原本是极佳的,兀术拿起阿里的书信,又细细看了一遍。按阿里的意思,确实是败在轻敌,但金军南下以来,哪一次不是"轻敌",孤军深入乃家常便饭,却无往而不利。更让他疑惑和担心的是:南军是如何抵挡住他的王牌军铁浮屠和拐子马的?明州之败,让南军消除了不少对金军的畏惧和神秘心理,以后再依仗声势以少胜多,恐怕不那么容易了,这对他下一步的进军方略造成了很大的干扰,兀术脸上恢复了凝重的神情。

探报又到,兀术接过来一看,却是派去平江的另一支金军的捷报,说是顺利拿下平江府,府库内钱粮财物堆积如山,正好可资军用。

兀术大喜,平江府乃东南重镇,地处水乡泽国,东临大海,南接钱塘江,西抱太湖,北依长江,易守难攻,极不利金军骑兵作战。宋朝派了重兵驻守,并专门委任宰执周望主持军事,兀术对拿下平江并无多大把握，却没想到竟如此顺利。

更让他高兴的是，信中说宋军撤退的时候还在太湖边上留下了近三百艘大小船只，而且据投降的宋军将领说，赵构乘坐的海船就在定海一带，并没有走远。于是金军火速登船，二百多艘战船已经直驶定海而去。

兀术不由得拍案而起："这才是我女真健儿的风骨！"立即修书给领军的主将当海，大赞其神勇果决，并将头盔上的一颗皇上御赐的宝珠取下来，放入盒中，差人快马赠给当海。

送走探马后，兀术心情大好，他料定阿里与韩常合兵后，再攻打明州，应是唾手可得。这样，他的大军将在陆海两路同时进发，将赵构逼到无路可走，只能乖乖投降。

军国大事一旦有转机，他立即来了雅兴，迫不及待想见到方才的那名江南女子，于是起身，直奔府衙后庭而去。

侍卫果然将她安排在了最好的那间厢房，还派了一个丫环服侍她。见兀术进门，那丫环连忙要跪下行礼，兀术止住她，并命她悄悄出去。

那女子正对着镜子梳理妆容，一头瀑布般的长发垂下来，直达腰际，侧影看上去分外美丽。兀术克制住上去搂住她的冲动，轻轻咳了一声。

那女子在镜子里看到了兀术，也听到了动静，却仍若无其事地对镜梳理，仿佛兀术不存在一样。

兀术心想，幸亏这是个女子，倘若是个男人，如此沉稳镇定，正是当大将的料，难对付得紧！当下也不打扰她，只在桌旁坐定，随手拿起桌上的一本书翻看。

"金国人也会读汉人的书？"那女子突然问道，声音清脆悦耳，没有一丝慌乱与局促，倒像是在自己家里似的。

"我大金国自从灭了辽国之后，任用了许多辽地汉人为官，这些汉人都精通经史，颇懂理政之道。我经常与他们交谈，受益颇多，也在他们指点下，读了些典籍。"兀术道。

"辽国修文偃武，彬彬不异中华，可惜最后落得个文恬武嬉，身死国灭。"那女子叹道。

兀术听她谈吐如此不俗，不禁心中起疑，便问道："我听说你是越州一家员外之女，自幼长于深闺，如何知晓这些国家大事？"

"我并非越州员外之女，我父亲乃是越州通判王子烟。"

"王子烟？"兀术大吃一惊。王子烟在越州城破后，坚决不降，率领一支五百人的乡兵在城外山上坚守不出，持弓弩射杀金军无数。后来箭射光了，便用石头砸。金军攻上去时，王子烟率乡兵奋战，最后全部战死，无一人投降。

兀术起身，走到那女子面前，恭恭敬敬地行了个大礼，道："原来竟是忠良之后，失敬了！"

那女子看着兀术，眼中蒙了一层泪花，她不愿意在仇敌面前示弱，但身体却忍不住颤抖，两颗晶莹的泪珠还是滚落下来。

兀术替她拭去眼泪，道："此事我见得多了。我父皇大金太祖皇帝当年统一女真各部落时，哪一次不是死伤甚众？然而部落合并，胜者夺人之妻，仇敌之女嫁仇敌之子，不也过来了？你们汉人就能例外？隋末各路英豪争天下，唐太宗李世民还将隋炀帝之女纳入宫中。唐亡了又是五代十国，如此纷纷乱乱，这种事难道还会少？你们大宋的艺祖不就将南唐后主的小周后掳至宫中，还当着后主的面强行临幸人家吗？"

那女子恨恨地道："为什么你们男人要以攻城掠地为功业？你们已经富甲一方，为何还要劫掠他人？"

兀术微微一哂，道："这个你大宋的艺祖倒答得很好：卧榻之旁，岂容他人酣睡？"

那女子无言以对，坐回椅子上生闷气。

"敢问尊名？"兀术问。

那女子犹豫了一下，道："清踪。"

兀术听了，笑道："你我有缘，我汉名叫宗弼，岂不是天意？我为你取一字如何？"

"我大宋的规矩，女子不该有字。"清踪道。

兀术道："女子是不该有字，女子也不该上阵杀敌。你既然敢来刺杀本帅，就该有表字。清踪这名字好是好，就是冷了些，不如你就字花影如何？清踪路上，花影相随，妙不妙？"

清踪听了，不禁吃了一惊，实在没料到这个统率千军万马的敌酋竟有如此文采，心底里极喜欢这个表字，但嘴上道："没这个规矩……"

兀术道："宋朝都被我大金灭了，我就是此地的规矩！"说罢，上前将清踪揽入怀中，大手在她柔软的腰上抚摸着，她那沁入心脾的发香让他一阵陶醉。

清踪慢慢地挣开了，背身坐回到椅子上。

兀术并不勉强，从他懂男女之事起，他就没有强迫过任何女子。当年他的父皇为几个兄弟分配女仆时，分到兀术帐下的女仆个个欢天喜地，他尊贵的皇子身份和天神一般的相貌，再加上身上沾了些汉人的文气，使得他从小就是女人的宠儿。

"你且歇息，明早我过来看你。"兀术说完便出去了。

清踪听了，暗暗松了一口气，却又有几分惊讶，她原以为今晚是无论如何也躲不过与兀术的床笫之事的。

赵构君臣到定海县后，便一直没有再往南走。赵构不愿意离东南中枢太远，他还尽力与各州府、各领兵大将保持着联系，他已经知道张俊在明州与金军有过交战，但战况如何，却一无所知。原来张俊初战得胜后，并没有急着报捷，他这样做是出于西军中的一种忌讳：大战尚未结束，就急着报捷，会把锐气给泄漏掉。杜充小战得胜，便急忙忙地告捷，结果到头来却是惨败，张俊可不想犯这种忌讳。

他这一忌讳不打紧，赵构君臣得不到准信，个个急得脸歪嘴斜，却又只得强作镇定。吕颐浩见赵构原本饱满光滑的脸上起了一层风霜，还消瘦了不少，便婉言劝道："陛下身负天下重托，忧心国事，原本也是人主本分，只是不要过于劳累，万一龙体欠安，反而不美。"

赵构道："朕上月夜观天象，见一白星犯北斗，光芒似剑，有警示之意。朕从那日起便开始斋戒，如今这白星越去越远，朕明日就可破荤，应无大碍。"

众臣听了，都伏身道贺，赵构强颜欢笑，道："朕料金军势头不能持久，等一开春，金军退却之时，我军甚至可以趁势掩杀……"

话未说完，就有内侍进舱禀道："有一艘小船自岸上过来，应是有紧急军情。"

赵构一听，带着众臣慌里慌张地步出船舱，果见一艘小船载着两名送信斥候，像梭子一般贴着海面飞快地驶过来。

赵构不禁心"怦怦"直跳，拼命稳住心神，眼看着小船靠近，大船上的人用绳子绑着个竹匣缒下去，小船上的人将信搁在里头，怕起风浪，不敢多作停留，掉转船头便走了。

赵构接过信封一看，却是周望送来的，打开还没看几行，脸上便绷得如同铁铸一般。

众臣料定又是何处兵败了，赵构看完后，将信递给吕颐浩。赵鼎、范宗尹等人也顾不上体面，凑过来几颗脑袋挤在一起看，才知道周望已经丢了平江府。

众臣只是传阅书信，一时间无人说话。过了半晌，才听到赵构冷笑一声，道："周望谈起翟兴、李彦仙，还颇有自负之意，可李彦仙凭陕州一座孤城，在数倍金军的围攻之下，也守了两个多月。平江府自去年起便苦心经营，周边又是河道纵横，周望却守了不过三日，便兵败逃窜，简直岂有此理！"

吕颐浩等书信传阅完毕后，又拿到手里看了半天，脸色越来越凝重。

范宗尹注意到吕颐浩神情不对，便问："吕相，有何话说？"

吕颐浩看着书信道："周望只提到了战败撤退，却只字没有提善后，我料他也根本顾不上善后了。但平江府西接太湖，太湖有我水师三百多艘战船，看这信的意思，周望是从旱路仓皇败退的，那么这太湖上停泊的三百艘战船如何了？"

赵构立即觉得胸口一阵紧缩，有点喘不上气来，众臣也意识到这是个大问题，七嘴八舌地议论起来。

吕颐浩对赵构道："陛下，为今之计，应立即远离海岸，往外海走，一刻不可延误！"

王绚还没想明白，道："吕相，外海风急浪大，万一有个闪失……"

吕颐浩被这书呆子急得脸色发白，道："这本是海船，跨海航行数月都无事，何惧这点风浪！岸边倒是无风浪，但大船靠帆航行，无风则不行，万一金军乘船追至，万事休矣！"

赵构还在犹豫，吕颐浩急了，大声道："陛下忘了扬州之溃吗？"

赵构猛然惊醒，立即传令各船起帆，往外海进发。

帆才刚刚张起，便远远看见北面隐隐约约有船队驶过来，众人都有些疑惑，不相信金军在海上也有这般神速。过了好一阵，内侍中有眼尖的惊叫道："番军！是番军赶过来了！"

众人都大骇，在海上这些日子苦于风浪颠簸，此刻却希望风浪越大越好，无奈大船速度迟缓。等终于离岸远了些，金军船队又近了许多，衣甲清晰可见，有些船上甚至还载着马匹。

赵构的御船上一片慌乱，旁边一艘海船忙中出错，冒冒失失地撞在御船的船舷上，发出一声巨响，把众人吓得不轻。

吕颐浩赶紧指挥船上侍卫准备迎敌，大喝道："切勿慌乱！所有人都持兵器站到船舷上来，将旗帜全部张起来！"并让船队摆成一行，渐次前行。

五十艘大海船阵势一拉开，船帆相接，船上甲士林立，旗帜猎猎，金军见了这气势，一时不敢过于逼近。

　　但很快金人便明白过来，宋军这边只有五十艘船，而自己这边却有两三百艘大小船只，有人认出了赵构的御船，大叫道："南朝皇帝就在那艘船上！"

　　当海拔剑前指，大声道："谁能生擒赵构，立封千户！"于是金军两三百艘战船一齐擂鼓，直向宋军船队逼来。

　　此时赵构的御船离海岸还不甚远，只有一丝风有气无力地刮着。眼看金军越来越近，赵构匆忙穿戴上盔甲，手执硬弓，准备应战。手下的内侍也各执兵刃，连才人吴氏都披挂出来，张弓搭箭，立在众侍卫中间。

　　金军船小，桨能够着水面，因此上百艘小船飞也似的赶上来，海战一触即发。突然，天空一声惊雷，乌云密布，紧接着一阵西风刮起，还没等双方反应过来，瓢泼大雨便倾盆而下。

　　吕颐浩大喜，看来真是天不灭宋，金军已经认出御船，如果被这两三百艘战船团团围住，必然凶多吉少。再看自己这边的大海船，风帆鼓得老高，劈波斩浪，而金军原本在海面上走得飞快的小船，在风浪中却颇不稳当，速度慢了下来。有两名金军还被颠到海中，只一瞬间便不见了踪影。

　　但金军好不容易发现南朝皇帝近在咫尺，岂肯轻易放弃，也将船帆大张，紧追不舍。双方在风雨交加中你追我赶，剑拔弩张，虽然没交战，但气氛之紧张与阵前生死相搏丝毫无异。

　　正在僵持之际，忽听依稀之中又有擂鼓之声，虽然海上风雨大作，浪涛汹涌，但仍遮不住这鼓声，似乎另有一支船队杀过来。

　　赵构面如死灰，倘若此时再有一支金军乘船追来，则大宋一百六十余年江山，不是亡于金人铁蹄之下，而是亡于金人舟船之中，真是莫名诡异。

赵构的御船被船队护在中间，随着鼓声渐近，只听到最靠东边的几艘船率先发出欢呼声，紧接着船队上所有人一起欢呼，御船上的侍卫和众臣也跟着大声欢呼，因为他们知道这一定是自己的援军到了。

来的正是张公裕率领的船队，他得到探报说有一支两三百艘船组成的船队突然出现在定海，一路南下，觉得非比寻常，再听到平江府失守的消息，心里便明白了大半，于是亲率船队过来护驾。

张公裕的水师约一百来艘船，但都是巨舰。见着金军船队，也不转舵，借着风势直接撞了过去，只听"哐哐"的巨响声不断，接着传来一大片惊叫，隐隐还传来有人掉落水中的扑通声。金军毕竟不习水战，一碰到训练有素的宋朝水师，又是如此霸道的战法，根本不是对手，只得放弃追击赵构的御船，向后集结撤退。

张公裕率领水师巨舰横冲直撞了一番，将金军尽数逼退，此时海上风浪甚大，雷雨交加，不利作战。张公裕也不追赶，掉转船头去与赵构会合。

等到张公裕的水师追上赵构的船队时，雨已经停了，天上的云还很重，但几道金光从云缝中透出来，把平静的海面照得波光粼粼，让这些死里逃生的人格外感到庆幸。

张公裕登上御船向赵构请罪，赵构嘉勉道："卿何罪之有？若非卿及时赶到，还不知道会有怎样的祸事！"

吕颐浩问张公裕何以赶来救驾，张公裕照实说了，赵构更是赞赏不已。慰勉完了张公裕，赵构的脸便沉了下来，道："周望徒逞口舌之能，偌大一个平江府，水路纵横，他却守了才不到三日便弃城逃跑，还将几百艘战船落在敌军手中，险些酿成大祸！如此失地辱国，不严惩不足以警示天下！"

众人都不作声，心里没有不埋怨周望的。今日若不是张公裕来得及时，恐怕已经被金军一锅端了。周望守城不力，致敌深入，实在是难辞其咎。

经历刚才一番折腾，众人身上都湿透了，赵构便命各自回去歇息。只有王绹挨在最后，等别人都走了，才道："陛下，臣有事要奏。"

赵构见他瘦削的身子上裹着湿透了的衣裳，便道："卿不必急在一时，先去换了衣裳再说，切勿沾了风寒。"

王绹道："此乃军国大事，不敢延误。"

赵构听了，便命内侍给他换一件干爽的直裰，王绹谢恩后，道："不知陛下要如何处置周望？"

赵构皱眉道："卿所说的军国大事，就指此事？"

王绹道："周望身为宰执，三日不到便丢了平江府，并将几百艘战船拱手资敌，差点酿成巨祸，实属罪不可赦。然而，陛下有没有想过，倘使让臣去守平江府，不知能比周望多守几日？"

赵构一愣，不知如何作答。

王绹继续道："臣自思无论人望、才思都比不上周望，又是一介文臣，周望只能守三日，臣也不敢担保能守四日。"

赵构满脸凝重看着地面，只是听他说，并不接话。

"陛下，"王绹压低嗓音道，"周望兵败，必定羞愧沮丧，彷徨不安，倘若朝廷再去治罪，最怕的是……"说到这里有些犹豫，不往下说了。

"什么？"赵构略有点不耐烦地问道。

"臣怕他会步杜充的后尘。"王绹轻声道。

赵构身体微微一颤，脸色顿时白得像张纸，呼吸也不由得急促起来，只听王绹接着道："臣不是怜惜周望，也无意揣测周望之心，只是如今江山飘摇，人心不稳，万一真如臣刚才所说……接连两位宰执重臣投敌，势必让天下惊悚啊，陛下！"

虽然刚吹了半天海风，还淋了一身冷雨，赵构额头上却渗出密密的汗珠，脊梁上更是湿了一大片。他再次深深地意识到，他的皇位就像父兄留下的残缺江山一样，在狂风暴雨中飘摇不定，一个闪失，就会坠入万劫不复的深渊。

"依卿之见,当如何处置才妥当?"赵构问道,嗓音里带着明显的嘶哑。

王绚道:"陛下还是下诏先勉励他,然后再切责其罪,命其戴罪立功。东南一地,需有人主持军务,其他人资望不够,周望毕竟是宰执,又是陛下亲命的两浙宣抚使,战事尚未结束,还是不要临阵易帅的好。"

王绚还有一句话没好说出口:换了其他人也未必济事。

赵构略微冷静了些,道:"卿之所虑,确实比他人要周全……既如此,就请卿代为拟旨,命周望仍主持两浙军务,收集溃卒,据险驻守,总归不能让金人恣意纵横!"

王绚便找内侍要笔墨纸砚,略想了片刻,一挥而就,呈给赵构。赵构一口气读完,只能叹王绚不愧才子,胸中既有谋国之才,手上又能妙笔生花,不觉用极欣赏的眼光瞅了他一眼。只一瞬间,赵构心里"咯噔"一下,脸上愁云突起,眉头也皱了起来,因为王绚瘦削的身躯在不合身的直裰包裹下几乎都看不到了。

"我大宋文学之士如过江之鲫,然而孔武之士却寥若星辰,此何故哉?"赵构在心底里叹息着自问。

诏书拟好后,要尽快送到周望手中,王绚自告奋勇,率领一艘海船向温州方向驶去,金军还没打到那里,应该可以找到送信斥候,将朝廷的旨意传达给周望。

王绚的身影立在船头,虽然形销骨立,却又不屈不挠,赵构看着他越走越远,心中百感交集,坐在船舱内只是怏怏不乐。

次日,吕颐浩入舱奏事,还没说几句,看到赵构神不守舍,便住了嘴,赵构自知失态,便道:"朕从昨日起,便一直在苦思,我大宋以文章礼义治国,而金人不要说文章经史,连文字都是近几年才有的事。然而两国交战,我大宋竟无还手之力,个中缘由,若不厘清,则中兴之事,不过南柯一梦而已。"

吕颐浩见赵构把话说得这么重,知道这一向亡命大海的日子不好过,定是触动了皇上的忧思,便道:"文章乃千古之盛事,如何不是好东西!只是许多士子将文章当成了学问,学问等同于文章,此则大谬。臣当年考科举时,寄宿于伯父家,伯父家有薄产,又极爱才,膝下的几个女儿都嫁了读书人,也都考取了功名。臣还记得,他二女儿的夫婿乃是个才子,只爱读书,其余不问,每次陪妻回娘家,必居一室,夜夜饮酒半坛。伯父心中起疑,便让佣人悄悄窥探,原来这才子一边读书一边饮酒,读到痛快处,必饮酒一碗。伯父听了大喜道:'以此下酒,甚好!'专门挑了两坛好酒给他送过去。此事在臣家乡传为美谈,陛下以为如何?"

若在平常,赵构定然称善,但今日却不由得颇有厌恶之感。这种风雅之举,除了助助酒兴捞个虚名,济得了什么事!

吕颐浩接着道:"如今士大夫便以文章为学问,并不真懂理政之道,至于军务,则更是知之甚少。杜充防江,以手下数十员裨将率军去与金军主力正面硬抗,结果一败涂地。至于周望,守平江府前,言语中甚至不把李彦仙、翟兴放在眼里,以为连此辈都可立功,我堂堂宰执如何不能?也落得个仓皇逃窜。李彦仙、翟兴为何能威震金人?乃是因为这二人都曾亲历阵仗,弓马刀剑无不娴熟,甚至冲锋陷阵,手刃敌将,再加之天性聪敏,胆识过人,才能深知用兵之道,不然何以与金人抗衡?"

赵构深以为然,点头道:"大宋一百六十余年来,重文轻武也就罢了,却过于忌惮武人,以至于朝臣都不敢骑马驰骋,否则言官就弹劾其有失体统,州县长官也不敢轻言兵事,倘若有修辑弓箭、募民自保之举,还未有多大动静出来,就已被人弹劾要谋反了。"

这话吕颐浩不敢接,只能听着。

正说着,外头又下起雨来,赵构起身走到舱门口,看着阴霾的天空,忍不住叹了口气。范宗尹正要进来奏事,看到赵构一脸沉郁,知他心烦,便安慰道:"陛下,这雨下得好啊,金军南下,如入无人之境,靠的就是骑兵，天一下雨，道路泥泞，江河涨水，极不利骑兵驰骋，且这冬雨一下，又湿又冷，让金人尝尝南方冬天的厉害，有何不可？"

赵构被他说得笑了，于是与宰执们入舱归座，准备议事。

刚坐下没多久，雨越发大了起来，还刮起了风。海船上的船夫都有经验，一起风浪，反而不能离岸太近，要驶去外海才更安全，于是船队张满风帆，准备起航。

正在掉转船头，只见一艘小船从陆地方向驶来，船头立着一人，一边口中大叫，一边挥手，有眼尖的士兵见了，道："那看着倒像王侍郎。"

赵构在舱内听报，不禁吃了一惊。王绹不顾危险，乘一小船冒着风浪过来，必有紧急军情，便与众臣急步走到甲板上，一看到王绹大呼小叫的样子，赵构心里更是一阵发慌。风浪中又听不清他在说些什么，只能干着急。

等小船驶得近了，才隐隐听到王绹嘴里喊的是："明州急报！"一边往自己怀里指。

赵构心跳得几乎要从嗓子里蹦出来，叫道："快缒他上来！"

两船终于贴到一起，士兵将装货的筐笼缒下，王绹费劲地爬了进去，然后像只马猴似的被拉上来，那模样看着十分滑稽，但船上的人根本没有半点笑的心思，只恨拉得太慢。

王绹浑身湿透，冻得瑟瑟发抖，两手仍紧紧护着胸口，众人像护宝贝似的将他拥入船舱，王绹这才抖抖索索地取出一个羊皮包裹，递给赵构。

赵构见他冻得面无人色，也顾不上慰问，拆开包裹，正是张俊写来的奏折，信封上画了三道朱砂，以示紧急。

赵构打开信封，几乎是一口气从头看到尾，看完后，并不递给旁边伸着脖子等信儿的众臣，又从头到尾看了一遍。如此反复了三次，才长长舒了口气，将信递给吕颐浩。

张俊在信中道：他率部在高桥初战击败金军，斩杀四千余人。金军休整十余天后，援军续至。正月乙巳日，西风大起，金军趁势大举进犯明州。张俊与刘洪道坐在明州城楼上，指挥军队出城作战，双方在城下大战数十回合，从正午战到黄昏，死伤相当。宋军背靠城墙，金军骑兵无法迂回包抄，终于不支败退。张俊命部队追击到高桥，金军坠入水田和钱塘河者无数。天黑下来后，张俊恐城内空虚，便急令收兵。而金军连续遭遇两次重击，当晚便撤出明州城外，退屯余姚。

喜庆的气氛立即蔓延开来，御船上的人一个个喜笑颜开，忘情大喊："明州大捷啦！"其他船上的人听了，也跟着一起喊。一时间，整个海面上一片欢庆气氛。

天公也作美，这雨只持续了一会儿，很快就停了。云开日出，海天一色，美不胜收。吕颐浩领着众臣兴高采烈地向赵构道贺，赵构倒是脸色平静，只是微笑着连连点头。别人不知道的是，在众人传阅信件时，他已经跑到后舱偷偷抹了一把眼泪，只有吴才人陪着他流泪。

"陛下，"王绹已经换了干净衣裳，手里还捧着个暖壶，因为要跟皇上说话，便将暖壶搁到案上，"以臣愚见，可以不必漂在海上避敌了。台州离此不远，未经兵火，人丁兴旺，百业未歇，且城池颇具规模，正适合暂作驻跸之所。"

赵构见他哆哆嗦嗦，便道："卿可捧着暖壶说话。"

王绹在冬雨中淋了半天，身上冷得难受，听皇上关照，便将暖壶重新捧在怀里，继续道："臣在温州碰到几名平江府过来的斥候，据他们讲，周望虽然狼狈逃窜，但倒不比杜充大军完全溃散，周望手下军队还一直在掌控之中，目前他已经退守太湖一带，伺机再战。"

赵构听了，心里更加踏实，之前极担心周望投敌的顾虑也烟消云散，便将目光投向吕颐浩、赵鼎和范宗尹等人。

吕颐浩道："周望退守太湖，可谓误打误撞，正好卡住金军后路。明州的金军两败于张俊，锐气大折，而临安府的金军主力因此面临两难。一面要南下增援,一面又要防周望邀其后路,其势头与刚渡江时相比,萎靡了许多。臣以为可以暂时驻跸台州。"

众臣都赞同,一想到在海上颠簸的苦日子马上要结束了,不禁喜形于色。

赵构略加思索,便命掉转船头,向台州进发,众人一阵欢呼。于是几十艘海船一字排开,缓缓掉头,往岸边驶去。

半路上,又有斥候乘快船送信过来,这次却是刘光世写来的,信中道:"杜充败事,未知存亡,王燮所统前军亦溃,韩世忠径上海船而去。臣今以孤军驻南康,移檄诸路,会兵勤王,望陛下远避贼锋,俟春暄,破之不难。"

看来,刘光世远在南康,还不知道杜充已经降金了。赵构便命斥候就在船上等候,让王绚拟旨给刘光世,告知杜充已经降金,让他注意安抚士卒,勿使人心动摇。又告知张俊在明州大败金军,其他领兵大将当各思进取,诏书最后道:"卿所部军不少,今又会兵,深虑骚动。可止统本部乘间击之,毋失机会。"

写完后让吕颐浩等人过目,吕颐浩看了诏书,心里只是莞尔一乐:皇上还真是把刘光世看得透透的。刘光世说要会合诸路大军勤王,纯属托辞。金军战线拉长,气势消减,前后受敌,你刘光世手里头好几万人,此时不出击,还要等到猴年马月哩!

船队行驶了一日,到达台州。台州大小官员早已等候在港口,百姓也有不少出城来看热闹,看脸上神情,都怡然自乐,显然金人的铁蹄未曾踏足此地。

赵构君臣在府衙住下来之后,没过两日,接连收到张俊和韩世忠的奏折。张俊与金军又进行了第三次交锋,不分胜负,但金军显然已经得到主力增援,张俊怕万一兵败,前功尽弃,便带着明州百姓南下,往台州赶过来;韩世忠撤至江阴后,大造船舰,准备在金军渡江北撤时予以痛击。

赵构听说张俊从明州撤退，心里略感遗憾，但转念一想，这恐怕也是万全之策。倘若一个闪失，遭致马家渡那样的大败，刚刚扭转过来一点的局势可能会再度恶化。

接下来几日，各地文书雪片般地发来，有喜有忧，其中最让赵构君臣惊喜的乃是原杜充手下的裨将岳飞。凭着几千溃卒，连下溧阳、广德，将金军后路搅得鸡犬不宁。更难能可贵的是，这支军队所过之处秋毫无犯，使得人心时誉，翕然归之。目前岳飞已率军驻屯宜兴，前往投奔的士大夫和百姓络绎不绝，身家性命赖以保全。

赵构赞叹道："不想我大宋出了这等人物，不但深知用兵之妙，还能约束士卒，不扰居民。古贤将之风，此之谓也！"

赵鼎道："以臣观之，这才叫中兴之象。倘使我大宋军队都能如此，金军再强，则人心天意，仍必归于大宋。"

仿佛一夜间，危如累卵的形势有所好转：张俊携得胜之军驻守台州，正面挡敌；周望退守太湖，窥伺敌后；刘光世驻军江西，威胁敌侧翼；岳飞虎踞宜兴，捣敌腹心；韩世忠占据长江，断敌退路。这还不算，辛企宗兄弟手下还有上万精锐，护卫圣驾，随时都可以上阵助战。

赵构把这一切，都归功于明州之捷，对众臣道："他日天下太平时，论中兴武功，明州之捷当为首功！"

16 赵开高论

残破的陕州城内,已经一片荒凉,吃了陕州守军大苦头的金军一入城便大开杀戒。三日不到,城中居民只剩下了不到三成,娄室才下令封刀。可怜一座八百年古城,就此毁于战火。

拿下陕州之后,娄室只让军队休整了二十来日,便召集诸将,商议西进之策。

诸将都面有难色,持续两个月的陕州之战打得实在太艰苦了,士卒伤亡大不说,还对宋朝西北军产生了某种畏惧心理。李彦仙虽然兵败身死,但其麾下将士如此卖力死战,战力之强,较之金军只强不弱,若不是陕西各路宋军犯了各自为战、救援不力的老毛病,此战胜负如何都很难说。

但诸将又都打心底里佩服娄室,陕州围城到最后一刻,若不是娄室敏锐地察觉城内守军已至极限,悍然放手一搏,恐怕陕州城仍然屹立不倒。果真如此的话,数万金国大军死伤惨重,无功而返,对战局和士气的影响都将是致命的。

撒离喝道:"大帅,陕州一战十分艰苦,将士们尚未恢复过来,为何不待开春后再西进?"

娄室道:"开春后,这仗就不好打了。张浚自来陕西,全力调兵遣将,军队越聚越多,等开春了再攻,他又会多出两三万人马;再者,兵贵神速,我军拿下陕州,川陕为之震动,我料连南朝皇帝都闻之胆丧,只因李彦仙在陕西有'军神'之称，如今却被我一举歼灭，对南军士气乃是极大打击。此时我军再挥师西进，正可携余威而震慑对方，也可趁势打乱张浚的部署。"

"末将预料此次西进必将与曲端的泾原军正面交战，曲端为人自负，私心也重，但若论临阵用兵，此人毫不含糊，大帅需多加提防。"折可求道。

李彦仙死难，折可求想法和其他人有所不同，这个西北军的榜样倒下后，折可求心里的压力轻了不少，再也不用担心有人拿他和李彦仙比。只是内心深处，他还有几分讪讪的，大战结束，不敢像其他将领那样肆意庆贺。

娄室微微点头，他过去几年在陕西吃过曲端的亏，几次交战下来，没讨着什么便宜。高手对决，几招几式就能见真功夫。曲端用兵老辣，颇有谋略，在娄室眼中是真正的名家高手。

"诸位都是领军打仗之人，既然此次西进的对手是曲端，那就议议曲端的用兵吧。"娄室不紧不慢地道。

折可求自然对曲端知根知底，便道："曲端不比一般武将，机敏知书，颇懂文章，这与宋朝其他将领比大不相同，宋朝当今的掌兵大将如刘光世、韩世忠、张俊等都不善文章，韩世忠、张俊不过是粗通文墨，刘光世更是斗大的字不识一箩筐，偏偏每次打仗还青衣羽扇，马也不坐，就坐在轿上，一副儒臣模样。正因为曲端自己知书善文，所以对文臣们舞文弄墨的那一套十分不屑，他跟王庶势同水火恐怕也缘于此，别看他与张浚上下和睦的样子，末将以为也长久不了。"

娄室道："曲端能文能武，还真是难得的将才！只不过这种太拔尖的人都难以长久。不要说南朝，就是在我大金国，恃才傲物，目中无人也吃不开。"说到这里，忍不住脑海中晃过兀术，这四太子眼中除了皇上，谁都不放在眼里，为何却又处处承欢？

撒离喝道："当年我率军与夏国大军交战，俘虏了几个夏国军官，这些人提起南朝将士都颇为轻蔑，对于曲端却赞誉有加。细问之下，才知早些年两军之间有柏林堡之战，曲端上司李庠遭遇突袭，军队溃败，本已无可挽回，但曲端率部奋力反击，得以全师而退。夏军因此很看重他。"

活女称赞道："两军对垒，战而胜之，还不足为奇；但军败之际，还能力挽狂澜，全师而退，这就得有点真本事了！"

娄室脸色严峻起来，道："由此看来，曲端绝非不敢战之辈，但你们发现没有，过去两年，他从不主动进攻，而只是凭险据守，专等我军去攻。他知道只要我军进攻，他什么不用做，就占了以逸待劳、因近就粮的先机，而他却进可攻，退可守，立于不败之地——此人心机之深，的确不是一般的武夫所为。"

诸将听了都不说话，只在心里嘀咕：既如此，为何在大战之后，还要主动进攻呢？

娄室岂不知诸将心中所思，道："我东路军主力已然渡过长江，直逼南朝腹心。据探报说，南朝皇帝都被逼到海上去了，赵构小朝廷的残破江山，在我大金的铁蹄之下摇摇欲坠。天威所至，南朝大臣望风而降，其右丞相杜充、兵部尚书李邺都降了我大金。我料南朝的陕西各路大军都听说了这些消息，定然有所不安，如今又被我军攻取了陕州，更加人心惶惶。此时我西路大军若贪图安逸，按兵不动，岂不是养虎为患，坐失良机？"

诸将听了，都觉得意外，娄室论战，从来都不讲大道理，只是就事论事，以胜负为执念，他自己也多次讲过：天下大势，无助于一战之胜负；一战之胜负，取决于士兵平日操练、主帅临阵决断，以一战而定天下势，不亦快哉！

如今娄室却反其道而行之，欲借天下之势而强行一战，不知是何缘故。

娄室知道诸将心里疑惑，却不能多说，前日他接到金国皇帝吴乞买的诏书，里面罕见地质疑他在陕西反复进退，不能固守，虽然语气中还多是器重，但却也暗藏机锋地提醒他不要"玩寇自重"。

娄室收到诏书，只能把委屈往肚子里咽。吴乞买所说都是事实，但却事出有因：娄室只从上京带了一万女真精锐进军陕西，后来虽又收编了不少宋朝降军和一些辽地汉儿，但主力却一直是那一万女真精锐。过去两年，战事频繁，屡有攻城掠地，但因为兵少，战线一旦拉长，便捉襟见肘，好不容易攻下的城池立刻又回到宋朝军队手中，华州、蒲州、晋宁莫不如此，去年的延安府更是辛苦打下，轻易丢失。折腾了两年，金军的势力范围仍只是渭水以西的地盘，若不是上月攻陷了陕州，渭水以西都不安宁，这个战绩与金国"战神"的地位颇不相称。

吴乞买未必不知道娄室以区区一万精锐入陕，攻下一大片地不说，还将宋朝陕西五路大军牵制得不能动弹，这绝非常人所能做到。只是他下诏书时正好收到兀术破了临安府的战报，心想兀术率数万北地健儿，蹈大江如平地，你娄室人马虽然不多，但陕西一马平川，正是我女真健儿的用武之地，如何就拿不下来？

倘若迟几日，他收到兀术的明州败报，他在下这份诏书时语气定会客气许多。

娄室道："自今日起，杀猪宰羊，大犒士卒，三日后进军潼关。"语调虽然平静，但透着不容争辩的威严。

诸将深知主帅性情，只要他想打的仗，天塌下来也挡不住，便都起身接令。

秦州府衙，张浚已经斋戒了一个月有余，仍不肯沾半点荤腥，幕僚们苦劝也不听，最后还是刘子羽道："相公斋戒，下属诸将也不敢沾荤，清汤寡水的吃下去，如何有力气杀敌？"张浚这才结束了吃斋。

陕州既已陷落，金军西进是迟早的事，然而张浚的烦恼不仅在于此。自从来陕西之后，他便励精图治，选拔人才，并对各级僚属予以充分信任放权，一时间，陕西军政呈现出多年来从未有过的活力，各路大军之间联系也密切了许多，原本摇摇欲坠的川陕局势初趋稳定。

但是，他却有一个心头之结难以化解：曲端。

当初曲端被王燮、王庶、谢亮连告三次御状，使得朝廷起疑，要召他入朝。曲端知道自己得罪人太多，不敢赴行在，又无从辩解，处境十分尴尬，还是张浚以全家一百多口人的身家性命作担保，力陈曲端绝不会谋反，才帮他解了围。后又拜他为威武大将军，统领陕西五路大军，可谓剖心剖肺，坦诚相待。

然而曲端对张浚的一片赤诚却没有投桃报李，陕州围城，面对张浚军令，他连个救援的姿态都不愿意做，对其他军令也是虚与委蛇，除非自己觉得合理，否则一概不听，好像张浚不是他的上司，倒成了他的幕僚。

在他停止斋戒后的次日，刘子羽前来拜访，手里拎着一条风干的羊腿。张浚素来不吃羊肉，见了羊腿，连连摆手，道："彦修，你快不要拿这东西臊我，我消受不起。"

刘子羽笑道："相公，你既来陕西，哪有不吃羊肉的道理？这羊腿不比寻常物事，乃是百姓家放养在山坡的羊，只吃野葱长大，因此没有寻常羊肉的膻腥味。宰杀之后，抹点盐挂在厨房横梁上数月，任由烟火熏烤，取下来肉已经熟透，不用再烹饪，切成薄片就可入口，香味绵延，实乃人间美味。"

张浚一个月未沾荤腥的肠胃被他这么一说，立刻蠕动起来，不禁口舌生津，笑道："那我倒不妨试试。"

说话间，玉儿也出来了。她略施粉黛，上身一件揉蓝衫子，套一袭杏黄裙，发髻也高高地梳起，更显得成熟了几分。刘子羽见了她，脸上不由自主地堆起欢喜的笑容。

玉儿也朝他会心一笑，随即敛了笑容，恭立一侧，朝刘子羽身边的客人深深道了个万福。

刘子羽这才想起自己还带了个人过来,连忙向张浚介绍道:"这位就是都大提举川陕茶马事赵开,因为一直在四川办理茶马之事,直至今日才得空过来。"

张浚早年在东京做翰林时,就听说过赵开的大名。宣和年间,赵开向朝廷提出官营卖茶、买马的五大弊病,很得朝廷的赏识,道君皇帝为此还在朝会上褒奖道:"赵开深知理财,不虚耗民力,却使国库充盈,比只会清谈的书呆子强多了!"

如今张浚凭着勤王之功,年纪轻轻便已位列宰执,赵开来时便一直在想此人到底生何模样,两人互相景仰。张浚虽然位高,但自知年纪、资历都远不如赵开,便离席施礼道:"久仰先生大名,今日得见,实慰平生!"

赵开十分感动,起身回礼道:"枢密兴义兵,诛叛逆,扶大宋社稷于既倒,天下士子莫不额手相庆,如今又不辞万里,经略川陕,下官仰慕已久,今日得见尊容,实乃三生有幸!"

张浚见他应对如此得体,心里更添欢喜,便道:"我府上僚属都不称我职衔,只叫我相公。若先生不嫌弃,也可以此称呼。"

赵开道:"既如此,下官也乐得套个近乎,只是下官学识浅陋,又是相公僚属,哪里当得起'先生'二字!下官字应祥,相公称呼下官表字即可。"

三人互相客气了一番,重新落座。

玉儿站在一旁,只看着刘子羽,见刘子羽终于有空看她,便微微嘟了一下嘴,皱了皱眉。刘子羽会意,便道:"提举不是外人,玉儿姑娘还是和往常一样在旁边侍坐吧。"

张浚便对赵开解释道:"应祥莫怪,这是我妹子玉儿,专爱听些朝野逸事,品评朝野人物,居然八九不离十。平常有客来,就是她来端茶倒水。"

赵开赶紧施礼道:"那还请玉儿姑娘品评我时多多美言几句。"

玉儿回礼道："先生天资万里挑一，乃是极其能掐会算之人，玉儿岂敢妄言。"

赵开略微一怔，他自小便极会算数，又善文章，在当地有"神童"之誉，只是这小姑娘是如何知晓的？忍不住看了她一眼，只见她生得端庄妩媚，艳而不娇，并不像一般女子那样低眉垂首，恭顺有加，而是娉婷绰约，落落大方，丝毫不给人冒犯之感。

张浚叹口气，说到正题上来："陕州城破，我痛心不已，深感愧对圣上重托，陕西五路兵马加起来有二十万，却都眼睁睁看着陕州军民独力苦战，情理难容！我过去一个月来一直在苦思如何根治陕西诸路军马各自为战、一盘散沙的痼疾，思来想去，却仍不得其法，不知应祥有何见教？"

赵开微笑道："岂敢谈何见教！不过刚才和彦修过来府衙，一路都在谈论此事，下官以为，欲让士卒死战，其实也简单，不过是'重赏之下必有勇夫'耳。"

张浚道："道理是这个道理，只是与金军周旋，不是一朝一夕之事。况且要让二十万之众拼死效命，即便穷尽川陕民力，又如何赏得过来！"

赵开道："相公所言极是，不要说陕西，就是号称天府的四川，百姓身上的负担都已经十分沉重，再加赋税，搞不好会激起民变。但是官营专卖还有一些盈利，那些从事盐酒专卖的官商大都是贪滑之辈，低进高出，上下克扣，将本该进国库的钱据为己有，还互相隐匿，这也是多年的积弊了，只是这里面牵扯的利益太多，没人愿意去管。如今敌国大军压境，却是个极好的由头，只要相公不畏谗言，不忌怨恨，将这部分钱收上来，可解燃眉之急。"

张浚志在光复，哪里把这些奸商放在眼里，道："如此甚好！那就请应祥会同有司，大变盐、酒专营之法，该给他们的分毫不取，不该给的一文钱都要收上来！不知一年能收多少上来？"

"一年下来，三十万缗当不在话下。"赵开道。

张浚脸上露出多日来难得的一丝笑容："竟有这么多！虽然养二十万大军还远远不够，但战时犒赏却是绰绰有余了。"

赵开端起茶杯喝了口茶，将脸上不易察觉的笑意掩藏了起来，不料旁边玉儿看得一清二楚，便道："兄长，赵老先生把这三十万缗只当作开胃小菜呢！"

刘子羽和张浚都愣了一下，怕玉儿这样唐突说话，会让赵开尴尬，正要说些话打圆场，不料赵开却恭恭敬敬向玉儿施礼道："玉儿姑娘冰雪聪明，赵开那点小算计，在姑娘眼中形同儿戏。"

刘子羽和张浚又愣了一下，不知道两人在打什么禅语，只听赵开道："不瞒相公，这二十万大军不仅养得，还能养得好。"

张浚一听这话，和刘子羽对视了一眼，觉得赵开不太可能拿这种事说笑，但这么千难万难的事，被他如此轻松说出来，无论如何都难以相信。

"哦？竟有这等好事！我愿洗耳恭听。"

赵开见张浚一副姑妄听之的样子，便一笑道："相公自己算过没有，欲使二十万将士粮饷充足，需要多少钱缗？"

张浚心里算了算，怕说出来吓着赵开，犹豫着说道："将士们倒可以因近就粮，但军饷须得丰厚才可笼络人心，激励士气……若有二百万缗，则可成大事。"

二百万缗是个大得吓人的数字，四川市面上的钱缗加起来也不过二百四十万缗，这相当于要将四川商贾居民搜刮一空，显然不可行。

赵开又问："相公何时要这二百万缗到手？"

张浚忍不住打量了赵开一会儿，不明白他这样从容镇定是因为胸有成竹呢，还是死猪不怕开水烫。

"金军刚刚攻下陕州，我料定过不多久就会西进，这一趟是赶不上了。但今年秋防，陕西必要做件大事震撼金军，否则让东路金军主力连年南下，再犯江南，恐怕我大宋在东南难以站稳脚跟，万一兵锋所至，祸及皇上，则大势去矣！"张浚说道。

赵开低下头一边喝茶一边心算，玉儿端起茶壶，给三人倒茶，赵开一晃眼看到玉儿那双雪白修长的手，虽然已经是五十多岁的人了，心里也禁不住微微一动，暗想：天底下如何有这般秀外慧中的女子！

他怕失了仪态，让张浚看低自己，便收摄心神，道："只要三个月，赵开能为相公筹齐这二百万缗。"

张浚和刘子羽吓了一跳，张浚认定他是口误，提醒道："应祥，二百万缗不是个小数。"

赵开微笑着娓娓道来："四川沃野千里，且未经兵火，因此虽然负担着天下财赋，百姓的日子仍过得去，但一户普通人家一年下来收入也不过百缗，也就是说，一百缗足以养活一个五口之家一年，不仅是粗茶淡饭，还能经常吃些鱼肉、沽些老酒，年节置办些衣裳，稍微节俭点，尚可略有盈余。如此算来，二十万将士虽多，但以二百万缗为犒赏，打赢秋防之仗，断无疑问。"

张浚听他算得有零有整，再想想赵开早就有善理财赋的盛誉，此事或许不是痴人说梦，不禁激动起来，强自压抑住兴奋，问道："这二百万缗如何在三个月内筹得？四川百姓虽然富足，但余财并不多，如何拿得出那么多钱来？"

赵开道："相公，这钱不必直接取自百姓，只需印制钱引，并开矿铸造铜钱即可。"

刘子羽在一旁疑惑道："这开矿铸造铜钱倒也罢了，急切间也铸造不了许多，但印制钱引让人听来心里不踏实，这钱引无非就是纸而已，以纸代饷，从古至今，还未曾有过。"

赵开笑道："这纸可不是一般的纸，乃是钱钞，可以买柴米油盐、鸡鸭鱼肉，还可沽酒买布、请人办事。彦修，这纸若是给你，要还是不要？"

刘子羽一笑，未置可否。

张浚道："话虽如此，只怕百姓和将士手里捏着几张纸，心里终究不踏实。"

赵开道："踏实不踏实，全在于朝廷和官府如何疏导。只要相公张榜四处，并发文至各州县，规定百姓不仅可用钱引缴纳各项税赋，还可向官府购买银绢。这样一来，增发钱引便不再是权宜之计，而是百年基业，钱引在百姓眼中也不再仅是可以换物品的纸，而是货真价实的财物。"

张浚听了，挑不出毛病来，但心里总觉得世上哪有如此轻巧的事，便只是沉吟不语。

玉儿突然问道："赵先生，这么多钱引印出来，市面上钱多货少，岂不会弄得物价飞涨，人心惶惶？"

赵开听了，乐得一合掌，道："此问甚当！玉儿姑娘果然冰雪聪明、兰心蕙质！"

张浚和刘子羽一细想，玉儿这个问题还真是切中要害，赵开印制钱引补贴军饷之事成与不成，全在于此。

赵开反问道："玉儿姑娘，假如这市面上的钱引多了，而货物多寡不变，要使这物价不涨，该当如何？"

玉儿想了想，道："有恒产者有恒心，倘若百姓心安，便会存钱以做长久之计；倘若朝不保夕，则会今朝有酒今朝醉，有钱恨不得赶紧花出去，以防有变。"

赵开看了看张浚，诧异道："此话何其在理！玉儿姑娘莫非圣人先知，老夫在钱粮财赋之事上打了几十年的滚，才悟出这些道理。玉儿姑娘年纪轻轻，足不出户，何以一语中的！"

张浚倒不惊讶，只是笑道："各人天分悟性罢了！我这妹子若是男儿身，学问之大，只怕是东坡居士这样的学际天人都要让其三分呢——你且说说，钱引多了，如何平抑物价？"

赵开道："在我大宋地域，有两处钱引发行甚广，一是四川，一是东南，盖因这两地物产丰饶，人烟阜盛，且商贾众多，百业兴旺，金银铜之物不够市铺交易，因此四川有交子，东南有会子，都是纸制钱引。然而东南会子与铜钱并行，铜钱价高，且易保存不生锈，以至百姓惜铜钱而贱会子，往往一有会子入手，便立即花掉或想方设法换成铜钱，此所谓劣币逐良币也。这样一来，官府不敢多印制会子，只要一多印，立即引起物价上涨，民怨沸腾。"

张浚点头道："的确如此。"

赵开见三人听得全神贯注，不免得意，接着道："但在四川，此事却不会发生，何哉？四川乃是交子与铁钱并行，铁不如铜值钱，且容易生锈，不好保存，因此，商贾百姓不急于将钱引换成铁钱，也愿意储存钱引。只要官府不胡乱印制，钱引再多，也会积攒在百姓手中，不至于因百姓急于花掉钱引而导致物价飞涨。"

刘子羽已经完全听明白了，补充道："而且钱引可交税赋，可按官价买银绢，百姓也可放心储存。"

"正是如此！巨商大贾其实也更乐意使用钱引，上万缗的货进货出，以前要押几车铁钱或银两往来奔波，费事不说，还招惹强盗，如今只需装一布袋钱引即可，何乐而不为？再者，四川市面上的钱引也就二百四十万缗而已，远不敷用，加印一些钱引，不但不会抬升物价，反而有利钱货流通，商贸兴盛，正所谓一举两得！"赵开道。

张浚竖起耳朵听得极其仔细，眼睛凝视着桌面，等赵开说完了，仍保持着同样的姿势，像木雕一般，半晌不作声。突然，他情不自禁地发出"咯咯"的笑声，笑得浑身颤动，接着干脆站起来，仰天大笑。

"上天待我何其厚也！既送我一文武双全之刘彦修，又送我一精通财赋之赵应祥，我张浚何德何能，竟如此得上天垂爱！"张浚笑完后叹道。

刘子羽和赵开连忙起身，齐声道："愿为相公效犬马之劳！"

旁边玉儿却不服气起来:"兄长,那我算什么呀?"

张浚心情大好,笑道:"刚才不说了嘛,你冰雪聪明,兰心蕙质,赵先生都拿你跟圣人先知去比了。"

玉儿害羞地一笑,道:"赵先生真是大善人,说出这么好听的话来夸我,不像有些人,难得听到一句好听的话。"说着起身向赵开施礼致谢,眼睛却看着刘子羽。

赵开起身还礼,一看她那眼神,脉脉含情;再看刘子羽,低眉浅笑,心里明白了大半,不禁若有所失,暗自叹道:真是一对璧人。

张浚兴致勃勃,看到桌上的羊腿,突然来了胃口,道:"今日不喝茶,只饮酒!'慨当以慷,忧思难忘;何以解忧?惟有杜康。'我这儿正有一坛杜康酒,今日与二位一醉方休!"说罢叫侍从将酒坛抱出来。

解决了一个天大的难题,刘子羽也来了精神,道:"'杜康能解闷,萱草解忘忧。'今日不痛饮几杯,岂不辜负了应祥兄的安邦之策?"

赵开谦逊道:"我能有什么安邦之策,不过是借相公大展宏图之际,从旁帮衬,因人成事罢了。'解我忧愁病,惟应赖杜康。'赵开不善饮酒,但今日得逢知己,必当奉陪!"

玉儿从屋内取来一把匕首,摆好几副碗碟杯筷,又叫人洗一块干净的砧板来,拿起羊腿,准备剔肉下来。

刘子羽怕她割伤了手,赶紧起身道:"还是我来吧。"说着从玉儿手中接过匕首和羊腿,就着砧板极熟练地将羊腿削成薄片。

"彦修哥削羊肉的手法怎会如此熟练?是不是以前经常吃?"玉儿问道,悄悄地改了称呼,不再叫他"刘先生"了。

刘子羽竟未听出来,答道:"我十一岁起便随父亲在军旅中度日,将士们吃羊肉时,都是整只羊烤好后,再用匕首割肉吃,我也学了这般吃法,因此用匕首比用筷子还称手。"

这边张浚犹豫着吃了一片羊肉,虽然觉得味道极好,但仍然接受不了若有若无的那股膻味,便只是饮酒。

赵开却是极爱羊肉，早已七八片下肚。玉儿也不吃羊肉，便用手指拈了一片，送到刘子羽嘴边。

刘子羽张嘴接了，嘴唇还碰到了玉儿的手指，只觉得唇角一阵酥麻，嘴里嚼着羊肉，却一点没尝出味道来。

玉儿道："方才你三人吟的诗，全都是愁啊忧的，难道没了闲愁就吟不出杜康来？"

赵开道："要不请玉儿姑娘吟一首吧？"

"不如我四人各吟一句如何？"玉儿道。

张浚立刻来了诗兴，连声道："好好好！"

"那就请兄长起个头吧，记住了，不得有闲愁！"玉儿道。

张浚略一思索，吟道："长夜惊梦起。"

玉儿不满道："兄长，这句倒是没了忧啊愁的，却又弄出个'惊梦起'，比忧愁更甚。"

刘子羽和赵开都忍不住偷笑，两人谦让了一回，赵开接着吟道："回首看杜康。"

众人都称妙，张浚尤其觉得好，点评道："午夜梦回，看到杜康，喝与不喝，愁思犹在……"一转头看见玉儿嘟着嘴，便连连摆手道，"不说了，不说了！"

刘子羽和玉儿互相看了一眼，玉儿道："请彦修哥先说吧。"

刘子羽有心让她高兴，便吟道："披卷西窗下。"

玉儿立即脱口而出："红袖来添香。"说完，突然满脸通红，低头去揉搓衣角。

张浚和赵开相视一笑，赵开便把这诗吟了一遍："长夜惊梦起，回首看杜康。披卷西窗下，红袖来添香。"吟完连连赞叹。

众人又聊些闲话，说话间，那条羊腿已经被吃干净了。张浚后来又吃了一片，玉儿是无论如何也不吃的。刘子羽见玉儿不爱膻腥，便也吃得不多，这羊腿八成都进了赵开的肚子。

张浚正享受几个月来难得的轻松，隐隐听到府衙外急促的马蹄声响，接着听到长长的吆喝："报——"便知有紧急军情过来了，众人也都停止了说笑，各自在心里猜测。

片刻后，侍从呈上来紧急文书，张浚打开看了几行，冷笑道："不出所料，金军果然已经过了潼关，奔西而来。"

欢时何其短，佳人难一笑。刘子羽不觉暗暗叹了口气，再看玉儿，也是意兴索然，静悄悄地将酒杯和碗碟收拾走了。

"彦修，娄室借攻占陕州之势，又没了后顾之忧，此次恐怕有几场硬仗要打，得好好筹划才行。"张浚道。

赵开知道自己只负责筹粮筹饷，这调兵遣将的机密事他还是回避为好，便起身道："军情紧急，赵开还要回去筹办军饷事宜，原想从容推进此事，如今看来树欲静而风不止啊！赵开告辞了。"

张浚也不多留，和刘子羽将他送至门口，便回来讨论军情。

刘子羽见他眉头紧锁，知他为何心忧，便道："相公所虑，无非是曲端，依子羽看，此事也不是毫无办法。"

张浚抬眼看着刘子羽，听他有何主意。

刘子羽道："曲端之所以专横跋扈，不听号令，我也曾细思其中缘由，无非有二：一则此人生性如此。这世上原本就有人生来桀骜不驯、浑身是刺，只能别人围着他转，他却不能围着别人转，曲端就是这种人。俗话说得好：江山易改，本性难移！他就是这副狗改不了吃屎的臭德性，你能奈他若何？"

张浚被他说得忍俊不禁，他是曲端上司，又身为宰执，有些话是不能痛快说出口的，此刻听刘子羽骂曲端，觉得很是解气。

刘子羽又道："二则曲端自恃颇有战功，且深得治兵之道，因此目中无人，这也是有的。"

张浚问道："曲端用兵，你以为如何？"

刘子羽照实说道："曲端用兵，不拘一格，唯求必胜，说他是西军翘楚,亦当之无愧。靖康元年,柏林堡一战,威震西夏;建炎二年,青溪岭一战,他大败金军,攻占秦州——这些战事都可圈可点。此人虽然不好相处,但治军极严,且颇有章法,其手下泾原军原本都是些流民溃卒,硬是被他打造成一支铁军,非一般人所能为。"

张浚听了,沉思不语,虽然心里不情愿,但也不得不承认,刘子羽所言非虚,便叹口气道:"可惜此人难为我所用。"

"既然如此,相公今日就要做好打算,将来不是非要用他不可!"

张浚瞿然而惊,看着刘子羽,似有所悟。

刘子羽道:"曲端以为自己无人可替,倘若相公偏偏找到可替他之人,不仅不用受制于他,反而可以制约他。"

张浚脑子里迅速把来陕后提拔的人过了一遍,刘麟、刘锜兄弟,还有郭浩等人,都堪称有大将之才,但论资历、人望,乃至韬略,至少目前无法与曲端并列。

刘子羽见张浚沉吟不语,便道:"青溪岭一战,是曲端打的,但相公可知临阵而战者是谁?"

张浚一时想不起来,便摇摇头。

"吴玠。"刘子羽用手指沾了些茶水,将名字写在桌面上,"青溪岭一战乃是金军五百先锋骑兵进犯鄜延路时,我军与之交锋的关键一战,吴玠率军埋伏于青溪岭两侧,待金人骑兵全部入岭后,突然从侧后攻击,金军猝不及防,死伤惨重,仓皇败退,吴玠率军追击三十余里才罢。此战之前,金军在陕西连战连捷,从无败绩,十分猖狂,经此一战,才对我军有了一点点畏惧之心,泾原军也在金军中建立了威名。"

张浚听得入神,道:"建炎二年扬州之溃,其实不过就是金将耶律马五率领五百精骑进犯扬州,结果扬州守军不战而溃,以至圣上蒙尘,生民涂炭。当时若有吴玠这样的骁将在,何至于那样狼狈!听你这么说,我倒真想见见此人。"

刘子羽微笑道:"前几日相公派我去泾州劳军,我已经见过他了。"

"哦?"张浚饶有兴趣地问道,"此人究竟如何?"

刘子羽道:"一见忘俗。此人不但知兵善骑射,更难得的是喜好读书,能通大义。我与他一席话下来,如醍醐灌顶,对川陕形势了解得更为透彻。而且,他就在泾原军中,威望颇高,完全可以镇得住部下……"说完,意味深长地看着张浚。

吴玠之名,张浚之前也有所耳闻,一直以为不过是一勇将而已,未必有领军之才,他深知刘子羽有识人之明,所言大抵不差,只是不太敢相信有这么好的运气。

刘子羽见张浚还是心中存疑,便笑道:"相公今日得一赵开,以为如何?"

张浚认真道:"赵开之才,非同小可!此人深懂理财,又极通政事,实属难得的通才。有了此人,陕西五路二十万大军可保军心稳定。我近日考察陕西各路将帅治军,都以严苛为主,却失于有功必赏,这也怪不得他们,手上无钱,拿什么去赏?我打算明日便拜赵开为随军转运使,总管四川财赋……"

张浚心里比谁都清楚,当初王庶之所以在陕西诸将中威信不高,指挥不动人,一个根本原因在于手上没钱,光凭一纸经略使的公文能顶什么用?如今赵开每年给他几百万缗的巨资,重赏之下必有勇夫,何愁诸将不听号令!

刘子羽见张浚说得来劲,便只是微笑听着,等张浚说完了,才道:"吴玠之才,全在用兵,相公得了他,其利不亚于得一赵开,或尤有胜之。"

张浚吃了一惊:"彦修,你可知自己在说什么吗?"

刘子羽一笑,接着道:"吴玠还有一弟,叫吴璘,也是文武全才,年纪虽轻,却极有谋略。此人亦在泾原军中,若能笼络吴玠,则吴璘自然也入相公彀中。有这两人相助,纵然曲端不为相公所用,又有何要紧!"

张浚直起身子，盯着刘子羽道："你此话当真？不要只为了哄我高兴啊！"

刘子羽正色道："子羽愿以性命担保！"

张浚愣了一会儿，猛地一掌击在桌上，将茶壶震落在地，摔得粉碎。他连看也不看，一跃而起，大声道："天助我大宋，天助我大宋也！"

刘子羽见他忧心国事，竟至于此，十分感动，眼眶不禁湿润了。

玉儿在里面听到响动，赶紧出来查看，见这情势，心里明白了几分，便也不多问，蹲下身子去收拾地上的茶壶碎片。

刘子羽怕她割伤手指，连忙道："玉儿别动，让我来！"说罢，挡在玉儿前面，伸手去捡那些碎瓷片。

他自己也没意识到，他这次没有称呼人家"玉儿姑娘"，而是直呼其名，玉儿听在耳里，低头甜蜜一笑。

17 将帅失和

金军向来行进神速,从风闻金军进犯到接到探报,金军便已向西行进了三百多里。张浚命曲端领兵拒敌,曲端这次倒毫不推托,立即派遣部将吴玠、张中孚和李彦琪等率部进屯庆州,阻击来犯之敌。

金军前锋是撒离喝,他率军出潼关后,一路没遇到什么抵抗,便直抵环庆路,距离泾原军大本营不过百里,撒离喝还在寻思:莫非陕州城破真让宋军吓破了胆,以至望风而逃?正疑惑间,探马来报,庆州发现大部宋军兵马。

撒离喝拿过地图,仔细看了一遍,不禁心里犯嘀咕,宋军选在庆州作战场,也不知是巧合,还是有意。庆州离邠州不过一日路程,而邠州乃三秦门户,也就是说,宋军将战场选在一个能尽量拉长金军补给线,而又不过于危及大本营安全的地方。

善战者,都会在战前极力削减对方实力,增强己方优势,以图在最终对决中胜出一筹。撒离喝是沙场老将,他本能地觉得宋军此举不那么简单,比起拉长补给线而言,他更担心的是,对方主帅精于算计,是个难缠的对手。

撒离喝压住人马,缓步进军,两日后抵达庆州郊外。之前派出的探马纷纷来报告宋军消息,宋军把营扎在庆州西南的彭原店,此处乃是一面大坡,站在坡顶,可俯瞰庆州全境。金军若想继续西进,必须拿下彭原店,否则将腹背受敌。

据守彭原店的乃泾源路马步军副总管吴玠，正是此人曾经让金军在青溪岭吃过苦头。撒离喝不敢大意，命军士扎好营寨，严防宋军夜晚劫营，自己带着上百名亲兵骑马去彭原店亲自窥探宋军虚实。

离彭原店大约十里路时，沿路的沙柳渐渐多起来，这沙柳树极坚韧顽强，无论刀砍斧劈，第二年又能发芽，连片贴地而生，很不利骑兵驰骋。撒离喝看着地形，眉头不觉又皱了起来，宋军选择在此处阻击，显然也看中了这一大片沙柳地。

撒离喝手下副将里索道："孛堇，此地不利骑战，万一南军从坡上下来突袭，恐对我不利，不如还是掉头吧。"

撒离喝犹豫了片刻，不太甘心，便道："再往前走走。"

于是这一百多人马又走了小半个时辰，终于远远看到彭原店的那片山坡，虽然不是太陡，但如果要仰攻的话，还是颇为吃力。这山坡后面还连着一处更高的山，郁郁苍苍，林木青翠，坡顶定有山泉，驻军不会缺水，倘若包抄后路的话，要绕一个极大的弯不说，还无法做到隐秘，因为宋军在坡顶看得一清二楚。

坡上能隐约看到驻军，营寨整齐，互为犄角，没有任何破绽。撒离喝正看着入神，忽听里索道："孛堇，南军营寨中有旗帜挥动，怕是看到我们在窥探，想来突袭。"

撒离喝仔细看了看，果然有几队宋军在营寨间穿插移动，便掉转马头，缓缓往后撤退。宋军见了，也不来追赶。

撒离喝回营后，忧虑重重，这种对阵形势，几乎有点像陕州围城，对方占尽地利，所不同的是，陕州一旦被围，就是一座孤城，而彭原店却无从包围，而且据探报说，曲端已亲率主力坐镇邠州，以备后援。

金军将士在两个多月的陕州之战中，几乎耗尽了锐气，一旦发现彭原店是一块难啃的硬骨头，恐怕没人再会拼死力战。

里索知道撒离喝心里没底，便安慰道："孛堇不必过忧，要知南军虽然占了地利，以逸待劳，且能因近就粮，但我军毕竟刚下陕州，李彦仙号称'军神'，在南军中颇有声望，却死于乱军之中，南军岂有不胆寒之理？来日进攻，我军宜大张声势，南军久败于我，鲜有胜绩，只要有一处突破，必定无心恋战，兵败如山倒。如此说来的话，这彭原店也不难拿下。"

撒离喝听了，觉得有理。金军远道而来，又刚刚经历了苦战，宜速战速决，一旦战事胶着，士气受挫，必将陷于困境。一念及此，立即传令军中，明日一早便向彭原店进发。

金军在厉兵秣马，宋军这边也没闲着。吴玠在中军听报说有金军游骑前来探营，知道战事已然迫近，便亲自巡营，检视各军备战，并勉励将士杀敌。

两方主帅深知，来日的第一仗必然是一场硬仗，双方都会拼尽全力先声夺人。

次日，撒离喝率部到达彭原店。部队扎下营后，休整了一日，晚上也不见宋军来劫营，便又休整了一日，并派人砍伐沙柳，以利骑兵行进。到了第三日，才整顿军马，开始进攻。

他先派了二百多骑兵前去探路，不多时便得到消息，宋军在阵前既未布下拒马，也没挖陷坑。撒离喝听了，颇感意外，当下也没细想，立即下令擂鼓，全军出击，务必一举冲散宋军大阵。

刚冲到半路，只听一声号角响起，宋军阵地万箭齐发，密集得如同漫天飞蝗，金军叫苦不迭，但因为是仰攻，宋军还在弓箭射程之外，不能与之对射，只能硬着头皮往前冲。冲了几十步，中箭之人越来越多，而宋军的箭雨丝毫没有减弱之势，好不容易挨近了些，金军弓箭手开始回射，但力道与宋军阵中的强弩无法相比。几轮对射下来，又折了好些人马。

撒离喝看这架式，前军已失锐气，便立即鸣金收兵，宋军只是趁机放箭，并不出来进攻。

里索过来献策道："南军这么拼命放箭，必定不能持久，不如我军持重盾缓步推进，既可消耗南军箭支，又可减少伤亡。"

撒离喝依计而行，果然伤亡大为减少，只是宋军的箭支像是用不完一样，一阵接一阵的箭雨射得金军抬不起头。

撒离喝见这招有效，便又下令撤退，然后再派遣一队人马持盾推进，心想再来几轮，宋军箭支再多也会耗完。

派到第四队人马的时候，箭支仍然一如既往的密集。撒离喝正在纳闷，只听宋军阵中又是一声号响，密集的箭雨戛然而止，鼓声骤起，宋军人马如潮水般自坡顶直冲而下。

撒离喝心猛地往下一沉，此时宋军突然发力，而金军顶上去的却并非劲旅，定然挡不住宋军全力一击。前军一败，中军必然震动，到头来兵败如山倒的反是自己这边。

撒离喝也算身经百战，立即命里索率本部骑兵去左翼攻击宋军，自己带着亲兵直奔右翼而去。

吴玠在阵中看到战前谋划得手，不禁大喜，他看到金军骑兵快速往两翼包抄，便也派出骑兵去迎战。只要自己的骑兵顶住一时半刻，等到金军中路溃败，则大局已定，金军两翼骑兵也成了孤军。

胜负的关键在于：必须抢在金军骑兵包抄成功之前击溃中路金军，否则前功尽弃。平常这对宋军骑兵而言颇不容易，但今日不同，宋军骑兵从坡上俯冲而下，气势如虹，而金军铁骑却只能费劲地爬坡，又累且慢，战力被抵消大半。

吴玠挥动令旗，宋军战鼓擂得震天价响。两军碰撞到一起，金军虽然猝不及防，但仍然拼死不退，两军一时厮杀在一起，难分胜负。

吴玠命弓弩手出阵，向金军中军齐射，箭雨越过宋军，全部落在金军头上，顿时响起一片哀号。两阵箭雨过后，金军阵势已经摇摇欲坠，吴玠见时机已到，便率亲兵如猛虎般直扑而下。

宋军士气大振，攻势如潮，金军前军终于抵挡不住，开始溃败。这下如同堤坝缺了个口，一发不可收拾，金军中军阵形大乱，士卒到处乱窜，将校拼命约束也不管用，最后只能跟着一齐往后跑。

撒离喝见中军溃败，心知大势已去，倘若不跟着跑，一旦退路被切断，只有死路一条。他便掉转马头，逃离战场，只听到后面宋军如雷般地齐喊："活捉娄室！活捉撒离喝！"仿佛近在耳边，不禁胆战心惊，好在他前日将坡前的沙柳砍伐了不少，马匹驰骋无碍，否则彭原店将成其葬身之所。

吴玠打仗，从无"穷寇莫追"之虑，极善穷追猛赶，这一次又赶了撒离喝三十余里才罢。

撒离喝狂奔至庆州以东六十里处，才敢停下来，清点人马，发现跟随自己多年的里索没能逃出来。后又听士兵说，里索主动断后，力战不退才致身死，撒离喝又痛又悔，坐在马上号泣不止。

三日后，娄室率主力赶到，撒离喝单身入帐请罪，娄室早已从探报处将战况了解得一清二楚，仍沉着脸听撒离喝讲了一遍，然后道："这世上哪有什么常胜将军！当年我朝太祖何其英明神武，创下偌大的基业，也没少吃败仗。"说完话锋一转，声音也低沉下来，"我听说你兵败后仰天痛哭，如同小儿，军中有人称你为'啼哭郎君'，可有此事？"

撒离喝脸涨得通红，心里恨不得将那些传闲话的人活剥了，嘴上只得惶恐地解释道："末将用兵，较之大帅相差何止百倍，但若论起冲锋陷阵、视死如归，末将却当之无愧！前日之所以痛哭，乃是帐下爱将里索因末将之过战死沙场。里索当年跟随末将时，还是一少年，十几年来随末将一路征战，立功无数，如今一旦战没，叫末将如何不心痛！"说罢，又流下泪来。

娄室听了，便知人言不可轻信，劝慰道："当年太祖见士卒伤重，也曾痛哭流涕，谁敢说他不是真汉子！你且下去歇息，来日再召集众将商议破敌之策。"

当天下午，娄室率诸将亲临彭原店观看地形，远远地转了一圈后，对诸将道："吴玠深谙兵法，极善利用地形，此人号称泾原军第一勇将，不是浪得虚名。"

撒离喝道："南军占着地利，我军仰攻伤亡很大，恐怕需另寻良策方可破敌。"

娄室眯着眼睛看着坡上，道："他有地利，但我军人数目前比他多出不少，不妨从这上面想想办法。"

坡顶上，早有士兵告知吴玠，又有金军游骑前来探营。吴玠出帐，远远望去，只见有一支二百多人的骑兵在缓缓移动。看这阵势，八成就是金军主帅亲自来察看地形，他有心派骑兵去突袭，又知道是徒劳。这些都是金军顶尖的骑手和上好的马匹，一见动静不对立刻就一溜烟跑了。

次日晌午时分，士兵又来报告，说金军的游骑又来了，好像还是昨天那一支。吴玠出去一看，果然还是那支二百人的骑兵，一副有恃无恐的样子。

吴玠帐下裨将杨晟道："大哥，番军明摆着欺我无人，待我领两千人下去，吓他们一吓。"

吴玠心中也有些窝火，但想了想，觉得没必要做劳而无功之事，而且军队进出营之际，容易让金军看出虚实，便道："先不要管，晚上再派几百士兵下去，就在番军骑兵游走之处挖几个陷马坑，只要明天他们再来，弄折几条马腿，气焰就下去了。"

入夜后，杨晟带着几百人来到那块平地。忙活一夜，挖了三四千个陷马坑，上面覆盖树枝，蒙上沙土，不仔细看根本看不出来。

天亮之后，那二百骑兵如期而至，吴玠瞅准时机，令人吹起号角，金军骑兵的注意力都被吸引过来，防备突袭，没人留心脚下，接连便有马匹踩入陷马坑，人马都翻倒在地，十分狼狈。

宋军这边鼓噪声一片，金人骑兵没了前两日的轻松洒脱，逡巡了一阵，匆忙撤去。有几匹马因为折了马腿，还留在原地，吴玠让人将伤马宰杀，供士卒飨用。

接下来两日，金军毫无动静，以至于宋军这边有人怀疑娄室是不是要退兵，只有吴玠若有所思，静静地等着大金国的战神出招。

果然，娄室非但没有退兵，反而兵分三路直扑彭原店而来，南北两路分别由活女和折可求率领，从两个方向包抄宋军后方，中路由娄室亲自率领，主攻宋军正面。

吴玠暗暗吃惊，娄室明知包抄意图为自己所知晓，但仍照做不误，明显就是为了分散宋军的兵力。如今难题被甩到吴玠这边来了，面对包抄后路的两路金军，到底要不要分兵去防范？

留给他思索决策的时间并不多，金军正在扎营布阵，很快就会进攻。众将聚集在中军大帐，分为两派，仍在争论不休。一派认为兵力本来就不够，再分兵更单薄，难以抵挡金军主力正面冲击；一派认为万一金军包抄成功，从后路出现，则军队会不战自溃，因此无论如何都应该派出一部人马去守住后路。

吴玠表面神情如常，实则脊背已经湿了一片，娄室能拿下一度被认为固若金汤的陕州府，其临阵机变可谓登峰造极。吴玠深知遇上了劲敌，一个闪失，就可能成为李彦仙第二。

一丝恐惧从吴玠心头掠过，但很快，他天性中的倔强和坚毅反而被激发出来，眼中放射出鹰隼一样阴冷锐利的光芒。

"传我将令，各军摆好阵势，抢在金军前头发动进攻！"吴玠用低沉的声音喝道。

众将都觉突然，但军令如山，不敢有半点延误，都立即出帐，跃上马背，各奔所部而去。

片刻后，战鼓擂起，宋军大阵开始向金军移动。

娄室看到宋军反应如此神速，颇觉惊讶，金军阵势尚未完全列好，宋军毫不犹豫地抢这个先机，不惜放弃地利，主动进攻。他送给了吴玠一个意外，吴玠也立即回敬一拳，娄室回头看看众将，笑道："生子当如吴晋卿也！"

转眼间，宋军已经逼了上来，照例开始放箭，金军硬弓射程不如宋军神臂弓远，娄室挥动令旗，金军冒着箭雨向宋军大阵移动，等离得稍近了，开始与宋军对射。密集的破空之声响起，甚至将人喧马嘶声都盖住了。

两军越逼越近，金军故技重施，两侧拐子马如旋风般卷出，直抄宋军阵后。宋军早有防备，两翼各有弓弩兵候着，等金军马队过去的时候，一阵急射，骑兵侧面不比正面，目标太大，极易中箭，宋军几乎箭无虚发。金军见势不妙，只得远远地避过宋军大阵，往两侧散开，这样固然避开了宋军的弓弩，但兜的圈子却大了好几倍，包抄起来很不容易。

两军已经碰撞在了一起，然而宋军的神臂弓却由远射改成了平射，威力之大足以穿透重甲，金军中箭者无不倒地；宋军还专门安排神射手，只射金军将校，这一招十分厉害，没了将校指挥，金军士气与步调都受到很大干扰。

娄室早就知道宋军神臂弓的厉害，但没想到大半年没和泾原军交手，宋军的神臂弓又有改进，射程更远不说，穿透力也强了许多，有时竟能穿胸贯脑，给手下士卒造成了不小的恐慌。

虽然处于劣势，但娄室经历无数阵仗，什么险情没见过？当下并不慌乱，只是传令各军稳住阵脚，耐心与宋军周旋。

又激战了半个多时辰，在持续的弩箭攻击之下，金军渐有不支之势，两侧拐子马长途奔袭之后，难免疲惫，与宋军骑兵交起手来，占不到太多便宜。娄室脸上表情仍一如既往的沉稳，但心跳却如同战场上的鼓声一样，"咚咚"直响。

宋军这边形势也并不乐观，箭支即将耗完，金军虽处下风，但仍未有溃败之像。如此僵持下去，一旦后面的金军包抄上来，前后夹攻，腹背受敌，则必败无疑。

吴玠原本想趁金军分兵包抄、立足未稳之际集中兵力抢攻得手，眼看金军一如既往的坚韧，而宋军赖以压制对方的神臂弓也快没了箭支，便传令后军变前军，缓缓撤退。

　　临阵撤退，风险极大，稍稍不当就有溃败之虞。娄室见宋军攻势占优，却不进反退，立即猜到宋军箭支所剩不多，是不得已而为之，便传令各部准备趁势追击，务求一举击溃宋军。

　　然而宋军撤退极有章法，后军撤退一段，便停下稳住阵脚，中军续之，接着前军在弓弩掩护下撤退。如此几轮下来，宋军已在金军的逼迫下安然撤至坡底，再往上走几百步，可保全身而退。

　　娄室恨不得亲自率军硬冲宋军大阵，但他克制住了，他一直在苦苦等待，他的坚忍与耐心得到了回报。终于，在鱼儿即将脱钩的那一刻，他看到坡后的山脊上打出了一面金军大旗。

　　金军将士看到了这面大旗，不约而同地发出震天动地的欢呼声，娄室没有丝毫犹豫，披上大金国皇帝亲赐的大红披风，一马当先，直向宋军大阵扑去。金军压抑的士气与斗志在一瞬间被释放出来，像山洪暴发一般不可遏制，涌向对面的宋军。

　　这突如其来的变故使得宋军惊慌失措，吴玠命令弓弩齐射，但仍然挡不住金军攻势。恰恰在这当口，不少弓弩手箭支已经用完，眼见有金军破阵而入，竟吓得转身就逃。吴玠知道再耗下去只会损失更大，便急令鸣金收兵，于是宋军立即撤开脚丫向营寨奔去，哪里还讲什么阵形，只恨爹娘少生了两条腿。

　　万幸崩溃之前宋军已经后撤了不少，因此留给金军追杀的机会不多，否则还不知要葬送多少人马。宋军仓皇逃入营寨，营寨前面布满了拒马和鹿角，金军不知底细，没敢穷追，饶是如此，山坡上仍然躺满了宋军尸体和伤员，哀号遍野，惨不忍睹。

　　吴玠回到营寨，探马已报上消息：后山上的金军不过百十来人，不过是虚张声势而已。

　　吴玠明白着了娄室的道儿，气恨不已，但让他真正担忧的是：两路包抄的金军并非虚晃一枪，而是拼命往上爬，这么短的时间内能上来百十来个人。几天后，上来数千人也不足为奇。一面敌军大旗突然出现在身后，就能导致全军溃败，倘若真有几千敌军精锐虎伺其后，更不知会如何。

他一边派人火速送信给曲端，请求增援，一边命人在营寨前增加拒马和鹿角，以防金军突袭。对于后路包抄的金军，也不得不分派一支人马去据险防守。

两日后，去邠州大营的使者返回，传达了曲端命令：整军撤退。

吴玠略有些惊讶，他还以为曲端会派兵增援，至少与金军主力对抗一阵子再言进退。没料到曲端即刻就下令撤退，他深懂用兵之道，转而便明白了曲端意图：继续拉长战线，逼得金军长途奔袭，以致粮草不继，不得不退兵，然后宋军再尾随追击。

虽然心有不甘，但吴玠也只得再派使者请曲端分兵攻打包抄的两支金军，掩护部队后撤。然而他的使者还没派出去，曲端的信使便来了，告知曲端已率大军先行撤出邠州！

吴玠不禁又惊又怒，前军尚在与强敌对峙，主力便后撤，这简直是把他吴玠当死人在看了。当年曲端就是这样坑延安府魏彦明的，前不久又坑了陕州府李彦仙，如今竟然坑到自己头上来了！

吴玠不敢让这条消息传到士卒中去，只叫来几位心腹大将，挑明了情况，杨晟当即大骂："曲端这个狗贼！逼急了，我等就学那折可求，与番军联手，合兵西进，先灭了他满门再说！"

这气话真要传出去，就是死罪，此刻情势危急，吴玠也没心思去计较，只道："我部现已成一支孤军，前后都有番军。刚吃了败仗，又无友军策应，如何才能脱离险境？"

吴玠的兄弟吴璘一直跟随兄长左右，平常为了避嫌，并不多说话，此时也顾不上了，道："前日抢攻娄室虽然最后功亏一篑，但事出有因，并非战术不行，如今要脱困，也只能攻其不意，才有机会。"

吴玠皱眉道:"要出其不意,无非就是一个'快'字,但娄室不是等闲之辈,前日我们出击何其快,却也被他生生顶住,反让我们吃了大亏,如今他已有防备,恐怕再也难以攻其不备。"

吴璘道:"曲帅已然退兵,此事尚未传到番军耳朵里,我军必须抢在番军知晓前突围,否则以娄室的精明果断,一定会肆无忌惮地倾力进攻。到时我军孤立无援,处境将极危险。"

几位心腹大将开始议论如何突围,然而都不得要领,不是他们无能,而是一支箭矢用尽、遭遇新败的孤军,在优势敌军的包围下实在是插翅难逃,更何况敌方主帅还是一头强悍狡猾的老狼。

形势骤然间变得极其艰险,吴玠内心深处甚至对成为李彦仙第二有了几分准备,但一转眼看到弟弟吴璘那张还十分年轻的面庞,又想到父母一生无所凭依,唯一的指望就是两个儿子,倘若今日双双殉难,叫他们如何活下去!

他拼命将心中的愤恨与绝望压下去,几乎在一瞬间,他头脑中闪过一个突围方案,心中一亮,脑海中极快地把这个方案过了一遍,确定无疑后,他轻轻咳了一声,道:"今晚子时全军突围。"

众将登时安静下来,都看着吴玠,吴玠抬头看了看帐外的天色,正是晌午刚过,便道:"马上派一支人马,大张旗鼓去后山,名为封堵包抄的敌军,实则是接回正在据守的将士,此事须在天断黑前完成;天黑前命全军高呼'援军到了',让番军心疑,弄不清我军虚实;子时,再派一军去劫番军的营,番军必有准备,劫营将士须得死战,扰乱并拖住番军,掩护主力撤退。"

大帐里变得十分安静,在座的都是百战之身,一听就知道此计可行,但同时也听出来,去劫营的那支部队将有去无回。

只听吴玠低沉沙哑的声音响起:"谁愿率部去劫营?"

短暂的沉默后,杨晟一抬头,见吴玠正看着自己,便慨然起身道:"末将愿往!"

正所谓慈不掌兵，吴玠只能按捺住满腹的怜惜与不忍，与杨晟交代劫营事宜，众将又议论了一番突围路线和顺序。计议已定，各自回营准备。

坡底下的娄室一直在密切关注宋军动向，安置了十几名眼尖的士兵各处观看，稍有异动立即禀报。晌午刚过，便听说一支宋军直奔后山，应该是去封堵包抄的金军去了。娄室听了心中疑云顿生，看这架式，宋军不但不急于突围，反而有坚守的打算。

天快黑时，只听坡顶传来欢呼，娄室仔细一听，说是"援军来了"，这才明白宋军为何有坚守之志。既然军情有变，自己的作战方略也需调整了，便对身旁随从道："夜晚还是要巡逻，防止南军劫营。"但并没有像往常一样亲自去巡营，而是待在帐中与撒离喝等人喝了几碗酒，众将便各自回营。

半夜，只听帐外突然杀声震天，娄室大惊，赶紧起身，披挂而出。此时天上只有几点星光，两三步远便看不清人影，随从告知有宋军过来劫营。娄室道："传令各军，各守营寨，稳住阵脚，不得到处乱窜！"

闹哄哄地乱了两个时辰，娄室断定前来劫营的宋军顶多只有几百人，但让他略为不解的是，这支宋军虽然人越战越少，却久战不退，四处袭扰，让金军大营一刻不得安宁。

此时天已麻麻亮，吴玠率领大队人马已经成功突围，走出了四五十里地。吴玠命前军先走，自己亲率后军，等候杨晟。

等了一个多时辰，天已大亮，众将都急得心头发紧，又不敢去劝吴玠，还是吴璘上前道："兄长，天色已亮，番军很快就会发觉我军大营已空，必定全力追赶。我军人少，此地又是平原旷野，只怕难以抵挡……"

话未说完，吴玠便怒目圆睁，斥道："你是要我舍弃拼命的弟兄，独自逃命吗？那我和曲端这头猪狗还有何分别？"

众人再也不敢作声了，又等了半个时辰，远远地有几十名士兵急急赶来，正是杨晟的部下，个个浑身血污，疲惫不堪。

吴玠拍马迎上去，问道："杨将军呢？"

士兵们一见是吴玠，忍不住哭道："杨将军拼死战了大半夜，已经阵亡了！"

吴玠还不甘心，问："可是亲眼所见？"

一名士兵道："杨将军胸腹都受了重伤，流血不止，说反正今日不能活了，不如再杀几只番狗，命我等突围，自己转身又去冲杀了……"

吴玠听了，胸口顿时像被人重捶了一下，说不出话来。众将命手下骑兵让出马来，给这几十名跑不动的士兵骑，然后拥着吴玠一路向西奔去。

即便机警多谋如娄室，也是直到半上午才惊觉坡上的宋军营寨已经空无一人。上来查看时，只见营内十分整齐，毫无匆忙撤军后的一片狼藉。再看营地布列，前后工事，皆疏朗有致，极具章法，娄室边看边叹，心知此次纵虎归山，吴玠必成大金国西路军心腹之患。

这边吴玠日夜兼程，不敢歇息，终于赶到了邠州，果然已是一座空城，曲端已经一路退到泾州去了。吴玠更不停留，也率军直奔泾州而去。

三日后，吴玠率疲敝之师终于赶到了泾州郊外，就地扎营后，派人去打探，得知曲端就在城内，当即翻身上马，率领二百亲兵直奔泾州城。

泾原军的老好人、随军转运判官张彬正在城内一处茶肆与人闲坐，只听得一阵暴雨般的马蹄声响，沙尘滚滚，一队人马从城中干道疾驰而过。张彬眼神不好，便问随从："何人如此张扬？"

随从道："看着像马步兵副总管吴玠。"

张彬心想：原来是他！也没在意，继续闲聊品茶。突然，他猛地一激灵，大叫一声："不好！"将手中茶杯往桌上一扔，急急忙忙便往府衙赶。

幸亏张彬觉察得早，他赶到时，府衙外吴玠的二百亲兵正与曲端的中军护卫剑拔弩张。张彬一看这阵势，三步并作两步赶入都堂，泾原军两位最富才华的将帅正横眉怒对，只听吴玠骂道："……你先坑死魏彦明，又坑死了李彦仙，如今连替你卖命的部下都要坑！我帐下几千弟兄还在浴血苦战，你却一见情势不对，扭头就跑，你看看你自己，毫发无损，还装模作样一身儒袍，你这沐猴而冠的小丑！没皮没脸的畜牲……"

张彬听得心惊肉跳，赶紧上去一把攥住吴玠的手，大声道："哎呀，晋卿来了！辛苦了，辛苦了！"

曲端已经气得脸色乌青，按他以往的作派，早叫人将吴玠拉出去斩了，但今日一则他自知理亏，心中有愧；二则吴玠按剑而入，还带了几百亲兵过来，真把人惹急了，还不知道谁人头落地，当下镇住心神，厉声道："吴玠！枉你还是泾原军第一副将，你知不知道军令如山的道理？我令你撤退，你就撤退，至于是否分兵掩护，是否接应，由我这个主帅说了算！你前日撤退，有没有将下属推出去掩护主力？你那下属敢不敢跟你讨价还价？你若怕死，就不要入我泾原军的门！"

曲端不提杨晟的事还好，一提吴玠更是怒不可遏："我是派人去劫营掩护主力撤退了，我那杨晟兄弟也不负所托，战死沙场！可我吴玠跟你不同，我率军亲自断后，一直等到他的人突围出来，确认他已战死，才撤离险境。哪像你离着金军还有两三百里，撒腿就跑，不管不顾，你算什么威武大将军？"

曲端大怒，冷冷地道："吴刺史，你应当知道我军中规矩，敢在我帐中咆哮的都不能活着出去！"

吴玠毫不示弱，用同样冰冷的语气道："那我今日就与二百弟兄血溅泾原军帅府！城外我兄弟吴璘还带着几千将士，也不惜一并把命搭上！"

张彬听着越来越不对劲，再僵持下去，只怕会在泾州城掀起一场腥风血雨，便紧紧抓住吴玠的胳膊，道："好兄弟，你莫要胡来，我泾原军决不能干亲者痛、仇者快之事，令尊令堂把你兄弟二人视作家族栋梁，看在他们一片牵挂之心上，你就消消气吧！"

劝完了吴玠，张彬又转身来劝曲端："我泾原军以军纪严明著称于世，倘若真发生火并，曲帅您一世威名将付诸流水，为天下人所笑啊！"

亏得他深谙二人秉性，加上人急生智，三言两语竟劝得二人沉默下来，张彬又对旁边吓呆了的侍从道："吴刺史远道而来，还不快上茶！"

侍从连滚带爬去上茶点，吴玠已经冷静下来，朝曲端略一施礼，算是尽了下属礼仪，然后一言不发，转身扬长而去。只听到外面马蹄声响，越来越远，最后归于寂静。

曲端坐下，铁青着脸不说话。张彬在他旁边坐下，问道："曲帅打算如何处置吴玠？"

曲端余怒未息，默了半晌，道："吴玠不遵军纪，咆哮都堂，有违节度，按律当处斩刑，念在他与金军交战刚回，且饶他这次，但降官申斥是绝不能免的！"

张彬叹口气道："曲帅，吴玠方才确实口不择言，说了许多浑话，但他毕竟是刚下战场，又吃了败仗，死了跟随多年的弟兄，心头憋着火，发泄完也就罢了，你看他走的时候不还向您行礼来着！还是放他一马吧。"

曲端道："倘若我军中都像他这样，恃功而骄，目无尊长，结果却如无事人一般，这兵还怎么带？他这一闹，全军都传遍了，就看我如何处置他呢！"

张彬想了想，道："曲帅，要不这样，吴玠刚才犯浑，率军直闯帅府，该当受罚，但他英勇杀敌，重创番军，听说那撒离喝被他战败，痛哭流涕，得了个'啼哭郎君'的雅号，试问陕西五路大军中，有几人能做到？凭此战功，也应当封赏。如此有过则罚，有功则赏，既严明军纪，又不失人心，岂不是两全其美？"

张彬说完，觉得自己竟能想出这样的好主意来，颇有几分自得，认为曲端必定会接受这个建议。

曲端阴沉着脸，并不置可否，张彬知道他是好面子的人，也不催他，让他自己权衡去。

"娄室见我军撤退，定会继续西进，曲帅可有退敌之策？"张彬用打仗的事给他分分神。

一谈到战事，曲端脸上现出些生气，道："我军只需稳守泾州，多备粮草，以逸待劳，我料娄室顶多占了邠州，便再也不敢西进。"

张彬暗暗松了口气，他对行军打仗之事向来无多大兴趣，只要知道结果还好就行，怕曲端又抓住他大谈用兵之事，便起身告辞道："下官还有些杂事要去处理，不敢久留，方才所言，还望曲帅三思。"

曲端闷闷地点了点头，张彬便退出来，一溜烟又去了茶肆。

数日后，前方传来最新战况，娄室挥师占了邠州，但却不再西进，只与泾原军遥遥对峙。

又过了几日，探报带来消息，金军四处筹集粮草，但因宋军之前坚壁清野，金军所获甚少，估计支撑不了几日了。

果不其然，几日后金军突然退兵，一夜间走得干干净净，只剩下一座烧得精光的邠州城。

一得到金军退兵的消息，曲端立即派使者到吴玠军中，宣读了他的大将军令，罢去吴玠马步兵副总管一职，降为武显大夫，至于吴玠重创金军的战功，只字未提。

吴玠冷冷地听完，当着使者的面将书信撕得粉碎，对使者道："今日本当毁书斩使，以明我志，但念在你也是我军中一员，倘为此枉送性命，于理不合。回去告诉你家曲帅，吴玠从此与他再无干系！"

使者吓得脸色发白，诺诺而退，回来将原话告诉曲端，曲端也只能暴跳如雷而已。

张彬听说了曲端对吴玠的处置,百思不得其解,心想这曲端分明是个聪明绝顶、满腹韬略之人,可在为人处世上却偏像个黄口小儿。此事退一步海阔天空,何苦逞强斗狠,弄得大家都无路可走?张彬左思右想,怅然不已,最后只能长叹一声:"曲端啊曲端,你明明姓曲,做起人来却为何这般直愣?"

彭原店一战,宋金双方都没讨着便宜,娄室虽然击败了吴玠,但部下也伤亡不少。西进至邠州时,发现已是一座空城,而金军战线拉长,粮草不继,曲端的泾原军主力又虎视眈眈,以逸待劳,此时再西进与之硬碰毫无胜算。在邠州逗留一阵后,娄室权衡再三,只得悻悻收兵。

撤军路上,娄室默然无语,情绪低落。此次大战,与过去几次交锋如出一辙,虽然连续攻城掠地,但一到战事关键时刻,便又出现战线拉长、粮草难继和兵力不足的老毛病,最后不得不退回原地,此次仍未能打破这个怪圈。不知皇上知道消息后,又会如何下旨责问。

想到这里,他心里涌起一股难言的烦躁。其实,倘若他得知因这一战,泾原军两个最关键的人物反目成仇,埋下祸患,他心情应该会好很多。

18 鏖战大江

兀术率主力与阿里、韩常会合后,直抵明州。张俊见金军势大,便带着满城居民撤到了台州。兀术率军进驻明州时,发现已是一座空城。

刚刚在明州驻定,便接连下了三日大雨,大雨过后,又是接连的绵绵细雨,空气中弥漫着浓重的湿气,衣服明明是干的,但摸上去却像吸饱了水,又潮又冷,这让习惯了北方干爽天气的金军将士叫苦不迭。他们也第一次感觉到,这种阴雨连绵天气,能让人情绪低落到想死!

接连的雨水使得地面泥泞不堪,极不适合骑兵驰骋,兀术只得满心烦闷地率军守在明州,等候天晴。倘若说有什么事值得高兴的话,那就是他发现清踪晶莹剔透的皮肤在湿润天气的滋润下,越发光洁美丽了。

清踪像一条鱼,这湿冷的雨天反而让她充满灵气与活力,几次拒绝之后,她终于在兀术最烦闷的那晚接受了他的爱抚,这个不可一世的男人显出脆弱一面的时候,反而能让一个倔强的女人敞开心扉。至于兀术,他似乎是有生以来第一次体会到什么是真正的爱恋,当他不再居高临下,而是平视一个女人时,他才感觉到灵魂交会的欢愉丝毫不亚于肉体的合欢。

"远天归雁拂云飞,近水游鱼迸冰出。"天气终于转晴的那日,兀术听到清踪对着窗外,轻声吟道。

兀术从后面搂住她,问:"这又是谁的诗?"

"这是唐朝罗隐写的一首立春的诗,立春其实有好些时日了,今日转晴,才终于看到一行北归的大雁。"清踪道。

兀术原本满面笑容,一听"立春""北归大雁",脸色立即僵住了,显得心事重重。

恰在此时,门外传来侍卫声音:"启禀殿下,有军情。"

兀术松开清踪,道:"呈上来。"

侍卫进来,将一封书信呈给兀术,便知趣地退出去了。兀术一看,是如海写来的,拆开看时,原来如海报告说搜山检海已毕,没有发现赵构的影子,便率船队往北返回平江府,是否继续南下,还请主帅明示。

主帅就在南面,如海却来请示"是否南下",显然是不太愿意南下。但兀术也并不怪罪,因为他自己都在犹豫是该南下还是北归。

另外,还有一桩事让他心神不宁:韩世忠到哪儿去了?

兀术对几支有实力的宋军动向都了如指掌,杜充大军早已溃散,刘光世率军远在江西,二者都不足虑;张俊撤至台州,周望大军亦已败退,唯独韩世忠就像凭空消失了一般,无影无踪。

韩世忠虽然屡败于金军,但兀术深知此人不好对付,是个真正的对手,对于潜藏的危险,身体里流淌着渔猎民族血液的兀术有着本能的敏感。

于是他回信给如海,让他在平江府原地待命,并密切注意宋军动向。

在兀术的脑海里,有一幅非常清晰的对阵图,他就像一头强壮的猛兽,对于猎物的方位与行动有着清晰的判断,他对此非常自信,但似乎忘记了一点:自己不习水性,对于来自水面上的威胁远不如陆地那么敏感。

如海追击赵构不成,便率船队往北返回太湖,平江府库的辎重钱缗堆积如山,如海心里便算起账来。如今天气转热,按以往惯例,正是大军北撤的日子,虽然不知为何四太子的将令一直没有下来,但先装船做好准备终归是不错的。

于是如海便命手下开始将府库里的物资装船,太湖边上总共停泊了三四百艘大小船只，金军各部之间争执不断，都想将值钱的东西装到自己船上去，之前严整有序的布防不知不觉出现了漏洞。

两浙宣抚使周望从平江败退后，退至太湖以东，正好统制官陈思恭率军驻扎在清乌镇，周望便也率残军驻扎下来。一清点随身物品，发现宣抚使大印都丢了，周望非常着急，如今兵荒马乱的，没有了宣抚使印，一封白纸，叫他如何调兵遣将？更可怕的是，万一宣抚使印为奸人所得，作起乱来，那可是不得了的事！

周望惶惶不安，也不敢上报赵构，终日唉声叹气。陈思恭便问他何事如此，周望只得如实相告，陈思恭问起周望的撤退路线，又问他最后一次见到大印时人在何处，周望才终于想起来，这宣抚使印八成是掉到吴江县的港口中去了。

周望略感安心，叹道："只要不落入奸人之手，也就罢了，只是没了这大印，无法给各处发宣抚使公文，这可如何是好？"

陈思恭安慰道："枢密不必着急，如今发文也用处不大，只能是各地守将依据敌情，相机行事。依末将看，番军目前在平江拼命掳掠，无非是想把东西装船运过江去，经太湖入长江，必经吴江县，由吴江县的那处湖口进入长江。水面骤然由宽变窄，番军船多，又不习航运，必会挤成一团，争相入江，此时我水师必有隙可乘。"

周望打量着陈思恭，见他虽是北方人，却带着一身当地渔民才有的鱼腥味，显然是日日夜夜待在船上的缘故。周望虽不懂打仗，倒也有知人之名，否则也混不到宰执的高位，见陈思恭面目端正，仪表不俗，且举止庄重，谈吐得体，不似寻常武夫，便问了些水师治理和打仗事宜，陈思恭答得滴水不漏。

周望本不指望还能够反咬金军一口，听了陈思恭的话，心里头那点建功立业的豪情原本被金军打得烟消云散，竟又冒出头来，便道："我军新败，就怕将士们心中畏惧，不敢主动出击。"

"平原旷野，我军毫无优势，将士们怕的是番军骑射了得，刚吃完败仗，再让他们去与敌陆上交战，只怕还没见着敌人，就吓得溃散了。但番军不习水战，而末将手下三千水师，个个都是水中蛟龙，敢踩一块舢板风雨天到湖心去捕鱼的，番军哪能跟他们比？只要瞅准机会，定可一击而中！"陈思恭语气十分肯定。

周望断定陈思恭不是浮夸之人，听他如此说，又激动又害怕，却又心痒难耐，道："金人虽然不习水战，但强悍勇猛，与岸上无异。你麾下水师不过三千人，如今驻扎平江的金军少说有万余人，万一陷入重围，风帆不起，只怕后果不堪设想。"

陈思恭听他如此说，便仰起身子凝视着不远处的湖面，将双方水上争斗的场景在脑海中又过了一遍，才道："枢密言之有理。虽然是在水上，以我之长攻敌之短，但也不可过于恋战，一旦被敌船截住退路，众寡悬殊之下，则战局不可逆料。我军宜先派小船扮成寻常渔家，装作路过，实则窥探敌情。一旦看到敌船开始聚集湖口，则立即飞报岸上巡哨，巡哨即刻点起烽火，我军见烽烟立即出发，沿岸排开阵势，正好攻其侧翼。敌船因为拥挤在一起，不好掉头，只有挨打的份儿。等他们发现我军船并不多，将后方船只掉过头来截我退路时，我军已得胜而归。"

周望听完，简直天衣无缝，自己低头细想了一回，觉得机不可失，便问道："何时开战？切不可错过时机！"

陈思恭道："末将已派人扮成本地渔民去窥探敌军了，大船都已备好，只要看到烽烟，即刻便起航。"

周望大喜过望："此战成功，本相将面奏圣上，为你讨一份厚厚的封赏！"

陈思恭起身施礼致谢，又道："根据过去几日的探报，番军船队出湖入江应该就是这两日的事了，请枢密传令附近州县，约束渔民不要出船，以免阻拦水师前行。"

周望自是满口答应，一直将陈思恭送到帐外，再三勉励才回，猛地想起宣抚使的大印还在湖底沉着，不禁大为烦恼。想了半日，干脆亲笔给各州县守将写信，并令贴身随从即刻送去。

如海见兀术率主力在明州踯躅不前，也不来信催自己南下，更加确定主帅有退兵之意，便一心准备撤退事宜。沿途掳掠来的财货极多，每艘船都装得满满的，有的船甚至把当地富户整个家都搬上来了，桌椅板凳、锅碗瓢盆，甚至笨重的梨木大床和立柜都没放过，细软被褥、金银之物更不在话下。在金军眼里，这些都是北方罕见的宝贝。

东西太多，如海担心等到真正撤退的时候，无法都带走，便命令先将装满财货的两百多艘船驶至长江。那里有一片宽阔的江面，金军左副元帅挞懒就在对岸，可震慑周边宋军，使之不敢靠近，则这些财物可保无虞。

他没把周望的残军放在眼里，而且他也认为周望手中的船只所剩无几，形不成威胁。

因此当他远远看到岸上一缕黑烟升起之时，除了有几分奇怪之外，并没有太多想，依旧指挥船队前行。到了湖口，水面迅速变窄，船只却都没减速，一下拥挤在湖面上，如海在后面看到，心突地一跳：倘若此时有敌军杀过来，这些挤成一团的船只毫无还手之力。他看了看远处，湖水一片幽深，安静得吓人，之前偶尔出现的渔船都不见了踪影，远处上千只水鸟突然出现在空中，四处飞散。

如海心又跳了一下，他本能地下令后船缓行。过了片刻，又让一艘快船去吴江县，将还在港口的船全部调过来，以备不测。

但无论如何，前面两百来艘船已经无法散开了，船只密集得像归巢的野鸭，谁也挪不动窝。如海心越跳越快，他什么也看不到，但他强烈地感觉到了不对劲。

很快，他的感觉得到了证实，东边湖面上现出一行船帆，静悄悄地驶过来。

如海急令手下准备应战，但这只能让混乱的局面加剧。金军惊慌失措，拼命想将船驶出那片狭窄水域，反而你碰我，我撞你，狼狈不堪。

宋军的水师已然逼近，都是全副武装的大船。离金军几百步远时，六十艘大船同时擂鼓，势不可当，每艘船的船头都立着两根撞杆，高高地扬起来，准备贴近时致命一击。

两边开始放箭，但效果不大，因为船上都有护板。片刻过后，全速向前的宋军大船齐刷刷地撞在最外围的金军船舷上，发出闷雷般的巨响，很多金兵立足未稳，被撞下船去，多数还不会游泳，在水里哭爹喊娘。

紧接着，宋军安在船头的撞杆也猛击下来，撞杆前头绑着几百斤的大石，砸在船板上，立刻将船板击得粉碎。只听得撞击声此起彼伏，小一点的船经不起两下撞便翻沉到水中，水面上到处是挣扎求生的金兵。

陈思恭已经发现了如海乘坐的大船，便命令三艘船过去包抄，如海一见，急忙令船夫驾船往后躲避。宋军也不追赶，如海远远地躲在后面，眼睁睁看着宋军水师在湖上横冲直撞。

金军的船只都堆满了财物，笨重不堪，只能任由宋军痛击。宋军的攻击持续了两个时辰，金军才开始展开一些像样的反击，但已经损失过半，好在吴江县的救兵终于赶到，虽然还隔得很远，但鼓角声依稀可闻。

陈思恭见奇袭时间已过，金军开始有效抵抗，且援兵将至。再看湖面上，到处是沉船、木板、碎片以及各种各样的家具、绢和织物，中间还夹杂着泡胀的尸体，抱着木板和家具漂浮的金军士兵至少有上千人。

这一仗，宋军的水师几乎毫发无损，却杀得金军屁滚尿流。陈思恭鸣金收兵，宋军一边掉转船头，一边还杀敌不止，然后发出一阵欢呼嘲笑，扬长而去，只给惊魂未定的金军留下一行越去越远的帆影。

周望从陈思恭出发的那一刻起便没安静地待过，只觉得度日如年。他极想焚一炷香，乞求神灵保佑，又怕下属笑话，只好捧着一本书，装模作样地诵读。一有风吹草动，便立即跑到窗前，四处眺望。

黄昏将近，周望折腾了一日，不觉倚在书桌前睡着了。侍从跑进来，大声道："相公，陈统制得胜归来啦！"

周望一下惊醒，爬起来跌跌撞撞就往外跑，腰胯狠狠地撞了一下桌角都不觉得痛。只见陈思恭的水师船队擂着得胜鼓，远远驶过来，船上旗帜招展，欢声一片，显然是打了胜仗。周望顿时觉得浑身一阵轻快，心里说不出的舒坦，接着眼睛一阵酸涩，好不容易才忍住眼泪，没在下属面前失态。这时他才觉得胯部一阵剧痛，身子一软，几乎摔倒在地上。

侍从赶紧扶住他，周望撑着身子，脑海中涌出无数佳句妙语要送给陈思恭，然而等陈思恭走到面前时，他嘴里只是反反复复地说一句："陈统制为国立功，辛苦，辛苦！"

陈思恭在众人的簇拥下讲述战斗经过，说到金军被打得如何狼狈时，难免添油加醋，旁边人笑成一团，无不额手相庆。周望已经恢复了宰执风度，他已经开始构思给赵构的奏折了，此次将功赎过，他的宰执位置应该是保住了。

两日后，兀术收到了如海的战报，大吃一惊，这意味着军事形势发生了明显逆转。宋军先是明州奏凯，接着又在太湖得胜，这只会越发鼓舞宋军士气，如今天气转暖，而自己率领的几万大军深入南方腹地，几个月下来，已经由当初的士气如虹变得消沉疲惫，再拖下去，只会让处境更加危险。

兀术隐瞒住太湖兵败的消息，跟阿里、韩昌等人商议了一个晚上，次日一早，便作出了北撤的决定。

此时，金军几万精锐分布在从平江府到明州一线，兀术首先派快马向如海传达了北撤的命令，并命他为前军统帅，率军向临安进发。兀术坐镇明州，变前军为后军，亲自断后。

几乎在同一时间，赵构君臣也收到了周望的报捷奏折。赵构大喜过望，一改之前对周望的贬抑之辞，对他称赞有加。赞完周望，又赞陈思恭："当年京西一战，韩世忠苦战败退，后来怪罪陈思恭先退，以致全军溃败，将他左右脚各斩一根脚趾，朕也因此一直对他存有偏见，不作指望，不料今日立下大功的竟是此人，正可谓'士别三日，当刮目相看也!'"立即下诏,加封陈思恭为右武大夫、忠州团练使。

吕颐浩再次领着群臣向赵构道喜,赵构叹道:"朕所喜者,并非打了一次胜仗,乃因将士们已经不比建炎初年,畏敌如虎,避之不及,而是越来越敢于一战!"

吕颐浩道:"陛下所言极是!如今金军主力尚在明州,经此一战,加之天气转暖,臣料兀术必定忧其后路,再无南下之意。可下诏给各地领兵大将,趁敌北遁之际,伺机反击,务必重挫贼寇!"

赵鼎仍然是老成持重,道:"金军兵势虽然不比几月前,且连吃两次败仗,但也不过是受挫而已,实力并未受大损。就怕诸军贪功心切,贸然进攻,反为金军所乘,白白葬送好不容易逆转的局势。"

吕颐浩听了这话,很不以为然,诸将要真能做到"贪功心切"就好了!正要反驳,却听赵构道:"赵卿所虑,实为谋国之言!明州之捷,乃是因为金军过去数年所向无敌,视我军如无物,正所谓骄兵必败,而此次太湖之捷却是因金军长于骑射,水战非其所长,因此被我一击而中。倘若其他诸军不能知己知彼,以为可以侥幸成功,则必招祸患。"

吕颐浩听了,觉得也有道理,便道:"陛下可命诸军紧蹑其后,一则给金军造成压力,使其不能肆意掳掠;二则可窥其破绽,一旦有机会,则速战速决。毕竟战机稍纵即逝,总之不能让侵入江南的金军日子好过!"

这话赵构是绝对赞同的,与金军周旋了几年,他很清楚跟金军正面硬碰讨不到好果子吃,马家渡之战殷鉴未远。但金军不熟悉地形,江南水乡也不利骑兵纵横,乘其疲惫,狠狠咬上一口,却是完全可行的。他不指望能将金军歼灭在大江之南,但一定要让金军感觉到痛,来年秋天他们再南下时才会三思而行。

兀术足足在明州待了七十余天,直到前军、中军都到达临安,才一把火将明州烧成白地,率后军北撤。

全军到达临安后,兀术清点兵马,尚有五万余人,皆是精锐,大小船只有上千艘,足够将人马和金银财宝运回北岸。虽然吃了几次败仗,幸未伤筋动骨,看着人强马壮,收获极多,兀术脸上恢复了笑容。此行南下,虽未能生擒赵构,但以北地骑射之师,横渡大江,驰骋江南,可谓几百年来罕有的壮举,足以威慑赵构的小朝廷了。

将临安劫掠一空后,金军又放了一把火,然后五万金军乘着上千艘大小船只,带着掳掠的几万壮年男女,沿水路绕道秀州,经过平江府,直抵镇江。

该来的终归要来,久未露面的韩世忠率部突然出现在镇江,堵住金军渡江之路。

马家渡一战,被寄予厚望的杜充大军一战即溃,韩世忠对此既感意外,又在意料之中。他见金军兵锋极锐,知道无法抵挡,便当机立断,将镇江百姓全部撤走,并带走所有辎重与粮草,只给金军留下一座空城,后撤至江阴。

到江阴后,韩世忠会同当地官员大造舰船,专等金军过江时予以痛击,如今,经过几个月的焦灼等待,终于见到了金军的船队。

韩世忠一看金军大小船只接连十几里,每艘船上都堆积如山,显然是所到之处掳掠一空,心中且怒且喜,对手下众将道:"番军这次是吃撑了,正好趁他们爬不动,全赶到江里去喂鱼!"

孙世询道:"韩大哥,小弟愿率本部人马出击,趁番军立足未稳,给他们个下马威!"

韩世忠正要答应,突然脸上闪过一丝狡黠的笑意,道:"本帅今日也学学古时名将的做派,写一封书信给兀术,约定日期会战。"

众将都颇感意外,不知道韩世忠为何要耍这些戏文上的把戏,韩世忠见众人发愣,不觉大笑,道:"这一招叫'钓金鳌',如能奏效,胜似斩敌一万。"

严永吉道:"韩大哥,除了兀术这只乌龟,什么金鳌我都不放在眼里!"

韩世忠脸上的笑容倏地收敛，带着一丝阴冷的语调道："钓的就是兀术这只乌龟，我猜他十有八九会上钩。"

众将都大感兴趣，韩世忠把手一挥，道："天机不可泄露！"说罢，叫过军中文书，让他拟一份战书，当天便给兀术送去。

晚上，韩世忠叫来孙世询和严永吉两个死忠兄弟，给他们交了底："我料兀术收到战书之后，必定会设法窥探我军虚实，江面平阔，他什么也看不到，只会找一处高地——你二人猜猜，如果他要窥探我军，会选在何处？"

孙世询和严永吉互相看了看，嘴里同时冒出两个字："金山！"

"正是！战书到达之后，兀术必在这两日窥探我军，倘若能将其一举擒获，则数万金军群龙无首，甚至可能陷入混乱，我军再趁势进攻，千里长江将成数万番军葬身之地！"韩世忠用鹰一样的目光看着他俩，说道。

孙、严二人听了，越想越觉得此事可行，激动得心"怦怦"直跳，恨不能立刻就飞到金山去。

韩世忠道："你二人今晚各领一百人，老孙你在岸边埋伏，老严在山顶的龙王庙里埋伏，倘若发现有骑马之人上山，老孙先不要动，且让他们上山，等老严率人从龙王庙里击鼓冲出时，老孙听到鼓声再率岸边伏兵堵住退路，前后夹击，让他们插翅难飞！"

孙、严二人喜笑颜开，严永吉道："昨夜做梦，捉到一只人形大王八，我还琢磨是蒸还是煮，醒后一直纳闷为何会有这等怪梦，不承想落在此事上！"

三人像当年在西北劫掠成功时一样"嘿嘿"笑了一通，韩世忠正色道："此事须得周密，若如此这般还拿不住兀术，你们提头来见我！"

二人赶紧收了戏谑之态，起身肃然领命。

孙、严二人回去后各自挑了一百名精壮士兵，带上三日干粮，趁着夜色分乘几艘船静悄悄地驶往金山，然后各自按预先安排埋伏，只等兀术过来。

　　第一日无事，次日等到天黑仍然毫无动静，众人正在起疑，忽听得一阵马蹄声响，只见几人骑马趁着夜色过来。孙世询数了数，共是五人，骑的都是百里挑一的好马，一看骑手身姿，便知是极为善骑之人。

　　这五人径自沿山路往上走，孙世询屏住呼吸等了会儿，觉得这几人该到山上了，但却听不到任何动静。耐着性子又等了一会儿，突然怀疑莫非这几人并没上山，而是从山上另一侧走了，到手的大鱼绝不能就这样丢了！于是一咬呀，大喝一声："跟我来！"率先冲了出去。

　　这一百来人一起发喊，在静夜中尤其显得声势浩大，片刻后，只听一阵急促的马蹄声响，之前上山的五人从原路疾驰而下，其中一人身着大红披风，骑着一匹神骏无比的白马，突然被树枝挂下马来，此人身手十分矫健，从地上爬起来，紧跑几步，一个跨越，连马蹬都不踩，直接骑上马背，拼命往山下狂奔。

　　从岸边到山脚大约几百步，孙世询等人赶到时，正好那五人也冲了下来，两边正好撞在一起。那五人夺路而逃，其中三人逃出生天，落在后面的两人被宋军用长枪钩下马来，按在地上。

　　正吵闹间，严永吉率人从山上急急忙忙赶下来，见面就埋怨道："老孙啊老孙，你为何如此沉不住气呢！"

　　孙世询道："这几人骑马上山，我估摸着快到了，却总没动静，万一被他们从另一边走掉，岂不可惜！"

　　严永吉恨道："真是天意！这几人不知何故，在半山腰突然停了下来，指指点点，我就担心你们要冲出来，果不其然！"

　　说话间，士兵们将那捕获的两人押了上来，这二人看着甲胄鲜明，衣饰华贵，显然身份不低，说着一口女真话，没人能听懂。

　　严永吉叫来一个归降的辽地汉人士兵，此人略懂一些女真话，孙世询道："你就问他们那身披大红披风的是谁。"

　　那士兵和两名俘虏比比画画说了半天，然后转身道："那人正是金国中路军统帅兀术。"

孙、严二人互相看了一眼，懊恼得死的心都有，无奈只得押着两个俘虏硬着头皮来见韩世忠。韩世忠听了来龙去脉，顿足惋惜，命人将众将都叫过来，众将听了，个个仰天长叹。

韩世忠见孙、严二人垂头丧气，便安慰道："此事也不怨你们，还是那兀术命不该绝，谁能料到他在半山腰停下来？"

于是韩世忠亲自审问两名俘虏，将金军虚实摸得一清二楚，倒也与自己先前估计差别不大，便对众将道："兀术上了这回当，回去必然恼怒，很快就会领兵来攻，你们切莫轻敌！"

众将领命而去，韩世忠也回到船舱，独自惋惜了一会儿，后来想到兀术被赶得十分狼狈，不免又觉快意好笑。看看外面，天还未亮，跟金军约的是后日会战，不知兀术愤怒之下，会不会天亮就领军杀过来。

夫人梁红玉出来，见韩世忠仍双目炯炯，毫无睡意，便道："官人不打算歇息片刻吗？"

韩世忠摆手道："罢了，今夜放走了兀术，我还好，只是老孙和老严回去要气得吐血！"

梁红玉问明了缘由，也觉可惜，道："这兀术如此命大，恐怕跟官人一样，也是个将星下凡。俗话说，刀箭不长眼，可这种人刀箭都避着走，旁边的人都死伤尽了，他却偏生安然无恙！官人自十七岁从军，几十年来，大小阵仗经历了几百场，每次都亲冒矢石，如此经历，试问有几人能活下来？又有几人能凭血肉之躯搏到今日官人的名位？依妾浅见，来日官人与兀术恐有一场龙虎相争，官人要多加小心才是。"

韩世忠听了，心中释然，不禁赞道："难得夫人竟有这般心胸见识！反倒是我等男儿显得气量不够。"说罢，揽过梁红玉，一下子由统军大帅变回当年那个风流浪子，两人温言软语，宽衣入睡。

夫妻俩正睡得沉，忽听外面一阵喧哗，紧接着侍从在门外高声道："禀报大帅，番军攻上来了！"

韩世忠一骨碌爬起来，天才刚蒙蒙亮，显然兀术遭了暗算，气得不轻，心里不禁暗笑，转而一想，兀术也是见过大阵仗的人，哪能拿军国大事耍脾气？常言道：归师勿掩，穷寇莫追。这些金军南征数月，归心似箭，又被天堑阻隔，不死战就没活路，一上来定会摆出拼命的架势。想到这里，韩世忠连洗漱也顾不上，三五下就披上铠甲，从梁红玉手中接过长枪，匆匆步出船舱。

远远望去，金军船队黑压压地从北岸逼了过来，大概是吃过宋军水师几次亏的缘故，金军船队阵势居然摆得有模有样，看不出明显破绽，既不擂鼓，也不呐喊，只是静悄悄地杀过来。

"番军学得倒快！"韩世忠看看自己这边，众将士早已严阵以待，便登上楼橹，将令旗一挥，顿时鼓声大作。韩世忠这边一百来艘艨艟大船扬起风帆，缓缓启动，向金军船队驶去。这些战船都用生牛皮蒙在船背上，前后左右都有弩窗和矛洞，一旦贴近，士兵们可以从此处攻击敌人。

两边还离得很远时，金军便开始放箭，只是这些箭全都射在生牛皮上，船上的宋军将士毫发无损。

双方船队相对而行，越来越近，宋军开始居高临下放箭，几阵箭雨下来，金军死伤不少。但金军阵中神射手极多，只要有宋军冒头，立即便有箭射过来，十中八九，因此宋军也不敢放开来猛射。

金军吃过宋军大船的亏，不敢与之相撞，借着船小轻便刻意绕击宋军侧翼，专门安排神箭手射大船上的宋军。韩世忠见状，便挥舞令旗，让船队逐渐收拢，齐头并进，像一堵高墙般向金军压迫过去，令金军无法攻其侧翼。船阵所至之处，金军小船只能望风披靡。

兀术在后头观战，见宋军大船横冲直撞，倒有点像女真铁骑在平原旷野那般有恃无恐，不禁暗暗叹气，只能期望凭借人多的优势，将宋军压制住。

他听如海描述过太湖之战，知道撞杆的厉害，正庆幸韩世忠的船队没有装撞杆，忽听得宋军船阵中鼓声大作，接着两军齐声惊呼，只见宋军的一艘大船的楼橹上站着一名浑身红衣的女子，对身边飞过的流矢视若不见，正在奋力擂鼓，那鼓擂得极为好看，似花间蝶舞，妖娆之中却带着杀气。

这女子像有法术，宋军将士见了她，跟着了魔似的，喊声震天动地，不管不顾地探出头来，向金军猛射。更要命的是，宋军船上突然甩下来无数带利钩的铁爪，这些铁爪都用长绳系着，可以甩出十几丈远。金军对此猝不及防，很多人被击中，身上连皮带肉被扯下来一块，有些更被拖入水中，江流湍急，瞬间就被卷走了，其他金军士兵见此情景，无不胆寒。

兀术见宋军战法无穷，自己这边防不胜防，完全被对方牵着鼻子走，心知今日这场水战无论如何占不了什么便宜了，便鸣金收兵。宋军乘胜追击，一路又撞翻了金军好几艘船。等金军退得远了，宋军船头上几十人跃入水中，这些人在江水中披波斩浪，身手矫健得如同过江猛龙，很快将淹得半死的几十名金军士兵捞起来，夹在胳肢窝里，半个身子露在水面，踩着水如履平地般回到大船。

金军将士目瞪口呆地看着这一幕，面面相觑，半晌说不出话来。

兀术回来清点人马，发现折了十几艘船，损失虽不算大，但将士们士气却十分低落，因为面对宋军的大船队，他们根本使不上劲，毫无取胜的希望。

兀术问手下："那擂鼓的女子是何人？"

幕僚中有知晓宋军情况的人道："想必是韩世忠的夫人梁红玉。"

兀术恍然大悟："难怪！这韩世忠倒会激励士气，让自己夫人亲自擂鼓，士卒如何不拼死力战！"

幕僚道："梁红玉原本是个官妓，与韩世忠一见钟情，韩世忠便为她赎了身，正室夫人去世后，便把她扶正了。"

兀术若有所思，问道："韩世忠是何出身？"

幕僚道："韩世忠乃陕西绥德人，陕西素来有'米脂的婆姨绥德的汉'一说,这韩世忠虽然出身贫寒,嗜酒无赖,但偏偏生得一副好皮囊,面如冠玉,身长体壮,也不爱读书,却极爱习刀枪棍棒,十七岁从军,便以精于骑射,勇冠三军而有'万人敌'之称。二十三岁那年,以生擒巨寇方腊之功而升为承节郎,此后一路因军功升迁,直到如今的检校少保、两镇节度使,梁红玉也被封为安国夫人。"

兀术听了,暗暗摇头,看来韩世忠深得宋廷恩宠,要招降他恐怕不太可能。

韩常明白兀术心思,便道:"殿下,末将以为招降韩世忠似不可行,但却可以多给其宝物财货,或许可以诱他网开一面,让出一条道来,此所谓'借道而行'。韩世忠出身卑微,多半也免不了贪财爱色的毛病,或许就答应了。"

兀术沉思半晌,觉得试试无妨,便修书一封,派使者送入韩世忠军中。

韩世忠得胜回来,仍命将大船排成一列,横在江北,挡住金军去路。才安排停当,侍从过来禀报,有一艘快船从南岸过来,射上来一封书信,便掉头划走了。

韩世忠接过箭支,上面绑着一封书信,便拆下来,让军中文书念给大家听。文书念完后,韩世忠看了看众将,道:"此是何意?"

韩世忠新近收服的降将,号称"铁爪鹰"的李选道:"听上去番军想花银子买条道回老家,趁机狠狠地敲他们一笔也未尝不可。"

李选早年当过贼寇,难免见钱眼开,谁都知道金军把大半个江南掳掠了一遍,手中的金银财宝不知有多少。

韩世忠也没法不动心,他手下八千将士,每月耗饷无数,倘若能有一笔大进项,就不用每到月底就发愁钱饷的事了。但让他放金军一条生路,那是想都别想,只是如何既轻松敲金军一笔竹杠,又继续堵住金军归路,倒不是件容易事。

众将议论纷纷,既不想放跑了金军,又实在眼馋那些金银财宝,最后都建议韩世忠应兀术之约，与他会面，看看他怎么说再作决断。

不过，在回信之前，韩世忠当晚又派十几艘海鳅快船悄悄驶到金军船队，二百名善潜之人手执凿船器具，在金军船下"叮叮当当"凿了半夜，天亮前神不知鬼不觉地撤了，金军一直闹腾到天明，十几艘船已经浸满了水。金军无奈，不得不弃船，眼看着这些凿坏的船慢慢沉入水底。

兀术听说后，更加烦闷，但也无可奈何。侍卫进来，呈上箭书，说韩世忠也派使者将书信射在船上。

兀术拆下书信，看了两遍，皱眉道："宋人刁钻狡猾，远不如我女真人直朴。这韩世忠上回假装约日会战，却设下圈套偷袭本帅；这回才派人凿了我的船，却又送来书信要见面，此人果然是个泼皮无赖！"

韩常在一旁问道："那殿下还见他不见？"

兀术道："见自然还是要见的，只是这回他休想再耍半点花招！"

于是双方又往来数次，终于确定了会面日期，地点选在远离战场的一片开阔地，四面一览无余，谁也设不了伏兵。

兀术按约定只带了十人同行，其中还包括清踪，韩世忠也只带了十人，一眼看到对面的清秀女子，心中便后悔不迭，没想到这金番玩起风雅来，居然压自己一头。早知如此，应该带上梁红玉的，夫人美貌大气，绝对不输对面女子。

双方隔着几十步停了下来，兀术叫道："哪位是韩将军？"

韩世忠道："在下便是！对面可是金国四太子兀术？"说着双手抱拳施礼。

兀术右手扪胸，以北地方式回礼，两个死对头互相打量着对方，居然还有一丝惺惺相惜的意思。

兀术一字一顿道："我大军南下征伐，已历数月，今欲北归故土，不料将军与我各为其主，鏖战于此，以致双方将士血染大江，于心何忍！愿假道于将军，化干戈为玉帛，你我拱手而别，岂不美哉！不知将军意下如何？"

韩世忠不禁一愣，暗道这金番如何满口之乎者也，活像个腐儒？他说不来这些文绉绉的话，便粗声道："要走可以，先给个价吧！"

兀术见他言语粗鲁，心想这果然是个泼皮，便道："愿以一百船财货相赠。"

韩世忠不假思索摇头道："太少！"

兀术咬咬牙，道："若将军嫌少，二百船。"

韩世忠道："那好，明日你便将这二百艘船驶入我阵中，等我查验无误之后，定会放你等一条生路。"

兀术一听此话，就知道韩世忠压根不想放人，但又不死心，道："韩将军何不先让开一条通道，我军将二百船财货另置别处，船上不留一人，人过货留，岂不稳妥得多？"

韩世忠听了，知道兀术不肯上当，便狮子大开口起来："俗话说得好，'见一面，分一半'。我军苦等数月，岂是两百船财货就能打发得了的？你那儿不是有上千艘船吗？为何不能分我一半？"

兀术听了，气极反笑，一时竟无言以对。

双方都是极聪明的人，很快摸清了对方意图，话便说僵了，手都按在刀柄上，冷冷地看着对方，但主帅在此，下面的人都不敢轻举妄动，因为谁都没有胜算，于是说了些场面话，各自退去。

"你看韩世忠此人如何？"回营路上，兀术问清踪。

清踪道："韩将军第一眼看到我时，愣了一下，自打那以后，便没再多看我一眼，此人身上或有无赖习气，但似乎颇有定力。"

兀术听了，皱眉不语。韩常上来道："殿下不必忧虑，末将明日愿率部与韩世忠一战，让他尝尝我辽东汉儿的厉害！南下以来，我从无败绩，在南军中略有威名，南军见了我狼头纛，必然不敢那么嚣张。"

过去几个月，韩常率部连下州县，势如破竹，宋军无不披靡。明州一战，金军两度失利，直到韩常率部猛攻，才使张俊不支而退，因此宋军不叫他韩常，而叫他"韩无常"，可知颇有畏惧之意。只是韩常强悍无敌，是在陆上,如今这大江之上,纵然有万夫不当之勇,恐怕也无从施展。

韩常见兀术沉吟不语,知他心有疑虑,便道:"明日末将与南军激战时,殿下可率大军溯水西进,另寻他处渡江,韩世忠水师虽然厉害,但毕竟不足万人,无法分兵兼顾,我军或有机可乘。"

兀术心中一动,这倒是个办法。长江纵横千里,此处无法过江,别处却未必不可以,当初杜充数万军队严阵以待,都没能防住自己的中路大军南渡,就是因为战线太长,难以处处设防。韩世忠手下不足万人,要守这千里江防,谈何容易?

计议已定,兀术道:"明日你军须死战,务必拖住韩世忠,好让主力西进!"

韩常领命,即刻赴营中备战,兀术快马加鞭回来,召集众将商议溯水西进之事。众将听说能摆脱韩世忠回乡,无不面露喜色。

韩世忠这边也没闲着,知道兀术一再被自己戏耍,再加上归心似箭,来日一定会再有一场恶战。

次日一大早,韩世忠登上楼橹观看金军动静,远远地只见金军船只往来频繁调动,又不像是要厮杀的样子,不知在捣什么鬼。过了许久,才有一支船队摆开阵势,缓缓地驶过来。

韩世忠暗自纳闷,金军这套战法占不到丝毫便宜,为何还要过来讨打?当下也不及细想,下令擂鼓进军。

两军相近,金军却不像过去那样放箭,只是伏在挡板后,任凭宋军如何挑衅放箭也不露头,宋军将士只当金军被打怕了,笑骂道:"快来跪下给爷爷磕头求饶,放你们一条生路!"

双方船只撞在了一起,一阵闷响过后,只听一声号角,一面狼头纛猛地在金军船队中间竖起,伏在船上的金军一跃而起,竟然抬出攻城的云梯,不由分说便搭在宋军大船上。一群虎狼般凶猛的辽东大汉将刀噙在口中,沿着云梯极为敏捷地爬了上来。

宋军万没料到金军会祭出这种没道理的打法,一时慌了神,手忙脚乱地扔下弓弩，换成长枪去刺，就这一瞬间的混乱，已经有好几十人登船，个个如猛虎下山。宋军根本不能抵挡，纷纷跳入水中逃生。

韩世忠在后面望见，不禁大惊，他认识这面狼头纛，乃是韩常的辽东汉军，倘若让他的人尽数登船，则水战变成陆战，宋军将毫无优势可言。

韩世忠令旗一挥，将手下二十艘海鳅快船全部派出，直奔金军后路而去。又命各部向前，轮流向金军放箭。然而韩常的辽东兵极为勇猛，根本不管后路被断，也不怕箭雨，好些人身上中了几箭，仍然像不知道疼痛一般，力战不止。

韩世忠见此情景，知道再不遏止金军攻势，今日只怕要一败涂地，赶紧走下楼橹，抓起一根长枪，率领手下亲兵立在船头，命令大船鼓帆而进，直奔金军旗舰。

韩常远远看见韩世忠奔自己过来，有心要跟他决一死战，但看对方战船像座小山，自忖不是对手，便命鸣金收兵。

此时金军已经夺了宋军十艘大船，和船队一起顺流东下，且战且退。宋军哪里咽得下这口恶气，齐声发喊："休叫走了番狗！"蜂拥而出追击。

韩常趁宋军轻敌狠咬了一口，见宋军必欲生吞自己而后快，也不敢恋战，率船队拼命往下游走。宋军张满风帆，紧追不舍，眼看越追越近，韩常便命部下舍弃那十艘缴获来的大船，全部撤至轻舟，贴着岸边行驶。宋军大船吃水深，一时难以靠近，但仍不撤兵，死死地盯着这股金军。

两边从一大早开战，一直对峙到下午，韩世忠按捺住内心浮起的一丝焦躁，等待着合围的时机。刺眼的阳光让他备感不适，在他心里隐隐觉得不对劲的时候，一艘海鳅快船箭一般地从上游驶来，径自划到韩世忠船前，船上一名传令兵大声道："大帅，金兵主力船队已经全部西进，不见踪影！"

韩世忠猛然醒悟，大叫一声："不好，中了番军的调虎离山之计！"

立即传令全军掉头西进,全速追赶兀术。

追到半路,天已全黑,宋军张开船帆,在黑暗中逆流而上。韩世忠冷静下来,细细梳理了一下两岸地形,北岸都是密林,且无港口,金军渡过去了也只能困在原地,因此金军必定西进,寻觅下一个适宜的渡口,按目前的风速,天亮前赶上金军应当不成问题。

夜晚的江风拂过,冰冷刺骨,韩世忠才觉察到背上已经湿透,他丝毫不敢倦怠,立在船头紧盯着乌黑的江面。终于,在前方游弋的海鳅快船报来消息,发现了金军掉队的几艘船,金军主力船队应该离得不远。

"传令诸将,全力追赶兀术,不得停留堵截零星敌船,违令者斩!"

黎明之前,对面江上的船只开始多了起来,微弱的星光下,影影绰绰约有几百艘。韩世忠命全军一起擂鼓,全速前进,力图超到金军前方,堵住其西进之路。

随着鼓声响起,宁静的江面刹那间变得杀气腾腾,原以为脱离险境的金军船队见宋军如影随形,也加快了行进速度,两边像赛龙舟一般奋勇争先。

一阵劲风吹过,将韩世忠帅船上的楼橹摇得咯吱作响,韩世忠喜道:"好风!今日叫番军插翅难逃!"宋军大船风帆张满,贴着江面行进如飞,速度明显快过金军。

又过了一个多时辰,天边泛出一丝鱼肚白,韩世忠已然安坐船舱,只等天明后厮杀。突然一名亲兵冒冒失失地冲进来,磕磕巴巴道:"大……大帅,番军的船队不见了!"

韩世忠一愣,脱口斥道:"你胡说什么?"

紧接着孙世询、李选等人也闯了进来,脸上的表情显示这名亲兵并未胡说。

韩世忠赶紧起身,两三步走出船舱,天已微亮,晨曦满江,宋军的船队依然在江风推送下往西疾驶,而江对面却空空如也,一艘船也没有。

"莫非番军会妖法不成？"韩世忠大惊道。

孙世询道："方才我还以为我军走得太急，将番军甩在了后面，便派了快船顺流东下，却仍没发现番军船队的影子，连韩常的船队都不见了！"

此时宋军的鼓声停歇下来了，大江上下一片宁静，只有江水流动的声音，间或传来几声凄厉的鸟鸣，让这气氛显得有几分诡异。

韩世忠与众将面面相觑，惊疑不定，正不知如何是好，只见下游一艘海鳅快船疾驶过来，船头上正站着严永吉，一见韩世忠等人，他便招手大声叫喊着什么。江风浪涛声中，也听不太清，只是他表情怪异，揉胸捧腹不止，人也像喝醉了一样站不稳，与平日判若两人。

等到他离大船十来丈的时候，众人才听清他是在狂笑，嘴里不成调地反复说着一句："番狗……进了……进了，哈哈哈哈……进了黄天荡啦！哈哈哈哈……"

李选熟悉当地水文，第一个听明白，也跟着狂笑起来，孙世询一把揪住他："先别发癫！到底怎么回事？"

李选定了定神道："离建康东北七十里有一处洼地，名叫白鹭嘴。延绵三十余里，港汊纵横，因为此地别有洞天，加之秋冬之季，芦苇一片金黄，当地人便给他起了个大气的名字：黄天荡。这黄天荡乃是一处死水，只有一个出入口，如今金军船队驶入，岂不是如龟鳖入笼，自取死地？"

众人听了，一阵欢呼狂笑，不敢相信有这样的好运气。严永吉上得大船，已经笑得直不起腰了，道："那韩常紧赶慢赶，也跟着进了黄天荡！"说罢又笑。

韩世忠听明白后，只觉得一阵巨大的狂喜从脚底涌起，直冲头顶，但他却一点也笑不出来，反而觉得浑身发冷，止不住地颤抖。他怕手下看了奇怪，便勉强打了个哈哈遮掩过去，独自回到船舱。

只有梁红玉注意到了他脸色不对，跟着走了进来，问道："官人这是怎么了？"

韩世忠向她摆摆手，拼命镇定心神想弄清眼前的状况，但头脑中仍是一片纷纷扰扰，理不出头绪。直到梁红玉将一盏热茶递到他面前，喝了两口清香的热茶后，他脑子里才逐渐清晰起来。

兀术的中路大军乃是金军此次南下的绝对主力，号称十万，其中精锐至少五六万，这些精锐都是身经百战的老兵，战斗力极强，是大金国军事力量的中坚，如今困于一湾死水，倘若全军覆没，宋金战局将发生翻天覆地的变化：北岸的挞懒立即成为一支深入敌境的孤军，如不火速北撤，一旦被宋军三面合围，只有死路一条；而远在陕西的娄室，失去中路和东路大军的策应，顿时进退维谷，原本人马不多的劣势更加暴露无遗；至于粘罕和银术可，一个屯守太原，一个远在云中，手中只剩些老弱残兵，根本无力南下。兵强马壮的大金国，转瞬间如同一只被敲掉利齿的猛虎，威力顿失，徒具其表。

更重要的是，五六万精锐一旦战殁，对于金国朝野上下、民心士气的打击将是致命的。

倘若这一切成真，此次大战将比肩于赤壁大战和淝水之战，一举奠定大宋中兴伟业，彪炳千秋，流芳百世！

韩世忠一转眼，看见梁红玉正满脸担忧地看着他，便一笑道："请夫人叫诸将进来议事吧。"

梁红玉转身出去了，韩世忠起身看着舱外，只见大江东流，水波不兴，南北两岸，郁郁青青，一轮初升的太阳把江面染得血红，仿佛在昭示着什么。他咬了咬牙，暗暗发誓哪怕赌上自己的身家性命，也要立下这盖世奇功！

（第一部完）